Sandra Henke

Alphawolf

Ein erotischer Werwolf-Roman

1. Auflage März 2010
Titelbild: Agnieszka Szuba
www.the-butterfly-within.com

Lektorat: MetaLexis
Satz: nimatypografik

ISBN: 978-3-86608-126-0

Hat Dir das Buch gefallen? Schreib uns
Deine Meinung unter: gelesen@ubooks.de

Möchtest Du über Neuheiten bei Ubooks informiert
bleiben? Einfach eine Email mit der Postadresse an:
katalog@ubooks.de

Ubooks-Verlag | Wellenburger Str. 1 | 86420 Diedorf
www.ubooks.de

Kapitel 1

Der Jagdinstinkt des Wolfes loderte so feurig in Claws Brustkorb, dass es ihn beinahe innerlich verbrannte, aber noch durfte er sich nicht zurückverwandeln. Erst nachdem das Rudel Dante gestellt hatte. Aber es war gefährlich, sich den animalischen Instinkten zu lange und zu intensiv hinzugeben, denn er lief Gefahr, seine menschliche Seite zu vergessen. Und die Beherrschung zu verlieren. So wie Dante.

Claw trug in dieser Nacht schon viel zu lange ein Fell. Es wurde Zeit, wieder zum Mensch zu werden. Denn je länger er ein Wolf war, desto mehr forderte das Tier in ihm seinen Tribut, und es würde schwer werden, wieder die Gestalt zu wechseln, ohne an den höllischen Schmerzen zu verzweifeln. An dieses Leben am Limit würde er sich nie gewöhnen. Niemals vollkommen Mensch, niemals ganz Wolf. Es schlugen zwei Herzen in seiner Brust. Beiden musste er gerecht werden oder er würde an der Situation zerbrechen.

Aber Claw war der Rudelführer. Er zeigte nie Schwäche. Außerdem erregte ihn die Jagd. Sogar so sehr, dass es langsam sichtbar wurde.

Claw hechelte und jagte im Schutz der schneebedeckten Büsche auf die Rückseite des Gebäudes zu, das vor ihm lag. Seine Gefährten liefen einer hinter dem anderen her und setzten ihre Pfoten in Claws Abdrücke, wie alle Wölfe es taten. Es würde so aussehen, als hätte sich nur ein Wolf dem Gebäude genähert, dabei war es ein ganzes Rudel.

Ohne einen Moment zu zögern, drückte er sich kraftvoll mit den Hinterpfoten ab und sprang durch das Fenster im Erdgeschoss, von dem nur noch Glasscherben übrig waren, die spitz aus dem weiß lackierten Rahmen ragten. Doch in dem Zustand des Rausches, in dem er sich befand, dachte er keine Sekunde darüber nach, dass die messerscharfen Spitzen ihn aufschlitzen konnten. Claw folgte einfach seinem feinen Geruchssinn und konzentrierte sich vollkommen auf die Fährte, die er verfolgte. Er roch Dantes Blut. Der metallische Geruch war überall. Dante musste sich geschnitten haben, als er durch die Scheibe gebrochen war, als wäre sie aus fließendem Wasser. Wieso ausgerechnet das Labor des Alaska Native Medical Center sein Ziel war, war Claw schleierhaft. Normalerweise tauchten Wölfe in ihrer Heimat, den Wäldern, unter.

«Dante, alter Gefährte», knurrte Claw. «Ich werde dich in Stücke reißen.»

Er landete auf seinen Vorderpfoten und rutschte aus, weil seine Pfoten nass vom Schnee waren. Doch er fing sich schnell wieder, schlich vorwärts und spähte in den Korridor. Er befand sich in einem Gebäudetrakt mit Laboratorien. Es brannte kein Licht, niemand arbeitete so spät noch und das war gut so, denn Dante hätte den Menschen, ohne zu zögern, die Kehle durchgebissen.

Während hinter Claw die Gefährten einer nach dem anderen in den Raum sprangen, legte er sich einen Plan zurecht.

Dante wütete im hintersten Labor. Wenn er so weitermachte, würde das Krankenhauspersonal oder der Wachdienst auf sie aufmerksam werden. Das wäre tragisch! Wenn die Menschen ihn entdeckten, wäre das uralte Geheimnis, das das Rudel hütete, in Gefahr. Deshalb mussten sie ihn töten. Auch weil er eine Gefahr für jedes Lebewesen darstellte. Dante war wie ein Berserker, der Amok lief, wie eine Bombe, die jeden Augenblick explodieren konnte. Nicht weil er widernatürlich war – das waren sie alle – sondern weil es für ihn keine Regeln mehr gab.

Lupus trat neben Claw. Er schüttelte den Schnee aus seinem grauen Fell. «Wir können ihn nicht umzingeln. Das ist nicht gut.»

«Ein Pluspunkt für ihn», antwortete Claw und schaute zu dem Labor, das am Ende des Ganges lag. «Aber er ist nur einer, wir sind viele, das gleicht die Chancen wieder aus.»

Am Ende kam es ohnehin nur darauf an, wer den stärksten Willen besaß. Der Stärkere gewann. So war es immer gewesen und so würde es immer sein, in den Wäldern Alaskas, wie auch im Häuserdschungel von Anchorage. Und Claw würde alles tun, um das Rudel zu beschützen und ihr Geheimnis zu wahren. Alles!

Leise knurrte er in Dantes Richtung und bleckte seine Zähne. Sein Glied zuckte. Es erwachte immer mehr zum Leben, je näher sie der

Beute kamen. Claw hatte den Jagdtrieb schon immer als etwas Lustvolles empfunden.

Dann wandte er sich zu den anderen Wölfen um. «Lupus und Nanouk, bleibt direkt hinter mir. Ihr anderen formiert euch abwechselnd in Zweier- und Dreierreihen.» Wie ein gigantischer Wolf würden sie in das Labor stürmen und ihre Zähne und Klauen in Dante schlagen. Er hatte das Rudel verraten.

«Was ist mit mir?» Rufus tapste heran. Forsch reckte der kleine Rotwolf seine Schnauze in die Luft.

«Halte auf dem Parkplatz Wache», befahl Claw kühl.

Rufus leckte die Lefzen des Leitwolfs, um ihn mit dieser Geste zu bitten, den Höhepunkt der Jagd miterleben zu dürfen. «Ich will nicht weggeschickt werden, sondern mit euch kommen.»

Grob stupste Claw ihn weg. Ein tiefes Grollen kam aus seinem Maul. Er duldete keine Einwände, sondern forderte Gehorsam, besonders von Rufus, der niemals einer von ihnen hätte werden sollen.

Doch es war der alte Lupus, der mal wieder die richtigen Worte fand, um die erhitzten Gemüter zu beruhigen. «Das ist eine wertvolle Aufgabe, Kleiner. Der Sicherheitsdienst könnte uns überraschen und über den Haufen schießen. Unser Leben liegt in deiner Hand.»

Rufus steckte seinen Schwanz zwischen die Hinterläufe und trottete mit hängendem Kopf den Weg, der sie ins Gebäude geführt hatte, zurück.

«Es wird Zeit», sagte Claw. Ein lustvolles Beben ging durch seinen Körper.

Als er sich anschlich, spürte er jeden einzelnen Muskel in seinem Körper. Es fühlte sich gut an. Stark. Die Konfrontation stand kurz bevor. Er war heiß auf den Kampf, gierte danach, seine Zähne in das Fleisch seines Opfers zu schlagen.

Claw erreichte die Tür, die in das Labor führte, in dem Dante wütete. Vorsichtig lugte er hinein. Ihre Beute durfte nicht vorher auf sie aufmerksam werden. Davon hing unter Umständen das Überleben des ganzen Rudels ab.

Dante stand vor dem Fenster, riss einen Schrank um und schlug mit seinen Klauen auf die Medikamentenschachteln ein, die vor seinen Füßen verstreut lagen. Das Flutlicht auf dem Mitarbeiterparkplatz erhellte den Platz vor dem Fenster. Dante zeichnete sich groß und finster ab, ein Koloss, fleischgewordene Kraft und Aggressivität, ein Muskelpaket, das außer Kontrolle geraten war.

Plötzlich wurde die Tür, die in den Labortrakt führte, aufgerissen. Taschenlampen leuchteten in den Korridor, Stimmen waren zu hören. Draußen heulte sich Rufus die Seele aus dem Leib, aber es war zu spät.

Blitzschnell drehte sich Dante um. Er fuhr seine monströsen Krallen aus und gab ein markerschütterndes Gebrüll von sich. Die Menschen interessierten ihn einen Dreck – aber er hatte die Wölfe bemerkt.

Claw konnte ihn das erste Mal richtig betrachten, seit dem ... Unfall. «Oh, mein Gott, Dante!» Mit diesem Anblick hatte er nicht gerechnet.

Vor ihm stand eine Bestie. Ein wahrhaftiger Alptraum. Ein Ungeheuer!

Die Wölfe fingen an zu heulen. Das stärkte das Zusammengehörigkeitsgefühl des Rudels. Doch diesmal hatte es einen bitteren Beigeschmack. Wie viele Wölfe würden sie in dieser Nacht verlieren? Sie saßen in der Falle, mit Dante vor ihnen und den Menschen hinter ihnen.

Claw knurrte die Menschen wütend an. Trotz der Ausweglosigkeit verlor er sein Ziel nicht aus den Augen und führte sein Rudel in den Raum hinein. Sie ließen Dante nicht aus den Augen und umzingelten ihn. Claws Erregung schwoll an, sein Glied wurde endgültig steif.

Im nächsten Augenblick stürzte sich Dante auf den Stärksten und Größten des Rudels, den Anführer, den Leitwolf, das Alphatier.

Auf Claw, den Alphawolf.

Kapitel 2

«Jesus, was ist denn da hinten los?» Walter Sarks leuchtete mit seiner Taschenlampe in den dunklen Gebäudetrakt und versuchte auszumachen, was vor sich ging. Der Krach war ohrenbetäubend. Es schepperte, etwas ging zu Bruch, immer wieder Wolfsgeheul und Kläffen, das in dem leeren Trakt aufdringlich laut klang.

«Bleiben Sie bitte zurück.» Tala Cocoon drängte das Krankenhauspersonal und Jim, den Wachmann, der sie alarmiert hatte, in den Gang zurück. «Es ist zu Ihrer eigenen Sicherheit.»

Nervös fuhr sich Jim über seine blonde Stoppelfrisur und setzte seine Mütze wieder auf. «Aber Sie können da doch nicht nur zu zweit rein. Wie viele Wölfe sind es, zehn ... fünfzehn?»

«Zu viele Köche verderben den Brei. Wir wollen die Tiere nicht noch mehr erschrecken, sondern sie ruhig aus dem Gebäude vertreiben», erklärte sie und schob die Tür, die den Labortrakt mit dem restlichen Krankenhaus verband, langsam zu.

«Wir hätten die Biester doch erschießen sollen, aber Sie wollten ja unbedingt die Wild Protection rufen», hörte sie noch den diensthabenden Arzt aus der Notfallambulanz sagen. Die Ambulanz lag nur einen Gang entfernt. Der Arzt hatte gesehen, wie die Wölfe um die Klinik streiften, als er zum Rauchen durch den Hinterausgang in die Eiseskälte gegangen war, und den Sicherheitsdienst alarmiert.

Was bildete sich dieser Kerl ein, dachte Tala aufgebracht. Dass er über Leben und Tod entschied?

Tala hatte einen großen Respekt vor allen Wesen, schon durch ihre indianischen Wurzeln. Aus diesem Grund hatte Walter sie eingestellt. Vor einem halben Jahr hatte sich Tala bei Wild Protection beworben, weil sie die Tiere vor den Menschen und die Menschen vor den Tieren schützen wollte. Bis zu ihrer Einstellung zwei Monate später hatte Walter alleine gearbeitet. Aber die Tiere in den Wäldern Alaskas suchten immer öfter Anchorage auf, weil die meisten Einwohner ihren Müll nicht gut genug verschlossen, und Walt benötigte dringend Verstärkung bei seinem einsamen Kampf.

Tala teilte seinen Idealismus. Und die Bewohner der größten Stadt Alaskas gewöhnten sich erfreulicherweise immer mehr daran, die Bären, die im Sommer, und die Elche, die sich im Winter in ihre Gärten verirrten, nicht zu erschießen, sondern Wild Protection anzurufen. Tala und Walt kümmerten sich dann darum, dass die Tiere heil zurück in ihren natürlichen Lebensraum, die Wälder, kamen.

Was also machte ein ganzes Rudel Wölfe im Alaska Native Medical Center? Das war höchst ungewöhnlich. Die Wölfe knurrten und jaulten so aggressiv, dass Tala eine Gänsehaut bekam. «Was ist nur in die Tiere gefahren? Ob sie an Tollwut erkrankt sind?» Durch Tollwut verloren Wildtiere oft die Scheu vor Menschen.

Walt schüttelte den Kopf. «Mir ist kein Fall bekannt. Ich glaube, sie sind hinter etwas her.»

«Hier drinnen?» Vorsichtig machte sie einen Schritt in Richtung des Labors, in dem die Meute tobte, als wäre sie von Sinnen. «Das ist doch verrückt.»

Während sie auf den Raum zugingen, sagte er immer wieder: «Langsam.»

Tala fing es schon an zu nerven, als sie in ein Labor leuchtete und etwas entdeckte. «Das Rudel muss durch das Fenster reingekommen sein. Es ist zerbrochen. Aber ein Wolf würde doch nicht durch eine Scheibe springen, oder?»

«Vielleicht um rauszukommen, aber nicht rein.» Er schnalzte.

Ihr Puls stieg mit jedem Schritt, den sie der außer Kontrolle geratenen Meute näher kamen. «Das ist merkwürdig.»

«Ihre Beute muss durch die Scheibe gesprungen sein, anders kann ich es mir nicht vorstellen», murmelte er und zog seine Waffe.

Sie passte nicht zu ihm, fand Tala. Walter Sarks sah viel zu friedlich aus. Ein kleiner Fünfzigjähriger mit kurzem, überwiegend ergrautem Haar und auffällig runder Nase, der selbst im Winter nur einen Pullover trug. Der Pulli wölbte sich über seinen kleinen Bauch. Immerhin hatte er ein langärmeliges Polartech-Shirt und ein normales T-Shirt darunter an. Tala wäre das trotzdem zu wenig gewesen. Sie ging bei der Kälte nie ohne ihren Parka aus dem Haus, der einen warmen Pelzkragen besaß.

Auch sie holte ihre Pistole aus dem Halfter. Sie hatten nicht vor, den Wölfen etwas anzutun, sondern die Waffen waren zu ihrem Schutz, eine reine Verteidigungsmaßnahme, denn es handelte sich um Schreckschusspistolen mit Kautschukmunition. Bei einem ganzen Rudel nutzten Betäubungsgewehre nichts. Mit der Taschenlampe leuchtete Tala in das Labor, in dem der Krampf tobte, konnte aber nichts Genaues erkennen. Überall waren Wölfe. Wie riesige wuselige Ameisen bevölkerten sie das Zimmer. Aber sie gehörten nicht derselben Unterart an. Es waren verschiedene, die sich zusammengeschlossen hatten, um gegen irgendetwas anzukämpfen. Noch eine Sache, die äußerst merkwürdig war.

«Das ist kein gewöhnliches Rudel», bemerkte Tala.

Aber Walter reagierte nicht. «Ich mache jetzt das Licht im Korridor an. Vielleicht schreckt sie das auf und sie flüchten. Wölfe sind keineswegs so aggressiv wie ihr Ruf.»

«Diese sind anders.» Ihre Handflächen waren feucht. Sie packte die Waffe fester.

«In der Finsternis sind sie uns überlegen.» Als Walt das Licht anknipste, schauten einige Wölfe alarmiert auf. Sie reckten die Köpfe und spitzten ihre Ohren. Da sie sich nicht sofort auf die Eindringlinge stürzten, schöpfte Tala Hoffnung. Aber dafür beunruhigte sie etwas anderes. Aus dem Labor waren Laute zu hören, die sie noch nie bei Wölfen vernommen hatte. Das Grollen klang anders – dunkler, gefährlicher.

«Ich hole etwas, womit wir ordentlich Krach machen können. Dann treiben wir sie nach draußen.» Schon tauchte Walter in die Dunkelheit eines Raumes ein.

Tala machte ihre Taschenlampe aus und steckte sie in die Beintasche ihrer Cargohose. Da waren wieder diese Laute. Das Geheul und Geknurre der Wölfe überlagerte die Geräusche, die klangen, als hätte man einen Wolf mit einer Raubkatze gekreuzt. Tala konnte sie keinem

Tier zuordnen, aber sie jagten ihr Schauer über den Leib. Dann und wann jaulte einer der Wölfe auf, als wäre er gebissen worden. Winseln war zu hören, Laborequipment ging zu Bruch. Das Rudel legte alles in Schutt und Asche, um seine Beute zu erlegen.

Plötzlich kam einer der Wölfe in den Gang. Einige Sekunden lang blickte er Tala an. Es war ein grauer MacKenzie-Wolf, ein schönes Exemplar mit grau-braunem Fell, das jedoch nicht mehr so dicht und glänzend war wie bei einem jungen Wolf.

Tala war auf der Hut. Sie fasste ihre Waffe mit beiden Händen, zielte jedoch auf den Boden knapp vor dem Wolf, denn er zeigte keinerlei Anzeichen dafür, dass er sie anspringen wollte.

Gelassen lief er zum Lichtschalter und schaltete das Korridorlicht mit seiner Schnauze aus.

Tala traute ihren Augen nicht! Hatte man ihn dressiert? Wölfe waren durchaus intelligente Tiere, aber nicht vergleichbar mit Menschen. Sie kannten sich in ihrem Revier besser als jedes andere Wesen aus, besaßen Hierarchien und folgten den Regeln des Rudels. Aber sie konnten nicht das Licht ausknipsen.

Auf einmal kam er auf sie zu.

Tala geriet in Panik. Er versuchte sie zurückzudrängen und bleckte drohend seine Lefzen, aber sprang sie nicht an. Sie schoss in die Luft. Der Grauwolf drehte sich sofort um und rannte zum Rudel zurück.

Walter kam aus dem Raum neben ihr gelaufen. Er hielt einen Mülleimer in der Hand. «Was ist passiert?»

Durch den Schuss wurden alle Wölfe aufgeschreckt. Tumult brach aus. Tala befürchtete, dass sich die Tiere jeden Moment auf sie stürzen würden. Sie machten sich schon bereit dazu. Einige wandten sich zu ihr um und knurrten. Die Gebisse sahen furchteinflößend aus. Jedes besaß zweiundvierzig Zähne, darunter spitze, gebogene Fangzähne und messerscharfe Reißzähne. Kam es ihr nur so vor oder waren die Zähne dieser Exemplare viel größer?

Irgendetwas stimmte nicht mit diesen Tieren, etwas stimmte ganz und gar nicht.

Ungewollt tauchten Fakten in Talas Erinnerung auf. Wölfe zerkauten ihre Nahrung nicht, sondern zerteilten ihre Beute mit ihren Reißzähnen in kleine Happen und verschlangen diese dann gierig.

Ihr wurde klar, dass Walter sich diesmal gewaltig verschätzt hatte. Er hatte mit weniger Tieren und weniger Angriffslust gerechnet, aber die Luft im Labortrakt flirrte nur so vor ungezügelter Aggression.

Ich muss handeln, dachte sie, presste den Rücken an die Wand, um den Fluchtweg für die Tiere frei zu halten, und schoss in das Labor. Trotz der Gefahr, in der sie schwebte, wollte sie die Tiere nicht erschießen, sondern nur aufscheuchen. Wölfe handelten nur ihrer Natur nach, sie waren nicht böse. Deshalb hielt sie ihre Waffe hoch über ihre Köpfe. Ein Querschläger jedoch traf eins der Fenster, es barst in tausend Stücke.

Etwas regte sich hinter einem Labortisch. Es drückte einige Wölfe nach oben, sie sprangen herunter und griffen sofort wieder an.

«Was zur Hölle ist das?», schrie Tala gegen die Laute an, die das Rudel ausstieß. Was auch immer die Wölfe jagten, es musste groß sein. Aber ein Elch, ein Karibu oder eine andere Hirschart, die am Boden lag, hätte längst verloren, und Bären hielten Winterschlaf.

Als Walt begann, mit der flachen Hand auf den Mülleimer zu schlagen, um die Wölfe aus dem Raum zu treiben, erschrak Tala fast zu Tode. Er ging in das Labor, langsam, um die Wölfe zwar aufzuschrecken, jedoch nicht selbst als Gefahr wahrgenommen zu werden.

«Das ist doch Wahnsinn!», schrie Tala.

Das war es tatsächlich, denn kaum hatte Walter einen Fuß in den Raum gesetzt, stürzten sich einige Wölfe auf ihn. Sie brachten ihn zu Fall, der Eimer fiel ihm aus den Händen und rollte zwischen den Wölfen hindurch.

Augenblicklich nahm Tala ihre Waffe hoch. Sie zielte auf die Wölfe, die sich auf Walt stellten, um ihn am Boden zu halten. Der Finger am Abzug zuckte, aber noch drückte sie nicht ab, denn alles in ihr sträubte sich dagegen, auf die Tiere zu schießen. Ihr Verhalten machte ohnehin eher den Anschein von Drohgebärden, sonst hätten sie längst zugebissen.

Plötzlich erhob sich die Beute. Im Augenwinkel nahm Tala wahr, dass einige Wölfe durch das Zimmer geschleudert wurden. Doch sie hielt weiterhin Walter im Blick.

Gerade als sie schießen wollte, sprang ein Timberwolf sie an. Tala ging zu Boden. Die Waffe hielt sie trotzdem fest umklammert. Aber sie schlug mit dem Hinterkopf auf dem harten Linoleum auf und blieb auf dem Rücken liegen. Benommen nahm sie wahr, dass der schwarze Wolf sich mit den Vorderpfoten auf sie stellte. Er knurrte sie aggressiv an. Seine Zähne befanden sich unmittelbar vor ihren Augen.

Tala war wie gelähmt. Heb die Waffe an und schieß, sprach sie zu sich selbst, doch sie konnte sich nicht bewegen. Die stolzen Augen des Wolfes hielten sie in ihrem Bann. Er blickte ihr geradewegs in die Augen und knurrte so laut, dass es nicht wie eine Drohung klang, sondern nach einer Stinkwut. Timberwölfe waren eine der größten Unterarten, aber dieses Exemplar war ein wahrer Gigant – den Tala sauer gemacht hatte. Ihr Herz schlug so heftig in ihrem Brustkorb, dass sie befürchtete, es würde zerspringen.

Das Tier starrte sie an, sein Fell war dunkel wie Ebenholz. Es war wütend, weil sie in seine Jagd eingriff und auf Rudelmitglieder gezielt hatte. Und er war nur wenige Zentimeter davon entfernt, mit seinen Reißzähnen ihre Kehle zu zerreißen.

Auf einmal kam ein Wolf heran. Es war der graue MacKenzie, der sie gewarnt hatte, sich einzumischen. Er winselte und leckte die Lefzen des Timberwolfs. Der Schwarze reagierte nicht sofort. Erst nach einigen weiteren quälenden Sekunden ließ er von Tala ab. Seite an Seite liefen die beiden wieder in das Labor hinein.

Erleichtert atmete Tala aus. Sie zitterte, stand auf und sah, dass die Wölfe durch die Scheibe, die ihr Querschläger zerstört hatte, flüchteten. Ihre Beute war auch fort. Wahrscheinlich jagten sie ihr hinterher.

Da sah Tala, dass einer der Wölfe gegen die Hauswand geworfen wurde. Er jaulte auf und fiel wie ein Stein zu Boden. Das war höchst ungewöhnlich. Wer besaß die Kraft und den Schneid, ihn durch die Luft zu schleudern? Auf keinen Fall einer der Wölfe. Und jeder Mensch würde vor einem Rudel Wölfe fliehen.

Walt kniete in einem Meer aus Blutspuren. Einige der Tiere mussten sich verletzt haben. «Bist du okay?»

Sie nickte. Das Labor sah aus wie ein Trümmerfeld. «Und du?»

«Sie haben nicht zugebissen.» Er schüttelte ungläubig seinen Kopf. Selbst er musste zugeben, dass das an ein Wunder grenzte.

Während Walt hocken blieb, das Gesicht immer noch kreidebleich, lief Tala zum Fenster. Sie spähte auf den Parkplatz. Es hatte wieder zu schneien begonnen. Die Sicht war schlecht, aber Tala meinte einen Menschen im Schneegestöber auszumachen, der vor den Wölfen floh. Doch sie sah ihn nur kurz, denn er verschwand gerade hinter den Bäumen, die den Parkplatz säumten. Trug er einen erlegten Wolf über der Schulter? Sie glaubte, Fell gesehen zu haben, aber ein Wolf war es nicht, denn er lief auf zwei Beinen. Vielleicht hatte sie sich auch getäuscht, denn eine Schnauze meinte sie auch ausgemacht zu haben. Wahrscheinlich war es doch ein Wolf.

Der Schneefall verzerrte die Dinge.

Unter dem Fenster lag der Wolf, der gegen die Wand des Krankenhauses geworfen worden war. Sie sah kein Blut, aber er lag benommen im Schnee. Eine Pfote zuckte. Es handelte sich um einen Rotwolf, eine kleine Unterrasse, aber dieses Exemplar war ohnehin noch sehr jung.

Gerade als sie das zweite Fenster des Labors öffnete und hinaussprang, kehrte ein Grauwolf zurück. Es war ein schlankes Tier, eindeutig eine Fähe. Tala richtete ihre Waffe auf sie, nicht nur um sich selbst zu schützen, sondern sie verspürte auch einen großen Drang, den kleinen Rotwolf zu beschützen. Das Rudel konnte ihm nicht helfen, sie dagegen schon.

Die Wölfin drehte sich um und lief ihrem Rudel hinterher.

Tala sicherte ihre Waffe und steckte sie weg. Sie kniete sich neben den Rotwolf. Er hob seinen Kopf und es sah so aus, als kostete ihn das große Mühe. Diese traurigen Augen! Sie erweichten Talas Herz. Sie wagte es, einmal über sein Fell zu streicheln. Als ihre Hand über sein Bein glitt, winselte er. Aber er knurrte nicht und versuchte nicht, sie zu beißen oder aufzustehen. Kraftlos legte er seinen Kopf wieder ab.

Walt ließ sich aus dem Fenster herab. Er kam zu ihr und stellte sich neben sie. «Willst du ihn mitnehmen?»

«Sein Hinterlauf ist verstaucht, vielleicht sogar gebrochen, aber ich denke eher nicht, denn ich spüre keine herausstehenden Knochen», antwortete Tala und betrachtete den kleinen Tierkörper voller Mitgefühl. «Verletzungen kann ich zum Glück nicht entdecken.»

«Ich hole eine Decke aus dem Jeep.» Schon stapfte Walt von dannen.

Er kehrte mit einer Hundedecke zurück. Behutsam legte sie den Rotwolf auf die Decke in Walters Armen und wischte dem Wolf mit einem Zipfel die Schneeflocken aus dem Fell.

«Hab keine Angst», flüsterte sie ihm zu. «Ich bringe dich zur Tierklinik. Dort werden sie sich um dich kümmern.»

Walter trug den kleinen Wolf zum Jeep und bettete ihn auf den Rücksitz. «Warte kurz. Ich muss Jim und dem Krankenhauspersonal Entwarnung geben – und abrechnen.»

Er zwinkerte ihr zu und lief zum Haupteingang der Klinik. Durch die Schneeverwehungen war er schon nicht mehr zu sehen, noch bevor er in das Gebäude eintauchte.

Tala packte die Neugier. Hatte sie vorhin tatsächlich einen Menschen gesehen? Oder hatte ihre Wahrnehmung ihr einen Streich gespielt? Durch das Adrenalin in ihren Adern spürte sie die Kälte nicht einmal mehr.

Sie überquerte den Parkplatz und suchte die Spuren, bevor der Neuschnee sie bedeckte. Tatsächlich fand sie die Fährte, aber sie sah nur Abdrücke von Wolfspfoten. Also hatte sie sich doch getäuscht. Da war kein Mensch gewesen, der einen Wolfsfellmantel anhatte oder einen Wolf über seiner Schulter trug.

Tala schüttelte den Schnee von ihren langen, hellbraunen Haaren und konzentrierte sich darauf, sich die Szene noch einmal vor Augen zu führen. Sie hatte gesehen, was sie gesehen hatte, aber die Tatsachen sprachen dagegen.

Sie holte die Taschenlampe heraus und suchte mit dem Lichtkegel die Schneedecke ab. Es gab nur Wolfsspuren. Das war Fakt. Doch eine der Spuren war größer. Nein, sie war nicht nur größer, sondern doppelt so groß wie die anderen, und die Krallen der Riesenpfoten hatten sich viel tiefer in den Schnee gedrückt. Es müssen monströse Krallen gewesen sein.

Der Schnee in den Abdrücken war leicht rosa. Blut musste an den Pfoten geklebt haben, Blut, das mit jedem Schritt vom Schnee abgewaschen worden war, denn das Rosa wurde immer blasser, bis die Pfotenabdrücke nur noch weiß waren. Das Tier selbst hatte folglich nicht geblutet, zumindest nicht so stark, dass das Blut heruntergelaufen oder getropft war.

Was muss das für ein Tier sein, dass sich gegen ein Rudel aggressiver Wölfe durchsetzen konnte?

Auf einmal fröstelte Tala stark. Sie zog den Reißverschluss ihres Parkas bis oben hin zu und rannte zum Jeep zurück, als wäre der Teufel hinter ihr her. Hier ging etwas äußerst Eigenartiges vor sich.

Sie entschied, im Wagen auf Walter zu warten – mit der Waffe im Anschlag.

Kapitel 3

Tala öffnete ihre Augen, obwohl es stockdunkel in ihrem Schlafzimmer war. Es half ihr nicht, besser zu hören, aber sie war dadurch wacher. Angestrengt lauschte sie. Hatte sie sich das Geräusch im Erdgeschoss nur eingebildet? Unmöglich, sie war schließlich dadurch wach geworden. Oder hatte sie einen Alptraum gehabt? Nach dem kuriosen Einsatz im Alaska Native Medical Center wäre das kein Wunder gewesen.

Noch lange hatte sie über das, was sie erlebt hatte, nachgedacht, aber sie konnte sich einfach keinen Reim darauf machen. Wäre Tala nur auf eine Ungereimtheit gestoßen, hätte sie zwar den Kopf geschüttelt, darüber hinaus hätte es sie nicht weiter beschäftigt. Doch das Rudel, das sie aus dem Krankenhaus vertrieben hatten, jagte ihr sogar noch in ihrer Erinnerung Schauer über den Leib.

Da war es wieder. Es hörte sich an ... wie Scharren. War da nicht auch ein Schnaufen gewesen?

Tala setzte sich im Bett hin. Der Rotwolf. Das Beruhigungsmittel hatte vermutlich seine Wirkung verloren. Sie hatte ihn nach ihrem Einsatz in die Tierklinik gebracht. Dort wartete nur Ernüchterung auf sie. Die Ärzte stellten zwar nur eine Verstauchung beider Hinterläufe fest, sagten aber auch, dass sie nichts für den kleinen Wolf tun konnten. Außer ihn in einen Käfig zu sperren und wieder auszusetzen, sobald er sich erholt hatte, und selbst das taten sie nur widerwillig, denn auf den Kosten blieb die Klinik sitzen.

Alles drehte sich um Geld, das machte Tala wütend.

Sie bat den diensthabenden Tierarzt, dem Wolf eine Beruhigungsspritze zu geben, denn war der Kleine am Medical Center noch benommen gewesen, so versuchte er in der Klinik, trotz Schmerzen schon wieder vom Behandlungstisch zu springen, mit einer Angst in den Augen, die Tala dazu veranlasste, ihn beruhigend zu streicheln. Das war gefährlich gewesen, denn auch kleine Wölfe besaßen scharfe Zähne, doch das Tier hatte es sich gefallen lassen.

Tala hatte die Spritze aus eigener Tasche bezahlt und den Rotwolf mit nach Hause genommen. Offensichtlich hatte das Beruhigungsmittel nicht lange gewirkt. Wer sonst sollte eine Etage tiefer kratzen? Das Klacken von Pfoten auf dem Holzfußboden war zu hören.

Seufzend stand sie auf. Im Haus war es kalt, weil sie die Heizung auf minimale Temperatur einstellte, wenn sie sich schlafen legte. Sie schlang die Arme um ihren Oberkörper, stolperte in den Flur und tastete nach dem Lichtschalter. Während sie die Treppe herunterstieg, rieb sie ihre Oberarme. Sie trug nur ein dünnes, wenn auch langärmeliges Schlafanzugoberteil und auch die Hose spendete keine Wärme. Hätte sie doch nur einen Pullover übergestreift!

Aber mittlerweile stand sie bereits im Untergeschoss und hatte keine Lust, noch einmal nach oben zu gehen. Der Wolf konnte womöglich schon sein neues Revier markieren oder auf der Suche nach etwas Essbarem die Schränke durchwühlen oder den Inhalt des Mülleimers in der Küche verteilen oder die Tür zerkratzen, weil er rauswollte, oder über Tische und Bänke gehen vor Panik ...

Sie hatte mit vielem gerechnet, doch keinesfalls damit!

Als sie in ihr Wohnzimmer kam, stand dort, wo der Wolf auf seiner Decke – eine braune Hundedecke mit beigefarbenen Pfotenabdrücken – gelegen hatte, ein Junge. Sein Alter konnte Tala schwer einschätzen. Wahrscheinlich stand er schon auf der Schwelle zum Jugendlichen, aber er sah mitgenommen aus und wirkte dadurch jünger. Seine Haut war blass, er hatte Abschürfungen und Kratzer an der rechten Seite, von der Hüfte bis unter die Achsel, und ein Feuermal auf der rechten Wange. Es war nicht groß, zog aber die Blicke auf sich. Seine Haare klebten am Kopf. Für sein Alter war er ungewöhnlich stark behaart, auch wenn der blonde Flaum nicht direkt ins Auge fiel. Er war schwach auf den Beinen – nackt – und er hielt sich die Decke vor den Unterleib.

Tala wollte gerade fragen, wo der Wolf war und was der Junge in ihrem Haus machte, als ein Mann neben ihn trat. Sie ließ sich nicht von seinem grauen Haar und seinen Altersflecken täuschen, denn seine Haltung war aufrecht. Unter seinem Anorak, da war sie sich sicher, steckte ein athletischer Körper. Der Fremde war durchtrainierter als es in seinem Alter normalerweise üblich war. Schweigend beobachtete er sie aus zusammengekniffenen Augen und stützte den Jungen.

Sie spähte in die Küche, in die sowohl vom Wohnzimmer als auch von der Diele eine Tür hineinführte. Das Licht im Treppenhaus erhellte den Raum spärlich. Dennoch konnte Tala den Messerblock sehen. Dies war kein großes Haus. Walter hatte es ihr vermittelt. Eigentlich hatten die Besitzer Jane und Philipp Fairstream es verkaufen wollen, aber er überredete sie dazu, es an Tala zu vermieten. Die Eigentümer stimmten nur zu, weil sie hofften, dass Tala sich eines Tages doch entscheiden würde, es zu kaufen. Und natürlich wegen ihrer Freundschaft zu Walt.

Fünf Schritte, schätzte Tala die Entfernung zu den Messern ein. Sie war bisher nur noch nicht losgerannt, weil die beiden Fremden keinerlei Anstalten machten, sie anzugreifen.

«Was –» Ihre Stimme brach ab. Zwei weitere Männer tauchten aus den dunklen Winkeln des Wohnzimmers auf.

Tala wich aus und stand nun in der Küchentür. Ihr Körper war angespannt. Sie sah keine Waffen bei den Fremden, aber die brauchten sie auch gar nicht, um eine alleinstehende Frau zu überwältigen.

Mit Schrecken entdeckte sie eine weitere Person in einer der Ecken, doch die Dunkelheit versteckte sie so gut, dass Tala nicht einmal sagen konnte, ob es sich um eine Frau oder einen Mann handelte.

Immer mehr Männer traten aus der Finsternis hervor. Sie kamen jedoch nicht näher, sondern standen einfach nur schweigend da. Eine stumme Bedrohung. Sie waren dunkel gekleidet, als wollten sie sich die Nacht zunutze machen. Wie eine Armee der Finsternis standen sie vor ihr, im Wohnzimmer verteilt, als wollten sie jeden Winkel des Zimmers sichern und Tala umzingeln oder in eine Ecke drängen. Ihre Mienen waren verschlossen. Nichts deutete darauf hin, was sie von Tala wollten.

Warum sagte niemand etwas? Auf was warteten sie? Oder auf wen?

Plötzlich kam ein Mann in den Raum. Er trug einen schwarzen Crown Coat und blieb einen Schritt von der Tür entfernt stehen. Das

Licht aus dem Treppenhaus warf dunkle Schatten auf sein Gesicht, es ließ ihn grausam aussehen. Tala konnte jedoch nicht abstreiten, dass der Fremde attraktiv war, auf eine düstere Art und Weise. Er erinnerte sie an Wolverine, nur dass er keinen Bart trug, aber er wirkte ebenso entschlossen. Äußerlich war er ruhig, aber die Muskelstränge an seinem Hals bewegten sich, als würde es in ihm brodeln.

Tala hielt die Stille im Haus nicht mehr aus. «Wo ist mein Wolf?»

«*Dein* Wolf?», fragte er und hob eine Braue. Seine Mundwinkel kräuselten sich amüsiert, aber das Lächeln erreichte seine Augen nicht, Augen, die Tala an die eines Wolfes erinnerten, weil sie stolz und erhaben blickten.

«Der Rotwolf, der dort gelegen hat.» Sie gab ihrer Stimme etwas mehr Schärfe, um furchtloser zu erscheinen, als sie tatsächlich war, und zeigte auf die Decke. Der Junge hatte sie sich um die Hüfte geschlungen. Er errötete stark und senkte seinen Blick.

Der Mann, der offensichtlich der Rädelsführer war, drehte sich zu den anderen um und jede seiner Bewegungen war erstaunlich geschmeidig, denn er war von stattlicher Statur, groß gewachsen, mit breiten Schultern. Spöttisch meint er: «Fremde stehen in ihrem Wohnzimmer und sie macht sich Sorgen um ein Tier.»

Tala straffte ihre Schultern, damit dieser arrogante Kerl nicht spürte, dass sie Angst hatte. Was immer er von ihr wollte, sie würde es ihm nicht einfach machen. «Der Wolf steht unter meinem Schutz. Ich habe ihm versprochen, mich um ihn zu kümmern, und das werde ich auch.»

«Das erledigt schon seine Familie.»

Hatten die Männer hinter ihm leicht genickt? Tala wusste es nicht mit Bestimmtheit, die Dunkelheit verschleierte alles.

«Wir sind seine Familie», fügte er hinzu und seine Worte klangen hart, als gäbe es daran nichts zu rütteln.

Sie versuchte, sich nicht von ihm beirren zu lassen. «Er muss zu seinem Rudel zurück. Sobald er sich erholt hat, werde ich ihn zurück in die Wälder bringen.»

«Hast du mir nicht zugehört?», fuhr er sie an. Seine Beherrschtheit bröckelte. «Wir sind sein Rudel. Du weißt es. Du hast im Alaska

Native Medical Center mehr gesehen, als du hättest sehen sollen.» Er machte einen Schritt auf sie zu, einen einzigen, und blieb dann stehen, doch dieser Schritt hatte eine Wirkung auf Tala, als hätte er eine Waffe gezogen.

Sie wich rückwärts in die Küche aus. Heftig schüttelte sie ihren Kopf. «Ich habe gar nichts gesehen», log sie.

«Dante.» Erneut kam er näher.

Und sie entfernte sich von ihm, damit sich der Abstand zwischen ihnen ja nicht verringerte. «Wer ist Dante?»

«Der Wolfsmann.» Wieder ein Schritt vorwärts. «Dein Schicksal ist nun unwiderruflich mit seinem verbunden.»

Tala verstand kein Wort. Gehörte der Rotwolf zu besagtem Wolfsmann? Lebte dieser Mann mit den Wölfen? Studierte er vielleicht das Rudel? Sie prüfte, ob die Tür, die in die Diele führte, frei war. War sie nicht. Ein bulliger Mann baute sich im Rahmen auf und versperrte ihr den Fluchtweg. Sie vermutete, dass er Frankokanadier war, denn die Flagge von Québec – ein gelbes Segelschiff auf blauem Hintergrund – zierte seine Jacke.

«Du hast ihn gesehen, als er geflüchtet ist, ich weiß es.» Er kam näher. «Hast dir seine Spuren angeschaut.» Noch näher. «Und ihm geholfen zu entkommen.»

«Der Wachmann des Krankenhauses hatte Wild Protection alarmiert», stellte sie klar und stieß mit dem Rücken gegen die Arbeitsplatte der Küchenzeile. Ihr Blick suchte die Messer. Sie standen rechts hinter ihr, aber leider noch nicht in Greifweite. «Gehört er zum Personal?»

Ein Bild tauchte vor ihrem geistigen Auge auf. Ein Wesen, das auf zwei Beinen durch das Schneegestöber lief, gekrümmt, glaubte sie zumindest, und an Fell erinnerte sie sich. Aber kein Mensch war schnell genug, um Wölfen zu entkommen, besonders nicht im Schnee. War das Dante gewesen?

«Davon spreche ich nicht. Tu nicht so naiv!» Er starrte sie an wie ein Tier, das seine Beute fixierte, um es jeden Moment anzuspringen und niederzustrecken.

Der ältere Mann, der den Jungen stützte, warf ein: «Vielleicht hat sie wirklich nichts gesehen, Claw.»

Doch der Rädelsführer brauchte ihn nur anzusehen und der Alte zog den Kopf zwischen seine Schultern. Das machte das Machtverhältnis für Tala nur noch deutlicher. Claw war der Anführer dieser dubiosen Gruppe, die Männer ordneten sich ihm unter. Aber immerhin wagte der Ältere seine Stimme zu erheben, während die anderen nur dastanden, als hätte Claw sie dorthin abgestellt. Wie Marionetten in seinem Spiel.

Tala wurde klar, dass sie Claw überwältigen oder umstimmen musste. Er war der Hauptdarsteller, die anderen dagegen nur Statisten.

«Sie hätte Rufus liegen lassen sollen. Wir hätten uns um ihn gekümmert. Stattdessen hat sie uns ein Familienmitglied geraubt. Aber das war nur ein Fehler von vielen, den sie gemacht hat, Lupus.» Ein tiefes Grollen kam aus seiner Kehle. Ein unmenschlicher Laut.

Tala erschrak. Sie zitterte. Was war das nur für ein Kerl? War er es vielleicht, der Wölfe in der freien Natur studierte und das Animalische angenommen hatte? Langsam schob sie sich an der Arbeitsplatte entlang.

«Sie hat sich eingemischt in Dinge, die sie nichts angehen. Nur dadurch, dass sie das Labor gestürmt und wie eine Wilde um sich geschossen hat, hat sie uns von Dante abgelenkt.»

«Es war nur eine Schreckschusspistole», rechtfertigte sie sich. Wovon redete er? Er war doch gar nicht im Krankenhaus dabei gewesen.

«Wir hatten ihn schon zu Fall gebracht.» Er gestikulierte heftig. «Sie hat ihm sogar den Weg frei gemacht, indem sie auf das Fenster schoss.»

«Ein Querschläger hat die Scheibe getroffen.» Tala war sicher, dass nur Wölfe im Labor gewesen waren, die sich auf ihre Beute gestürzt hatten. Keine Menschen waren in den Kampf verwickelt gewesen. Aber woher war dann diese Kreatur gekommen, die sie auf zwei Beinen hatte flüchten sehen? Wäre es ein Mensch gewesen, den die Wölfe im Labor unter sich begraben hatten, hätte er Tala und Walt um Hilfe gebeten. Aber sie hatte keine menschlichen Schreie gehört, nur diese furchterregenden Laute, die sie keinem Tier hatte zuordnen können. Dann fiel ihr wieder ein, dass sie keine menschlichen Spuren im Schnee gefunden hatte, sondern ausschließlich Abdrücke von Wolfspfoten.

Sie hatten normal ausgesehen – bis auf einen Abdruck. Den des Wolfsmannes?

Dass er sich ein Fell umgehängt hatte, konnte sie sich noch vorstellen, aber von Schuhen in Form von Riesenpfoten hatte sie noch nie gehört.

Was zur Hölle war Dante? Diese Frage hallte in Tala wider. Ihr Magen krampfte sich zusammen.

«Durch dich haben wir eine Gefährtin verloren. Rufus hätte es auch beinahe das Leben gekostet.» Er zeigte auf den nackten Jungen, der gerade in die Winterjacke des älteren Mannes, Lupus, schlüpfte.

Endlich war Tala beim Messerblock angekommen. Sie langte blitzschnell nach dem Tranchiermesser, zog es heraus und hielt es schützend vor den Körper.

Claw legte den Kopf in den Nacken und lachte herzhaft. «Du glaubst, mich damit niederstrecken zu können?» Im nächsten Moment war das Lachen vollkommen verschwunden. Todernst fixierte er sie und knurrte: «Du hast wirklich keine Ahnung, mit wem du es zu tun hast. Aber ich werde es dir erzählen, bevor du stirbst.»

Kapitel 4

Er musterte sie von oben bis unten. Ein Lächeln kräuselte seine Mundwinkel. Seine Augen funkelten lüstern.

Tala schaute an sich herab. Ihre Brustspitzen zeichneten sich anzüglich unter ihrem beigefarbenen Oberteil ab. Ihre langen hellbraunen Haare halfen da auch nicht, denn eine Brustwarze lugte zwischen zwei Haarsträhnen hindurch und zog damit nur noch mehr Aufmerksamkeit auf sich.

Sie bedeckte ihren Busen mit dem linken Arm. «Du bist ja verrückt. Ich wollte nur helfen.»

Unbeeindruckt von dem Tranchiermesser in ihrer Hand, kam er näher. Er drückte sie mit seinem Körper gegen den Kühlschrank.

Tala hob das Messer an seinen Hals, doch er lächelte nur belustigt. Wie überheblich er war! Furchtlos. Und was gab es Schlimmeres als einen furchtlosen Feind? Hatte er ernsthaft vor, sie zu töten? In diesem Augenblick sah er eher danach aus, als wollte er jeden Moment über sie herfallen und sich mit ihr paaren.

Auf einmal schnellte sein Arm vor. Claw griff ihr Handgelenk und drückte es über ihrem Kopf gegen die Kühlschrankwand. Die Klinge hing wie ein Damoklesschwert über ihr. Er legte seine freie Hand an ihre Kehle und übte leichten Druck aus. Eine bedrohliche Geste, jedoch keine tödliche.

Spürte sie Krallen? Tala war irritiert. Sie sah Claw an, als könnte sie die Antwort in seinem Gesicht finden. Nein, nein, sie musste sich irren. Und doch, irgendetwas Spitzes drückte sich in ihren Hals.

«Ich weiß, dass du Dante gesehen hast.» Claw neigte sich vor und schnupperte an ihrer Halsbeuge. «Ich rieche deine Angst. Du lügst.»

Durch sein Schnüffeln kam ihr noch ein Detail in den Sinn. Die Schnauze. Als sie am Fenster des Krankenhauses gestanden hatte, glaubte sie für Sekunden, dass das Wesen, das auf zwei Beinen flüchtete, eine Schnauze gehabt hatte. Doch die Nacht und der Schneefall mussten ihr einen Streich gespielt haben. Hatte sie gedacht. Aber nun war sie sich nicht mehr sicher. Vielleicht hatte sie sich ja doch nicht getäuscht. Wenn Claw tatsächlich Krallen besaß, konnte Dante Fell und eine Schnauze haben.

Tala war völlig durcheinander. Sie schüttelte den Kopf. Ihr Blick schweifte zu ihrem Bücherregal. Zu den Sachbüchern. Über die indianische Kultur Alaskas. Über verschiedene Tierrassen. Und über Wölfe. Daneben reihten sich Romane. Über Vampire. Gestaltwandler. Und Werwölfe. Fiktion, oder doch nicht? Im Regal darunter standen ihre DVDs. X-Men. American Werwolf. Wolf, das Tier im Manne.

«Das kann nicht wahr sein.» Sie erschrak über ihre eigenen Worte, denn sie meinte nur ausgeatmet zu haben. Die Worte waren von selbst über ihre Lippen gekommen.

Lippen, denen Claw nun gefährlich nah kam. Er war nur wenige Zentimeter von ihrem Gesicht entfernt. Aber er schwieg und gab ihr Zeit, ihren Gedanken nachzugehen, damit sie die Fakten ordnen, auswerten und zu einem Ergebnis kommen konnte.

Aber Tala wurde schwindelig von dem Chaos in ihrem Kopf. Ihre Gefühle fuhren Achterbahn. Sie dachte an Wolverine, seine hochsensiblen Sinne, seine erhöhte Ausdauer und Beweglichkeit. Ein Mann mit solchen Fähigkeiten könnte sich gegen ein Rudel Wölfe durchsetzen. Aber er lebte in Comics und Filmen und war nicht real. Die Krallen an ihrer Kehle waren es jedoch. Wie Wolverine drei Klingen besaß, die aus seinem Handrücken herausfahren konnten, hatte Claw Krallen, die aus seinen Fingerspitzen wuchsen. Wolverine war ein mutierter Mensch. Was war Claw? Was Rufus, Lupus und die anderen Männer, die in ihrer Wohnung standen und sie bedrohten?

Als hätte Claw ihre Gedanken mitverfolgt, wisperte er: «Ja, wir sind Werwölfe.»

Tala schüttelte den Kopf. Ihr Kopf sagte ihr, dass das unmöglich war, aber ihr Gefühl zweifelte. Claw glaubte, was er sagte, das spürte sie, aber sie war ein rationaler Mensch, zumindest zur Hälfte. Jedoch das indianische Blut ihrer Mutter, das in ihr floss, erinnerte sie an die Mythologie, an all die Riten und die Tradition. Ihre Vorväter hüllten sich vor der Jagd in ein Wolfsfell ein, vollzogen eine Zeremonie, damit auch sie zum Wolf wurden, sein Jagdinstinkt auf sie überging und sie in den Wäldern unsichtbar wurden – aber das war sinnbildlich gemeint. Die Jäger wechselten nicht tatsächlich die Gestalt, sondern sammelten ihre Kräfte. Uraltes Motivationstraining. Oder hatte Tala einfach nur den Glauben an ihre Kultur verloren?

«Wirst du mich wirklich töten?», fragte sie leise, um nicht länger über Gestaltwandler nachdenken zu müssen. Ihr war schon ganz übel.

«Du hast einen Rotwolf mit nach Hause genommen und einen nackten Jungen in deinem Wohnzimmer vorgefunden», begann Claw und bohrte seine Krallen tiefer in ihren Hals, sodass Tala ihr Kinn anhob, doch sie konnte seinem Griff nicht entkommen. «Du hast die Bestie Dante gesehen. Die Gesellschaft der Werwölfe ist zu fragil, um Zeugen am Leben zu lassen. Zuerst macht nur ein Gerücht die Runde, es folgt Panik und dann beginnt die Jagd. Das Risiko ist zu groß. Es darf nichts auf uns hinweisen, nicht einmal ein Gerücht. Deshalb müssen wir Dante ausschalten.»

«Und mich?» Ihre Augen wurden feucht. Sie packte das Messer fester, aber es nutzte ihr nichts. Claw war nicht nur ein starker Mann, sondern auch ein Inbegriff an Entschlossenheit.

Plötzlich tauchte Lupus neben Claw auf, doch er sah Tala an. «Dein Name ist Tala, nicht wahr? Tala Cocoon.»

«Was willst du, Lupus?», fauchte Claw ihn an, bevor Tala seine Frage bejahen konnte.

«Ihr Vorname ist indianisch», erklärte Lupus mit einer Ruhe, die Tala beeindruckte. Er schien Respekt vor seinem Anführer zu haben, aber ließ sich diesmal nicht das Wort verbieten. «Er bedeutet Wolf.»

Etwas veränderte sich in Claw. Die Anspannung in seinem Körper wich dem Erstaunen. Er sah Tala eingehend an. «Sie sieht nicht indianisch aus.»

Ein großer schlanker Mann trat aus dem Dunkel des Wohnzimmers in die Küche. Er hatte kurz geschorene Haare und ein rundliches Gesicht. «Mein Name ist Canis. Ich gehöre dem Stamm der Inupiaq an.»

«Meine Mutter ist eine Athabascan», sagte Tala. «Mein Vater Kanadier.» Ein Katholik.

«Athabascan?» Claw horchte auf.

Lupus legte die Hand auf Claws Oberarm, als wollte er ihn davon abhalten, Tala die Kehle herauszureißen. «In Dantes Adern fließt Athabascan-Blut. Die indianische Kultur ist eng mit den Wölfen verbunden. Sie haben sich immer gegenseitig respektiert und sich als gleichwertig betrachtet.»

«Das ist richtig», stimmte Canis ihm zu. «Beide gehen jagen, um ihre Leute zu ernähren, und würden ihr Leben für das Rudel bzw. den Stamm geben.»

Tala sah zwischen den Männern hin und her. Tunlichst verschwieg sie, dass sie zwar mit dem Glauben der Athabascan aufgewachsen war, ihn jedoch nicht praktizierte. Sie glaubte so wenig an Geister wie viele Katholiken an Adam und Eva. Aber das war nicht der richtige Moment, ihren Unglauben kundzutun. Flehentlich blickte sie Claw direkt in dic Augen. Er wankte innerlich.

Lupus zog die Hand weg. «Ich denke, dass ihr Name ein Wink des Schicksals ist. Ein Zeichen.»

«Seit wann bist du abergläubisch?», fragte Claw spöttisch.

«Mein Instinkt sagt mir, dass wir Tala begegnen sollten», fuhr der alte Mann fort. «Unsere Fährten haben sich nicht grundlos gekreuzt. Sie hat eine Aufgabe zu erfüllen, eine, die mit dem Rudel verbunden ist, wahrscheinlich etwas, das mit Dante zu tun hat, weil sie vom selben Stamm sind.»

Tala wollte Dante auf keinen Fall noch einmal begegnen, wenn er tatsächlich die Kreatur gewesen war, die sie vor dem Alaska Native Medical Center gesehen hatte. Claw hatte ihn eine Bestie genannt. Aber für den Moment war ihr alles recht, wenn es sie nur heil aus dieser brisanten Situation befreite.

Sie sah ihm an, dass er über Lupus' Worte nachdachte. Seine Stimme klang weicher, wenn auch nicht vollkommen überzeugt. «Welche Aufgabe könnte das sein? Sie ist nicht einmal ein Werwolf. Welchen Wert könnte sie für das Rudel haben?»

Lupus kratzte sich am Haaransatz. «Das weiß ich noch nicht, aber sie könnte erst einmal wiedergutmachen, was sie verbockt hat, und uns bei der Suche nach Dante helfen.»

Claw schnalzte. «Sie kann ja nicht einmal seine Fährte riechen.»

«Aber sie ist eine Athabascan, so wie er.» Der Alte sagte das beinahe ehrfürchtig.

Claw musterte Tala erneut intensiv. Er betrachtete ihre Brüste, ihre schlanke Taille und atmete tief ein, als würde er ihren Duft inhalieren. «Was sagst du dazu, Menschenfrau? Wirst du uns bei der Suche nach Dante helfen? Wirst du deinen Stammesbruder an uns verraten?»

Tala war mittlerweile sprachlos. Das alles war schwer zu verdauen. Sie hatte auf der Zunge liegen, dass sie rein gar nichts mit der Kreatur verband und sie zwar in der Kultur der Athabascan aufgewachsen war, ihr Zugehörigkeitsgefühl jedoch so dünn wie ein Bindfaden und nicht dick wie ein Seil war. Aber ihre moderne Denkweise konnte sie in diesem Moment das Leben kosten, deshalb nickte sie.

«Dann soll es so sein.» Claw ließ sie los und stieß sich vom Kühlschrank ab. «Du wirst dich umhören, ob jemand eine Wolfskreatur gesehen hat, die auf zwei Beinen ging, und uns Bericht erstatten. Und wir werden dir auf Schritt und Tritt folgen und dich nicht mehr aus den Augen lassen. Verrate uns und du bist des Todes. Du wirst von uns hören.»

Er gab seinem Rudel ein Zeichen. Während sie das Haus durch die Terrassentür verließen, machte er einige Schritte rückwärts, ohne Tala aus den Augen zu lassen. Schließlich drehte er sich um und folgte ihnen. Am Bücherregal ging er langsamer. Sein Blick glitt über die Buchrücken. An einem Roman blieb er hängen. Schmunzelnd nahm er ihn heraus. «Alphawolf», ein erotischer Werwolf-Roman. Der Titel war eindeutig und ebenso das Cover.

Claw bedachte Tala mit einem verlangenden Blick, der das Feuer der Angst, das in ihr loderte, in Lust wandelte. Es prickelte zwischen ihren Schenkeln. Sie konnte nicht fassen, dass ihr Körper auf diese Weise reagierte, wo Claw sie doch eben noch hatte töten wollen. Doch sie nahm ihm nicht ab, dass er sie tatsächlich umgebracht hätte. Oder war dies reines Wunschdenken?

Verlegen schaute sie auf ihre nackten Zehen. Claw war nicht nur auf natürliche Weise respekteinflößend, sondern er verströmte auch Sexualpheromone, die Tala überwältigten, obwohl sie sich dagegen wehrte. Weshalb konnte sie die Lockstoffe seines Körpers überhaupt wahrnehmen? Die Tatsache verwirrte sie. So etwas war ihr noch nie passiert. Der Geruchssinn des Menschen war dafür eigentlich viel zu unterentwickelt.

Am Ende jedoch zählte nur dies: Weshalb sollte sein Körper Pheromone absondern, wenn er sie umbringen wollte? Nein, er wollte sie nur einschüchtern. Sein Plan hatte bestens funktioniert.

Noch immer hielt sie das Tranchiermesser in der Hand und kam sich damit lächerlich vor.

Als sie wieder aufschaute, steckte er den Roman gerade unter sein dunkles Crown Jacket. Dann folgte er seinen Gefährten und verschmolz mit der Nacht. Warum fiel ihr auf einmal der schwarze Timberwolf ein, der sie im Medical Center angesprungen hatte?

Erschöpft glitt sie mit dem Rücken am Kühlschrank herab, bis sie auf dem Küchenboden saß, zog ihre Knie an und vergrub ihr Gesicht in den Händen. Tala konnte es nicht fassen. Sie hatte einen Deal – mit Fremden, die von sich behaupteten, Werwölfe zu sein. Und sie zweifelte keinen Augenblick daran, dass sie selbst davon felsenfest überzeugt waren, wirklich Gestaltwandler zu sein.

Und Tala war kurz davor gewesen, es zu glauben.

Kapitel 5

Am nächsten Tag fühlte sie sich beobachtet. Zuerst dachte Tala, sie würde an Paranoia leiden, weil Claws Warnung sich in ihr festgesetzt hatte wie ein Widerhaken. Dass ihre Angst jedoch begründet war, erfuhr sie bald. Die Männer aus dem Rudel folgten ihr überall hin. Und sie taten dies nicht verdeckt, sondern so, dass Tala es mitbekam. Sie hielten sich im Hintergrund und suchten niemals den Kontakt zu ihr, aber sie zeigten sich ihr bewusst.

Tala kostete es viel Mühe zu verhindern, dass Walter nichts bemerkte und skeptisch wurde.

Als sie in Hazels Diner saßen, um ihren Lunch früher als normal einzunehmen, weil ein Schneesturm über Anchorage wütete, beugte er sich über den Tisch zu ihr. «Pst, hast du den Typen an der Theke schon mal gesehen?»

Natürlich. Er hatte gestern Nacht in ihrem Wohnzimmer gestanden und sie vormittags dabei beobachtet, wie sie ein Karibu von einem Schulhof vertrieben hatte, sodass es den Weg zurück in den Wald fand. «Nein», log sie.

«Den Indianer», setzte Walt nach. «Ist er vielleicht aus deinem Stamm?»

«Ich sagte doch, ich kenne ihn nicht.» Tala schob ihr Mittagessen weg, ohne es angerührt zu haben. Als Walter kurz vor der Abfahrt das WC aufsuchte, zischte sie Canis zu: «Geht das auch unauffälliger?»

«Dann wäre es doch sinnlos.» Er hatte ihr zugezwinkert und seine Jacke angezogen, um ihnen auch weiterhin auf den Fersen zu bleiben.

Als sie im Schritttempo – der Wind war abgeschwächt, aber es schneite immer noch stark – zu ihrem nächsten Einsatz fuhren, hörte Tala nicht auf zu plappern, nur um Walt davon abzulenken, dass Canis ihnen hinterherfuhr. Als sie am Einsatzort ankamen, hatte sie Kopfschmerzen von ihrem eigenen Geschnatter.

Nachdem sie sich vergewissert hatte, dass alle Fenster und Türen verschlossen waren, legte sie sich aufs Bett und rieb ihre Schläfen. In ihrem Hinterkopf dudelte die ganze Zeit ein Lied. Zuerst war da nur die Melodie, die wie in einer Endlosschleife immer wieder von vorne begann. Erst als Tala mitsummte, wurde sie sich bewusst, welches Lied sie quälte. «Run with the pack or get hunted by the pack.» Sie erinnerte sich nicht an den Sänger oder die Gruppe, nicht an die einzelnen Zeilen, nur an den Titel.

Stöhnend raffte sie sich auf und nahm eine heiße Dusche. Sie dachte lächelnd an den Rotwolf. Ein süßer kleiner Bursche, der keinerlei Aggression gezeigt hatte. Konnte er sich wirklich in den Jungen verwandelt haben? Rufus, so hatte man ihn genannt. Vielleicht war er auch längst ein Teenager, Tala konnte es nicht bestimmen. Sie hätte ihn in diesem Moment gerne zur Beruhigung gestreichelt, zu *ihrer* Beruhigung – den Wolf natürlich.

Den ganzen Tag hatte sie über die Erlebnisse der Nacht nachgedacht. Manchmal bewusst, oft unterbewusst. Sie hatte sich dabei ertappt, wie sie Walt nicht zugehört, sondern gegrübelt hatte. Über Werwölfe. Und Claw, den sie meiden sollte wie der Teufel das Weihwasser, doch sie konnte nicht aufhören, an ihn zu denken.

Jedes Mal kitzelte sie wieder dieses Prickeln in ihrer Mitte. Tala führte das darauf zurück, dass sie schon lange keine Beziehung mehr gehabt hatte und sich nach Nähe sehnte.

Ihr Herz hatte immer für Mantotopah geschlagen, war jedoch nie erhört worden. Diese unerfüllte Liebe machte es schwer, sich einem anderen Mann zu öffnen. Seltsamerweise war die Sehnsucht nach ihrem Stammesbruder schwächer geworden, seit Claw in ihr Leben getreten war. Dabei war Claw nicht einmal sonderlich nett zu ihr gewesen. Seine Aura, seine Präsenz jedoch nahmen so viel Raum ein – in der Realität sowie in Talas Gedanken –, dass Mantotopah in den Hintergrund getreten war.

Das hatte vor Claw noch kein anderer Mann geschafft.

Das ändert aber nichts daran, dass er mir ans Leder will, dachte Tala und stieg aus der Dusche. Sie griff das Badetuch und trocknete sich ab. Sie war feucht zwischen den Schenkeln und die Konsistenz ließ darauf schließen, dass die Feuchtigkeit kein Duschwasser war.

Tala stellte sich vor den Badezimmerspiegel und betrachtete ihren Körper. Eigentlich war sie ganz zufrieden mit sich. Trotz ein paar Kilo mehr auf den Rippen, besaß sie eine schlanke Taille. Ihre Brüste waren klein, aber fest. Sie besaß nicht das runde Gesicht der Athabascan, doch ihre braunen Augen ließen ihre indianische Herkunft erahnen. Ihre Haare waren etwas heller als die der meisten Indianer, weil ihr Vater blond war. Sein Beruf als Gerüstbauer hatte ihn und Talas Mutter vor vier Monaten nach Vancouver geführt. Dort sicherte eine Großbaustelle ihr Einkommen für ein Jahr – eine neue Brücke über dem False Creek, als würden die Burrard Street Bridge, die Granville Street Bridge und die Cambie Street Bridge, die die Burrard-Halbinsel mit dem Stadtzentrum verbanden, nicht reichen.

Tala schüttelte ihren Kopf und begann, ihr Haar mit dem Badetuch trocken zu rubbeln.

Gerne hätte sie ihre Eltern um Rat gefragt. Aber wer würde sie nicht für verrückt halten, wenn sie die Sprache auf Werwölfe brachte?

Jeder vernünftige Mensch würde Gestaltwandler für ein Hirngespinst halten. Aber es gab mehr als einen Hinweis darauf, dass Claw die Wahrheit gesprochen hatte. Das brachte Tala gehörig durcheinander. Ihre Meinung geriet ins Wanken. Die Zweifel waren nicht totzukriegen, egal wie stark sie versuchte, rational zu denken.

Oder beeinflussten sie die Romane und Filme, die sie konsumierte? Hatten die Geschichten ihre Gedankenwelt für Paranormales geöffnet? Eine Seite in ihr wünschte sich sogar, dass die Wesen aus den fiktiven Welten real wären, weil das Leben dann viel bunter und aufregender wäre. Aber der anderen Seite ihres Ichs grauste es davor.

Tala legte ihr Badetuch auf das WC und bürstete ihre Haare. Sie gab zu, dass sie aufgrund ihrer indianischen Wurzeln empfänglicher für diese Art von Dingen war. Ihr Volk hatte eine andere Einstellung zur Tierwelt. Die Tiere wurden mit mehr Respekt betrachtet und als gleichwertige Persönlichkeiten behandelt.

Außerdem besaßen die Indianer eine eigene Form von Realismus, die moderne Menschen schwer nachvollziehen konnten. Traum und Wirklichkeit waren bei ihnen unzertrennlich. Alles, was in der Wirklichkeit geschah, war nur eine Begleiterscheinung des Traums. Tala selbst hatte Schwierigkeiten, sich das vorzustellen, da sie zu abgeklärt war, weshalb sie nicht bei ihrem Stamm lebte, sondern ihre Selbstständigkeit vorzog.

Und dennoch floss Athabascan-Blut in ihren Adern. Das konnte sie nicht leugnen. Auch nicht, dass sie versucht war, Claws Worten zu glauben.

Plötzlich horchte sie auf. Sie legte die Bürste weg und lauschte in die Stille.

Nicht schon wieder, dachte sie und rollte mit den Augen.

Da waren eindeutig Geräusche im Untergeschoss. Sie hatte doch alle Türen und Fenster doppelt überprüft. Niemand hatte sich Zugang zu ihrem Häuschen verschaffen können. Und doch hörte sie, wie ein Schrank geöffnet und wieder geschlossen wurde.

Vielleicht ist es nur der Wind, der an den Jalousien klappert, versuchte sie sich zu beruhigen, schlüpfte in ihren Pyjama und zog ihren Bademantel über. Doch schon als sie am Treppenabgang stand, zerstreute sich ihre Hoffnung. Licht fiel aus dem Wohnzimmer in die Diele und sie war sich hundertprozentig sicher, es gelöscht zu haben, bevor sie ins Obergeschoss gegangen war.

Als Claw aus dem Wohnzimmer kam und am Treppenabsatz stehen blieb, stockte ihr der Atem.

«Da bist du ja. Wir haben schon auf dich gewartet.» Er schwenkte ein Weinglas. Kurz betrachtete er die rotierende Flüssigkeit und roch dann daran. «Ich wollte dich ja aus der Dusche holen, aber Rufus hätte sich allein bei dem Gedanken beinahe in einen Wolf verwandelt, aber das wäre zu früh gewesen. Ich brauche ihn noch für meine kleine Demonstration.»

Fragend hob Tala eine Augenbraue. Was meinte er damit? Sie hätte ihm zugetraut, dass er in ihr Badezimmer gekommen wäre und sie – nackt, wie sie war – wie ein Steinzeitmensch über seine Schulter geworfen hätte.

Er war ein roher Kerl. Mit einem Glas Rotwein in der Hand. Ein Mann voller Widersprüche.

«Für dich steht auch ein Glas auf dem Wohnzimmertisch. Der Alkohol wird dich beruhigen. Komm runter.» Dann verschwand er wieder.

Er sagte dies mit einer Bestimmtheit, die Tala sowohl beeindruckte als auch wütend machte. Wahrscheinlich dachte er keine Sekunde daran, dass sie sich in ihrem Schlafzimmer einschließen und die Polizei rufen könnte.

Das tat sie auch nicht. Stattdessen stieg sie die Treppe hinab.

Im Wohnzimmer fand sie ihn auf der Armlehne des alten, dunkelgrünen Sofas sitzend vor. Rufus kauerte auf dem Sessel, der neben der Terrassentür stand. Als Tala eintrat, nahm er die Füße vom Sitz und setzte sich gerade hin.

Claw reichte ihr ein Glas Wein. Sie bemerkte das Spiel seiner Muskeln unter dem engen dunkelbraunen Rollkragenpullover. Sein Crown Coat lag auf der Rückenlehne der Couch.

«Wie seid ihr ins Haus gekommen?» Abweisend hielt Tala ihre Hand hoch. Sie musste einen klaren Kopf bewahren. Alkohol war das Letzte, was sie gebrauchen konnte.

Geschmeidig stand er auf. «Wir kommen überall rein.»

Kannst du dich etwa auch in eine Kakerlake verwandeln und durch Türritzen kriechen, fragte sie bissig in Gedanken, wagte es jedoch nicht, die Frage laut auszusprechen, denn sie hatte das Gefühl, dass Claw auf der Lauer lag. Er bemühte sich, entspannt zu wirken, aber das war nur Fassade. Bestimmt hatten sie einfach nur einen Dietrich benutzt, denn die Türschlösser waren nicht gerade einbruchsicher.

«Trink», befahl er und drängte ihr den Wein förmlich auf. «Nach dem, was du gleich sehen wirst, brauchst du einen großen Schluck. Oder zwei.»

Tala nahm das Glas, trank jedoch nicht. Ihr Blick schweifte von Claw zu Rufus und zurück. «Was habt ihr vor?» Das Glas in ihrer Hand zitterte.

Unerwartet legte er seine Hand um die ihre. Sie war warm und kräftig. Das Zittern hörte auf, zumindest äußerlich. «Du erwägst die

Möglichkeit, dass wir die Wahrheit sagen, aber du glaubst noch nicht. Das werden wir heute Nacht ändern.»

«Ich verstehe nicht», sagte sie und versuchte ihre Hand wegzuziehen, aber Claw hielt sie unnachgiebig fest.

Er kam nah heran, drehte ihre Hand und trank aus ihrem Glas anstatt aus seinem eigenen. «Du denkst, wir wären nur eine x-beliebige Verbrecherbande, vielleicht illegale Jäger, die hinter einem außergewöhnlichen Tier her sind und eine grässliche Geschichte erfunden haben, um dich für ihre Zwecke einzuspannen und dein Stillschweigen zu garantieren.»

Einige Sekunden wartete er, aber Tala schwieg. So Unrecht hatte er nicht.

«Du machst dir etwas vor, vielleicht weil du nicht wahrhaben willst, dass Werwölfe existieren, dabei hast du einen kurzen Blick auf Dante erhaschen können.»

«Ich könnte mich getäuscht haben», wisperte sie atemlos. «Es war dunkel. Ein Schneesturm zog auf.»

Claw neigte sich über das Glas, das sie beide festhielten.

«Alle Worte werden nichts nützen. Du musst es mit eigenen Augen sehen.»

«Was?», fragte Tala. Sie suchte Rufus' Blick, aber Claw stand zu nah vor ihr, sodass sie den Jungen nicht sehen konnte.

«Die Wandlung ...»

Unbewusst schüttelte Tala ihren Kopf. Sie wollte gar nicht wissen, ob Claw und sein Rudel Recht hatten. Die Konsequenzen wären verheerend. Falls Rufus tatsächlich die Gestalt wechseln konnte, würde Talas Welt von einer Minute auf die andere kopfstehen.

«Du musst zuschauen. Ich werde dich zwingen», knurrte Claw. Seine Muskeln waren angespannt. «Es ist nötig, dir die Gefahr vor Augen zu führen.»

«Damit ich spure», blaffte Tala.

Er ließ ihre Hand los und trat beiseite. «Um dich vor Dummheiten zu bewahren und damit du den Ernst der Lage erkennst. Dante ist schlimmer, viel schlimmer als ein Werwolf. Wir sind nicht böse. Aber unter gewissen Umständen können wir es werden, wie reine Menschen auch.»

Es gab Kriege aufgrund verschiedener Hautfarben, Religionen und Kasten, und er trennte die Welt in Gestaltwandler und reine Menschen. Tala fand das erstaunlich. «Welche Umstände?»

«Alles der Reihe nach.» Er drehte sich um und gab Rufus ein Zeichen.

Der Junge stand auf. In seinen Blue Jeans, die so locker auf seinen Hüftenknochen hingen, dass Tala befürchtete, die Hose würde bei der nächsten Bewegung herunterrutschen, und der nachtblauen Daunenjacke sah er älter aus als nackt in der Nacht zuvor. Sein Teint war auch nicht mehr so blass. Dennoch zeichnete sich das Feuermal auf seiner Wange ab. Tala konnte nicht anders, als es zu betrachten.

Es erinnerte sie an ein Kainsmal. Ihr Vater, ein gläubiger Katholik, hatte Tala zwar nicht taufen lassen, auch aus Respekt vor den Athabascan, aber in den Religionsunterricht geschickt, damit sie später selbst wählen konnte, welcher Religion sie angehören wollte. Sie erinnerte sich nur wage an die Geschichte vom Brudermord, aber das reichte, um ihre Bedenken erneut aufflammen zu lassen.

Nachdem Kain seinen Bruder Abel erschlagen hatte, zeichnete Gott ihn, anstatt ihn zu richten. Damit wollte er verhindern, dass man ihn lynchte, so hieß es im alten Testament. Anhand des Kainsmals erkannten alle den Mörder, aber das Zeichen schützte ihn auch vor Rache. Kain war somit der Bibel nach der erste Mörder auf Erden.

War Rufus nicht so harmlos, wie er erschien? Vielleicht sogar ein Killer? Möglicherweise war die Bande um Claw nur hinter einem armen entstellten Menschen her, der von oben bis unten stark behaart war, und die Werwolf-Story nur Verschleierungstaktik.

«Weshalb ziehst du dich aus?», fragte sie den Jungen.

Er stand mittlerweile mit dem Rücken zu ihr, halb verdeckt vom Sessel. Über die Schulter hinweg sah er sie an. «Damit ich meine Kleidung nicht zerreiße.» Unbeirrt fuhr er fort, sich zu entkleiden.

«Natürlich», murmelte Tala und änderte ihre Meinung auf einmal. Sollten die beiden nur versuchen, ihr Spiel mit ihr zu treiben. Weit würden sie mit dieser Farce nicht kommen. Spätestens wenn es zum

Höhepunkt – dem Gestaltwandel – kam, würde die Wahrheit ans Licht kommen. Welche Ausrede würde Claw ihr dann auftischen?

Sie nahm schließlich doch einen Schluck Wein, um ihre Nerven zu beruhigen. «Das Feuermal könnte man chirurgisch entfernen lassen.»

«Das brauche ich nicht», antwortete er, ohne sich umzudrehen. «Wenn ich ein Wolf bin, ist es unsichtbar, weil es von Fell bedeckt wird.»

«Dann ist deine Wolfsgestalt dir wichtiger?», fragte sie erstaunt und stellte ihr Glas auf dem Couchtisch ab.

Er nickte, was Tala vermuten ließ, dass er schlechte Erfahrungen mit Menschen gemacht hatte. Mitleid regte sich in ihr. Was war ihm zugestoßen, dass er sich in die Illusion flüchtete, ein Wolf werden zu können, wann immer er wollte?

Ihre Stimme troff vor Trotz und Sarkasmus, als sie sich an Claw wandte: «Dann ist die Wandlung nicht an Vollmondnächte gebunden?»

«Das ist genauso ein Unsinn, wie dass wir nur durch Silberkugeln getötet werden können. Oder hätte ich dir das besser nicht sagen sollen?» Schmunzelnd neigte er sich vor. Sein Blick klebte an ihren Lippen. Das Lächeln milderte seine harten Gesichtszüge keineswegs. Es machte ihn anziehender, aber keineswegs weicher. «Wir sind nicht unsterblich, aber unsere Lebenszeit verlängert sich, als würde das Tier uns Kraft schenken. Unsere Gestalt können wir wechseln, wann wir wollen, aber wenn diese Wandlung an eine starke emotionale Erregung gekoppelt ist, beschleunigt das den Prozess.»

Tala wollte nicht wissen, ob Sex auch dazugehörte. Wieso dachte sie überhaupt daran? Du bist unmöglich, Tala Cocoon, rügte sie sich und meinte wieder Pheromone wahrzunehmen. Jedoch waren es diesmal ihre eigenen.

«Allerdings fordert das Tier in uns seinen Tribut», fuhr er fort. Sein Kiefer mahlte. «Es zwingt uns dazu, regelmäßig seine Gestalt anzunehmen. Wir brauchen den Wolf in uns, wie der Wolf uns braucht. Er ist Segen und Fluch zugleich. Geißel und Erlösung.»

Rufus stieg aus seiner Jeans und warf sie einfach auf den Boden.

Auch Werwolf-Jungen sind nur Teenager, dachte Tala und vermied es zu grinsen. Sie spürte erneut den leichten Kopfschmerz, weil ihre Gedanken durch die neuen Informationen wieder Purzelbäume schlugen. Langsam bekam sie Angst, weil sowohl Claw als auch Rufus derart überzeugt von ihrem zweiten Gesicht – das des Werwolfs – waren, dass neue Zweifel in Tala aufkeimten.

Es stand zwei zu eins. Bedeutete das nicht, dass die Männer Recht hatten?

Der Junge war mittlerweile nackt und schien nur auf einen Befehl von Claw zu warten. Das erste Mal hatte Tala Zeit, ihn zu betrachten. Sein schlaksiger Körperbau täuschte darüber hinweg, dass er drahtig war. Eines Tages würde er ein athletischer junger Mann sein, einer, der mit seinem scheuen Blick viele Frauenherzen eroberte.

«Worin liegt der Ursprung der Werwölfe?», bohrte Tala weiter und schnürte den Gürtel ihres Bademantels enger.

Claw antwortete nachdenklich: «Es existieren einige Theorien.»

«Natürlich.» Herausfordernd hob sie beide Augenbrauen.

Ein leises Grollen stieg aus seiner Kehle. Doch er zähmte das Tier in sich, bevor es an die Oberfläche kommen konnte, und erklärte: «Eine davon besagt, dass sich ein Indianer auf die Jagd vorbereitet hat.»

«Zu welchem Stamm er gehörte, weißt du nicht zufällig?», hakte sie spitz nach.

Er drängte sie gegen den Schrank und stützte sich mit einer Hand neben ihrem Kopf ab. «Treib es nicht zu weit.» Einige Sekunden lang schaute er ihr schweigend – drohend – tief in die Augen. «Nein, seine Stammeszugehörigkeit ist mir nicht bekannt, aber sie spielt auch keine Rolle. Es geht nicht darum zu klären, wer Schuld hat. Werwölfe sind ein Wunder der Natur, das nur wenige Menschen zu schätzen wissen.»

«Was ist dann mit Dante?» Ihre Frage war nicht provozierend gemeint. Tala war ehrlich neugierig.

«Dante ist ein Wolfsmann – ein Wesen, das Wolf und Mann gleichzeitig ist.» Er schnaubte verächtlich und deutete auf sich und Rufus. «Wir sind immer entweder das eine oder das andere, niemals beides zur selben Zeit, abgesehen von den wenigen Minuten, die die Wandlung andauert. Wolfsmann – der Namen hört sich harmloser an als Werwolf, meint aber eine Kreatur, die viel grausamer und widernatürlicher ist, glaube mir, Tala.»

Wie er ihren Namen aussprach ... So selbstverständlich, so vertraut. «Der Jäger ...», erinnerte sie ihn.

«Er hüllte seinen nackten Körper in ein Wolfsfell und vollzog eine Zeremonie, damit der Geist des Wolfes auf ihn überging, um seine Instinkte für die Jagd zu nutzen und in den Wäldern unterzutauchen.» Claw stieß sich vom Schrank ab. «Er war erfolgreich und erjagte viele Tiere, doch er hatte den Wolf zu sehr in sich aufgenommen, sodass er sich unwiderruflich in ihm festgehakt hatte. Der Jäger wurde ihn nicht mehr los. Daraufhin erkrankte er schwer, ohne dass jemand die Ursache feststellen konnte. Den Grund kannte nur er selbst: Er kämpfte innerlich mit dem Tier, bis sie sich einigten. Erst nachdem Friede in ihm herrschte, wurde der Jäger wieder gesund, doch fortan zwang der Wolf ihn, regelmäßig die Wolfsgestalt anzunehmen, da sie sich einen Körper teilen mussten.»

«Glaubst du dieser Theorie?», wollte Tala zögerlich wissen.

Er kniff seine Augen zusammen. «Du bist doch die Indianerin von uns beiden.»

«Ein Halbblut», stellte sie klar. «Und eine moderne junge Frau.»

«Vielleicht ist es auch ein Virus, das früher ausschließlich Wölfe befiel, aber durch Umwelteinflüsse mutiert ist und mittlerweile auch Menschen befällt. Was weiß ich ...» Er machte eine wegwerfende Geste. Wahrscheinlich hatte er schon unzählige Male über dieser Frage gegrübelt und war zu keinem Ergebnis gekommen.

«Wieso kennst du nicht den Ursprung der Werwölfe?», fragte sie misstrauisch.

«Kannst du mit Bestimmtheit sagen, wie die Menschheit entstanden ist?» Er legte den Kopf schräg. Seine Nase kräuselte sich. «Glaubst du, dass Adam und Eva die ersten Menschen waren, von Gott gesandt? Oder glaubst du eher an die Wissenschaft und die Evolution? Ich habe keine Ahnung, was die Athabascan sagen, aber der Mandan-Stamm, der am Missouri lebt, glaubt, dass der erste Mann ein kraftvoller Geist war und so etwas wie ein göttliches Wesen, das vom Herrn des Lebens, dem Schöpfer aller Dinge auf Erden, erschaffen wurde, um als Vermittler zwischen den gewöhnlichen Menschen und den zahlreichen Göttern und Geistern, die das Universum bevölkern, zu fungieren.»

Tala schwieg. Alle diese Theorien hatten eine Bedeutung in ihrem Leben, sie war mit ihnen aufgewachsen, aber der feste Glaube an eine davon war ihr durch die Vielzahl der Eindrücke und Einflüsse abhanden gekommen. Claw hatte Recht. Was wagte sie an ihm zu zweifeln, wo sie doch selbst so wenig wusste? Kleinlaut sagte sie: «Die Maya glauben, dass ihre Götter den Menschen aus Mais, Lehm und Wasser erschaffen haben.»

«Niemand weiß, wie alles begann. Es ist nicht wichtig. Werwölfe existieren, das ist eine Tatsache, und du wirst es nach meiner kleinen Demonstration nicht mehr leugnen können.» Schroff wandte er sich an den Jungen. «Rufus, verwandle dich!»

Tala spürte, wie sie sich unweigerlich verkrampfte. Der Moment der Wahrheit war gekommen.

Kapitel 6

Rufus wagte nicht hinter dem Sessel hervorzutreten. Die Verlegenheit stand ihm ins Gesicht geschrieben. Lag es daran, dass er erwartet hatte, Tala würde die Demonstration ablehnen, und da sie es nicht tat, hatten er und Claw sich in eine peinliche Situation manövriert? Oder weil er nackt war?

Noch immer stand er mit dem Rücken zu Tala und Claw. Hin und wieder schaute er scheu über die Schulter zu ihnen.

Tala stand kurz davor, diese Farce zu beenden, weil Rufus ihr leidtat. «Wieso verwandelst du dich nicht, Claw?»

«Weil Rufus' Alter die Situation harmloser macht. Bei mir siehst es grausamer aus und du würdest noch mehr Angst bekommen», antwortete er unbeeindruckt von ihrem Vorwurf. «Außerdem könnte er dich nicht davon abhalten, aus dem Raum zu flüchten, weil dir der Anblick zu viel wird.» Er machte eine Pause, um seine nächsten Worte zu unterstreichen. «Ich schon.»

Rufus presste auf einmal die Hand auf seinen Bauch, als wäre ihm übel. Er beugte sich vor, richtete sich wieder auf und verzog das Gesicht.

Hatte er Schmerzen? Tala machte sich Sorgen.

Sie wollte zu ihm gehen, denn er verkrampfte sich immer wieder, doch Claw stellte sich ihr in den Weg. Zuerst waren die Anfälle nur kurzzeitig, dann dauerten sie länger an und kamen in kürzeren Abständen. Er wurde von fürchterlichen Krämpfen geschüttelt, die seinen zarten Körper von Mal zu Mal stärker erschütterten, bis er gar nicht mehr aufrecht stehen konnte. An die Terrassenfenster gestützt stand er da. Ein Krampf nach dem anderen ging durch ihn hindurch. Jedes Mal traten seine Muskeln hervor. Irgendwann waren sie permanent zu sehen, als wären die Stränge kräftiger geworden.

Plötzlich fiel Rufus auf seine Knie. Er legte seinen Kopf in den Nacken und schrie auf.

Tala stieß Claw beiseite. Sie musste dem armen Jungen helfen. Wer wusste schon, was für ein Gift er hatte schlucken müssen, damit er sich vor ihr wand, als wäre er besessen, und somit die Illusion aufrechterhielt. Aber Claw packte sie hart. Er legte seinen Arm von hinten um ihre Hüften und zog sie zu sich heran, um sie fest an seinen Körper zu drücken.

Anfänglich zappelte Tala, sie trat nach ihm und stieß ihre Fingernägel in seinen Arm. Claw blieb völlig unbeeindruckt. Etwas anderes brachte sie dazu, schlagartig still zu stehen.

Rufus kniete hinter dem Sessel. Von seinem Unterkörper konnte Tala nur einen Fuß sehen, der hervorragte. Er begann, sich langsam zu verformen, während der Junge leise jammerte. Die Zehen wurden schmaler und das Fleisch verhärtete sich auf bizarre Weise, bis sie wie Krallen aussahen. Der Fuß bildete sich zurück, wurde zierlicher und ein Zeh schob sich vor die vier Außenballenzehen.

Entsetzt schlug Tala die Hand auf ihren Mund. Sie blinzelte, weil sie nicht glaubte, was sie sah, und dennoch war aus Rufus' Fuß eine große Wolfspfote geworden, auf der nun Haare sprossen.

Der Junge stöhnte erleichtert, die Koliken hörten auf. Er atmete ruhiger, doch dass dieser Friede trügerisch war, ahnte Tala, als sie den Schwanz bemerkte, der auf einmal hinter dem Sessel hervorlugte und immer länger wurde.

Erst als Claw in ihr Ohr grollte: «Hör auf oder ich verwandele mich doch», bemerkte sie, dass sie in seinen Arm kniff. Sie ließ locker, nahm aber nicht ihre Hände von ihm, denn sie brauchte seinen Halt. Ihre Beine zitterten stark. Ihr war schwindelig. Sie hatte Angst umzufallen.

«Lass mich nicht los», wisperte sie fassungslos.

Er hielt sie noch enger. Sein Mund war nah an ihrem Ohr. «Hab ich nicht vor.»

Als Rufus nach vorne kippte und auf alle viere fiel, kreischte Tala. Der Junge guckte zu ihr und lächelte sie an, als wollte er ihr mitteilen, dass alles in Ordnung wäre. Dann begann er zu würgen, wie eine Katze, die Haare hochwürgte. Erneut wüteten krampfartige Kontraktionen durch seinen Körper, der sich immer mehr krümmte. Rufus winselte, weil er wehenartige Schmerzen hatte, die ihn wellenartig erfassten. Diese brandeten in seinem Gesicht und jeder Krampf ließ seine Mundpartie ein bisschen länger werden.

Erschreckt drehte Tala sich um. Sie drängte sich an Claw und vergrub ihr Gesicht in seiner Halsbeuge, nicht um Schutz zu suchen, sondern um Rufus' Kampf nicht länger mit ansehen zu müssen. Er war nur noch eine Masse, die den Jungen, der er mal gewesen war, nur noch erahnen ließ.

Claw fasste ihr Kinn und zwang Tala hinzusehen. «Schau hin, damit du es glaubst.»

«Ich will das nicht sehen!» Sie riss ihr Kinn los.

Aber Claw vergrub seine Hand in ihren Haaren und fixierte ihren Kopf. «Er mag es, die Gestalt zu wechseln. Er liebt es, ein Wolf zu sein.»

Tala wollte ihre Augen schließen, aber sie konnte es einfach nicht.

Stück für Stück schob sich sein Mund unter schrecklichen Konvulsionen nach vorne, bis er wie eine blanke Schnauze aussah. Dann begannen auch dort Haare zu wachsen. Seine Ohren wurden spitzer, sein Kopf wölfischer und sein Fell dichter. Mittlerweile waren die Schüttelkrämpfe nicht mehr so intensiv, die Wandlung ging geschmeidiger vonstatten.

Tala vermutete, dass Rufus bereits das Gröbste hinter sich gebracht hatte. Was auch immer im Inneren seines Körpers vorging, sie wollte es sich nicht vorstellen. In diesem Stadium, in dem Rufus halb Wolf und halb Mensch war, erinnerte er Tala auf erschreckende Weise an die Kreatur, die sie aus dem Alaska Native Medical Center hatte flüchten sehen. An das Wesen namens Dante.

Claw gab ihre Haare frei und schlang seinen Arm von hinten um ihren Hals. «Rufus hat sich nur so gequält, weil er sich schämt, sich vor dir zu verwandeln. Er mag dich mehr, als mir lieb ist.»

Die Veränderung vollzog sich nun rascher. In rasender Geschwindigkeit fand Rufus in seine Wolfsgestalt und stand schon bald neben dem Sessel, als wäre er schon immer ein Tier gewesen. Erwartungsvoll guckte er sie an. Seine Zunge hing aus dem Maul und er hatte die Ohren gespitzt.

Tala war übel, nicht weil sie sich ekelte, sondern weil das, was sie gerade beobachtet hatte, ihre Vorstellungskraft überstieg. Ihre Welt bröckelte. Sie würde nie wieder dieselbe sein. Alles, was sie meinte zu wissen, löste sich in Schall und Rauch auf.

«Glaubst du nun endlich?», fragte Claw.

Stumm nickte Tala. Worte konnten nicht ausdrücken, was sie in diesem Moment empfand. Ihre Augen waren feucht. Ihr Puls raste. Ihre Wangen fühlten sich fiebrig an und ihr tat der Nacken weh, da sie sehr angespannt war. Gerade hatte sie es mit eigenen Augen gesehen. Die Wölfe, die ihr bisher durch ihre indianischen Wurzeln und ihren Job bei Wild Protection vertraut gewesen waren, sah sie nun in einem anderen Licht. Sie waren ihr fremder geworden und gleichzeitig hatte sie viel über sie gelernt. Die wenigsten Wölfe waren Werwölfe, aber es war möglich, dass nichts so war, wie es auf den ersten Blick erschien.

Wie sollte sie reagieren? Die Welt hatte sich verändert, sie selbst hatte sich verändert. Das Leben würde nie wieder so sein, wie es noch vor zwei Tagen gewesen war. Die Werwölfe aus den Büchern und Filmen waren in die Wirklichkeit getreten. Es war ein großer Unterschied, nur über sie zu lesen, als tatsächlich mit ihnen zu leben.

«Berühr ihn, damit du nicht meinst zu träumen», wies Claw sie an und schob sie in die Richtung des Rotwolfes. Alles, was er sagte, klang wie ein Befehl, egal wie höflich er es formulierte. Offensichtlich war er gewohnt, dass man ihm folgte. Dann zeigte er auf Rufus. Seine Stimme klang mit einem Mal heiser, bedrohlicher. «Und du, genieße es nicht zu sehr!»

Tala zögerte.

Sie fühlte sich zu dem Rotwolf hingezogen, da sie sich seiner am Vortag angenommen hatte. Er war ein hübscher kleiner Kerl, deutlich kleiner als andere Unterrassen, beinahe fragil wirkend, mit wunderschönem zimtrotem Fell, wie es in seiner Intensität selten vorkam. Sein Maul war schmaler und seine Ohren proportional größer als bei anderen Wölfen, was ihm ein putziges und harmloses Aussehen verlieh. Und Rufus hatte Recht gehabt, das Feuermal war unsichtbar geworden.

Aber Tala verspürte eine Barriere in ihrem Inneren. Normalerweise wusste sie, was sie vor sich hatte. Das war jedoch das erste Mal, dass sie nicht definieren konnte, mit wem sie es zu tun hatte: Wolf oder Mensch? Was war Rufus? War er nicht beides?

Ein Werwolf, so unglaublich, wie das klang.

Finde dich damit ab, sagte sie zu sich. Sie sah sich mit einer neuen Spezies konfrontiert. Nein, korrigierte sie sich, bei einem Werwolf handelte es sich nicht um eine neue Art, sondern er hatte vermutlich bereits seit einer Ewigkeit im Verborgenen existiert. Nur ihre eigene Kenntnis über seine Existenz war neu. Außerdem waren alle Werwölfe einst Menschen gewesen, soviel sie wusste. Aber was wusste sie schon?

Claw legte ermutigend seine Hand auf ihren Rücken. Endlich schaffte sie es, sich zu bücken und den Rotwolf zu streicheln. Es war immer noch Rufus, er steckte in diesem Tierkörper.

Menschliche Intelligenz, tierischer Instinkt und die Kräfte beider hatten sich soeben vor ihren Augen vereint.

Behutsam kraulte sie ihn hinter seinen Ohren. Es gefiel ihm. Er leckte über ihren Arm, ein Faden ihres Frotteemantels blieb an seiner rauen Zunge kleben und er zog ihn heraus. Sie ahnte, dass das Rudel keinen Dietrich gebraucht hatte, um in der letzten Nacht in ihr Haus zu gelangen. Rufus hatte sich einfach in einen Menschen verwandelt und seinen Gefährten die Tür geöffnet.

Tala wurde sich bewusst, dass sie nichts mehr unter Kontrolle hatte. Das Erlebnis hatte ihr den Boden unter den Füßen weggezogen. Welche Auswirkungen hatte es? Würde sie so weitermachen können wie bisher?

Ja, das musste sie wohl. Die Erde drehte sich weiter um ihre Achse. Nicht die Welt hatte sich verändert, sondern nur Talas Horizont und ihre Sicht auf die Dinge.

Eine seltsame Ruhe ergriff sie, eine emotionale Trägheit, eine Taubheit, die sie davor schützte durchzudrehen. Eventuell hatten die

Athabascan doch einen weiseren Blick auf die Dinge und es war falsch gewesen zu zweifeln. Möglicherweise.

«Wie viele seid ihr?», fragte sie mit brüchiger Stimme.

«Werwölfe gibt es nicht wie Sand am Meer», erklärte Claw ehrfürchtig. «Sie sind kostbar wie seltene Edelsteine.»

«Nur gefährlicher.» Vielleicht nicht Rufus, aber ganz bestimmt der Rest des Rudels.

«Wir wollen nur unsere Rasse schützen und unsere Existenz geheim halten.» Er nahm die Hand von ihrem Rücken, als wollte er aus Enttäuschung das zarte Band, das sie geknüpft hatten, wieder lösen, da ihre abweisende Haltung noch immer nicht dahinschmolz, obwohl er ihr die Geheimnisse der Lykanthropen verriet. «In Alaska sind wir das einzige Rudel, zumindest das einzige, das wir kennen. Vielleicht leben andere Werwölfe genauso im Verborgenen wie wir und wir haben deshalb noch nichts von ihnen gehört.»

Langsam glitt ihre Hand durch das Fell. Ihre Neugier war geweckt. «Existieren andere Gestaltwandler?»

Claw murrte, vielleicht weil sie zu viele Fragen stellte, aber er beantwortete sie dennoch. «Ich weiß es nicht. Aber wieso sollten wir die einzigen Menschen sein, die sich in ein Tier verwandeln können?»

Tala richtete sich auf. Sie ging in die Küche, um Zeit zu gewinnen und nachdenken zu können. Das alles musste erst sacken. Gedankenversunken nahm sie eine Müslischale aus dem Hängeschrank und füllte sie mit lauwarmem Wasser. Als sie zurückkehrte, saß Claw auf der Couch und beobachtete jede ihrer Bewegungen. Sie stellte die Schüssel vor Rufus ab.

«So eine Gestaltwandlung ist bestimmt anstrengend. Vielleicht bist du durstig.» Zufrieden sah sie, dass Rufus ihr Angebot gerne annahm. Dann drehte sie sich zu Claw um. «Ich hoffe, das war jetzt nicht respektlos.» Sie hatte keine Ahnung, ob sie Rufus wie einen Wolf oder einen Jungen behandeln sollte.

Claw sah verächtlich auf Rufus herab. «Es wäre nicht nötig gewesen.»

Tala fragte sich, ob seine Unfreundlichkeit gegenüber dem Jungen Eifersucht war – ein Lächeln huschte über ihr Gesicht – oder das normale Verhalten zweier Rudelmitglieder, deren Stellung innerhalb der Hierarchie unterschiedlicher nicht sein konnte: Der eine stand an der Spitze, der andere war ganz unten in der Rangfolge.

«Was ist Dante? Ist er einer von euch?» Sie vermied den Begriff Werwolf.

«War», stellte Claw richtig. «Der Unterschied zwischen uns und ihm ist, dass wir uns zurückverwandeln können. Er jedoch hängt fest, zwischen den Welten und zwischen den Gestalten, genau das treibt ihn in den Wahnsinn. Er ist das, wovor du dich in meine Arme geflüchtet hast ...»

«Du hast mich umklammert», berichtigte Tala ihn empört, errötete jedoch, weil sie sich sehr wohl in seinen Armen gefühlt hatte. Er hatte sie gehalten, durch seine Kraft gestärkt, und sie hatte sich an ihn geschmiegt, seine Wärme genossen und selbst durch den Rollkragenpullover seine Muskeln gespürt.

«... vor dem Monster zwischen den Gestalten», fuhr Claw fort, «der Kreatur, die weder Wolf noch Mensch ist. Ein Ungeheuer, eine Bestie, die jegliche Bodenhaftung verloren hat. Sie ist alleine, sie gehört zu niemandem und fühlt sich deshalb auch nicht verpflichtet, sich an irgendwelche Regeln zu halten.»

Tala nahm ihr Glas Wein und trank hastig. Der Alkohol wärmte sie von innen und machte sie gelassener. «Wie ist er zu diesem Geschöpf geworden?»

Rufus kam zu ihr und legte den Kopf auf ihren nackten Füßen ab, die eiskalt waren. Doch Claw zog Tala auf die Couch, auf den Platz neben seinem. Traurige Wolfsaugen blickten zu ihr auf, aber Rufus wagte nicht, zu ihnen zu kommen.

«Dante hatte einen Schamanen gezwungen, einen indianischen Ritus an ihm zu vollziehen, weil er es nicht mehr ertrug, sich regelmäßig in einen Wolf verwandeln zu müssen. Er meinte einmal zu mir, er wäre seiner Identität beraubt worden, dabei hat er eine dazugewonnen.» Claw musterte Tala von oben bis unten. Sie meinte sogar, ihn dezent schnüffeln zu hören, obwohl seine Nasenflügel sich nicht bewegten.

Ein Prickeln floss durch sie hindurch. Sie belog sich selbst, indem sie es auf den Alkohol zurückführte, und stellte das Weinglas ab. «Nicht jeder ist in der Lage, die Vorzüge zu erkennen, ein Tier zu sein.»

Claw schnaubte. «Lupus behauptet, das Tier in Dante hätte die Oberhand gewonnen und würde seine menschliche Natur mehr und mehr unterdrücken. Aus diesem Grund wäre er so aggressiv und seine Wolfsgestalt hatte an die Oberfläche kommen können.»

«Aber er konnte sich nicht vollkommen verwandeln und ist auch nicht für immer ein Wolf geblieben», bemerkte sie, zog ihre Knie an und legte ihre Beine auf das Sofa. Ihre Füße bedeckte sie mit dem Saum ihres Bademantels.

«Die Ursprungsgestalt wiegt schwerer. Sie ist ähnlich wie der Wirt für den Parasiten», erklärte er und legte beide Arme auf die Rückenlehne. Seine Fingerspitzen berührten beinahe Talas Haar. «Dante hatte mit der Zeremonie den Wolf für immer bezwingen wollen, sodass er wieder ein reiner Mensch gewesen wäre, aber das ist unmöglich. Es gibt keine Heilung. Vom Dasein als Werwolf kann man nur durch den Tod erlöst werden.»

Tala schluckte schwer. «Dann ist der Ritus fehlgeschlagen und hat ein Monster aus ihm gemacht?»

«Er wurde zu einer Bestie, die Menschenleben auslöscht, wie unsereins Fliegen totschlägt. Nun steckt er in diesem grauenhaften Körper fest und ist weder Mensch noch Tier, ohne Moral, Respekt und Glauben.»

«Was hat er vor?»

Claw zuckte mit den Schultern, die Muskeln in seinem Nacken erbebten. Er wickelte eine ihrer hellbraunen Haarsträhnen um seinen Zeigefinger. «Noch besitzt er ein Quäntchen Verstand, aber sein Instinkt wird immer stärker werden, und dieser sagt ihm, zu überleben, koste es, was es wolle. Es wird Blut fließen, viel Blut. Was aber mindestens genauso schlimm ist, ist die hohe Wahrscheinlichkeit, dass er von der Bevölkerung über kurz oder lang entdeckt werden wird. Sie würden ihn erforschen und den Werwölfen auf die Spur kommen. Das Risiko ist zu groß. Deshalb müssen wir ihn zuerst erledigen.»

Plötzlich sah er sie mit zusammengekniffenen Augen an. «Die letzte Chance hast du uns vermasselt.»

«Nicht absichtlich.»

Es lag Spannung in der Luft. Es war Tala, als wäre die Temperatur im Raum um einige Grad angestiegen. Sein Blick brannte auf ihrer Haut. Das Licht flackerte, die Birne würde bald ihren Geist aufgeben. Draußen heulte der Wind gespenstisch ums Haus. Talas Sinne waren alarmiert. Sie meinte sogar die Zitrone, die sie beim Abendessen für ihren Schwarztee aufgeschnitten hatte und die seitdem offen in der Küche lag, riechen zu können.

Doch Claw stürzte sich nicht auf sie, sondern erhob sich. Er schlenderte mit einer Ruhe, die Tala unheimlich war, zur Terrassentür und öffnete sie. «Lauf nach Hause, Rufus.»

Der Rotwolf zögerte und schaute Tala an.

«Was hast du vor?», wollte sie beunruhigt wissen.

«Sofort!», sagte Claw scharf. Augenblicklich sprintete der Wolf mit eingezogenem Schwanz aus dem Haus.

Claw schloss die Tür und verriegelte sie. Gemächlich zog er die nougatbraunen Vorhänge zu.

Nun war Tala allein mit dem gefährlichsten Mitglied des Rudels und ihr schwante Übles. Er hatte es selbst gesagt: Es durfte unter keinen Umständen Zeugen geben. Und er hatte ihr alles über seine Rasse gezeigt und erzählt. Wieso hätte er das tun sollen, wenn er vorhatte, sie am Leben zu lassen?

Tala erstarrte zu Eis. Sie wollte aufspringen und Schutz suchen, doch sie war wie gelähmt. Schließlich war Claw nicht einfach nur ein Mann.

Er war der Alphawolf der Werwölfe und hatte sein nächstes Opfer ins Visier genommen: Tala.

Kapitel 7

Claw musterte Tala eingehend. Sein Blick glitt begehrlich über ihren Körper. Sie fürchtete sich vor ihm und dennoch besaß er ein solch einnehmendes Wesen, dass auch sie sich seinem Einfluss nicht entziehen konnte. In diesem Augenblick strahlte er eine Gier aus, die nichts mit einem tödlichen Biss zu tun hatte. Er war auf der Jagd, aber diese war von Wollust motiviert, nicht Blutgier, und sie drückte Tala auf magische Weise in die Sofakissen, sodass sie sich nicht bewegen konnte.

Tala sah ihn wie in Zeitlupe auf sich zukommen. Claw pirschte sich an und wirkte dabei siegessicher und überlegen. Würde er über sie herfallen, sobald er die Couch erreicht hatte?

Zweifel blieben, trotz des Verlangens, das in seinen Augen funkelte. Grauenvolle Bilder tauchten vor ihrem geistigen Auge auf. Sie lag blutüberströmt mit einer klaffenden Wunde am Hals, dort, wo einmal ihre Kehle gewesen war, auf dem Sofa. In einer anderen Vision hockte er über ihr, während seine animalischen Instinkte seine Sinne vernebelten und er sich nahm, was seiner Meinung nach das Recht des Alphawolfs war.

Doch es kam ganz anders. Claw wollte gar nichts von ihr, sondern ging zu seinem Crown Coat. Als er ihn von der Rückenlehne der Couch nahm, fiel ein Buch heraus. Er legte seinen Kurzmantel auf den Sitz und hielt den Roman hoch, den er letzte Nacht aus Talas Bücherregal genommen hatte.

«Die Autorin hat nicht den blassesten Schimmer, wie es Werwölfe treiben», sprach er mit dunkler Stimme, die rau vor Verlangen klang.

Claw ging nicht näher darauf ein, aber so, wie er das sagte, hörte es sich schmutzig und animalisch an, nicht so zivilisiert wie bei reinen Menschen. Talas Fantasie schlug Purzelbäume. Hatte sie sich eben noch Horrorszenarien vorgestellt, so träumte sie nun von wölfischer Paarung, hemmungslosem Sex, in dem gevögelt wurde, bis einem Hören und Sehen verging.

Ihr wurde heiß. Sie lockerte den Gürtel ihres Bademantels unauffällig, und da sie sich endlich wieder bewegen konnte, stand sie langsam auf und machte einen Schritt in Richtung Diele, um Abstand zwischen sich und den Gestaltwandler zu bringen. Sollte sie ins Bad laufen und sich einschließen? War es besser, auf die Straße zu laufen und um Hilfe zu rufen? Nein, er würde sie ganz bestimmt einholen. Sie spähte zum Schrank, der in der Diele stand. Neben Schuhen, Mützen und Handschuhen, lag auch die Schreckschusspistole darin.

Claw, der gerade den Roman ins Bücherregal gestellt hatte, blinzelte sie misstrauisch an. «Wohin des Weges?»

Tala fühlte sich ertappt. «Ein belesener Werwolf?», fragte sie ironisch, um von sich abzulenken.

«Das ist kein Widerspruch.» Seine Augen verengten sich weiter. «Aber ich rate dir, mich nicht in einem falschem Licht zu sehen. Ich bin ein Jäger, Tala, aber keiner, der in einem Hochsitz wartet, bis ihm ein beliebiges Ziel vor die Flinte läuft, und dann aus sicherem Abstand schießt. Nein! Wie die Indianer suche ich meine Beute gut aus und verfolge sie tagelang durch die Wälder. Wenn die Zeit reif ist, stürze ich mich auf mein Opfer und reiße ihm erbarmungslos die Kehle heraus.»

Er war nicht harmlos. Beruhigende Neuigkeiten, spöttelte sie, und griff sich an den Hals. «Bin ich dein nächstes Opfer?»

Claw lächelte. «Wölfe jagen immer im Rudel. Ich bin alleine.»

«Was hast du dann vor?» Hätte er nicht noch etwas in ihrem Haus zu erledigen gehabt, wäre er mit Rufus gegangen.

«Der einzige Weg, sich einer Versuchung zu entledigen, ist ihr nachzugeben», trug er vor und betonte jedes einzelne Wort mit Bedacht. Seine Stimme vibrierte lasziv.

Tala wich seinem Blick aus und ignorierte die Hitze, die in ihre Wangen stieg. «Das Zitat stammt aus Dorian Gray.» Sie fuhr mit dem Zeigefinger die Buchrücken entlang, bis sie fand, was sie suchte. Triumphierend zog sie den Roman von Oscar Wilde heraus. Auch sie war belesen. Wieso nur hatte sie das Gefühl, mit dem Alpha in Konkurrenz zu stehen? Ein verbales Kräftemessen von Jäger und Beute?

Claw nickte anerkennend und nahm ihr das Buch aus der Hand, wobei seine Fingerspitzen ihren Handrücken streiften.

Rasch zog Tala ihre Hand weg und wurde sich einer Gänsehaut bewusst, doch es war eine der wohligen Sorte, die dazu führte, dass ihre Brustspitzen sich verhärteten. Das ist nur die Kälte im Haus, belog sie sich selbst und lehnte sich mit dem Rücken gegen das Regal, um nicht mehr so nah bei Claw zu stehen.

Er schlug das Buch auf, blätterte zu einer bestimmten Stelle und las: «Der Körper sündigt gelegentlich, und damit ist die Sünde für ihn erledigt, denn Handeln ist eine Art Läuterung. Nichts bleibt dann zurück als die Erinnerung an einen Genuss oder die Wollust des Schmerzes. Der einzige Weg, sich einer Versuchung zu entledigen, ist ihr nachzugeben. Widerstehen Sie ihr, und Ihre Seele wird krank vor Sehnsucht nach den Dingen, die sie sich selbst verboten hat, vor Begierde nach dem, was ihr widernatürliche Gesetze widernatürlich und gesetzwidrig gemacht haben.»

Was wollte er damit sagen? Ein Schauer durchrieselte sie. «Es ist nur ein Roman», betonte sie nüchtern.

«Die Worte berühren dich, folglich ist es nicht nur eine Geschichte, sondern Magie.» Er strich gefühlvoll über die Buchseite, als wäre sie Talas Haut.

«Was willst du mir damit sagen?», fragte sie geradeheraus und schlang die Arme um ihren Körper.

Ihre Offenheit übertrug sich auf ihn. «Ich werde heute Nacht mit dir schlafen, Tala.»

«Wie bitte?» Sie traute ihren Ohren kaum.

«Seit unserer ersten Begegnung kann ich an nichts mehr anderes denken als daran, mich mit dir zu vereinen. Das vernebelt meine Gedanken, ich kann nicht mehr klar denken, was meine Jagd nach Dante erschwert und auf Dauer blockieren wird.»

Er sagte dies, als hätte er seine Entscheidung bereits getroffen. Doch was war mit ihr, fragte sich Tala. «Habe ich da nicht auch ein Wörtchen mitzureden?»

Claw schnüffelte leise. «Ich rieche deine Lust. Du hast sie gestern verströmt und heute ebenfalls. Sie mischt sich mit deiner Angst, das ist nur allzu verständlich, aber du findest mich attraktiv und begehrst mich. Wo liegt also das Problem?»

«Dass ... dass wir uns erst gestern ... letzte Nacht zum ersten Mal begegnet sind?», stotterte sie fassungslos, und dennoch hatte sich ihr Puls beschleunigt und die samtene Stelle zwischen ihren Schenkeln war zum Leben erwacht.

«Ich billige oder missbillige niemals etwas. Das ist eine abgeschmackte Haltung dem Leben gegenüber. Wir sind nicht in die Welt gesetzt worden, um uns mit unseren moralischen Vorurteilen aufzuspielen.» Er klappte das Buch so unvermittelt zu, dass Tala erschrak. «Auch das stammt aus Dorian Gray.»

Obwohl sie zugeben musste, dass der Gedanke, den muskulösen Körper, der unter dem dunkelbraunen Rollkragenpulli versteckt war, zu berühren und zu küssen, sie erregte, schob sie sich am Regal entlang in Richtung Ausgang. «Du kannst nicht einfach über mich herfallen, verdammt noch mal.»

Er lächelte sinnlich und stellte den Roman zurück. «Ich werde dich verführen. Das ist ein Unterschied. Was hast du gedacht? Ich würde dich zu Fall bringen, dich mit einem Biss in den Nacken außer Gefecht setzen und von hinten nehmen?»

Tala presste ihre Schenkel aneinander.

«Oh», machte er und sah genau auf die Stelle ihres Bademantels, unter dem ihr Schoß prickelte. «Dir gefällt diese Fantasie. Dein Intimduft wird stärker.»

«Red keinen Unsinn», zischte sie. Plötzlich rannte sie los. Sie wusste nicht wohin, aber weit kam sie ohnehin nicht, denn Claw holte sie nach wenigen Schritten ein. Er schlang seinen Arm um ihre Taille und drängte sie mit dem Rücken gegen die Wand. Während er sie mit seinem Körper fixierte, spürte sie die Wölbung in seiner Hose.

Er wurde ernst. «Ich will dich, Tala. Du gefällst mir. Aber das kann ich zurzeit nicht gebrauchen, besonders nicht, da du kein Rudelmitglied bist. Ich muss dich aus meinen Gedanken vertreiben, damit ich mich wieder auf mein Ziel konzentrieren kann. Dante zur Strecke zu bringen hat höchste Priorität. Mein tierischer Paarungstrieb ist im Moment störend, aber ich kann ihn nur loswerden, indem ich ihn auslebe.»

«Du könntest ihn unterdrücken», schlug sie vor und klimperte unschuldig mit ihren Wimpern.

«Unmöglich.» Seufzend vergrub er seine Hand in ihren Haaren und massierte ihre Kopfhaut. «Ich habe es einen Tag lang versucht, aber je mehr ich gegen meinen Trieb angekämpft habe, desto stärker ist er geworden.»

«Solltest du dich nicht mehr unter Kontrolle haben?» Das war kein Vorwurf, sondern eine Frage, die von großer Bedeutung war. Tala legte ihre Hände an seinen Brustkorb, um ihn wegzustemmen. Doch als sie seinen wohlgeformten Oberkörper spürte, nahm sie ihre Hände so schnell weg, als hätte sie sich verbrannt.

«Du ahnst nicht, wie lebendig und voller Kraft und Energie das Tier in mir ist.» Er festigte seinen Griff in ihren Haaren und zog ihr Gesicht so nah heran, dass sie seinen warmen Atem an ihren Lippen spürte. «Ich werde dir nicht wehtun, du wirst es genießen.»

Einen Moment lang hatte Tala geglaubt, er würde sie küssen. Als er es nicht tat, verspürte sie eine Enttäuschung, die sie selbst verwunderte.

Da war eine Frage in ihr, die schon die ganze Zeit bohrend in ihrem Hinterkopf widerhallte. «Hättest du mich wirklich –», sie legte die Hand an ihre Kehle.

Er zögerte, als würde er mit sich ringen.

«Sag die Wahrheit!», forderte sie ihn auf und es lag Schärfe in ihrer Stimme.

«Nein, aber das dürfte ich dir eigentlich nicht offenbaren», antwortete er und schüttelte den Kopf. «Ich war gezwungen, dich einzuschüchtern, damit du uns unter keinen Umständen verrätst. Es gibt keinen stärkeren Partner als die Todesangst.»

«Dann haben du und Lupus böser Cop, guter Cop gespielt?» Aufgebracht ballte sie ihre Hände zu Fäusten, doch als Claw seine Hände darüberlegte, wirkten sie lächerlich klein.

Er lachte schallend. «So harmlos sind wir auch wieder nicht.»

Auf einmal warf er sie über seine Schulter und schritt mit ihr die Treppe empor. Er visierte ihr Schlafzimmer so problemlos an, dass sie vermutete, er hatte ihr Haus ausgekundschaftet, als sie arbeiten war. Er hatte sie ausspioniert! Das machte sie schon wieder wütend. Sie stützte sich an seinem Rücken ab und schaute sich nach einer Waffe um. Aber sie fand nicht den Mut, ein Bild von der Wand zu reißen und es ihm über den Schädel zu schlagen. Nicht weil sie sich vor seiner Rache fürchtete, sondern weil sie ihm nicht wehtun wollte.

Du bist von Sinnen, schimpfte sie mit sich selbst und hing wie ein nasser Sack über seiner Schulter.

Doch schon nachdem er sie auf ihr Bett geworfen hatte, kämpfte sie wieder gegen ihn an. Sie versuchte ihn mit den Füßen wegzudrücken, aber er öffnete ihre Beine blitzschnell und ließ sich genau zwischen ihren Schenkeln auf dem Bett nieder. Er löste den Gürtel ihres Bademantels und ergriff ihre fuchtelnden Arme. Geschickt wickelte er den Frotteegürtel um ihre Handgelenke und fesselte Tala ans Bettgestell. Sie kam sich vor wie ein Kalb, das von einem erfahrenen Rodeoreiter eingefangen, zu Fall gebracht und an den Beinen zusammengebunden worden war – eine Rodeodisziplin, die Tradition hatte, bei Tierschützern jedoch sehr umstritten war.

Plötzlich beugte er sich vor und legte ihr seinen Zeigefinger an ihre Lippen. «Pst», machte er auf eine sinnliche Art und Weise.

Ihr Herz pochte aufgeregt. Sie sah in seine geheimnisvollen Augen, die durch den Wolf in ihm einen Teil ihres menschlichen Erscheinungsbildes eingebüßt hatten und dadurch nur faszinierender für Tala waren. Dort sah sie ein Verlangen, das sie noch nie bei einem Mann gesehen hatte. Lustvolle Gier schlug ihr entgegen, aber sie bemerkte auch einen Hauch von Aggression.

«Kannst du das Tier in dir zügeln?», wisperte sie, hin- und hergerissen zwischen Angst und ihrer eigenen Leidenschaft. «Du hast gemeint, dass Erregung den Gestaltwandel beschleunigt.»

Er nahm seinen Finger weg. «Wölfe lieben anders, sie lieben wilder, und der Wolf in mir wird versuchen, an die Oberfläche zu kommen.»

Ängstlich schüttelte sie den Kopf.

«Aber ich werde die Energie umlenken und entladen, indem ich dich hart und zügellos nehme», kündigte er lächelnd an und schob ihren Bademantel beiseite, um ihren Körper zu betrachten.

Tala hob ihre Augenbrauen. Das war doch mal eine Ankündigung! Sie nahm ihm das sogar ab. Ihr Körper kribbelte, als würde Elektrizität durch ihn hindurchfließen, dabei waren es nur Claws anzügliche Blicke, die ihre Rundungen musterten.

«Zu viel Stoff», meinte er, fuhr seine Krallen aus und riss ihren Pyjama in tausend Stücke, ohne Tala zu verletzen.

Stocksteif blieb sie liegen. Sie konnte das alles nicht glauben. Nun lag sie nackt vor ihm. Ihre Schenkel waren gespreizt, weil er immer noch dazwischen hockte, und er hatte eine perfekte Sicht auf ihre klaffende Mitte. Sie schämte sich, nicht weil sie unzufrieden mit ihrem Körper war, sondern weil sie sich bisher weder geküsst noch berührt hatten. Er kam gleich zur Sache und überwältigte sie mit seiner Tabulosigkeit.

Um ihre Verlegenheit zu überspielen, tat sie zornig: «Den bezahlst du mir!»

«Werde ich nicht», meinte er trocken. «Ich möchte nicht den Anschein erwecken, dich für Sex zu bezahlen.»

Talas aufwallende Wut wurde im Keim erstickt, denn Claw neigte sich herunter und schnupperte an ihrem Dekolleté. «Verdammtes Duschgel. Es überlagert deinen Körpergeruch.»

Unvermittelt leckte er über ihren Brustansatz. Tala erschrak und konnte gerade noch verhindern, dass sie aufstöhnte. Sein Oberschenkel drückte auf ihre Spalte. Sie betete inständig, dass seine Hose nicht von ihrer Feuchtigkeit glänzte, wenn er sein Bein wieder wegnahm.

Claw ließ seine Zunge durch ihre Halsbeuge gleiten. Er umzüngelte ihre Ohrmuschel, saugte ihr Ohrläppchen ein und glitt wieder tiefer. Seine Zungenspitze hinterließ eine feuchte Spur auf ihrem Arm, den er hinauf und hinab leckte. Als er seine Nase unter ihre Achsel steckte, dort schnupperte und mit der Nasenspitze ihre sensible Haut streifte, zuckte sie zusammen und kicherte. Kitzelig, wie sie war, versuchte sie sich ihm zu entziehen, doch die Fesselung machte dies unmöglich.

Also tat Tala das, was sie zuvor schon gemacht hatte: Sie lenkte ihn ab. «Ich bin also nur ein Störfaktor, was?»

«Das nagt an dir? Wärst du gerne mehr?», wollte er herausfordernd wissen. Sein Gesicht schwebte über ihrem. «Meine Bettgespielin oder vielleicht sogar meine Geliebte?»

Sie biss sich auf die Unterlippe. Nein, ganz bestimmt nicht. Welche vernünftige Frau sehnte sich schon danach, das Liebchen eines Werwolfs zu sein? Sie hörte ein Räuspern, aber es kam nicht von Claw, sondern aus ihrem Inneren.

Gerade als sie ihrem Ärger über seine Überheblichkeit Luft machen wollte, küsste er sie. Er nutzte die Gelegenheit und stieß seine Zunge tief in ihren Mund. Wild schlängelte sie sich durch ihre Mundhöhle und erforschte jeden Winkel. Claw raubte ihr mit seiner ungestümen Leidenschaft den Atem. Er schmeckte köstlich, musste sie zugeben. Sein Kuss war warm und sexy. Obwohl er seine Lippen fest auf die ihren presste, tat er ihr keineswegs weh, sondern heizte ihre Lust an. Er gab ihr in diesem Moment das Gefühl, nur sie zu wollen, als wäre sie die begehrenswerteste Frau auf der ganzen Welt.

Himmel, was war das, dachte sie berauscht, nachdem er von ihr abgelassen hatte und den Speichel aus ihrem Mundwinkel leckte, bevor er hinabfließen konnte. Das war der leidenschaftlichste Kuss, den sie jemals bekommen hatte! Und das ausgerechnet von einem Werwolf. Der ihr nicht einmal freundlich gesinnt war.

Die Erkenntnis, dass er nur seine Lust an ihr ausleben könnte, schmerzte. Er hatte zwar gesagt, dass sie ihm nicht aus dem Kopf ging, aber er meinte damit nur ihren Körper. Claw wollte sich einmal mit ihr vereinen und dann weiterziehen.

«Du denkst zu viel», warf er ihr vor und tippte mit der Fingerspitze gegen ihre Stirn. «Aber dem kann ich Abhilfe schaffen.»

Kaum hatte er das ausgesprochen, lächelte er diabolisch und begann mit schnellen Zungenschlägen ihre linke Brustspitze zu bearbeiten. Tala stöhnte so laut auf, dass sie selbst erschrak. Er zwang sie dazu, sich ihm hinzugeben, weil er sie loswerden wollte – es würde ihm nur recht geschehen, wenn sie dabei auch ihren Spaß hatte.

Fest entschlossen, das Liebesspiel mit ihm zu genießen, drückte sie ihren Rücken durch, um ihre Brustwarze seinem Mund näher zu bringen.

«So gefällst du mir», raunte er und schloss seine Lippen um ihre Warze. Während er sie fest in seinen Mund einsaugte, leckte er über die Brustspitze, als wäre sie aus Zucker und das Köstlichste, was er jemals geschmeckt hatte. Zärtlich ließ er Tala seine Zähne spüren, worauf sie sich ihm zu entziehen versuchte, da sie glaubte, Fangzähne zu spüren. Doch als er sie lächelnd ansah, kurz bevor er sich ihrer anderen Brustspitze widmete, waren seine Zähne normal.

Tala entspannte sich wieder. Sie genoss das Spiel von Claws Zunge, die so geschickt ihre Brustwarze bearbeitete, dass Tala die Erregung bis in ihren Schoß spürte. Er saugte den Busen ein, biss vorsichtig zu und gab ihn wieder frei, nur um dann mit seiner Nasenspitze in ihrem fleischigen Hügel zu wühlen.

Je weiter er nach unten glitt, desto schneller ging sein Atem. Sein Lecken wurde ungestümer, immer schneller glitt seine Zunge über ihre Haut. Er keuchte erregt, blieb jedoch angezogen. Auf ihrem Bauch hinterließ er eine feuchte Spur. Aber bevor er ihren Venushügel erreicht hatte, wich er auf ihren Oberschenkel aus und erkundete jeden Zentimeter ihres Beines.

Tala seufzte enttäuscht. Noch nie hatte sich ein Mann derart intensiv mit ihrem Körper befasst, zumal sich alle ihre Liebhaber immer nur auf ihren Busen und ihre Scham konzentriert hatten. Claw entdeckte durch seine Erkundung Intimzonen, von denen Tala nicht einmal wusste, dass sie sie besaß. Ihre Ohrmuscheln waren sensibler, als sie geahnt hatte. Es kitzelte und erregte sie gleichzeitig, wenn er zwischen ihren Zehen leckte. Und nachdem er sie auf den Rücken gedreht und den Frotteestoff beiseitegeschoben hatte, ohne sie loszubinden, entdeckte er eine Stelle zwischen ihren Schulterblättern, an der die Nervenbahnen zusammenliefen. Jedes Mal, wenn er mit seiner Zunge oder Nasenspitze darüber strich, erschauerte sie. Claw konnte dies wiederholen, so oft er wollte, sie bekam immer wieder eine wohlige Gänsehaut und musste kichern.

«Du gackerst», flüsterte er von hinten in ihr Ohr und rieb die Wölbung in seiner Hose an ihren Gesäßbacken.

Sie blinzelte ihn über ihre Schulter hinweg an. «Tu ich gar nicht.»

«Du gackerst wie ein Backfisch.»

«Hühner gackern», protestierte sie. «Ich bin kein Huhn!»

«Dann nennen wir es eben frivoles Gurren.» Er lächelte anzüglich und rutschte tiefer.

Während er mit beiden Händen ihre Pohälften auseinanderzog, blies er heißen Atem dazwischen. Er schnüffelte hörbar und rieb seine Nasenspitze an ihrem Damm.

Als seine Zunge urplötzlich herausschnellte und von hinten über ihre Scham leckte, schrie Tala auf. Ihre Lust schwoll an. Aber Claw dachte nicht daran fortzufahren, sondern strich mit seinen gespitzten Lippen über ihren faltigen Ring. So behutsam wie eben möglich züngelte er um den Schließmuskel. Tala spürte ihn kaum, er benutzte nur seine feuchte Zungenspitze, die vage ihre Haut berührte und sich dann auch schon wieder zurückzog.

Niemals hätte Tala gedacht, dass es sie derart erregen würde, dort geleckt zu werden. Sie lernte sich selbst ein Stück weit neu kennen.

Sie legte ihren Kopf auf der rechten Wange ab und gab sich dem Genuss mit geschlossenen Augen hin. Welche göttliche Zunge er doch besaß! Und er wurde nicht müde, sie einzusetzen, um Tala Lust zu bereiten.

Tala war vollkommen entspannt. Er leckte nun kräftiger. Mit der ganzen Länge seiner Zunge strich er über ihren prickelnden Ringmuskel. Tala erschrak nicht einmal, als seine Zungenspitze jäh in ihren Anus eintauchte. Sie war verwundert, ja, aber die Spitze glitt so selbstverständlich in ihre Enge hinein, als wäre sie dafür gemacht worden. Es tat nicht weh, sie war ja klein und feucht, und dehnte den Muskel gerade genug, dass es Talas Leidenschaft anstachelte.

Wieder und wieder stieß seine Zunge in ihren Anus. Anfangs nur mit der Spitze, dann versenkte er sie bis zur Wurzel. Claw presste seine

Lippen auf den Muskel, um so tief wie möglich in sie eindringen zu können.

Es war obszön, aber herrlich. Und es lehrte Tala, dass Claw ein körperliches Wesen war. Für ihn schien es keine Tabus zu geben. Alles, was gefiel, war erlaubt. Jede Rundung und jede Öffnung kostete er vollkommen aus.

Claw ging so natürlich und schamlos mit ihrem Körper um, als würde er ihm gehören, als hätte er sich schon unzählige Male mit Tala vereint. Erstaunlicherweise kannte er all die Stellen, die ihr guttaten, und er zögerte nicht, sie zu stimulieren. Doch er liebkoste sie bisher nur mit Mund und Zunge. Kein einziges Mal hatte er sie mit seinen Händen dort berührt, wo es ihr guttat, höchstens um sie zu drapieren.

Er drehte sie wieder auf den Rücken. Dann stand er auf und entkleidete sich. Sein Blick glitt über ihre Rundungen und er war so voller Verlangen, dass Tala befürchtete, Claw würde nun rücksichtslos über sie herfallen und sich mit ihrer Hilfe erleichtern. Aber er beherrschte sich, obwohl sein Glied steif aus der Hose sprang, als er diese auszog.

Das erste Mal hatte Tala die Gelegenheit, ihn nackt zu betrachten. Er war muskulös, jedoch auf eine athletische Art und Weise. Sein Körper wirkte trotz der definierten Muskeln sehr geschmeidig. Tala konnte ihren Blick nicht von ihm nehmen. Claw sah aus wie frisch aus «Men's Health» entsprungen, nur wirkte er echter und ungezähmter. Ein kerniger Mann, dessen Kraft nicht vom Training kam, sondern von dem Tier, das ihn ihm wohnte. Diese kräftigen Schultern, das stählerne Kreuz und der brachiale Trizeps! Tala wusste gar nicht, wohin sie sehen sollte. Dunkle Haare kringelten sich auf seinem Brustkorb, aber er war bei weitem nicht so behaart, wie sie es befürchtet hatte, besonders nicht am Unterleib, denn er hatte sein Kraushaar tatsächlich gestutzt.

Selbstgefällig kraulte er seine Hoden. «Wie ich sehe, gefällt dir, was du siehst.»

«Bilde dir ja nichts ein», zischte sie.

«Na gut, dann werde ich dich eben nicht zwischen den Schenkeln lecken.» Er spielte den Eingeschnappten, doch das nahm sie ihm nicht ab. Wie ein Raubtier kroch er über das Bett zu ihr, bis sein Kopf über ihrer Spalte schwebte, und schob ihre Beine auseinander. «Du musst dich schon selbst dort unten streicheln.» Um ihr zu zeigen, welche Stelle er meinte, blies er seinen Atem gegen ihre hochrote, geschwollene Scham.

Fassungslos riss Tala ihre Augen auf. «Vor dir?» Man masturbierte, wenn man alleine war, aber doch niemals vor einem Liebhaber. Schon der Gedanke machte sie verlegen.

Er nickte. «Vielleicht überleg ich es mir anders, wenn mir erst dein köstlicher Duft in die Nase steigt.»

«Niemals», schnaubte sie.

Immer noch auf allen vieren, legte er auf einmal seinen Kopf in den Nacken und aus seiner Kehle stieg ein markerschütterndes Wolfsgeheul. Es war ein bizarrer Anblick für Tala, der ihr heißkalte Schauer über den Leib jagte. Noch mehr ängstigte sie jedoch, dass seine Eckzähne wuchsen, bis vier Fangzähne aus seinem Mund ragten. Die vorderen Zähne wurden zu scharfen Schneidezähnen. Sie waren nicht so groß und lang wie bei einem Wolf – oder einem vollständig verwandelten Werwolf –, aber sie wirkten im Mund eines Mannes monströs.

Claw legte seinen Kopf schief. Eine Weile ließ er sein Gebiss für sich sprechen. Schließlich sagte er mit einer Sanftheit, die nicht zu seinem gefährlichen Aussehen passte: «Bitte.»

«Wenn du mich so nett fragst.» Dieses Wolfsgebiss war ein überzeugendes Argument! Tala schenkte ihm ein Lächeln, doch während er ihre Fesseln löste, streckte sie ihm die Zunge heraus. Zur Hölle mit seinen unfairen Überzeugungsmethoden!

«Das habe ich gesehen.» Er knurrte und warf den Bademantelgürtel achtlos auf den Boden. Als er sich wieder zwischen ihre Beine kniete, war sein Gebiss längst wieder das eines normalen Mannes. Er hob eine Augenbraue, um ihr zu zeigen, dass sie endlich beginnen sollte.

Tala seufzte erleichtert und rieb ihre Handgelenke, dabei taten diese gar nicht weh, weil der Gürtel aus Frottee war und Claw ihn nur so fest gezurrt hatte, dass sie ihre Hände nicht herausziehen konnte.

Alles, was sie wollte, war ein wenig Zeit zu gewinnen. «Kannst du jeden Körperteil einzeln verwandeln?»

«Nicht jeden», grollte er, da er ahnte, was sie vorhatte. Er schaute kurz auf sein halb erigiertes Glied und verschränkte missbilligend seine Arme vor dem Körper. «Nur die stärksten Gestaltwandler können das. Es erfordert enorm viel Kraft. Kraft, die ich lieber darin investiert hätte, dich so wild zu lieben wie in meinen Fantasien. Fang endlich an!»

Wärme breitete sich in Talas Brustkorb aus. Er hatte von ihr fantasiert! In Tagträumen hatte er sich ausgemalt, wie es wäre, mit ihr zu schlafen. Sie fühlte sich geschmeichelt. Vielleicht hätte sie entsetzt sein sollen, weil er eine gefährliche Kreatur und kein reiner Mensch war. Aber Claw war ein stattlicher Kerl, der sicherlich in der Frauenwelt großen Zuspruch fand. Es konnte gut sein, dass er sich normalerweise sogar nur auf weibliche Werwölfe beschränkte.

Bei dem Gedanken wallte Eifersucht in ihr auf.

Tala schob ihre Hand über ihren Bauch nach unten. Ihre Fingerspitzen umkreisten ihren Nabel und kraulten ihren Venushügel. Sie seufzte und hörte auf. «Ich trau mich nicht, das ist die Wahrheit.»

«Lass mich dir helfen.» Claws Stimme klang eine Nuance dunkler als zuvor.

Als Erstes zog er ihr den Badenmantel aus, damit sie vollkommen nackt war. Dann packte er ihr Handgelenk und führte ihre Hand zwischen ihre Schenkel. Immer wieder drückte er sie gegen ihre heiße Mitte, zog sie durch ihre Feuchte und hielt einen Moment inne.

Er gab ihre Hand frei und senkte sein Gesicht herab, sodass es sich zwei Handbreit über ihrer empfindsamsten Stelle befand. «Trau dich. Es wird wundervoll sein. Obszön und erregend. Tabus sind da, um gebrochen zu werden.»

Ihre Finger waren wie elektrisiert. Sie streichelte mit den Spitzen die Innenseiten ihrer Oberschenkel. Obwohl sie ihren Schoß noch nicht berührte, floss bereits ein Kribbeln durch ihn hindurch. Der Anblick war aber auch zu seltsam. Sie stand kurz davor zu masturbieren und Claw hatte einen Platz in der ersten Reihe.

«Lass mich deinen Duft noch stärker riechen.» Ungeniert schnüffelte er, sodass sich seine Nasenflügel blähten. «Wölfe riechen hundertmal besser als Menschen. Dein Intimduft ist mein Aphrodisiakum. Spiel mit mir, Tala.»

Wenn er so mit ihr redete – seine Stimme rau vor Erregung, seine Worte triefend vor Verlangen –, traf er etwas tief in ihrem Lustzentrum, das von innen heraus vibrierte und sie weich und willig machte.

Ermutigt strich sie mit ihren Fingerkuppen über ihre großen Schamlippen. Das elektrisierte Prickeln, das entstand, sprang auf den Rest ihrer Scham über. Es war ein herrliches Gefühl, das ihre Feuchtigkeit zum Fließen brachte. Heißes Blut strömte in ihre Spalte. Ihr Schoß schwoll weiter an.

Tala bemühte sich, Claw nicht anzusehen, damit die Verlegenheit nicht wieder die Kontrolle über sie gewann, aber im Augenwinkel bemerkte sie, dass sein Blick zwischen ihrer Mitte und ihrem Gesicht hin und her glitt.

Ihr Mittelfinger tauchte zwischen ihren Falten ab. Er rieb über ihren Damm und wagte sich weder ihrer empfindsamsten Stelle noch dem feuchten Eingang zu nähern. Parallel streichelte sie ihre kleinen Schamlippen, Tala rieb sie gegeneinander. Ihr fiel das Atmen immer schwerer, je mehr ihre Erregung wuchs. Ihr Brustkorb wogte auf und ab. Aber es waren in erster Linie nicht ihre eigenen Liebkosungen, die ihr die Luft raubten, sondern dabei von Claw beobachtet zu werden.

Er senkte sein Gesicht tiefer herab und schnupperte mit halb geöffnetem Mund. Dann richtete er sich wieder auf. «Lass mich dich riechen, Tala.»

Zögerlich glitt ihre Hand tiefer. Sie kam sich liederlich vor, wie sie mit gespreizten Beinen vor ihm lag und zwei Finger in ihre Öffnung einführte, aber liederlich war es keineswegs, denn in beidseitigem Einverständnis lebten sie eine Lust aus, die über das übliche Rein-Raus hinausging. Sie zelebrierten die Wollust, ließen sich Zeit und gaben ihren sexuellen Wünschen nach. Tala brauchte zwar etwas Anleitung und Zuspruch. Hatte sie jedoch die Hürde des Schamgefühls erst einmal genommen, genoss sie das außergewöhnliche Liebesspiel.

Sie winkelte ihre Beine an und setzte sich auf, um ihre Finger tiefer in ihre Öffnung gleiten zu können. Einige Male stieß sie zu, dann verteilte sie ihre Feuchtigkeit auf ihrem Schoß. Claw verdrehte die Augen vor Ekstase. Selbst Tala konnte sich riechen. Wie viel intensiver musste ihr Duft erst für ihn sein?

Unerwartet senkte er sein Gesicht auf ihre Spalte herab und begann sie zu lecken.

Tala stöhnte auf. Es war erregend gewesen, sich vor ihm zu streicheln, aber noch erregender war es, seine Zunge dort unten zu spüren. Sie war überall. Als wäre er von Sinnen, züngelte er aufgeregt über ihre großen Schamlippen, er saugte die kleinen ein und leckte ihre Feuchte aus den Tälern.

Tala wusste nicht, wie ihr geschah, so durchdringend war die Lust, die er in ihr entfachte.

Er schlang die Arme um ihre Beine und zog Tala mit einem Ruck zu sich, sodass sie nun wieder auf dem Rücken lag. Seine Lippen pressten sich auf ihre feuchte Öffnung. Als er in sie hineinzüngelte, kitzelte es. Tala lächelte, aber sie stieß ihn nicht weg. Er sollte ja nicht aufhören! Immer tiefer versenkte er seine Zunge und fand problemlos ihren G-Punkt, von dem Tala gedacht hatte, er wäre ein Mythos. Genau wie Werwölfe.

Ungestüm leckte Claw sie aus. Er schleckte über ihre Schamlippen, umkreiste ihre Klitoris und pochte mit flinken Zungenschlägen dagegen.

Tala drückte ihren Rücken durch. Sie hatte ihre Augen längst geschlossen und war Wachs in Claws Händen. Noch nie hatte ein Mann sie auf diese verschlingende Art und Weise oral befriedigt.

Plötzlich ließ er von ihr ab und drehte sie auf den Bauch, bevor sie wusste, wie ihr geschah. Er zog sie in den Vierfüßlerstand hoch und drang kraftvoll von hinten in sie ein.

Tala konnte dem Schwung nicht standhalten, aber Claw hatte rechtzeitig seinen Arm um ihre Hüfte gelegt und hielt sie fest. Mit seinen Knien öffnete er ihre Schenkel noch ein Stück weiter. Dann begann er behutsam, sie zu nehmen.

Sie spürte, dass er sich bemühte, seine eigene Lust zu zügeln. Seine Oberschenkel waren angespannt, die Muskeln hervorgetreten. Er zitterte kaum merklich und stöhnte gequält. Sachte erhöhte er das Tempo seiner Stöße. Je schneller er sich in Tala hineinschob, desto mehr gewann seine Gier die Oberhand.

Er nahm sie mittlerweile kurz und kräftig, machte dann einen Atemzug Pause und stieß wieder zu. Doch das hielt er nicht lange aus und presste sein hartes Glied immer fieberhafter in ihre Öffnung. Er drückte ihre Feuchtigkeit heraus, sie lief an Talas Schenkeln herab. Seine freie Hand massierte ihren Busen, der bei jedem kraftvollen Stoß schaukelte.

Seine Stöße wurden immer schneller. Er machte keine Pausen mehr, sondern fiel in einen gleichmäßigen Rhythmus, der Tala durchschüttelte und dem Orgasmus entgegentrieb.

Irgendwann gab Claw einen animalischen Laut von sich, der nach unterdrückter Wut klang, und hörte auf. Ungehalten griff er sich das Kopfkissen, legte es unter Talas Unterleib und Bauch und drückte sie herunter. Er erklärte sich nicht, aber sie ahnte, dass er sich von nun an nicht mehr zurückhielt, sondern einen Widerstand suchte, um sie hemmungslos zu nehmen.

Und das tat er dann auch. Ohne Umschweife fuhr er fort, sie zu stoßen – schnell, hart und kompromisslos. Er nahm sie wie kein Mann zuvor; nicht rücksichtslos, sondern animalisch. Kräftig pumpte er in sie hinein und stützte sich rechts und links neben ihren Schultern ab.

Wir treiben es wie die Tiere, dachte Tala berauscht. Claws großer harter Schaft und sein stetes Eindringen brachten sie einem Orgasmus rasch näher, zumal ihr Kitzler über das Kissen rieb.

In ihrer Spalte loderte die Lust lichterloh. Ihr Unterleib stand in Flammen. Sie krallte ihre Finger in die Bettdecke.

Das ausgiebige Vorspiel hatte Tala so heiß gemacht, dass es nicht lange dauerte, bis sie aufstöhnte, sich verkrampfte und der Höhepunkt sie erschütterte. Sekundenlang war ihr Körper in einem Lustkrampf gefangen, während Claw weiterhin sein Glied in sie hineintrieb, als wäre es sein letzter Akt auf Erden. Dann war die köstliche Qual vorbei und sie zuckte und stöhnte leise unter ihm.

Claw heulte heiser auf wie ein Wolf mit Halsschmerzen und brach über ihr zusammen. Er atmete schwer. Eine Weile waren sie sich ganz nah. Er lag auf ihr, ohne sie zu erdrücken. Sie genoss es, seine warme Haut zu spüren. Immer wenn er einatmete, drückte sich sein muskulöser Brustkorb gegen ihren Rücken.

Leider rollte er sich von ihr herunter und blieb auf dem Rücken liegen. Er verschränkte den Arm unter seinem Kopf. «Ich denke, ich habe mich genug zurückgehalten.»

«Zurückgehalten?» Tala hob ihren Kopf, aber Claw schaute lächelnd an die Zimmerdecke. Ja, er hatte es geschafft, den Wolf in ihm zu bezwingen, damit dieser aufgrund des Erregungszustandes nicht zum Vorschein kam und Claw zwang, seine Gestalt anzunehmen. Aber von Zurückhaltung konnte keine Rede sein.

«Du hast ja keine Ahnung», sagte er schmunzelnd.

Das Nachglühen hüllte Tala ein wie ein wohlig warmer Kokon. Claw umarmte sie nicht, aber er lag noch neben ihr, die Augen geschlossen und ruhig atmend. War er eingeschlafen?

Er war nicht sofort nach dem Orgasmus aufgestanden und in die Nacht verschwunden, weil er bekommen hatte, was er wollte, sondern er war noch da, wenigstens das. Sie wusste nicht, ob sie zu viel in diese Tatsache hineininterpretierte. Möglicherweise hatte der Höhepunkt bei ihm einfach nur zu einer totalen Entspannung geführt, die ihn schläfrig machte.

Tala selbst jedoch war erstaunlich wach. Sie fühlte sich nicht nur so lebendig, wie seit Ewigkeiten nicht mehr, sondern eine Erkenntnis kreiste ständig in ihren Gedanken, die sie aufwühlte.

Durch die Vereinigung war sie zwar aus Claws Fantasien verschwunden – er jedoch hatte damit erst Einzug in ihre gehalten.

Kapitel 8

Glücklich, endlich angekommen zu sein, schloss Tala ihren Pick-up ab und ließ ihren Blick über die Coast Mountains gleiten. Die schneebedeckten Berge und Gletscher sahen vor dem strahlend blauen Himmel noch atemberaubender aus, als sie ohnehin waren. Die Schneedecke glitzerte in der Sonne, trotzdem war es eiskalt, sodass sie nicht einmal tagsüber antaute. Man konnte seinen Atem sehen.

Tala hatte gezweifelt, ob sie wirklich herfahren sollte. Zum einen nagte das schlechte Gewissen an ihr, weil sie Walter mit der ganzen Arbeit alleine ließ und ihn hatte belügen müssen, damit er ihr kurzfristig frei gab. Sie hatte behauptet, dass es ihrer Großmutter nicht gut gehe und sie dringend nach Valdez fahren müsse, um nach ihr zu sehen. Die Wahrheit war jedoch eine andere.

Tala musste dringend mir ihr reden.

Dick eingepackt hatte sie sich in aller Frühe in ihren Wagen gesetzt und sich über den mit Schnee und Eis bedeckten Richardson Highway gequält. Sie hatte immer wieder in den Rückspiegel gesehen, um zu prüfen, ob jemand aus dem Rudel ihr folgte. Selbst die Wälder suchte sie mit ihrem Blick ab, denn es konnte gut sein, dass einer von ihnen seine Wolfsgestalt angenommen hatte und ihr im Schutz der Bäume und Sträucher hinterherrannte.

Obwohl Tala niemanden erspähte, wusste sie, dass die Werwölfe da waren.

Es war bereits Vormittag, aber die 4.000-Einwohner-Stadt machte immer noch einen verschlafenen Eindruck. Die Fischer waren bereits seit Stunden auf dem Meer, die Touristen längst zu ihren Schiffsausflügen in den Prince William Sound aufgebrochen und die Bewohner gingen gemächlich ihrem Job beim Ölkonzern Exxon Mobile nach, dem größten Arbeitgeber in Valdez.

Naserümpfend schaute Tala auf das Gebäude, zu dem der kleine Parkplatz gehörte. Rechts und links standen haushohe indianische

Symbole, die die Indianer aus Fichten geschnitzt hatten. In den Schaufenstern hingen Dreamcatcher und andere Netzamulette. Vom Verandadach baumelte ein Windspiel, aber an diesem Morgen war es zu windstill, um seinen Klang zu hören.

Talas Granny hatte sich neben den Haupteinnahmequellen der Stadt, Fischfang und Erdöl, ausgerechnet für den Tourismus entschieden und das nicht erst, seitdem sie alt war. Sie arbeitete schon eine Ewigkeit lang in einer Indianerwerkstatt, ein ständiger Streitpunkt zwischen Tala und ihr.

«Das ist erniedrigend. Die Symbole unseres Stammes verkommen zu Souvenirs», hatte Tala ihr schon unzählige Male vorgehalten.

Aber ihre Granny ließ sich nicht beirren. «Ich sehe mich als Vermittler zwischen den Kulturen. Auf diese Weise stirbt unsere Tradition nicht aus. Zu viele der Athabascan vergessen ihre Wurzeln und leben ein Fastfood-Leben.»

Damit war auch Tala gemeint, aber sie ließ sich jedes Mal nicht anmerken, dass der Vorwurf sie traf. «Die Touristen interessieren sich nicht wirklich für die Indianer. Für sie sind wir nur Freaks. Sie kommen in die Werkstatt, um uns zu bestaunen, wie Tiere im Zoo.»

«Na, na, du übertreibst.» Selbst bei einem Streitgespräch wie diesem erhob Granny nie ihre Stimme. «Wir verkaufen all die Dinge nicht nur, sondern erzählen ihnen auch Geschichten dazu. Diese nehmen sie im Herzen mit nach Hause.»

«Und vergessen uns ganz schnell wieder.»

«Die Touristen sehen uns nach der Führung durch die Indianerwerkstatt nicht nur in einem anderen Licht, sondern ihr Interesse ist auch geweckt.» Granny lächelte an diesem Punkt der Diskussion immer so breit, dass Tala wusste, nichts und niemand konnte ihre Meinung ins Wanken bringen.

Während ihre Großmutter felsenfest daran glaubte, ihr Wissen weiterzugeben und die Kultur der Athabascan am Leben zu halten, wurde Tala den Eindruck nicht los, dass die Indianer ihre Seele für ein paar Dollar verkauften. Sie rechnete ihrer Granny ihr Engagement und ihren Großmut hoch an, die alte Dame besaß ein großes Herz, nur tat es ihr weh, das Desinteresse in den Gesichtern vieler Touristen zu sehen. Kaum hatten sie den Laden verlassen, dachten sie bereits über das nächste Vergnügen nach. Der Besuch der Werkstatt war neben einer Schiffsfahrt, einem Schneemobil-Ausflug, einer Fahrt mit einem Karibu- oder Husky-Schlitten und anderen Aktivitäten nur *ein* Punkt auf ihrer Liste, den es abzuhaken hieß.

Tala trat ein. Die Türglocke läutete, aber es kam niemand, um sie zu begrüßen. Sie schlenderte durch den langen Flur, der zu den verschiedenen Werkstätten und Ausstellungsräumen führte. Am Ende wartete der Verkaufsraum auf die Touristen, aber normalerweise kam jemand, um die Ankömmlinge zu begrüßen.

Tala wunderte sich, weil alle Werkstätten verwaist waren. Ihr Blick glitt über die alten Bilder an den Wänden. Die gemalten Darstellungen, Skizzen und Fotos erzählten ein wenig vom Leben der Athabascan, wie es früher einmal gewesen war.

Die Nomaden lebten damals in kleinen Gruppen von zwanzig bis vierzig Personen im Landesinneren von Alaska, wo die Lebensumstände härter gewesen waren als für die anderen Indianerhauptgruppen Alaskas: die Aleuten, die Inuit und die Indianer der Westküste. Sie waren gezwungen, Karibu- und Elchherden über lange Strecken zu verfolgen – wie Wölfe. Außerdem fischten sie Lachse und andere Flussfische und betrieben Handel mit den Tlingit und Inuit.

Sobald der erste Schnee fiel, suchten sie sich einen festen Lagerplatz, um dort zu überwintern. Schon damals fertigten sie aus Birkenhölzern Schneeschuhe an und benutzten Hundeschlitten als Transport- und Fortbewegungsmittel. Durch ihr Nomaden-Dasein entwickelten sich elf Versionen der athabascanischen Sprache. Tala fand das enorm.

Gedankenversunken strich sie über eine Vitrine, in der die Miniatur eines Lagerplatzes stand, daneben war eine Jagdszene aufgebaut.

Fotos von Geburten, Totenfeiern, Namensverleihungen und Potlachs – Feste, bei denen die Gäste übermäßig beschenkt und bewirtet wurden, um das Ansehen der Familie zu steigern – gab es keine, weil die Festivitäten zu intim waren, aber die Indianerwerkstatt stellte hin und wieder Szenen in Miniaturform nach und bot Vorführungen an.

«Das ist es», sagte sie und blickte in Richtung Hinterausgang. Wahrscheinlich fand gerade eine solche Vorführung hinter dem Gebäude statt.

Schnellen Schrittes ging sie in den Verkaufsraum, von dem aus man durch eine riesige Glaswand in den Garten sehen konnte. Tatsächlich waren alle dort. Sie bauten ein Tipi auf. Tala vermutete, dass eins der Zelte unter den Schneemassen zusammengebrochen war.

Die Heizungsluft roch staubig. Während Tala die Arbeiten beobachtete, zog sie ihre Winterjacke aus und legte sie über einen Holzstuhl mit kunstvoll geschnitzter Rückenlehne.

Granny, die im Außenbereich mit dem Rücken zu Tala stand, drehte sich plötzlich um und schaute in ihre Richtung, als hätte sie ihre Anwesenheit auf magische Weise gespürt. Ihr Blick erhellte sich. Sie winkte und stapfte durch den Schnee zum Hintereingang.

«Onawa», wisperte Tala. Das war der Name ihrer Großmutter. Er bedeutete ‹hellwach›. Manchmal fragte sich Tala, ob damit nicht hellseherische Fähigkeiten gemeint waren, eine Art von Wachheit auf höherer mentaler Ebene.

Obwohl Onawas rundes, wettergegerbtes Gesicht runzelig wie ein Faltenhund und von Altersflecken übersät war, fand Tala sie wunderschön. Ihre Granny strahlte eine Wärme aus, die einnehmend und beruhigend war. Trotz des frühen Todes ihres Mannes an einem Hirnaneurysma, der Tatsache, dass der Beruf ihres Schwiegersohns ihre Tochter immer wieder von ihrem Stamm wegführte und dann auch noch ihre Enkelin ihren eigenen Weg ging, verlor sie nie ihr warmes Lächeln. Sie war nicht immer einverstanden mit den Entscheidungen ihrer Lieben und sie sagte stets ihre offene und ehrliche Meinung, dennoch war sie niemals böse mit ihnen. Tala hatte Granny noch nie schreien hören.

Onawa ruhte in sich selbst, dafür beneidete Tala sie von ganzem Herzen.

An diesem Tag trug sie einen traditionellen Parka mit großer Kapuze und Fellbesatz. Sie trat vor der Tür mehrmals mit den Füßen auf, um ihre Boots vom Schnee zu befreien, und kam in den Verkaufsraum.

«Hallo Tala, ich wusste, du würdest mich bald wieder besuchen kommen.»

«Das konntest du nicht wissen.» Du hast es dir nur gewünscht, fügte Tala in Gedanken an.

«Du bist genauso freiheitsliebend wie deine Mom», sagte Onawa mit Bestimmtheit und schob ihre Kapuze vom Kopf. Ein langer, für ihr Alter erstaunlich brauner, geflochtener Haarzopf kam zum Vorschein, die wenigen grauen Strähnen leuchteten wie Silberfäden. «Euch locken die Städte. Aber es zieht dich immer wieder zu deinem Stamm zurück, genauso wie deine Mutter jedes Mal wieder heimkehrt wie ein Wolf zu seinem Rudel.»

Jegliche Farbe wich aus Talas Gesicht. «Ein Wolf?» Besaß Granny tatsächlich hellseherische Fähigkeiten?

«Er braucht sein Rudel, wie wir unseren Stamm.» Lächelnd zog sie ihren Parka aus und hängte ihn an die Garderobe. «Möchtest du etwas Karibu-Jerky? Du siehst blass aus. Isst du auch genug?»

Tala war mulmig zumute. «Danke, ich bin noch satt vom Frühstück.»

Onawa nahm etwas Karibu-Fleisch, das die Indianer selbst dörrten und an die Touristen verkauften, von einem Tablett, das hinter einer Vitrine stand, und biss genüsslich hinein. Mit vollem Mund fragte sie: «Warum bist du überhaupt hier?»

Also konnte sie doch nicht hellsehen. Tala lächelte in sich hinein. Claw tauchte in ihren Gedanken auf. Sie hatte tatsächlich eine halbe Stunde lang mal nicht an ihn gedacht. Aber nun war er wieder in ihrem Kopf.

Sie beschloss, sich langsam heranzutasten. «Wieso haben meine Eltern mich ausgerechnet Tala genannt?»

«Das weißt du nicht mehr?» Onawa schluckte den Bissen Dörrfleisch herunter und hob die Augenbrauen. Dann umspielte ein triumphierendes Lächeln ihre zarten Lippen. «Ah, du denkst über deine Wurzeln nach. Das ist gut, das ist sehr gut. Der Nachwuchs sehnt sich nach den vermeintlichen Vorzügen der modernen Gesellschaft, aber irgendwann kommt bei jedem der Zeitpunkt, an dem er mehr über seine indianische Herkunft erfahren möchte. Früher oder später.»

Tala verstand den Seitenhieb. Ihre Neugier war eher später als früher erwacht.

Ihre Granny biss erneut ein Stück getrocknetes Fleisch ab. «Erinnerst du dich gar nicht? Dein Totemtier ist der Wolf.»

«Mein Totem?» Hitze stieg in Talas Wangen, weil sie sich schämte, viele kulturelle Aspekte vergessen zu haben, selbst die, die sie persönlich betrafen. Ein Totem war sehr wichtig. Es hieß, dass man die Kraft des Tieres einsaugen und in sich aufnehmen konnte, um sie für kurze Zeit zu nutzen. Wie ein Mensch, der sich in einen Wolf verwandeln konnte.

Onawa schob das Fleisch schmatzend in die andere Wangentasche. «Das Totem unserer Familie ist der Wolf, du hast es von uns geerbt. Wir hatten schon immer eine besondere Beziehung zu den Wölfen.»

Hatte sie deshalb die Sexualpheromone wahrnehmen können? Claws Pheromone! Aber weshalb nur seine? Es war beinahe so, als würde eine unsichtbare Verbindung zwischen ihnen bestehen.

«Als du vielleicht drei Jahre alt gewesen warst, hatten wir dich mit in die Wälder genommen», fuhr ihre Großmutter fort. «Als wir dich einen Moment unbeaufsichtigt ließen, warst du plötzlich von Wölfen umstellt. Es war ein kleines Rudel, zugegeben, aber für dich Zwerg müssen die Tiere Monster gewesen sein.»

Tala fasste sich an die Kehle, als würde sie noch immer Claws Griff spüren, als er sie bei ihrer ersten Begegnung bedroht hatte – der ersten Begegnung in Menschengestalt. Vor ihrem geistigen Auge tauchte der schwarze Timberwolf auf.

Onawa legte das Dörrfleisch weg, als wäre ihr auf einmal übel geworden, nun da sie sich die furchteinflößende Situation wieder in Erinnerung rief. «Doch du hast die Hand nach ihnen ausgestreckt, wolltest durch ihr Fell streicheln und warst so voller Zuneigung zu diesen Tieren, dass sie es gespürt haben mussten. Sie liefen weg. Bis auf einer. Er schnupperte an deiner ausgestreckten Hand. Dann trottete er den anderen hinterher. Von dem Augenblick an wussten wir alle, dass wir deinen Namen richtig ausgewählt hatten.»

«Das Totem war mein Schutz?», wollte Tala zögerlich wissen.

«Wir hatten schon immer einen Heidenrespekt vor Wölfen – die Athabascan und deine Familie insbesondere –, aber du, Tala, hast eine außergewöhnliche Beziehung zu ihnen. Ich weiß, du denkst, das ist das Geschwätz einer alten, abergläubischen Frau, aber eines Tages wirst du mir glauben.» Unvermittelt fragte sie: «Möchtest du auch ein Glas Wasser?»

Tala nickte und folgte ihr in die kleine Küche, die gegenüber dem Verkaufsraum lag, und beobachtete, wie ihre Granny zwei Gläser mit Leitungswasser füllte. Niemals hätte sie Geld für Mineralwasser in Flaschen ausgegeben. Zum einem empfand sie es als Verschwendung, zum anderen hatte sie wenig Geld.

«Wölfe lieben ihre Freiheit», sagte Onawa und reichte Tala ein Glas. «Deshalb habe ich dich, ohne zu murren, nach Anchorage ziehen lassen, um dich eines Tages mit offenem Herzen wieder bei mir aufzunehmen. Unsere Stammesmitglieder werden sich über dein erwachendes Interesse für unsere Kultur freuen.»

Vorsichtig schüttelte Tala ihren Kopf. «Ich bin nicht heimgekehrt.» Ihre Großmutter sollte keinesfalls denken, sie würde zu ihr ziehen, um am Leben der Athabascan teilzunehmen. Sie mochte ihr Leben in Anchorage, die Arbeit mit Walt und die Möglichkeit, zwischen Moderne und Kultur hin- und herzupendeln.

Onawa neigte sich vor und flüsterte verschwörerisch: «Im Herzen schon.» Lauter fügte sie hinzu: «Das reicht mir fürs Erste. Es ist ein Anfang. Komm, setz dich.»

Tala nahm hinter einer Werkbank Platz, auf der einige Lederstücke, Perlen und Fäden lagen, aus denen Mokassins für die Touristen gefertigt wurden.

Ihre Granny zog einen Stuhl heran, der für die Besucher bereitstand, die bei der Fertigung zusehen durften, und setzte sich darauf. «Willst du wissen, was es bedeutet, den Wolf als Totemtier zu haben?»

Eigentlich wollte Tala das nicht, denn es war wie mit Horoskopen: Ein Teil der Aussagen traf immer zu, was die ältere Generation dazu veranlasste, daran zu glauben. Doch es lag ihr fern, ihre Großmutter zu verletzen, daher nickte sie und trank einen Schluck.

Onawa rollte ihr Glas zwischen beiden Handflächen hin und her. «Er prüft seine Mitmenschen lange, erst nach einiger Zeit fasst er Vertrauen und öffnet sich. Dann jedoch ist er ein Freund fürs Leben.»

Nun gut, das traf auf Tala zu, aber wohl auch auf Millionen anderer Menschen, die nicht einmal ein Totem-Tier besaßen.

«Er ist rastlos, immer auf der Suche und besitzt einen scharfen Verstand und eine schnelle Auffassungsgabe.»

Der Blick ihrer Großmutter war bohrend. Erwartete sie Zustimmung? Tala gab zu, noch auf der Suche zu sein. Sie hatte ihren Platz im Leben noch nicht gefunden, wie viele junge Menschen. Aber das mit dem scharfen Verstand konnte sie nicht bestätigen, da sie ihren Augen nicht hatte trauen wollen, als sie Dante das erste Mal gesehen hatte und die Situation im Alaska Native Medical Center völlig falsch eingeschätzt hatte.

«Man sagt ihm soziales Engagement nach.» Onawa nahm einen großen Schluck und stellte ihr Glas geräuschvoll ab, als wollte sie damit sagen: *So, nun weißt du es. Das alles trifft auf dich zu.*

Wenn man Wild Protection als soziales Projekt betrachtete ...

Aber Granny war noch nicht fertig. «Er sucht lange nach einem Partner, aber wenn er ihn einmal gefunden hat, bleibt er für immer mit ihm zusammen.»

Tala errötete. Warum musste sie unweigerlich an Claw denken? Er hatte rein gar nichts mit diesem Gespräch zu tun. Hier ging es erst einmal nur um sie selbst. Doch er schlich sich immer wieder in ihre Gedankenwelt, wie ein Wolf, der bei der Jagd auf seine Beute nicht lockerließ.

«Hast du jemanden kennen gelernt?», fragte Onawa schmunzelnd, denn Talas Verlegenheit war ihr nicht entgangen.

Unwirsch schüttelte sie den Kopf. Sie spielte die Naive und lenkte von sich ab: «Wie war das früher, als sich unsere Jäger mit Wolfsfellen tarnten?»

Enttäuscht aufgrund ausbleibender Liebesgeständnisse lehnte sich Onawa zurück. «Die Männer warfen sich die Felle über, damit das Wesen des Wolfs auf sie überging. Dadurch wurden sie unsichtbar und konnten sich zum Beispiel an eine Bisonherde heranschleichen, ohne von ihr bemerkt zu werden.»

«Glaubten sie wirklich, dass sie eins wurden mit dem Tier?» Die Skepsis in Talas Stimme war unüberhörbar, aber sie fürchtete sich gleichzeitig vor der Antwort.

Pikiert hob Onawa ihre Augenbraunen. «Es war so und ist heutzutage immer noch so.»

Der Glaube versetzt Berge, dachte Tala zweiflerisch, und bohrte tiefer: «Waren sie Gestaltwandler?» Sie hielt die Luft an.

Granny lächelte. «So könnte man es nennen.»

Tala neigte sich vor und runzelte ihre Stirn. «Aber die Jäger verwandelten sich doch nicht wirklich von Menschen in Wölfe.»

«Das liegt im Auge des Betrachters.»

Ihre Großmutter konnte manchmal richtig stur sein, fand Tala. Sie setzte alles auf eine Karte, auch wenn sie Gefahr lief, sich lächerlich zu machen – oder die Wahrheit zu erfahren. «Die Jäger der Athabascan waren also so etwas wie Werwölfe, ja?»

Onawa lachte schallend. Sie legte beide Hände auf ihren fülligen Bauch und wischte sich dann eine Träne aus dem Augenwinkel. «Nein, beileibe nicht. Werwölfe sind ein Mythos, die Kultur der Athabascan dagegen lebendig und real.»

«Natürlich», murmelte Tala. Ihr war ihre letzte Frage im Nachhinein höchst peinlich. Deshalb stand sie auf und ging zu einem Bilderrahmen, der neben der Tür hing, damit ihre Granny nicht sehen konnte, wie feuerrot ihr Teint war. In dem Rahmen steckte kein gemaltes Bild, auch kein Foto, sondern ein Spruch der kanadischen Autorin und Schamanin Oriah Mountain Dreamer:

Es interessiert mich nicht,
womit du deinen Lebensunterhalt verdienst.
Ich möchte wissen,
wonach du innerlich schreist und ob du zu träumen wagst, der Sehnsucht
deines Herzens zu begegnen.

Es interessiert mich nicht, wie alt du bist.
Ich will wissen, ob du es riskierst, wie ein Narr auszusehen,
um deiner Liebe willen, um deiner Träume willen und
für das Abenteuer des Lebendigseins.

Weiter las Tala nicht, weil Claw sich schon wieder in ihre Gefühlswelt stahl. Sie erschauerte, als könnte sie ihn damit abschütteln, aber er blieb an ihr haften wie ein schweres aufdringliches Parfüm.

Onawa trat hinter sie. «Die Menschen verlieren ihren Glauben und ihren Respekt, in meinen Augen ist das der größte Verlust, der sich eines Tages böse rächen wird.»

«Was meinst du damit?» Das Gesicht ihrer Großmutter spiegelte sich in der Scheibe des Bilderrahmens. Tala sah Onawas Spiegelbild fragend an.

«Deine Generation glaubt an die Wissenschaft, an harte Fakten und an Wohlstand. Ihr vergesst eure Kultur, und ich spreche nicht nur von den Indianern.» Sie seufzte leise. «Bald wird es nur noch die kalte Realität geben, weil ihr euch nichts mehr anderes vorstellen könnt als das, was ihr seht und was wissenschaftlich bewiesen ist. Doch es gibt noch eine andere Wahrheit, eine andere Realitätsebene, die nur wenige Menschen in der Lage sind zu erkennen.»

«In der Mythen manchmal doch wahr sind?»

Onawa verstand nicht, was sie meinte. Wahrscheinlich hatte sie die Werwölfe längst vergessen. «Für viele ist der Mensch der Herr der Schöpfung, der sich die Natur unterwirft und ausbeutet. Aber wir Athabascan sehen uns als Teil dieser Welt. Wir sind nur ein kleines Rad im Getriebe, nicht das größte und wichtigste, das den Kurs angibt, wie viele Menschen meinen.»

«Nicht alle denken materiell», warf Tala ein. Sie hatte sich nicht dafür entscheiden, bei Wild Protection zu arbeiten, weil das Gehalt hoch war. Das Gegenteil war der Fall. Sie wollte etwas Sinnvolles mit ihrem Leben machen und eine erfüllende Tätigkeit ausüben. Das tat sie in ihren Augen, sie versuchte zwischen Mensch und Tier zu vermitteln und das Zusammenleben zu erleichtern.

Sanft legte Onawa eine Hand auf Talas Schulter. «Ich weiß. Das Thema beschäftigt mich nun schon seit geraumer Zeit. Wir haben immer versucht, harmonisch mit der Natur zu leben, und der Schöpfung einen tiefen Respekt entgegengebracht, weil wir glauben, dass alles vom göttlichen Geist beseelt ist. So wie wir denken nur noch wenige, selbst Indianer. Das stimmt mich traurig.»

Tala drehte sich um und umarmte ihre Granny. «Du hast mich nicht verloren.»

In diesem Moment flammte ihr Zugehörigkeitsgefühl auf. Sie war eine Athabascan und würde es immer bleiben! Die Balance zwischen Moderne und Kultur war nicht immer leicht. Aber Onawa hatte Recht, Tala kam immer wieder zurück. Bei ihrem Stamm hatte sie ein Zuhause, egal, wo sie gerade war und was sie tat. Ihr war das nicht mehr bewusst gewesen, aber nun spürte sie wieder dieses Gefühl von Heimat.

Die Werwölfe hatten ihr diesen Denkanstoß gegeben. Ob es wirklich Schicksal gewesen war, dass sie aufeinandergetroffen waren?

Onawa löste sich von ihr und lächelte schon wieder. «Und ich hatte vermutet, du wärst wegen Mantotopah gekommen.»

«Toto?» Talas Herz wummerte plötzlich in ihrem Brustkorb. «Er ist in Valdez?»

«Nicht nur das. Er hilft just in diesem Moment beim Aufbau des neuen Tipis», erklärte Onawa und zeigte in Richtung des Gartens, als könnte sie ihn durch die Wände der Werkstatt sehen. «Ich dachte, dir wäre zu Ohren gekommen, dass er seinem Vater im Totem Inn hilft, um das Restaurant in einigen Monaten zu übernehmen, und wärst rein zufällig auch vorbeigekommen.» Onawa zwinkerte.

Talas Mund war trocken. Ihr war heiß, sie fühlte sich fiebrig. «Er wohnt jetzt wieder hier?»

Fröhlich nickte Onawa. «Du wusstest es wirklich nicht, stimmt's? Dein Schwarm ist zurück. Es kann kein Zufall sein, dass auch du dich zum selben Zeitpunkt wieder unserem Stamm annäherst. Vielleicht findet ihr ja doch endlich zusammen. Warte, ich gehe ihn holen.»

Bevor Tala ihre Granny daran hindern konnte, rieb diese verschwörerisch ihre Handflächen aneinander und verließ den Raum.

Tala war wie versteinert. Sie kam sich wieder vor wie ein Teenager, der sich zu jemandem hingezogen fühlt, sich aber nicht traut, ihm unter die Augen zu treten. Nervös kaute sie auf einem Fingernagel herum.

Schon mit vierzehn Jahren hatte sie für Mantotopah geschwärmt. Sie waren nie zusammengekommen, aber immer befreundet gewesen. Einen einzigen schüchternen Kuss hatte es gegeben, damals, als sie mit der Klasse einen Schulausflug in die Wälder gemacht, sich abgesetzt hatten und herumgetollt waren.

Was waren sie füreinander gewesen? Tala konnte es nicht einmal heutzutage definieren. Mehr als Freunde, aber niemals ein Liebespaar.

Eine unbändige Vorfreude erfasste sie, die sie unruhig auf- und abgehen ließ. Sie würde Toto wiedersehen! Und vielleicht, ja, vielleicht würde sich ihre Beziehung endlich definieren.

Weshalb fiel ihr in diesem Moment ausgerechnet Claw ein? Das hässliche Gefühl des Betrugs wallte in ihr auf. Dabei war sie ihm nichts schuldig. Rein gar nichts.

Kapitel 9

«Es ist unglaublich, dass wir hier zusammensitzen.» Mantotopah nippte an seinem Tee und lächelte Tala an. «Wie lange ist es her, seit wir uns das letzte Mal gesehen haben?»

Sie wünschte sich, etwas anderes als Blue Jeans und einen rotbraunen Fleece-Pullover angezogen zu haben. «Zwei Jahre, kurz bevor du in den Norden gegangen bist, um im Kobuk-Valley-Nationalpark als Ranger zu arbeiten.»

Wie gut er aussah! Er war groß gewachsen und besaß breite Schultern. Ein richtiger Kerl zum Anschmiegen. Toto war nicht so durchtrainiert wie Claw, sondern hatte eine normale Figur mit kräftigem Knochenbau. Er war ein Mann, der anpacken konnte und Verlässlichkeit ausstrahlte, mit den schönsten bernsteinfarbenen Augen, die Tala jemals gesehen hatte.

Nur der Wolf auf seinem erdfarbenen Sweatshirt irritierte sie. Es war ein Grauwolf, der den Mond anheulte, als wollte er auf sich aufmerksam machen. Tala nahm sich vor, sich von einem Aufdruck nicht nervös machen zu lassen, und konzentrierte sich auf ihren Jugendfreund.

Damals war Toto nicht nur bei den athabascanischen Mädchen beliebt gewesen, sondern bei allen. Kein Wunder, dass Talas Chancen, ihn für sich zu gewinnen, gering gewesen waren. Aber jetzt saßen sie gemeinsam im Totem Inn. Keine Konkurrenz weit und breit.

Sie schenkte ihm ihr schönstes Lächeln und sagte zweideutig: «Wieso bist du zurück? War es zu einsam dort oben?» Der Nationalpark lag am nördlichsten Polarkreis und war der abgelegenste in ganz Alaska.

«Meine Eltern wollen sich zur Ruhe setzen, ich werde das Restaurant übernehmen. Das Totem Inn ist kein 5-Sterne-Laden, sondern ein einfaches Lokal, und das wird es auch bleiben. Es wird auch weiterhin Rentier-Würstchen zum Frühstück, mittags Burger und abends Seafood geben», erklärte er, als müsse er sich rechtfertigen, die Freiheit des Nationalparks gegen die Einfachheit von Valdez eingetauscht zu haben.

Das klang in Talas Ohren herrlich normal. Keine Gestaltwandler oder sonstige außergewöhnliche Dinge. Sie setzte sich auf ihre Hände, damit sie nicht vor Aufregung zitterten, und griff das Gespräch mit ihrer Großmutter wieder auf. «Kehren wir nicht alle irgendwann zu unseren Wurzeln zurück?»

Neugierig richtete sich Mantotopah auf. «Du auch?»

Er wirkte interessiert, das wollte Tala nicht schmälern, deshalb antwortete sie ausweichend und unverbindlich: «Noch nicht, aber das Panorama der Berge ist natürlich unschlagbar.»

«Nicht wegen der Menschen, die hier leben?», fragte er und seine Mundwinkel kräuselten sich. «Alte Bekannte zum Beispiel.»

Sie betrachtete ihn eingehend. Er war erwachsen geworden, aber seine Augen hatten immer noch diesen jugendlichen Glanz. Und sie konnten Tala noch immer bezaubern. Da war so ein Flattern in ihrer Magengrube, das sie seit Ewigkeiten nicht mehr verspürt hatte.

Nein, das war nicht korrekt.

Wenn sie ehrlich zu sich selbst war, was ihr in diesem Moment schwerfiel, musste sie zugeben, dass sie es bemerkt hatte, nachdem sie mit Claw geschlafen hatte. Aber es war nicht dasselbe! Das mit Claw war Sex gewesen, redete sich ein, unglaublicher zügelloser Sex, der sie beeindruckt hatte, keine Frage. Bei Toto jedoch empfand sie eine Vertrautheit, die durch die zweijährige Trennung zwar einen Riss bekommen hatte, aber keineswegs vollkommen verschwunden war.

«Mit dem richtigen Anreiz würde ich bestimmt früher als geplant heimkehren», flirtete Tala zurück, aber es kam ihr wie eine Trotzreaktion vor. Sie legte die Ellbogen auf die Tischplatte und stützte ihren Kopf mit den Händen ab. Ihr Tee stand noch unberührt vor ihr und auch in die Menükarte hatte sie noch keinen einzigen Blick geworfen, dabei hatte Mantotopah sie zum Mittagessen eingeladen.

Auch er lehnte sich über den Tisch. Er sah ihr tief in die Augen und lächelte schweigend.

«Wenn er noch näher an sie heranrückt, reiß ich ihm den Kopf ab.» Nur mit Mühe unterdrückte Claw einen Wutschrei. Wäre Lupus nicht bei ihm gewesen und hätte ihn zurückgehalten, wäre er schon längst in das Totem Inn gestürzt und hätte Tala an den Haaren herausgezogen.

Wenn es um Tala Cocoon geht, denke ich wie ein Steinzeitmensch, gab er zähneknirschend zu. Sein Hirn setzte aus, seine Gefühle übernahmen die Kontrolle und das Tier in ihm kam gefährlich nah an die Oberfläche.

Lupus stellte sich ihm in den Weg, der Schnee knirschte unter seinen Stiefeln, und stemmte beide Hände gegen Claws Schultern. «Reiß dich zusammen. Sie tut doch gar nichts.»

«Das ist es ja eben», antwortete Claw mürrisch. «Sie soll sich umhören, ob jemand Dante gesehen hat. Stattdessen flirtet sie ungeniert herum.»

Er spähte durch das Fenster in das Restaurant und ließ Tala und diesen Kerl nicht aus den Augen. Bestimmt war er ein Mitglied vom selben Stamm wie sie, eine Verbundenheit, die Claw nie mit ihr teilen würde.

Lupus goss Öl in die Wunde. «Lass sie doch ruhig flirten. Vielleicht ist das nur eine Methode, um an Informationen zu kommen.»

Aufgebracht schlug Claw die Hände seines Gefährten weg. In der Gestalt des MacKenzie-Wolfs wäre Lupus ihm fast ebenbürtig gewesen, aber als Mensch war ihm der ältere Mann eindeutig unterlegen. «Wir sind keine Figuren in einem Spionagethriller. Sie amüsiert sich, anstatt ihren Verpflichtungen dem Rudel gegenüber nachzukommen. Allem Anschein nach hat sie den Ernst der Lage noch nicht erkannt, aber den werde ich ihr schon noch eintrichtern.»

«Beruhige dich, mein Freund.» Beschwichtigend klopfte Lupus ihm auf den Rücken. «Mit Gewalt kommst du bei Frauen nicht weiter. Sie ist keine Werwölfin. Um bei ihr etwas zu erreichen, brauchst du Feingefühl.»

Für Claw klang das nach einem Tipp, um bei einer Frau zu landen, was ihm gar nicht passte. Ein Knurren stieg aus seiner Kehle empor, das Lupus zurückweichen ließ. «Wir befinden uns im Kampf.»

Zu allem Übel grinste sein Gefährte auch noch. «Wir sind ihr nur gefolgt, um sicherzustellen, dass sie keinen Unsinn macht und flieht oder uns verrät.»

«Pah!» Claw schickte dem Mann, der mit Tala am Tisch saß, einen giftigen Blick. Am liebsten hätte der Wolf in ihm diesem Typen die Kehle aufgerissen. Dann wäre die Sache erledigt gewesen.

Jetzt dröhnte auch noch kitschige Country Music aus den Boxen, irgendein Schmusetitel, der alle Liebenden zum Kuscheln aufforderte.

Wehe, dachte Claw und bemerkte, dass er unbewusst seine Krallen ausgefahren hatte. Rasch zog er sie wieder ein und sah sich um, aber es war niemand in der Nähe, der seinen Ausrutscher bemerkt hatte.

Hatte der Indianer gerade seine Hand näher an die von Tala geschoben oder bildete Claw sich das nur ein?

«Du scharrst Löcher in den Boden», bemerkte Lupus und rollte mit den Augen.

Claw riss seinen Blick von Tala los und sah seinen Freund verwirrt an. «Was?»

«Du scharrst mit dem Fuß im Schnee, wie ein Stier, der seinen Widersacher gleich auf die Hörner nehmen wird.» Lupus schüttelte belustigt den Kopf.

«Unsinn», blaffte Claw und schaufelte unauffällig Schnee auf die Stelle, an der bereits das Erdreich sichtbar geworden war.

«Du benimmst dich, als wäre sie deine Gefährtin», bemerkte Lupus und lehnte sich gegen die Wand des Totem Inns, «aber sie ist frei und zudem eine reine Menschenfrau, nichts für dich.»

«Red nicht solch einen Quatsch. Ich verwechsele nicht Freund und Feind.» Noch so einen Kommentar, und Claw würde ihm zeigen müssen, dass selbst er sich solche Unverschämtheiten gegenüber dem Alphawolf nicht erlauben durfte. «Sie gehört nicht zum Rudel, ist uns aber etwas schuldig und dieses Recht fordere ich ein.»

Plötzlich trat er in den Vorraum, von dem Türen in die Küche, das Damen- und das Herren-WC und den Essraum führten.

Lupus folgte ihm aufgeregt und nahm die Canvasjacke an, die Claw ausgezogen hatte und ihm reichte. «Was hast du vor?»

«Ich werde sie daran erinnern, dass wir sie beobachten und es gefährlich ist, mit uns zu spielen und uns hinzuhalten», sagte Claw und konnte das Wolfsgeheul in seinem Schlund kaum unterdrücken. Er war in der letzten Nacht scheinbar zu nett zu Tala gewesen. Aber das würde sich ab sofort wieder ändern.

«Haben Sie schon gewählt?»

Die Stimme kam Tala bekannt vor. Als sie zum Kellner hochschaute, stockte ihr der Atem. Sie konnte kaum glauben, was sie sah. Claw stand mit einem Notizblock und einem Bleistift vor dem Tisch und blinzelte sie wütend an. In seiner beigefarbenen Cargohose und dem braunen T-Shirt, unter dem er ein langärmeliges beigefarbenes Shirt trug, wirkte er wie ein Abenteurer, aber keinesfalls wie ein Kellner. Was sollte diese Scharade?

Mantotopah lehnte sich mit gerunzelter Stirn zurück. Seine langen Beine passten kaum unter den Tisch. Sein Oberschenkel berührte den von Tala. «Ich kenne Sie nicht, aber das müsste ich, denn das Totem Inn ist jetzt mein Laden.»

Tala zog ihr Bein weg, denn Claw durfte auf keinen Fall diese dezent intime Geste bemerken. Gerade als sie ihren Mund öffnete, um ihm durch die Blume zu sagen, er solle sich zur Hölle scheren, sagte er blasierter als jeder Kunde: «Ich bin spontan eingesprungen.»

«Aber ich stelle alle Aushilfen ein», wunderte sich Mantotopah.

«Besondere Umstände», behauptete Claw, ohne mit der Wimper zu zucken, und starrte Tala mit zusammengekniffenen Augen an.

Wenn Blicke töten könnten, dachte sie und spürte schon wieder Totos Schenkel an ihrem. Unter anderen Umständen hätte sie sich ein Loch in den Bauch gefreut, weil ihr Jugendfreund ihr endlich die Aufmerksamkeit schenkte, nach der sie sich schon eine Ewigkeit sehnte. Aber mit Claw in der Nähe saß sie auf einem Pulverfass.

Sie rutschte nach vorne auf die Stuhlkante, um ihre Beine unter dem Tisch zu verstecken. Ihr war übel. An Essen wollte sie gar nicht mehr denken. Aber sie sah auch nicht ein, ihr Date mit Mantotopah abzubrechen, nur weil Claw sich wie ein Macho aufführte. Sie war nicht sein Eigentum. Eine Abmachung verband sie – mehr nicht – und Toto hatte nichts mit diesem Deal zu tun.

«Was willst du essen?», fragte Toto sanft. «Wähle aus, was immer du möchtest. Keine falsche Bescheidenheit.»

«Wie großzügig», murmelte Claw.

Tala kam es so vor, als würde Toto in Zeitlupe seine Hand heben, um sie jeden Moment auf Talas Unterarm zu legen. Am Anfang war sie vor Entsetzen wie gelähmt. Gerade noch rechtzeitig zog sie ihren Arm weg. Sie band ihren Haarzopf neu und bestellte rasch einen vegetarischen Burger mit French Fries. Ihr Herz schlug schneller. Ihre Wangen waren heiß. Nicht auszudenken, was passiert wäre, wenn Mantotopah sie berührt hätte. Sie würde es Claw zutrauen, dass er beim kleinsten Anlass über den Tisch sprang und sich in Toto verbiss wie ein tollwütiger Wolf.

Im Moment sah er nicht so aus, als hätte er sein Tier sonderlich gut unter Kontrolle.

Toto kam ihr wie ein Anker zur Realität vor, während Claw der Inbegriff von Gefahr war. Er war ein Wesen, das trotz all seiner Erklärungen widernatürlich blieb und Ungewissheit bedeutete.

Sie suchte unauffällig Halt bei Mantotopah und streckte ihr Bein aus, sodass ihr Unterschenkel seine Wade berührte. Verlegen nippte sie an ihrem lauwarmen Pfefferminztee.

Toto grinste. «Wir haben denselben Geschmack. Ist das nicht wunderbar? Auch ich nehme einen Veggi-Burger.»

Claw notierte die Bestellung und brach dabei die Bleistiftmine ab, da er sie vor unterdrücktem Zorn zu fest auf den Block gedrückt hatte. «Möchten Sie vielleicht einen Cocktail zum Aufwärmen? So ein Tee hilft doch nicht wirklich. Pussy Foot, Brandy Stinger, Aphrodite's Kiss, Chill Factor, Cherry Lips oder Sex on the Beach machen dagegen richtig heiß.»

«Wir führen keine Cocktails», wies Toto ihn zurecht. «Sie sollten erst einmal die Karte studieren, bevor Sie einen Job antreten.»

«Wie wäre es mit einem Eisbecher für Liebespaare?» Claw stützte sich mit den Händen auf der Tischplatte ab und beugte sich zu Tala herunter. «Wir haben da diese Becher in Herzform. Sie könnten sich einen Löffel teilen.»

«Nein, danke», sagte sie scharf und neigte sich ebenfalls vor, um ihm zu zeigen, dass sie keine Angst vor ihm hatte, was die Sache jedoch nicht ganz traf. Sie war unsicher, was er vorhatte und wie weit er gehen würde.

Er richtete sich auf und fragte mit tiefer rauer Stimme: «Soll ich eine Kerze bringen? Frauen mögen Kerzen, das Licht ist herrlich – romantisch.»

Das letzte Wort brachte er so gepresst hervor, dass Tala glaubte, er würde jeden Moment vor Wut platzen. Auch Mantotopah hatte genug. Aber Tala war schneller als er. Sie sprang von ihrem Sitz auf. «Es gibt nur eine einzige Sache, die Sie für mich tun können. Zeigen Sie mit das Damen-WC, und zwar sofort.»

«Ihr Wunsch ist mir Befehl», knurrte er, packte ihren Oberarm und führte sie schnellen Schrittes aus dem Lokal in den Vorraum.

Tala hätte aufgeatmet, wenn Claw sich nicht sofort auf sie gestürzt hätte. Aufgebracht warf er Block und Stift auf den Boden und drängte Tala ungehalten in die Männertoilette.

«Lass niemanden rein», wies er Lupus an, der zuerst Claw verdutzt anschaute und dann Tala gegenüber entschuldigend mit den Achseln zuckte.

Claw warf die Tür zu und presste sie mit seinem Körper gegen die Wand.

«Was fällt dir ein?», blaffte sie und stemmte sich gegen ihn, hatte jedoch nicht den Hauch einer Chance. Wie er sich da vor ihr aufbaute, war er wie ein Fels aus Muskeln und aggressiver Energie. Im Lokal hatte er sich noch zurückgehalten, aber nun waren sie alleine, und er konnte tun und lassen mit ihr, was er wollte.

Er legte drohend eine Hand in ihren Nacken. «Du vergeudest Zeit mit deinem indianischen Loverboy, anstatt nach Dante zu suchen, wie ich dir befohlen hatte.»

Befohlen? Ihr Puls stieg von null auf hundert. «Toto ist nicht mein Lover und erst recht kein Boy.» Ja, sie fürchtete sich vor Claw, aber sie war ebenfalls wütend und würde keinesfalls vor Angst winseln.

Er lachte abfällig. «Toto? Wie Dorothys kleiner Köter aus *Der Zauberer von Oz?*»

«Mantotopah.» Tala sprach den Namen voller Würde und Respekt aus.

Doch das verschlechterte Claws Laune nur noch. Er fuhr eine Kralle aus und zeichnete damit Talas Nackenwirbel nach. «Und was bedeutet das, etwa Fleischklops?»

Würde er ihr diesmal wehtun? Nein, das würde er nicht. Oder doch? «Vier Bären.» Böse funkelten ihre Augen ihn an. Dieser eingebildete Kerl glaubte wohl, er wäre der einzige starke Mann in Alaska. «Er ist so kräftig wie vier Bären.»

Claw schnaubte. «Ich könnte Meister Petz mit einem Arm niederringen.»

«Man muss kein Werwolf sein, um ein richtiger Kerl zu sein», spie sie ihm ins Gesicht, doch als er sich noch weiter vorneigte und sein Mund – dessen Zähne sich jeden Moment in ein Wolfsgebiss verwandeln würden, das sogar Knochen brechen konnte – nur noch wenige Zentimeter von ihrem Gesicht entfernt war, bereute sie es, aufmüpfig gewesen zu sein. Hatte sie es zu weit getrieben?

Vor der Tür sprach Lupus mit zwei Männern, die offensichtlich die Toilette benutzen wollten. «Mein Freund kotzt sich die Seele aus dem Leib.»

«Ich muss nur pinkeln, Mann», lallte der eine genervt.

«Alles ist voll», log Lupus und lachte peinlich berührt. «Ich an eurer Stelle würde da jetzt nicht reingehen. Kein schöner Anblick, wirklich kein schöner Anblick, und der Gestank wird den ganzen Tag an den Fliesen kleben.»

«Scheiße, Mann.» Schritte, die sich entfernten, waren zu hören.

Es klopfte an der Tür. «Ash.»

«Nenn mich nicht so, Lupus», fauchte Claw ihn an, ohne seinen bohrenden Blick von Tala zu nehmen.

Ash, dieser Name hallte in Tala wider. Das war also sein richtiger Name, den seine Eltern ihm gegeben hatten, als er geboren worden war – als reiner Mensch. Er führte ihr auf einmal vor Augen, dass

Claw tagsüber wahrscheinlich ein normales Leben führte. Auch er musste Geld verdienen, auch er war ein Teil der Bevölkerung Alaskas, die Wälder waren nur zeitweise sein Revier. Er war nicht 24 Stunden der Alphawolf, sondern zwei Herzen schlugen in seiner Brust: Claw, wenn er in Wolfsgestalt oder im Auftrag des Rudels unterwegs war, und Ash, der Mann, der arbeiten ging, in einer Wohnung lebte – Familie hatte? Der Gedanke wühlte sie auf.

«Die Kerle werden sich noch einen hinter die Binde kippen und dann wiederkommen, so schätze ich sie zumindest ein.» Lupus war klar und deutlich zu hören, er musste nah hinter der Tür stehen. «Es ist erst Mittag und sie stanken schon aus dem Mund wie ein Fass Schnaps.»

«Bin gleich fertig», sagte Claw mit unheilschwangerer Stimme. «Ich muss Tala nur noch eine Lektion erteilen.»

Sie umfasste seinen Arm mit beiden Händen. Als müsste sie sich rechtfertigen, erklärte sie: «Ich war bei meiner Granny, um mehr über mich und mein Totem Wolf zu erfahren.»

«Dein Totemtier ist der Wolf?» Er lockerte seinen Griff. «Ein Totem ist ähnlich wie ein Sternzeichen, hat Canis mir mal erklärt.»

Sie nickte vorsichtig, da sie immer noch die Kralle spürte. «Es begleitet dich das ganze Leben lang.»

«Von Canis weiß ich auch, dass Menschen mit dem Totem Wolf zu bedingungsloser Liebe – persönlich und spirituell – fähig sind, aber sie laufen Gefahr, sich dabei zu verlieren.»

Tala wich seinem Blick verlegen aus, weil sie neben seiner immer noch vorhandenen Aggression nun auch seine Erregung spürte.

«Man sagt ihnen eine gute Intuition nach», fuhr er nachdenklich fort. «Beinahe hellseherisch.»

Tala musste an Onawa denken. Ihre Granny besaß diese Fähigkeit, sie selbst jedoch nicht. Vielleicht musste sie aber auch noch mehr Erfahrungen sammeln und reifen.

«Heilende Fähigkeiten sollen sie auch besitzen.» Claw ließ von ihr ab. «Möglicherweise hat das etwas mit deiner Aufgabe im Kampf gegen Dante zu tun. Aber das bedeutet nicht, dass du Narrenfreiheit hast und mit jedem dahergelaufenen Kerl herumtollen kannst.»

Nun wallte wieder Zorn in ihr hoch. Sie straffte ihre Schultern. «Mantotopah ist ein alter Freund.»

«Und euch verbindet viel, nicht wahr?» Ein Knurren stieg in seiner Kehle auf.

Meinte er Erinnerungen oder ihre indianische Herkunft? «Wir sind dank dir nicht einmal dazu gekommen, alte Zeiten aufleben zu lassen.»

Claw drückte sie wieder mit seinem Körper gegen die Wand. «Und das werdet ihr auch nicht.»

«Du kannst nicht über mich bestimmen», erwiderte sie zornig und bemühte sich, seine Erektion an ihrem Bauch zu ignorieren, aber das war gar nicht so einfach, denn es gefiel ihr, dass sie ihn erregte. «Ich werde wieder ins Lokal gehen, mich neben ihn setzen und das Mittagessen mit ihm genießen.»

«Ich bin der Alphawolf. Du tust, was ich dir sage.»

«Ich bin keine Wölfin deines Rudels.»

«Trotzdem unterstehst du meinem Befehl, denn nur durch meine Gnade lebst du noch.»

Ihr Trotz geriet ins Wanken. «Ich bin mein eigener Herr.»

«Ich entscheide über dein Schicksal, nur ich, Tala, denn das Rudel ordnet sich mir unter, und genau das wirst du auch, wenn dir dein Leben lieb ist.»

«Du wirst mich nicht töten, so bist du nicht.» Hoffte sie jedenfalls.

«Unterschätze mich nicht. Ich bin nicht der Leitwolf geworden, indem wir im Rudel Streichhölzer gezogen haben. Kämpfe regeln die Hierarchie. Aber du hast Recht, ich würde dich nicht umbringen.» Er grinste maliziös. «Sondern nur meine Krallen ausfahren und dir meine Initialen einritzen, damit du weißt, zu wem du gehörst.»

«Ich bin freiheitsliebend und lasse mir kein Label aufdrücken, du –»

«Halte endlich deinen Mund, bevor ich mich vergesse.» In Sekundenschnelle stieg das Tier in ihm auf. Es lauerte direkt unter seiner Haut. Seine Augen waren nun vollkommen die eines Wolfes. Seine hervortretende Zornesfalte ließ ihn grausam aussehen. Er vergrub seine Hand in Talas Haaren, zog sie zu sich und küsste sie grob. Fest presste er seine Lippen auf die ihren und raubte ihr den Atem.

Der Kuss war hart und besitzergreifend. Er erstickte Talas Protest.

Sie dachte kurz daran, Claw zu schlagen. Aber was hätte das schon genutzt? Körperlich war sie ihm unterlegen, verbal nicht. Der Kuss hinderte sie daran, ihre Verwünschungen auszusprechen. Das hatte auch etwas Gutes. Sie konnte seine Wut nicht weiter anstacheln und somit seinen Zorn nicht überkochen lassen.

Er entlud seinen Groll, indem er sie lange und leidenschaftlich küsste.

Am Anfang wehrte sich Tala innerlich gegen seinen Kuss, doch ihr gefiel Claws Wildheit. Ungezähmt massierte er ihre Lippen mit den seinen und glitt in ihren Mund hinein, doch anstatt zu stöhnen, knurrte er gefährlich. Er rieb seine harte Wölbung gegen ihren Körper und drückte Tala gegen die Wand, um ihr seine Überlegenheit zu demonstrieren.

Als der bedrohliche Kuss, der anfänglich wie ein Kampf wirkte, immer mehr in Leidenschaft überging, erwachte eine Ahnung in Tala, die ihr ein Lächeln entlockte. Konnte es sein, dass Claw eifersüchtig war?

Vor der WC-Tür begann Ray Charles *Night time is the right time* zu singen. Bald darauf verstummte das Handyklingeln und Lupus flüsternde Stimme war zu hören. Er klang aufgeregt.

Lupus klopfte ein zweites Mal. Er räusperte sich, als würde er bei einem heimlichen erotischen Treffen Schmiere stehen. «Schlechte Neuigkeiten.»

Claw löste den Kuss. Atemlos sah er auf Tala herab, die ebenfalls nach Luft rang. Mit seinen zornig zusammengekniffenen Augen und den noch feuchten Mundwinkeln machte er einen tollwütigen Eindruck. Ihre Brüste wogten auf und ab und zogen Claws Aufmerksamkeit auf sich. Tala erinnerte sich, dass ein Fleece-Pullover kein Hindernis für ihn war. Mithilfe seiner Krallen würde es nur Sekunden dauern, bevor sie im Büstenhalter vor ihm stand.

«Was?» Claw klang sehr unfreundlich. Er stand noch immer hautnah vor Tala, als wollte er sie ein zweites Mal küssen.

«Rufus ist verschwunden.»

«Der Rotwolf?», schoss es erschrocken aus Tala heraus. Kleinlaut fügte sie hinzu: «Ich meine den Jungen.»

Claw trat einen Schritt beiseite, öffnete die Tür und fuhr sich mehrmals durch seine dunklen Haare. Seine Augen waren wieder menschlich. «Vielleicht ist dieser Kindskopf Tala durch die Wälder gefolgt, als sie nach Valdez gefahren ist, und hat ihre Spur verloren.»

«Wäre denkbar», sagte Lupus nachdenklich und steckte sein Mobiltelefon zurück in seine Jackentasche.

«Verlier dein Herz nie an eine Menschenfrau», brummte er verdrießlich und trat aus dem WC. Während er sein geschwollenes Glied in der Hose richtete, warf er einen verächtlichen Blick in Richtung des Lokals, als könnte er Mantotopah durch die geschlossene Tür sehen. Claw hatte ihn nicht vergessen, aber sich um das Rudel zu kümmern war wichtiger.

Er nahm seine Canvasjacke von Lupus' Arm und schlüpfte beim Verlassen des Totem Inns hinein. «Welcher richtige Kerl isst schon einen Veggi-Burger?», hörte Tala ihn noch spötteln. Dann schloss sich die Tür hinter ihm.

«Werdet ihr Rufus aufspüren können?», fragte sie Lupus. Sie verließ das Herren-WC und rieb über ihre Oberarme, als wäre ihr kalt, dabei war ihr noch heiß von Claws Kuss. Es kratzte an ihrem Ego, dass er sich nicht noch einmal zu ihr umgedreht hatte, sondern ohne Verabschiedung gegangen war.

«Wir werden die Wälder durchkämmen.» Er tippte mit der Fingerspitze gegen seine Nase. «Unser Geruchssinn ist ausgezeichnet, aber die Gefahr ist nicht zu unterschätzen.»

Sprach er von Dante? «Gefahr?»

«Seitdem ich in Rente bin, kann ich nicht mehr ohne Kopfbedeckung rausgehen, ohne mir sofort eine Grippe einzufangen, als wäre mit meinem letzten Arbeitstag mein Verfallsdatum abgelaufen.» Entschuldigend lächelte der alte Mann. Er zog eine petroleumfarbene Mütze aus der Tasche, setzte sie auf und strich die Ohrenklappen glatt. «Wir können nur beten, dass Rufus die Wälder gemieden hat.»

«Wieso? Ich dachte, da fühlt er sich heimisch.»

«Es ist Jagdsaison.» Er hob seine Hand zum Gruß und folgte Claw.

Daran hatte Tala nicht gedacht. «Oh, mein Gott.» Erschrocken schlug sie ihre Hand auf den Mund. Sie machte sich nicht nur Sorgen um Rufus, sondern auch um Lupus – und Claw. Obwohl er es nicht verdient hatte. Dieser Teufelskerl!

Sehnsüchtig leckte sie sich über ihre Lippen.

Kapitel 10

Tala schlitzte ihm den Bauch auf.

Sie war völlig außer Atem. Es hatte sie unglaublich viel Kraft gekostet, das Karibu von der Ladefläche ihres Pick-ups auf den Lattenzaun zu hieven. Angewidert beobachtete sie, wie die Eingeweide herausquollen. Der Kopf des Rentiers hing schlaff zur Seite, seine Augen waren verdreht. Um das Einschussloch zu kaschieren, stocherte Tala mit dem Messer im Hals des Tieres herum, sodass es aussah, als wäre das Karibu mit einer Klinge traktiert worden.

Es widerte sie an, dem toten Tier so etwas anzutun, aber es war notwendig. Die Presse kam nicht bei Bagatellen. Nur schaurige Vorfälle waren es ihnen wert, bis an den Stadtrand von Anchorage zu fahren. Tala hatte ein verfallenes Haus ausgewählt. Zum einen wirkte es als gruselige Kulisse hervorragend für ihr kleines Schauspiel, zum anderen würde sie mit Matt Jerkins ungestört sein.

Nachdem Vorfall im Totem Inn war sie trotz Warnung zu Mantotopah zurückgekehrt und hatte mit ihm zu Mittag gegessen. Sollte Claw sich ruhig schwarz ärgern, wenn er es irgendwann einmal erfuhr. Vielleicht würde sie es ihm sogar selbst eines Tages unter die Nase reiben. Wenn jemand sie in ihrer Freiheit beschnitt, konnte sie kratzbürstig werden. Sie unterschätzte keineswegs die Gefahr, die von ihm ausging, aber sie glaubte, dass er ihr nichts antun würde, weil sie es glauben wollte.

«War das ein Ex-Freund von dir?», hatte Toto gefragt und mit seinem Schlüsselbund gespielt, bis Tala die Hand auf seine legte, weil das Geräusch sie nervte. Etwas in seinem Blick änderte sich.

«Gott bewahre, nein!» Rasch zog sie ihre Hand wieder weg. Die Schüchternheit, die sie als Mädchen ihm gegenüber empfunden hatte, war seltsamerweise immer noch lebendig in ihrer Brust. War das wirklich der Grund?

Er schob seine Schlüssel in die Hosentasche. «Aber du kanntest ihn. Spiel mir nichts vor. Da war etwas in seinen Augen ... Als hätte er dich zum Fressen gern.»

Tala hätte sich beinahe an ihrer eigenen Spucke verschluckt und suchte verzweifelt nach einer Ausrede. «Das war ... also ... er ... es ging nur um eine Wette. Er hatte mit seinen versoffenen Freunden gewettet, dass er es schafft, unsere Verabredung zu stören, weil sie nichts Besseres in ihrer Mittagspause zu tun hatten, diese Armleuchter!»

«Das hat funktioniert. Betrunken kam er mir aber nicht vor», meinte Mantotopah. «Er hat dich ganz schon durcheinandergebracht.»

«Nicht durcheinander, sondern wütend», korrigierte sie ihn und war froh, dass die Kellnerin das Essen brachte, um den Geschmack von Claws feurigem Kuss loszuwerden.

Endlich brachte ihr langjähriger Schwarm ihr etwas Interesse entgegen und dann lenkte sie ein Werwolf ab. Beides hätte sie sich vor kurzem noch nicht träumen lassen.

Um Claw zu beschwichtigen, hatte sie sich dazu entschlossen, Matt Jerkins anzurufen. Der Reporter hatte vor acht Wochen einen Artikel über Wild Protection geschrieben, der schon nach drei Tagen im Anchorage Chronicle erschienen war. Er war der einzige Kontakt, den Tala hatte, der ihr möglicherweise verraten konnte, ob es auffällige Funde oder Begebenheiten gegeben hatte, die auf Dante zurückzuführen waren. Natürlich würde sie kein Sterbenswörtchen über die Bestie verlieren. Es würde schwer genug werden, Informationen aus ihm herauszukitzeln, ohne selbst etwas preiszugeben.

Jerkins war ein Fuchs. Er war der Inbegriff eines schmierigen Reporters, der immer auf der Lauer nach neuen Sensationsmeldungen lag. Wenn er keine bekam, dachte er sie sich einfach aus, hatte er durch die Blume zugegeben, um Tala und Walter zu zwingen, ihm eine blutrünstige Story zu liefern. Da er freiberuflich arbeitete, kauften die Zeitungen ihm nur Artikel ab, die es in sich hatten. Genau aus diesem Grund konnte er eventuell hilfreich sein, denn er ging auch Hinweisen nach, die absurd waren, wie Sichtungen von Yeti-Spuren – und Werwölfen.

Tala hatte Mantotopah um Hilfe gebeten. Er besorgte ihr von einem befreundeten Jäger ein frisch erlegtes Karibu. Den Kadaver durfte sie sich für einen Tag ausleihen, ohne etwas zahlen zu müssen.

«Ich benötige ihn für eine Demonstration», behauptete sie.

Obwohl Toto ahnen musste, dass sie log, bohrte er nicht nach, sondern hob die Tierleiche auf die Ladefläche ihres Pick-ups. «Ich rufe dich an, um zu hören, wie's gelaufen ist.»

Sie tauschten ihre Handynummern aus. Während der Rückfahrt von Valdez nach Anchorage schob sie immer wieder die Hand in ihre Jackentasche, als müsste sie sich vergewissern, dass die Visitenkarte des Totem Inns, auf dessen Rückseite er seine Privatnummer notiert hatte, tatsächlich da war.

Tala trat einen Schritt zurück und betrachtete ihr Werk. Die Tierleiche sah fürchterlich zugerichtet aus. Bei dem Anblick dreht sich ihr der Magen um, aber ohne diese Show konnte sie Jerkins nicht herlocken.

Als der schlaksige Mann dann endlich mit gezückter Kamera vor dem Kadaver stand, machte er ein Gesicht, als würde er sich fragen, ob Tala ihn wirklich wegen solch einer Lappalie gerufen hatte. Bisher hatte er kein einziges Foto geschossen. Er betrachtete das Tier von allen Seiten und grübelte vermutlich darüber nach, ob ihm die Story jemand abkaufen würde.

Nicht blutig genug, lautete bestimmt sein Fazit. Tala steckte ihre Hände in die Jackentaschen und ballte sie zu Fäusten. Am liebsten hätte sie ihm seinen langen, dürren Hals umgedreht, der ihn wie einen Aasgeier aussehen ließ. Dass er keinerlei Mitleid empfand, passte in dieses Bild. Jerkins war ein gefühlskalter Mensch, der alles nach dem Profit, den er daraus schlagen konnte, abschätzte. Er huldigte nur dem schnöden Mammon.

Sie seufzte theatralisch. «Wie können Menschen so grausam sein und ein Tier derart zurichten? Das Karibu war durch den lang anhaltenden, strengen Winter ausgehungert und wurde vom Duft der Abfälle angelockt. Noch immer haben sich viele Bewohner keine fest verschließbare Mülltonne angeschafft. Deshalb ist es kein Wunder, dass wilde Tiere in ihrem Garten stehen.»

«Das hab'n Sie mir schon beim letzten Mal erzählt.» Ungeniert zog er zuerst seine Nase und dann seine Hose hoch. Die ausgebleichte Jeans wurde kaum von seinen knochigen Hüften gehalten.

Tala vermutete, dass das Szenario ihm nicht genug nach Schlachtfeld aussah. «Sie sehen bestimmt schlimmere Dinge, nicht wahr?»

Sein Adamsapfel hüpfte ekelhaft, wenn er sprach. «Ein totes Karibu bringt niemand'n dazu, 'ne Zeitung zu kaufen, Miss Cocoon.

«Aber dieses wurde misshandelt und grausam zugerichtet.» Ihre Empörung war echt. «Man hat es seines Lebens und seiner Würde beraubt.»

Matt Jerkins hängte sich seine Kamera um. «Viele Bürger erschieß'n die Tiere, ohne mit der Wimper zu zucken. Tot sind sie ihnen lieber, weil die Bestien sie dann nicht mehr anfall'n können, und es ist ihnen egal, wie sie sterben, Hauptsache die Viecher sind tot.»

«Bestien?» Er hatte ja keine Ahnung! Tala bemühte sich, Ruhe zu bewahren und sich auf ihr Ziel zu konzentrieren. «Tiere verteidigen sich nur, Menschen dagegen sind aus niederen Beweggründen brutal.»

«Wie auch immer ...»

«Vielleicht rufe ich lieber einen Ihrer Kollegen an», begann sie und tat so, als würde sie mit den Tränen ringen, weil sie derart mitgenommen war.

Jerkins ließ sich nun doch dazu hinreißen, lustlos ein paar Fotos zu machen. Er kniete sich hin, um die heraushängenden Gedärme in Großaufnahme abzulichten, und zog sogar mit seinem Fuß eine Darmschlinge weiter aus dem Bauch des Tieres heraus, damit es dramatischer wirkte. «Sorry, hab heute schon Abscheulicheres zu Gesicht bekomm'n. Dagegen ist das hier 'n Fliegendreck.»

«Ach, ja?» Neugierig kam sie näher.

«Tiere interessieren mich 'n Scheiß.» Entschuldigend hob er beide Hände hoch, da ihm wieder bewusst wurde, dass Tala für Wild Protection arbeitete. «Bin nur ehrlich. Manche kümmern sich um Tiere und manche um Menschen, ich tue Letzteres.»

Heuchler! «Aber Menschen haben diese Metzelei angerichtet, sie haben auf das Karibu eingestochen und –»

«Aber nicht hier», fiel er ihr ins Wort. «Ich sehe kein Blut. Wenn der Schnee damit getränkt wäre, ja, das wäre etwas andres. Kein Vergleich mit dem Gemetzel im Alaska Native Medical Center vorletzte Nacht. Da hat 'n Rudel tollwütiger Wölfe ein Labor zerlegt. Sie haben sich dabei verletzt und ihre Pfotenabdrücke im Blut hinterlassen.»

Er musste in der Klinik eingetroffen sein, nachdem Tala und Walter bereits abgefahren waren, zum Glück. «Kommen öfters solche Vorfälle vor?»

Jerkins rieb seine Nase, bis diese knallrot war. «Na, aber der lange Winter schlägt allen aufs Gemüt, Tier wie Mensch. Schlecht für Anchorage, gut fürs Geschäft.» Er lachte schäbig, holte ein Taschentuch aus seiner Hosentasche und schnäuzte seine Nase.

Angewidert wandte sich Tala ab. «Also interessiert Sie diese Story hier doch?»

Er machte eine wegwerfende Geste in Richtung des Karibus. «Das meinte ich nicht, sondern die Angelegenheit letzte Nacht im Alaska Native Heritage Center. Die Indianer kriegen's zurzeit knüppeldick. Erst das Krankenhaus, dann das Kulturzentrum.»

Konnte das Zufall sein? «Davon habe ich noch nichts gehört.» Sie zuckte lässig mit den Schultern, aber innerlich spannte sie sich an.

«Mein Artikel ist heute im Chronicle erschien'.» Er straffte seine Schultern und grinste stolz. «So was habe ich noch nicht geseh'n. Da war überall Blut: auf'm Boden, an den Wänden, sogar Spritzer an der Decke ...» Seine Augen leuchteten.

Talas Magen drehte sich um. Krampfhaft vermied sie es, die Innereien des Karibus anzuschauen. «Tierblut?» Eine vage Hoffnung.

«Iwo.» Jerkins stopfte die Ecke seines Taschentuchs in sein rechtes Nasenloch, dann in das linke, um sie trockenzulegen. «Wie heißt es so treffend? Den letzten beiß'n die Hunde. Der Indianer, der alles zuschließt, war auf seinem letzten Rundgang, als es ihn erwischte.»

«Es?» Sprach er von einem Tier? Einem Wolf? Tala wischte sich die schweißnassen Hände am Parka ab. Die Konsequenzen wären verheerend, wenn der Reporter übergroße Fußabdrücke eines Wolfs abgelichtet hatte und seine Fotos heute die Runde machten! Dann wäre die Jagd auf die Werwölfe eröffnet.

«Es hat ihn förmlich in Stücke zerlegt», erzählte er bereitwillig und steckte das Taschentuch zurück in die Hosentasche. «Sogar Gehirnmasse –»

«Stopp!», rief Tala und hob abwehrend ihre Hände hoch. «Zu viele Informationen!»

Matt Jerkins lachte herzhaft. «Mein Job ist hart, wirklich hart, nichts für zart besaitete Gemüter, aber auch interessant.»

Nach Vergnügen klang das nicht gerade. Und richtig gearbeitet hatte er offensichtlich auch noch nie. «War es vielleicht ein Grizzly?»

Kopfschüttelnd ging er zu seinem Wagen und legte seine Kamera in einen mit Schaumstoff gepolsterten Koffer, der auf dem Beifahrersitz lag.

Tala folgte ihm auf dem Fuße. Eine böse Ahnung quälte sie. Konnte Dante das Blutbad angerichtet haben? Wütete er von nun an jede Nacht in einem anderen Gebäude, einem Ort, der den Indianern wichtig war? Befand er sich auf einem Rachefeldzug, weil eine indianische Zeremonie ihn zu einem Mischwesen gemacht hatte?

«Es kann nur ein Braunbär gewesen sein», versuchte sie von den Wölfen abzulenken. «Kein anderes Tier wäre in der Lage –»

«Wie kommen Sie darauf, dass es ein Tier war?» Er warf die Wagentür zu und wandte sich zu ihr um. Sein Blick war misstrauisch.

Jesus, ging der Typ ihr auf die Nerven! «Sie haben gesagt, dass *es* ihn erwischte.»

«Das ist doch nur so 'ne Redensart. Was weiß ich, was damit gemeint ist! Das Böse vielleicht.» Wieder lachte er aus voller Seele. Diesmal kam er jedoch ins Husten, stützte sich am Wagen ab und spuckte in den Schnee, nachdem er sich wieder eingekriegt hatte. «Ein Viech war's bestimmt nicht. Irgendein Kerl muss zu viel gezecht haben, wollte nach Feierabend noch in das Kulturzentrum und ist ausgetickt, als der Indianer ihn nicht mehr reinließ.»

«Woher wollen Sie wissen, dass es kein Tier war? Welcher Mensch würde so etwas Grausames tun?»

«Nur Menschen töt'n aus niederen Beweggründen, sagten Sie doch selbst», spöttelte er.

«Ein Bär könnte von den Gerüchen der Essensreste angelockt worden sein und fühlte sich in die Enge gedrängt.» Sie zuckte mit den Achseln. «Der Indianer wollte ihn aus dem Gebäude jagen. Das Tier fühlte sich bedroht und ist auf ihn los.»

«Und hat dem Indianer einen Besenstil in den Arsch geschob'n?» Jerkins Augen fielen ihm fast aus den Höhlen, weil er so begierig darauf war, die Fassungslosigkeit Talas zu beobachten. Er verfolgte jede Regung auf ihrem Gesicht, als wäre er in einer Peepshow und der Vorhang hätte sich gerade gelüftet.

Tala war im ersten Moment so bestürzt, dass sie erstarrte und hoffte, Jerkins hätte dies nur gesagt, um sie zu schockieren. Aber er nahm das Gesagte nicht zurück und relativierte es auch nicht. Er hatte keinen Scherz gemacht, sondern die Wahrheit berichtet.

Doch unter die Bestürzung mischte sich auch so etwas wie Erleichterung. Es war nicht Dante, der in das Alaska Native Heritage Center eingefallen war, denn nach allem, was sie von ihm gehört hatte, hatte er sich schon zu sehr seinen animalischen Instinkten gebeugt, sodass er seine Klauen und Reißzähne eingesetzt hätte, um zu töten.

Sie sehnte sich nach einem Schluck Wasser, aber die Flasche lag im Wagen und Tala wollte Jerkins noch nicht ziehen lassen. «Hat man Hinweise auf den Täter gefunden?»

«Als die Polizei kam, schickte man mich weg.» Der Reporter seufzte. Vermutlich hatte er einen Gefühlsausbruch von ihr erwartet, den er bestimmt lieber fotografiert hätte als das Karibu.

«Haben Sie die Spurensicherung gesehen?» Ein Schuhabdruck wäre ein zusätzlicher Beweis.

Er kniff seine Augen zusammen. «Wieso interessiert Sie das so sehr?»

«Sie haben angefangen, von dem Vorfall zu erzählen», sagte sie schnippisch, denn sie fühlte sich ertappt.

«Sie stell'n viele Fragen.»

Die Situation kippte. Das gefiel Tala ganz und gar nicht. «Würde das nicht jeder tun?»

«Aber Sie bohr'n ganz schön.»

Sie suchte nach einer Ausrede. «Ich bin eine Indianerin, eine Athabascan, um genau zu sein. Das Kulturzentrum liegt mir am Herzen.»

«Athabascan? So sehen Sie gar nicht aus.» Argwöhnisch blinzelte er sie an. «Der Kerl hat nur im Hauptgebäude gewütet. Das Außengelände mit den Holzhäusern der verschiedenen Stämme hat er nicht beachtet – bis auf das der Athabascan.»

«Wie bitte?» Tala wurde hellhörig.

«Er hat es niedergebrannt. Tiere brenn'n keine Häuser nieder, nicht wahr, Miss Cocoon? Es war ein Mensch, sehen Sie es ein.» Er machte eine bedeutungsschwangere Pause und rieb die Handflächen aneinander. «Sie haben nicht zufällig was von Ihrem Stamm gehört?»

«Natürlich nicht», erwiderte sie empört, doch der Schock saß tiefer. Dante hatte sie von ihrer Liste der möglichen Täter bereits gestrichen gehabt. Aber Dante hatte athabascanische Wurzeln. Er besaß übermenschliche Kräfte, die einen Menschen übel zurichten konnten, und Hände und Verstand, um Feuer zu legen. Hatte er einen Mord begangen? Wieso tauchte er nicht in den Wäldern unter? Stattdessen ging er das Risiko ein, in der Stadt entdeckt und erschossen oder eingefangen zu werden. War er verrückt geworden oder befand er sich auf einem Rachefeldzug?

«Rufen Sie die Feuerwehr an.» Jerkins holte seine Handschuhe aus der Jackentasche, deutete damit auf das Karibu und zog sie an. «Die wird den Kadaver entsorg'n.»

Als ob sie das nicht wüsste. Sie nickte.

Ihr Mobiltelefon klingelte. Jerkins nahm das zum Anlass, um sich zu verabschieden. Als er davonbrauste, wirbelten seine Reifen Schnee und Erdreich auf, sodass Tala zur Seite springen musste, um nicht getroffen zu werden.

Sie murmelte leise einen Fluch und holte ihr Handy aus der Jackentasche. Die Nummer war nicht eingespeichert, aber sie kam ihr bekannt vor. Tala zückte die Visitenkarte, die Mantotopah ihr gegeben hatte. Es war seine Telefonnummer.

Sie zögerte. Bestimmt würde er fragen, wie die Demonstration gelaufen war, aber sie hatte keine Lust auf weitere Lügen, daher drückte sie ihn weg. Im nächsten Augenblick schalt sie sich eine Närrin. Vielleicht hatte er nur wissen wollen, wann sie das Karibu zurückbringen würde.

«Wovor fürchtest du dich eigentlich?»

Sie steckte das Telefon weg, stieg in ihren Wagen und fuhr ihn so nah wie möglich an den Lattenzaun heran. Rasch stieg sie aus und kletterte auf die Ladefläche, die fast auf der gleichen Höhe war wie die drapierte Tierleiche. Aus Leibeskräften zerrte sie den Kadaver rüber auf ihren Pick-up. Sie brauchte einige Minuten, um wieder zu Atem zu kommen, und öffnete ihren Parka, weil ihr heiß war. Mit Abscheu drückte sie die Gedärme zurück in das Tier und hatte keine Ahnung, wie sie Toto und seinem Freund erklären sollte, weshalb die Leiche so zugerichtet war.

Mit den Gedanken bei Dante fuhr Tala los und bog in die Hauptstraße ein, die quer durch Anchorage nach Valdez führte. Sie war immer noch nicht hundertprozentig sicher, dass tatsächlich er es war, der im Alaska Native Heritage Center randaliert und getötet hatte. Es gab keinen eindeutigen Beweis, aber die Hinweise deuteten auf ihn. Was hatte ihn in das Kulturzentrum getrieben? Immerhin besaß er noch so viel Menschenverstand, nicht am helllichten Tag einen öffentlichen Ort wie diesen aufzusuchen. Falls er es gewesen war.

Jedenfalls war Dante nicht gut auf seinen Stamm zu sprechen, so viel war sicher. Tala hoffte, ihm niemals über den Weg zu laufen, zumindest nicht ohne Claw an ihrer Seite.

Sie fragte sich, ob alle Werwölfe auf der Suche nach Rufus waren oder ob sie noch immer beschattet wurde, hoffend, dass derjenige ihr helfen würde, sollte sie bei der Suche nach Dante der Bestie leibhaftig begegnen. Sie sah nichts und niemanden.

«Obwohl ...» Im Rückspiegel fiel ihr ein Auto auf. Es kam ihr sehr bekannt vor. Doch es gehörte niemandem aus dem Rudel, sondern Matt Jerkins. «Mist!»

Um zu testen, ob er ihr folgte oder rein zufällig hinter ihr fuhr, wechselte sie die Fahrbahn und folgte der Straße, die in die Innenstadt und nicht nach Valdez führte. Jerkins blieb hinter ihr. Das war noch nicht weiter suspekt. Möglicherweise lag sein nächster Einsatzort in Downtown. Doch er blieb ihr auf den Fersen, selbst als sie die Abzweigung in ein Wohngebiet nahm. Jerkins gab sich nicht einmal sonderlich viel Mühe, sich zu verstecken. Er hielt lediglich etwas Abstand.

Glaubte er wirklich, Tala würde ihn nicht erkennen? Oder wollte er Druck auf sie ausüben? Er war eindeutig misstrauisch geworden. Vielleicht vermutete er, dass sie mehr wusste, als sie zugab, und ein Stammesmitglied deckte.

Langsam fuhr sie die Nebenstraße entlang. «Auf keinen Fall kann ich jetzt sofort zurück nach Valdez.» Mit ihren Fingerspitzen trommelte sie auf das Armaturenbrett und dachte angestrengt nach, wie sie den Reporter loswerden konnte. Er hatte offensichtlich nichts Besseres vor.

Es konnte gut möglich sein, dass er ein heimlicher Zeuge gewesen war, als sie das Karibu eigenhändig abtransportiert hatte. Das war kein Verbrechen, aber Aufgabe der Feuerwehr. Tala versuchte die Situation mit seinen Augen zu sehen. Weshalb sollte sie die Anstrengung auf sich nehmen – und das war es in der Tat – und den Kadaver selbst beseitigen, wenn sie nichts zu verbergen hatte? Wenn er jetzt auch noch mitbekam, dass sie die Tierleiche einem Jäger in Valdez brachte, würde Jerkins nicht zögern nachzuforschen, was der Grund dafür war. Sollte sie den Jäger bitten zu behaupten, sie hätte ihm den Kadaver geschenkt, damit er das Fleisch verwertete und das Tier nicht umsonst gestorben war?

«Das würde nicht nur ihn, sondern auch Toto misstrauisch werden lassen», grübelte sie laut. «Dann wären es schon drei Männer, denen ich suspekt vorkäme.»

Das Risiko konnte sie nicht eingehen. Es ging in diesem Fall nicht nur um sie, sondern auch um das Rudel. Sie musste Jerkins abhängen, damit er nicht sah, wohin sie das Karibu brachte.

Zielstrebig lenkte sie ihren Wagen zurück auf die Hauptstraße. Die Straßen in der Innenstadt waren zwar frei geräumt, aber riskante Wendemanöver waren bei den Wetterverhältnissen und dem Verkehrsaufkommen trotzdem nicht möglich. Tala versuchte ihr Bestes, aber Jerkins klebte an ihr wie ein Kaugummi an der Schuhsohle. Er folgte ihr überall hin, tauchte wieder auf, wenn sie schon glaubte, ihn endlich angehängt zu haben, und schloss immer wieder auf, selbst wenn kurzfristig fünf Autos zwischen ihnen waren und er drohte, den Sichtkontakt zu verlieren. Der Reporter schien geübt darin zu sein, Personen im Auge zu behalten – und zu bedrängen.

Es dauerte nicht lange und Talas Nerven lagen blank. Sie wusste sich nicht mehr zu helfen und entschied sich gezwungenermaßen für eine neue Taktik. Eventuell konnte sie ihm zu Fuß entkommen.

Sie parkte vor der 5th Avenue Shopping Mall, stieg aus und legte eine Plane über die Tierleiche. Mehr konnte sie im Moment nicht tun. Jerkins wusste ohnehin bereits, dass sie den Kadaver nicht der Feuerwehr übergegeben hatte, damit diese ihn fachgerecht entsorgte.

«Zecke», spie sie ihm entgegen, als sie sah, dass er sein Auto in der Nähe abstellte. Er witterte eine heiße Story und hatte sich an ihre Fersen geheftet. Aber sie durfte weder selbst in Verbindung mit den seltsamen Vorfällen in der Klinik und im Kulturzentrum gebracht werden noch ihn auf die Spur der Werwölfe führen.

Tala fragte sich, weshalb sie das Rudel überhaupt in Schutz nahm, als sie in das Einkaufscenter trat und sich nach einer Fluchtmöglichkeit umschaute. Natürlich lief sie Gefahr, Claws Zorn auf sich zu ziehen, sollte die Öffentlichkeit von der Existenz der Werwölfe erfahren. Aber erst einmal würde das Rudel untertauchen müssen, sodass sie Tala nicht weiter bedrohen konnten. Wieso behagte der Gedanke, die Gestaltwandler zu verraten, ihr nicht?

Vielleicht weil die Lykanthropen wie die Athabascan waren: eine eingeschworene Gemeinschaft, die alles dafür tat, ihren Clan zu schützen? Die einzelnen Mitglieder waren füreinander da, sie zählten auf den anderen und das Band, das sie zusammenhielt, war stark.

Tala waren die Parallelen bewusst und dennoch war der Grund ein anderer. Sie mochte Lupus, Rufus und Canis – und sogar Claw.

Schnellen Schrittes ging Tala einen der Gänge entlang, als hätte sie ein Ziel, dabei suchte sie nur nach einer Möglichkeit, durch irgendeinen Hinterausgang zu fliehen. Sie beachtete die Schaufenster nicht, stieß gegen einen Einkaufskorb einer älteren Dame, die sie nicht hatte kommen sehen, und murmelte eine Entschuldigung, während sie weitereilte.

Sie sprang über einen Maxi Cosi, der mitten im Gang stand, und lief in das Damen-WC von Pizza Hut, aber das Fenster war vergittert.

Leise Verwünschungen ausstoßend rannte sie hinaus – und prallte mit einer der Kellnerinnen zusammen.

«Kann ich Ihnen helfen?», fragte die junge Dame, die hüftlange, blondierte Dreadlocks hatte, die sie mit einem Tuch zurückgebunden hatte. «Geht es Ihnen nicht gut?»

Im Augenwinkel bemerkte Tala Matt Jerkins, der vor dem Restaurant herumlungerte und so tat, als würde er die Speisekarte studieren. Da kam ihr eine Idee. «Sehen Sie den Kerl dort drüben, den Hageren mit der Digi-Cam?» Er hielt eine kleinere unauffällige Kamera in der Hand als die, mit der er Fotos vom Karibu geschossen hatte.

Die Kellnerin nickte.

Verschwörerisch kam Tala näher und flüsterte: «Der schmierige Typ verfolgt mich. Er hat mich auf dem Parkplatz angesprochen und gefragt, ob ich ihm nicht für Fotos Modell stehen möchte. Sie können sich ja denken, welche Art von Bildern das sein wird. Jedenfalls hat er ein Nein nicht akzeptiert, läuft mir seitdem hinterher und bedrängt mich.»

Wütend und empört schob die junge Frau ihre Ärmel hoch, als wollte sie Jerkins eigenhändig eins auf die Nase geben. «Soll ich die Mall-Security rufen?»

«Nein, nein», beeilte sich Tala zu sagen. «Aber kann ich durch die Küche raus?»

«Klar, kommen Sie.» Die Kellnerin führte Tala in die Küche, gab ihren Kollegen Bescheid und zeigte auf eine Tür. «Dort geht's raus.»

Tala bedankte sich rasch, schritt an der Maschine, die die Pizzen belegte, vorbei und staunte nicht schlecht über die Apparatur. Doch sie verlangsamte ihr Tempo nicht und ließ sich durch die neugierigen Blicke der Angestellten nicht ablenken. Erst als sie durch die Hintertür ins Freie trat, atmete sie auf. Ihre Freude währte jedoch nicht lang. Tala stand auf einem Hinterhof. Von dort aus führten fünf Türen in andere Geschäfte der Mall. Das Tor in die Freiheit war in Wirklichkeit keins gewesen.

Sie stöhnte und blickte zum Himmel hinauf, der sich langsam zuzog. Bald würde es wieder zu schneien anfangen.

Es half alles nichts, sie musste zurück in das Einkaufszentrum. Sie wählte die Tür gegenüber aus. Als sie eintrat, wusste sie sofort, dass sie im Education Center der Tierschutzorganisation *Wolf Song of Alaska* gelandet war.

«Na, das passt ja», spottete Tala und fühlte sich nicht nur von Jerkins, sondern auch von Wölfen verfolgt. Seit dem Vorfall im Alaska Native Medical Center begegneten sie ihr plötzlich überall. Es war wie ein Fluch, als würde das Göttliche, das in allem lebte, ihr damit sagen wollen, dass sie ihrem Schicksal nicht entkommen konnte.

Der Vortragsraum war verwaist. Jemand hämmerte irgendwo am Eingang. War das Education Center wegen Bauarbeiten geschlossen?

Das konnte ihr nur recht sein. Niemand würde Notiz von ihr nehmen und Fragen stellen. Noch etwas hatte sich in ihrem Leben geändert, seit sie das Rudel kannte: Sie war gezwungen, zu einer notorischen Lügnerin zu werden. Dieser Umstand ließ sie erahnen, wie es den Werwölfen täglich erging. Ihr ganzes Leben musste sie auf Lügen aufbauen, um zu vertuschen, dass sie nicht wie die anderen Einwohner Anchorages waren.

Als sie das Wolf Museum betrat, stockte ihr der Atem. Was für ein Chaos! Ihr Herz blutete, denn der Ausstellungsraum sah aus, als hätte ein Tornado hindurchgefegt. Sie machte vorsichtig einen Schritt vor den anderen, aber es war kaum möglich, dem Glas der Vitrinen, das in tausend Stücke zerbrochen auf dem Boden lag, auszuweichen. Mit feuchten Augen ging Tala in die Knie und versuchte ein zerrissenes Foto, das einen Polarwolf zeigte, der auf einem schneebedeckten Felsen saß und stolz über eine Ebene schaute, wieder zusammenzufügen. Als sie getrockneten Urin daran bemerkte, warf sie die Schnipsel weg und wischte ihre Hände an der Jeans ab. Wer auch immer seine

Aggression im Education Center abgelassen hatte, musste zum krönenden Schluss auch noch auf den Schutt gepinkelt haben, um ihn zu entweihen.

Tala setzte ihren Weg Richtung Ausgang fort. Der Souvenirshop gab ein genauso jämmerliches Bild ab. Alle Gegenstände waren von den Regalen gerissen und diese dann umgestürzt worden. Einzelne Stofftiere waren nur noch verkohlte Klumpen. Auch hier stank es nach Tierfäkalien.

Kopfschüttelnd ging sie weiter. Ihr Magen krampfte sich zusammen, als sie das sah, was von dem nachgebildeten Timberwolf übrig war, der neben der Anmeldung stand. Man hatte ihn regelrecht zerstört, zertrampelt und sein schwarzes Fell angeflämmt.

Claw stahl sich in ihre Gedanken.

Tala dreht sich weg. Der künstliche Wolfskopf lag hinter dem Empfang. Der ausgefranste Hals war deutlich zu sehen, er musste abgerissen und nicht abgeschlagen worden sein. Wer war in der Lage, so etwas zu tun? Jemand mit übermenschlichen Kräften. Jemand, der genügend Wut im Bauch hatte. Dante.

«He, wo zur Hölle kommen Sie denn her?» Der Mann schwang seinen Hammer. Als er merkte, wie bedrohlich das auf Tala wirken musste, steckte er ihn in seinen Werkzeuggürtel.

Entschuldigend zuckte sie mit den Achseln. «Ich möchte nur zurück in die Mall.»

«Da haben Sie aber verdammtes Glück gehabt.» Er fuhr mit der rechten Hand über seinen glänzenden Kahlkopf und wischte sich den Schweiß an seinem grün-blau karierten Flanellhemd ab. «Ich verbarrikadiere gerade den Eingang mit scheiß-störrischen Brettern. Ich schaffe es kaum, die Nägel reinzuhämmern, so hart ist das Holz. Zwei Minuten später und Sie wären hier drinnen gefangen gewesen.»

Er dachte offensichtlich nicht daran, dass sie ja auch von irgendwoher das Education Center betreten haben musste. Tala schluckte ihren Kommentar herunter. «Was ist denn hier passiert?»

«Kommen Sie endlich. Hab heute die Arschkarte gezogen und muss die ganze Drecksarbeit alleine machen, weil mein Kollege, dieser

Tölpel, sich den Fuß gebrochen hat.» Ungeduldig gab er ihr ein Zeichen, ihm zu folgen.

Tala verdrehte die Augen und ging hinter ihm her. Die Eingangstür war völlig zerstört, als wäre jemand einfach hindurchgestürmt und hätte sie aus den Angeln gerissen. Als sie vor dem Education Center standen, guckte sie sich suchend nach Matt Jerkins um, aber er war nicht zu sehen. Erleichtert atmete sie tief durch.

«Wenn Sie mich fragen, ist das irgend so eine bescheuerte Stammesfehde gewesen.» Er steckte sich einen Nagel zwischen die Lippen, schob ein großes Brett vor den Eingang und begann es festzunageln. «Die Indianer haben sich schon immer bekriegt. Die brauchen das.»

«Reden Sie keinen Unsinn», zischte sie ihn an. Die in Alaska ansässigen Indianerstämme verstanden sich bestens und veranstalteten sogar gemeinsam Powwows – Feste, bei denen hauptsächlich gesungen und getanzt wurde, die aber auch dazu dienten, Kontakte zu pflegen und Ehrungen vorzunehmen. Tala liebte diese Veranstaltungen wegen der zahlreichen Tanzstile und der bunten Kleidung. Powwows fanden sowohl im kleinen Kreis als auch in Form von Wettkämpfen statt. Ein Zeremonienmeister führte durch das Fest, an dem Tänzer jeden Alters teilnahmen.

Ein Nagel knickte ab. Der Handwerker riss ihn wieder heraus und nahm einen neuen. «Doch, doch, das gehört zu deren Kultur. Auge um Auge, Zahn um Zahn.»

Das Zitat stammte aus der Bibel. Tala lag Widerspruch auf der Zunge, doch sie schwieg. Sie beschloss, ihn in dem Glauben zu lassen, denn ihre Mutmaßung über die Identität des Täters war so unglaublich, dass niemand davon erfahren durfte.

Claw hatte Recht. Sie konnten sich den Luxus nicht leisten, sich Zeit zu lassen, sondern mussten Dante so schnell wie möglich finden.

«Irgendwas ist da im Busch, das hab ich im Urin.» Der Mann schloss seinen Koffer, seine Arbeit war beendet. «Es sind Stammesmitglieder der Yup'ik und Cup'ik verschwunden. Bestimmt sind sie untergetaucht.»

Oder einfach nur in eine andere Stadt gezogen. Die Indianer mussten immer noch für wilde Spekulationen herhalten. Hätte der Mann gewusst, dass sie eine Athabascan war, hätte er seine Vorurteile für sich behalten. «Gerüchte.»

Er schnaubte. «Was für ein Scheiß-Tag heute!» Dann ließ er Tala einfach stehen.

Als sie sich umdrehte, stand Lupus plötzlich hinter ihr.

Kapitel 11

Lupus' petroleumblaue Mütze ragte aus seiner Jackentasche heraus. Der alte Mann grinste. «Du siehst überrascht aus. Hast du etwa gedacht, wir würden kein Auge mehr auf dich werfen?»

«Ich dachte tatsächlich, dass ihr Besseres zu tun habt», spielte sie auf die Suche nach Rufus an. Lupus hatte sie erschreckt, das war wahr, aber sie konnte ihm nicht böse sein, denn er strahlte eine solche Freundlichkeit aus, dass man ihn einfach gernhaben musste. Sie ermahnte sich jedoch, nicht den Wolf in ihm zu vergessen.

Er verstand ihre Anspielung. «Einer muss dich ja beschatten. Ich hab mir wohl einen Schnupfen eingefangen, daher habe ich mich freiwillig gemeldet.»

Lupus sah wirklich blass aus. Aber seine Nase klang weder verstopft noch war seine Stimme belegt. Erst jetzt wurde ihr klar, dass sie zwei Verfolger hatte abhängen müssen. Bei einem war es ihr offensichtlich nicht gelungen. Wie sah es mit Matt Jerkins aus? Sie sah sich um.

«Er steht hinter dem Aufsteller in dem Laden für Skater-Kleidung und beobachtet uns durch die Scheibe», sagte Lupus entspannt.

Tala ließ resigniert ihre Arme hängen. «Du weißt von ihm?»

«Hab alles gesehen.» Er klang zufrieden mit sich selbst.

«Das mit dem Karibu war eine blöde Idee», gab sie zerknirscht zu. «Aber mir fiel kein anderer Vorwand ein, unter dem ich Kontakt mit ihm aufnehmen und ihn ausquetschen konnte.» Und nun wurde sie Jerkins nicht mehr los.

«Du brauchst dich nicht zu rechtfertigen. Wir stehen auf derselben Seite.»

Taten sie das? Es war das erste Mal, dass sie das Gefühl hatte, zum Rudel dazuzugehören. Dennoch, sie war kein weiblicher Werwolf und Claw sah sie als lästiges Übel an. Aber Rufus mochte sie, da war sie sich sicher, und Lupus auch.

Eifrig erzählte sie ihm alles, was sie gehört und gesehen hatte. Von der Zerstörung und dem Mord im indianischen Kulturzentrum und dem Chaos im Education Center des Wolf Song of Alaska.

Lupus' Miene wurde immer finsterer. «Dante hinterlässt eine Schneise der Verwüstung. Er befindet sich auf einem Rachefeldzug gegen Indianer und Wölfe.»

«Es mag Rache sein, ja», begann sie nachdenklich. «Aber mir kam ein anderer Gedanke. Zuerst war sein Ziel das Alaska Native Medical Center, genau genommen das Labor.»

Er zuckte lässig mit den Schultern. «Und?»

«Danach stieg er ins Alaska Native Heritage Center ein und nun hier.» Tala machte eine ausladende Geste. «Eine indianische Zeremonie hat ihn versehentlich zu dem gemacht, was er jetzt ist.»

«Er hasst alle Indianer abgrundtief und Werwölfe sowieso», warf Lupus ein.

«Aber eine Zeremonie der Indianer könnte möglicherweise den Fluch auch wieder von ihm nehmen», gab sie zu bedenken. «Könnte es nicht sein, dass Dante auf der Suche nach einer Lösung für sein Problem ist?

Nachdenklich rieb Lupus über seine Wange, als würde er prüfen, ob er sich heute noch ein zweites Mal rasieren musste. «Hhmm ...»

«Euch kann er schlecht um Hilfe bitten. Ihr würdet ihn gleich in Stücke reißen.» Das klang wie ein Vorwurf und Tala revidierte ihn nicht.

«Weil er uns angegriffen hat», stellte er klar und tippte mit dem Zeigefinger gegen seine Stirn. «Sein Hirn ist zerfressen von Wut. Mag sein, dass ein paar Gehirnzellen noch menschlich denken, aber auch sie werden bald vom Zorn überschwemmt werden und dann wird er alles töten, was ihm in den Weg kommt. Der Mitarbeiter des Kulturzentrums war nur der Anfang. Wenn die Hemmschwelle erst überwunden ist, geht es ganz leicht, das haben alle Werwölfe erfahren, denn in Wolfsgestalt jagen wir Beutetiere.»

Sie fragte sich, ob Rufus diese Erfahrung auch schon gemacht hatte, vermied es aber, bei dem Thema in die Tiefe zu gehen. «Dante sucht auf eigene Faust. Und weil er im Kliniklabor kein Heilmittel und im

Kulturzentrum und Education Center keinen Hinweis auf einen anderen Ritus gefunden hat, machte er Kleinholz aus der Einrichtung.»

«Gut möglich.» Seufzend schüttelte er den Kopf. «Wir wussten ja noch nicht einmal, dass es machbar ist, ein Mischwesen zu erzeugen. Die Chance, eine Art Gegengift zu finden, ist schwindend gering.»

Bei einem neu entdeckten Zauber existiert noch kein Gegenzauber, das war die Crux. Das Entstehen der Bestie war ein Unfall, eine bis dato nicht existente Mutation. Es konnte Jahre dauern, bis man eine Möglichkeit fand, Dante zu erlösen – falls überhaupt jemals. Bis dahin war er längst der Raserei verfallen. Wut und Verzweiflung waren mächtige Impulse. Und bei einem Körper wie dem von Dante machten diese Antriebskräfte ihn über kurz oder lang zu einer zerstörerischen Kampfmaschine, die ihrem Hass freien Lauf ließ.

Talas Handy klingelte. Sie holte es aus ihrer Jackentasche und warf einen verstohlenen Blick auf das Display. Mantotopah. Aus dem Augenwinkel sah sie, dass Lupus sie neugierig beäugte. Tala zögerte einen Moment, dann drückte sie den Anruf weg. Sie wollte nicht mit Toto sprechen, während einer von Claws Gefährten lauschte, denn sie waren die Augen und Ohren des Alphawolfs, wenn er nicht anwesend war.

Ihr Blick glitt zu Matt Jerkins, der sie, gierig wie eine lauernde Hyäne, aus dem Skater-Geschäft heraus zwischen zwei Schaufensterpuppen hindurch angaffte. Würde Tala ihn loswerden, wenn sie banalen Alltäglichkeiten nachging? Vielleicht würde es ihm zu langweilig werden oder er kam zu dem Schluss, dass sich sein Verdacht ihr gegenüber nicht erhärtet hatte und er nur seine Zeit mit ihrer Observation verschwendete.

Während sie zum Supermarkt zeigte, fragte sie sich, ob sie jemals wieder unbeobachtet sein würde. «Wenn ich schon mal hier bin, kann ich auch gleich ein paar Dinge einkaufen. In meinem Kühlschrank herrscht gähnende Leere.»

Lupus begleitete sie. Sie hatte vermutete, dass er sich wieder zurückziehen würde, doch er schob ihren Einkaufswagen durch das Geschäft, als wäre er ein Vertrauter, ein väterlicher Freund.

Rufus tauchte in ihren Gedanken auf. Sie machte sich Sorgen um den Jungen. Wo mochte er stecken? Brauchte er eine Auszeit vom Rudel oder war ihm etwas zugestoßen? «Wieso kann Claw Rufus nicht leiden?»

«Wie kommst du darauf?» Überrascht runzelte er die Stirn.

Nachdem sie eine Packung geschnittenes Brot in den Wagen gelegt hatte, ging sie zu dem Regal mit den Konfitüren. «Er geht nicht gerade freundlich mit ihm um. Ist etwas zwischen den beiden vorgefallen oder gehört das zu seinem Image als großer, böser Alphawolf?»

Lupus sah sich um. Dann kam er rasch zu ihr und legte den Zeigefinger an seine Lippen. «Nicht so laut.»

Entschuldigend hob Tala ihre Schultern.

«Rufus ist der Omega-Wolf des Rudels, der Schwächste, der ganz unten in der Hierarchie steht», erklärte er mit gedämpfter Stimme. «Claw weist ihn dann und wann nur in seine Schranken, wie er es bei uns allen tut, damit wir seinen Rang nicht in Frage stellen. Das kann wohl nur jemand verstehen, der auch ein du-weiß-schon-was ist.»

«Du irrst dich.» Tala lächelte müde und wählte zwei verschiedene Marmeladen aus. «Solch ein Verhalten gibt es nicht nur im Tierreich. Du kümmerst dich um Rufus, hab ich Recht?»

Er folgte ihr zum Kühlregal. «Du bist eine gute Beobachterin. Rufus und ich, wir haben eine besondere Beziehung. Ich schirme ihn vor Claw ab, soweit das möglich ist, denn der Junge scheint das Pech anzuziehen, wie – Entschuldigung – Scheiße Fliegen.»

Der Vergleich *wie Motten das Licht* hätte Tala besser gefallen. «Was meinst du damit?» Sie tat so, als könnte sie sich nicht entscheiden, welchen Aufschnitt sie mitnehmen sollte, dabei waren ihre Ohren gespitzt. Claw hieß es bestimmt nicht gut, dass Lupus Rudel-Interna ausplauderte.

Er lehnte sich auf den Griff des Einkaufwagens und wirkte erschöpft. «Er wohnte damals noch in Juneau, als sich seine Eltern trennten. Sein Vater durfte ihn nur alle vierzehn Tage am Wochenende sehen. Dann holte er den Kleinen ab und machte lauter tolle Sachen mit ihm. Er besuchte mit ihm den Glacier-Bay-Nationalpark, sie schauten sich gemeinsam die Gastineau Lachszucht und das Indoor Museum an und bestiegen die Boundary Ranges.»

«Das ist ein Gebirgszug der Coast Mountains, richtig?» Sie füllte den Einkaufswagen mit allerlei Käse- und Wurstsorten, weil sie nicht wusste, wann sie das nächste Mal zum Einkaufen kommen würde.

Lupus nickte. «Die Ranges liegen östlich der Hauptstadt. Es war ein idyllischer Tag im frühen Winter. Der erste Schnee war gefallen. Während der Bergwanderung sagte sein Vater Rufus, er solle stehen bleiben, er würde ein Stück den Weg hinabsteigen, damit er Rufus von unten her vor dem gewaltigen Berg fotografieren könnte und den blauen Himmel auch noch auf dem Bild hätte – und kam nie wieder.»

Tala flog zu ihm herum. «Wie bitte?»

«Daddy hatte ihn einfach dort stehen lassen, alleine in den Bergen.»

«Das darf doch wohl nicht wahr sein?» Sie war bestürzt. Im nächsten Moment erfasste sie eine tiefe Traurigkeit. «Wie kann jemand so etwas einem kleinen Jungen antun?»

«Rufus wäre gestorben, wenn ihn nicht nach zwei Tagen zwei Wanderer gefunden hätten.» Lupus' Gesicht wirkte eingefallen. «Seinem Vater konnte kein Vorsatz nachgewiesen werden. Er behauptete, der Kleine wäre abgehauen, und Rufus selbst war noch zu klein und zu schockiert, um klarzustellen, was sich wirklich zugetragen hatte. Nur seine Mutter ahnte, was vorgefallen war, denn sie und ihr Mann befanden sich mitten in einem Sorgerechtsstreit. Als die Scheidung durch war, zog sie mit Rufus nach Anchorage.»

«Das war ein guter Schritt.» Tala schlenderte in Richtung der Kassen und tat noch das ein oder andere in den Wagen.

Doch Lupus kam kopfschüttelnd hinter ihr her. «Aufgrund des Vorfalls in den Boundary Ranges bekam sie das alleinige Sorgerecht, weil der Richter meinte, sein Dad sei nicht in der Lage, auf Rufus aufzupassen.»

Vor den Kassen standen lange Schlangen. Es war bereits Nachmittag und die Menschen machten nach Feierabend noch rasch Besorgungen. Tala stellte sich zähneknirschend an.

«Sein Vater muss das Urteil wohl gelassen hingenommen haben, aber eines Tages tauchte er in Anchorage auf», Lupus atmete tief durch, «und nahm seine Ex-Frau auf die Motorhaube.»

«Er hat sie angefahren?» Tala riss entsetzt ihre Augen auf.

«Umgebracht. Eiskalt. Seitdem sitzt er hinter Gittern.»

«Geht es dir schlechter?» Zuerst hatte sie vermutet, dass den alten Mann seine eigenen Schilderungen mitnahmen, aber nun dachte sie eher, dass da etwas in ihm war, das ihn aufzehrte. «Du siehst bescheiden aus.»

Er lächelte mühsam. «Meine Erkältung.»

«Kam Rufus ins Heim?» Ihr Blick glitt zur Kasse. Es waren immer noch sechs Personen vor ihnen. Immer wieder nahm sie sich vor, tagsüber zwischen zwei Einsätzen einkaufen zu gehen, wenn die Kassen leer waren, vergaß es dann aber schlichtweg und musste sich doch durch die Massen wühlen.

Lupus stützte sich auf dem Einkaufswagen ab. «Zu Pflegeeltern. Sie sollen wohl ganz nett gewesen sein, nur war Rufus da schon so verkorkst, dass er sich völlig zurückgezogen hatte und keinen mehr an sich heranließ – außer diesem Mädchen. Kirsty. Liebe öffnet die Herzen.» Er schmunzelte.

«Also gab es doch ein Happy End?» Sie sehnte sich danach, etwas Gutes zu hören. Rufus hatte es verdient.

Eine weitere Kasse öffnete und drei der Personen, die vor ihr standen, liefen hinüber, als müssten sie dort nichts zahlen. Eine Kundin vor ihr nahm gerade ihre Tüten und ging. Somit waren nur noch zwei vor Tala. Erleichtert stieß sie die Luft aus ihren Lungen aus.

Sein Lächeln verschwand. «Er traf sich heimlich mit ihr in den Wäldern.»

«Wieso heimlich?» Sie zückte schon mal ihr Portemonnaie.

«Weil ein anderer Junge hinter ihr her war, einer, der meinte, ein Anrecht auf sie zu haben.» Lupus holte ein Taschentuch aus seiner Hosentasche und wischte sich den Schweiß von der Stirn.

«Hast du Fieber?», fragte Tala besorgt. Das Taschentuch war aus Stoff. Stickereien zierten den Rand. Es musste von seiner Frau sein.

Das erste Mal fiel Tala auf, dass er einen Ehering trug. Ob sie eine Werwölfin war?

«Wenn wir gleich an der frischen Luft sind, geht es bestimmt wieder besser.» Er steckte das Taschentuch wieder weg.

Endlich kamen sie an der Kasse an. Tala begann, die Waren auf das Band zu legen. «Gab es Ärger? Mit Rufus, meine ich.»

Lupus half ihr nicht. Er sah aus, als wollte er das Risiko nicht eingehen, den Einkaufswagen loszulassen. «Sein Konkurrent und zwei seiner Freunde lauerten Rufus und Kirsty auf, als sie durch den Wald spazierten. Jesus, der arme Junge! Als hätte er nicht schon genug durchgemacht. Sie pöbelten ihn an. Einer hielt das Mädchen fest, die anderen begannen, auf Rufus einzuprügeln. Er war ein Außenseiter und Außenseiter durften keine Freundinnen haben.»

Tala packte das Paket mit dem Cheddar so fest, dass sie die Käsescheiben beinahe zerdrückte. Obwohl sie ihn kaum kannte, mochte sie Rufus. Er hatte schon so viel durchgemacht. Nahm sein Unglück denn gar kein Ende? «Er landete im Krankenhaus, habe ich Recht?»

«Nein, beim Rudel. Einer der Jungen zückte ein Messer, als Rufus wagte, sich zu wehren. Er stach mehrmals zu, bis Rufus zusammenbrach. Seine Verletzungen wären tödlich gewesen, wenn ich ihn nicht gebissen hätte. Ich war zur richtigen Zeit am richtigen Ort. Jetzt weißt du, warum ich an das Schicksal glaube, und kennst einen weiteren Grund, weshalb Claw Rufus nur als rangniedrigstes Mitglied akzeptiert.»

«Ich verstehe nicht ganz, was du meinst.»

Lupus zog Tala zu sich heran und flüsterte: «Ich habe die Jungen und das Mädchen vertrieben und Rufus gebissen. Der Biss hat ihn gerettet. Das Tier in uns gibt uns eine größere Kraft und einen stärkeren Überlebenswillen, als es bei reinen Menschen der Fall ist. Für einen Menschen hätten die Verletzungen unweigerlich zum Tod geführt, nicht aber für einen ...» Er sprach das Wort nicht aus, weil zu viele Personen in der Nähe waren.

«Aber warum hat Claw dich nicht als Lebensretter gefeiert?»

«Claw hieß meine Entscheidung, Rufus zu einem von uns zu machen, nicht gut. Er möchte nicht, dass das Rudel nur aus Mitgliedern besteht, die gebissen wurden, weil sie sonst gestorben wären.»

«Gibt es denn noch andere, die auf diesem Weg zum –», sie hüstelte gekünstelt, weil sie schon zu nah an der Kassiererin standen, «wurden?»

Er überging ihre Frage. «Eines Tages werden wir noch eine Armee der lebenden Toten sein, hat er geschimpft, wir werden nur aus Menschen bestehen, die eigentlich hätten tot sein sollen, aber das sei ein absichtlicher Eingriff in die Natur und gegen seine Moralvorstellungen.»

«Aber wer hat in seinen Augen dann das Recht, die Seite zu wechseln?»

«Nur Auserwählte», sagte er so leise, dass sie es kaum hören konnte.

Tala schnaubte. «Die selbstverständlich Claw bestimmt.»

«Nein, das Rudel bespricht sich ausgiebig und stimmt darüber ab.» Lupus schob sich am Einkaufswagen vorbei, weil sie an der Reihe waren, und stellte sich hinter den pickeligen Burschen, der den Einkauf in Tüten packte. «Aber seine Stimme hat das größte Gewicht.»

Sie verdrehte die Augen und bezahlte ihren Einkauf. Die Kratzbürste in ihr wollte kein gutes Haar am Alpha lassen, aber wenn sie ehrlich war, konnte sie seine Meinung nachvollziehen. Es war nicht die Aufgabe der Werwölfe, über Leben und Tod zu bestimmen.

«Wie wurde er –?»

Lupus unterbrach sie, indem er sich an die Kassiererin wandte: «Einen schönen Tag noch.»

Seite an Seite schlenderten sie durch die Mall zum Parkplatz. Tala wiederholte ihre Frage, doch Lupus wiegelte rigoros ab.

«Das muss er dir selbst erzählen. Er würde mich einen Kopf kürzer machen, wenn ich seine Geheimnisse ausplauderte.»

Obwohl die Einkaufstüten nicht sehr voll waren, schleppte er schwer daran. Sein Zustand verschlechterte sich sichtlich, auch wenn er keinerlei Erkältungserscheinungen hatte. Tala wollte ihm helfen, doch er war wohl ein Gentleman der alten Schule, denn er ließ es sich nicht nehmen, ihr die Tüten bis zu ihrem Pick-up zu tragen. Als er den Einkauf in den Fußraum vor dem Beifahrersitz stellte, hielt er sich einen Moment lang an der Tür fest und schloss für wenige Sekunden die Augen.

Ein Gedanke blitzte in Talas Hinterkopf auf, ein Gedanke, der sie irritierte. Der Wolf in Rufus hatte ihm nach der Messerstecherei das Leben gerettet, aber bei Lupus half das Tier nicht gegen eine einfache Grippe. Irgendetwas stimmte nicht.

«Du musst ihn schleunigst loswerden, Tala.» Lupus warf die Autotür zu und wandte sich ihr zu. «Sonst kümmert sich Claw um ihn.»

Zuerst wusste sie nicht, wen er meinte. Dann dämmerte es ihr. Sie schaute sich um, sah Matt Jerkins jedoch nicht, aber wenn Lupus sagte, der Reporter war noch da, glaubte sie ihm. Seine Sinne waren ausgeprägter als ihre.

Wenn das so einfach wäre, dachte sie zerknirscht. Reporter waren genauso hartnäckig wie Werwölfe. Aber Lupus hatte ja Recht. Sie durfte nicht mit der Hilfe des Rudels rechnen. Es war ihre Aufgabe, ihn loszuwerden, schließlich hatte sie ihn gerufen. Außerdem wollte sie sich nicht vorstellen, wie Claw die Sache regelte. Er würde sich des Problems bestimmt wenig feinfühlig entledigen.

«Möchtest du eine Tasse Kräutertee mit Honig?» Sie stieg auf den Fahrersitz, ließ die Wagentür aber offen. Sie musste erst den Einkauf heimbringen und dann in Valdez das Karibu abliefern. «Ein Verfolger reicht mir.»

Er überlegte.

«In deinem Zustand ist es nicht gut, dass du irgendwo vor meinem Haus hockst und in der Kälte darauf wartest, bis ich meinen nächsten Schritt mache. In meiner Wohnung ist es schön warm.»

Lupus lächelte dankbar und stieg ein.

Sie quälten sich durch den Feierabendverkehr zurück in den Randbezirk, in dem Tala wohnte. Die Dämmerung hatte noch nicht eingesetzt, aber die schweren Wolken, die tief über Anchorage hingen, kündigten bereits an, dass es früh dunkel werden würde. Kaum hatten Tala und Lupus vor der Einfahrt geparkt, fielen erste Schneeflocken herab. Durch die fehlende Sonne war es bitterkalt.

Tala schloss ihren Parka bis oben, auch wenn sie mit wenigen Schritten im Haus sein würde, aber auf dem kurzen Weg zum Eingang froren ihr fast die Finger ab, weil sie zu faul gewesen war, ihre Handschuhe anzuziehen.

Sie hatte die Tür gerade erst aufgeschlossen, als Lupus hinter ihr einen unterdrückten Laut von sich gab. Das Knurren ließ sie herumfahren. Er hatte die Einkaufstüten fallen lassen, seine Augen funkelten aggressiv und er wirkte mit einem Mal hoch konzentriert. Tala konnte seine Anspannung förmlich spüren.

Schnüffelnd kam er auf sie zu, doch er guckte nicht sie, sondern den schneebedeckten Boden an, als würde er etwas suchen. Seine Wangen waren rosig, ob nun vor Aufregung, der Kälte oder Fieber, vermochte sie nicht zu sagen.

Tala staunte nicht schlecht, als er plötzlich Anlauf nahm und mit einem Satz über das hölzerne Tor links vom Haus sprang, das in den Garten führte. Wo war seine krankheitsbedingte Schwäche hin? So viel zum Thema unauffällig bleiben! Sein Tier war von einer Sekunde zur anderen durch irgendetwas aufgeschreckt worden und so nah an die Oberfläche gestiegen, dass seine körperlichen Beschwerden in den Hintergrund getreten waren.

Eilig suchte Tala den Schlüssel für das Tor und hätte dabei beinahe das Schlüsselbund fallen lassen. Ihre Hände zitterten, als sie es endlich aufschloss und in den Garten stürmte. Lupus untersuchte aufgebracht jeden Winkel.

«Ich kann nur hoffen, dass Jerkins deinen kleinen unbedeutenden Hechtsprung nicht mitbekommen hat», sagte sie vorwurfsvoll und stemmte die Hände in die Hüften.

Lupus schaute sie an, seine Augen hatten nichts Menschliches mehr. «Dante war hier.»

Ihr Herz setzte einen Schlag aus, um dann doppelt so schnell weiterzuschlagen. Die Bestie war zu ihrem Haus gekommen. Wie lange war das her? War Tala zu dem Zeitpunkt noch daheim gewesen? Was hatte die Kreatur bei ihr gewollt? «Aber ich sehe keine Spuren.»

«Lass dich von den Verwüstungen in der Klinik, dem Kulturzentrum und dem Education Center nicht täuschen. Wenn Dante will, kann er zu einem Schatten werden.» Seine Stimme klang tief und rau. «Wölfe beobachten ihre Beute tagelang, bis der geeignete Moment gekommen ist, um zuzuschlagen, und ihre Opfer haben bis dahin nicht die leiseste Ahnung, dass sie verfolgt werden.»

Eben noch hatte sie gefröstelt, jetzt brach ihr der Schweiß aus. Sie öffnete ihren Parka. «Du meinst, er ist hinter mir her?»

Lupus schüttelte seinen Kopf, doch diese Geste sah eher aus, wie ein Wolf, der sein Fell ausschüttelt. «Seine Spur ist nicht frisch. Wahrscheinlich ist er in den frühen Morgenstunden hier herumgeschlichen. Hätte er es auf dich abgesehen gehabt, wärst du jetzt nicht mehr am Leben. Seine Fährte führt in diese Richtung.» Er deutete zum Horizont.

«Dort liegt Valdez.» Sie konnte kaum sprechen, weil ihr Hals wie zugeschnürt war. «Oh, mein Gott, ich habe ihn zu meiner Granny und dem Stamm geführt, den er hasst: den Athabascan. Sie sind in Gefahr. Lupus, bitte, ihr müsst mir helfen.»

Ein Grollen stieg aus seiner Kehle. «Ich alarmiere Claw.»

Ausgerechnet den Alphawolf musste sie um Hilfe bitten. Wenn er von Matt Jerkins erfuhr, würde er sowieso nicht gut auf sie zu sprechen sein. Eventuell würde er sich sogar weigern, ihr beizustehen, denn seiner Meinung nach war sie ihm etwas schuldig, nicht er ihr. Außerdem hatte er Besseres zu tun, das Rudel stand über allem, und sie hatten Rufus offensichtlich noch nicht gefunden, sonst hätten sie Lupus längst informiert. Konnte sie auf Claw zählen?

«Onawa», wisperte Tala verzweifelt.

Kapitel 12

Claw war sofort gekommen – und hatte die Führung übernommen. Das imponierte Tala ebenso, wie es sie ärgerte, denn er ließ sie nicht einmal ihren eigenen Wagen fahren. Stoisch schaute er durch die Windschutzscheibe nach vorne. Er tat so, als müsste er sich konzentrieren, da Dämmerung und Schneefall gleichzeitig eingesetzt hatten. Aber Tala wusste es besser.

Er war sauer. Stinksauer.

Lupus musste ihm am Telefon alles erzählt haben, wirklich alles, denn Claw hatte bei seiner Ankunft an ihrem Haus einen kurzen Blick auf die Ladefläche ihres Pick-ups geworfen und sich dreist auf den Fahrersitz gedrängt, sodass Tala in die Mitte der Sitzbank ausweichen musste. Lupus saß zu ihrer Rechten.

Sie war eingepfercht zwischen zwei Werwölfen.

Obwohl die beiden Männer schwiegen, spürte Tala ihre Aggression. Claw und Lupus lagen auf der Lauer. Sie waren bereit, jeden Augenblick ihre Gestalt zu ändern und zu töten. Sie hatten Dante gewittert, ihren Erzfeind. Die Situation war nicht nur angespannt, sondern explosiv.

Tala tat so, als wollte sie das Panorama genießen, dabei wurden die Gipfel der Coast Mountains durch tief hängende Wolken verdeckt, aus denen es unaufhörlich schneite. Aber sie beachtete die Berge ohnehin nicht, sondern warf prüfend einen Blick auf die Fahrbahn hinter ihnen.

Claw drückte seinen Oberschenkel an ihren. «Sechs.»

«Wie bitte?» Sie fühlte sich ertappt und setzte sich wieder gerade hin. Hitze ging von seinem Bein aus.

Sein Blick blieb auf die Straße gerichtet, die in Richtung Valdez führte. «Er ist sechs Autos hinter uns.»

Tala war völlig perplex. Konnte er wissen, nach wem sie Ausschau gehalten hatte? Hatte Lupus ihm sogar von Matt Jerkins berichtet? Natürlich, er war ein treuer Gefährte des Alphawolfs. Aber es schneite mittlerweile heftig. Der Wind peitschte dicke Schneeflocken gegen die Scheiben, sodass der Scheibenwischer auf Volltouren lief. Wie konnte er da einen Wagen erkennen, der so weit hinter ihnen fuhr? Sein Tier musste direkt unter seiner Haut sitzen.

Tala ermahnte sich, vorsichtig zu sein.

Claw sah sie kurz an, als wollte er ihre Vermutung bestätigen. Seine Augen waren die eines Wolfes. Es war gleichsam erschreckend und faszinierend. Aber da war noch etwas anderes. Erregung. Tala spürte sie mehr, als dass sie sie Claw ansah. Lag es an der Jagd oder an ihr?

Ihr wurde heiß. Sie schob ihren Parka von den Schultern, ohne den Sicherheitsgurt zu lösen.

«Zu spät», sagte Claw trocken.

Tala schob die Ärmel ihres Fleece-Pullis hoch. «Was meinst du?»

«Ich habe deine Erregung bereits wahrgenommen.» Ein Lächeln umspielte seine Mundwinkel für wenige Sekunden, dann kehrte die Härte wieder zurück.

«Unsinn», zischte sie und errötete. Er war es doch, der erregt war, nicht sie.

Tala presste ihre Oberschenkel aneinander, um das Prickeln in ihrer Mitte zu unterdrücken. Sie bemühte sich redlich, Abneigung gegenüber Claw zu empfinden, denn er hatte ihr mehr als einmal klargemacht, dass sie nicht auf derselben Seite standen.

Aber wenn sie dann mit ihm zusammen war, spürte sie dieses nervtötende, deplatzierte Kribbeln in ihren Eingeweiden, als würden Flügel von innen gegen ihre Bauchdecke schlagen. Zuerst hatte sie es für Angst gehalten, doch das traf es nur zu einem Drittel. Der Rest war etwas ganz anderes, etwas, das sie verwirrte und vor Claw verheimlichen musste, komme was wolle – was aufgrund seiner hochsensiblen Sinne schwierig bis unmöglich war.

Tala drehte sich zu Lupus. «Wie kann es sein, dass du neben Dante auch Rufus gerochen hast, aber sich seine Spur im Gegensatz zu der der Bestie verliert?»

«Der Kleine war an deinem Haus, so viel ist sicher.» Nachdenklich blickte der alte Mann zum grauen Himmel auf, als würde er dort die Antwort auf Talas Frage finden. «Aber seine Fährte führt von dort aus nicht weg.»

«Kann es sein, dass Dante ...?» Sie wagte nicht auszusprechen, was das Monster alles mit Rufus gemacht haben konnte.

«Hätte er ihn gefressen, hätten wir mindestens Blut gefunden.» Lupus zuckte mit den Achseln.

Tala stöhnte entsetzt, setzte sich wieder gerade hin und drückte eine Hand auf ihren Bauch, weil sich ihr der Magen umdrehte.

Beruhigend tätschelte er ihr Knie. «Dante könnte ihn auch nur verschleppt haben.»

«Oder weggeworfen, wie ein Stück faules Fleisch», warf Claw ein. «Die Kraft dazu hat er.»

Tala blinzelte ihn wütend an. In ihren Gedanken blitzte ein Bild von Rufus auf, wie er ohnmächtig oder – Gott bewahre – tot auf dem Dach eines Nachbarhauses lag. Aber sie glaubte nicht daran, dass Claw das ernsthaft vermutete, denn sonst wäre er nicht auf dem Weg nach Valdez, sondern würde ihre Nachbarschaft auf den Kopf stellen. Vermutlich wollte er sie nur wieder zur Weißglut bringen. «Heute Nacht werde ich bestimmt etwas Schönes träumen.»

Der Wagen rutschte auf der vereisten Straße weg und Claw hatte Mühe, ihn wieder in die Fahrrinne zu bugsieren. «Es nutzt nichts, alles durch eine rosarote Brille zu sehen. Nur wer realistisch denkt und alle Möglichkeiten abwägt, kann den Kampf aufnehmen und gewinnen.»

«Ich will aber gar nicht kämpfen.» Weder gegen Dante noch das Rudel hatte sie den Hauch einer Chance.

Claw bremste das Auto sanft ab, weil der Verkehr stockte. «Das spielt keine Rolle. Das Schicksal zwingt dich dazu.»

«Wohl eher der Alpha.» In der Ferne waren schon die Lichter von Valdez zu sehen. Tala freute sich, bald anzukommen und aus dieser Sardinenbüchse herauszukommen. Claw war ihr einfach zu nah.

«Viele von uns wollten auch nicht zum Werwolf werden und wurden dazu gezwungen», murrte er.

Tala horchte auf. Sprach er von sich selbst? Das konnte interessant werden.

Sie hatte ihren Mund gerade geöffnet, um nachzuhaken, als er fortfuhr: «Die Welt ist hart, aber noch härter für Gestaltwandler. Unser tägliches Leben ist ein Kampf. Wir müssen unsere wahre Natur verstecken. Wir sind gezwungen, öfters umzuziehen und Dokumente zu fälschen, damit es niemandem auffällt, dass wir älter werden als gewöhnliche Menschen. Intensive Beziehungen können wir nur innerhalb des Rudels pflegen. Wir haben unsere Zeugungsfähigkeit eingebüßt. Es ist eine ständige Gradwanderung. Wir lügen und betrügen, als wären wir Verbrecher.»

«Das muss ich neuerdings auch, dank euch.» Tala dachte an das Karibu und Toto. Sie fühlte sich schlecht, weil sie ihm mehrfach etwas vorgemacht hatte. Und zurückgerufen hatte sie ihn auch nicht.

«Willkommen in der Welt der Werwölfe.»

«Aber ich bin kein Werwolf.»

Claw bedachte sie mit einem Blick, der *noch nicht* sagte, oder aber sie interpretierte zu viel hinein. Er drehte den Scheibenwischer eine Stufe niedriger, da sie durch ein Waldgebiet fuhren, die Bäume den Wind abhielten und die Schneeflocken nur noch sanft zur Erde schaukelten.

Den Rest des Weges schwiegen sie. Jeder hing seinen Gedanken nach.

Für Tala tat sich plötzlich ein völlig neuer Gedankengang auf, den sie bisher nicht einmal ansatzweise gehabt hatte. Was war, wenn Claw sie nicht aus dem Weg räumen, sondern sie zu einem Rudelmitglied machen wollte, sobald sie Dante gefasst hatten? Er konnte sie am Leben lassen – aber zu welchem Preis? Beide Möglichkeiten schienen ihr wenig schmackhaft. Sie konnte sich nicht vorstellen, wie es war, sich in einen Wolf zu verwandeln, und sich Claw, dem Rudelführer, zu unterwerfen.

Sie warf ihm verstohlen einen Blick zu. Gut sah er aus, das musste sie zugeben. Sehr männlich, besonders wenn er so düster schaute, wie er es in diesem Moment tat. Ein Bartschatten ließ ihn noch finsterer erscheinen. Er war ganz in schwarz gekleidet, wie ein Schatten, ein dunkler Krieger, ein attraktiver Gevatter Tod, der auf dem Weg zu seinem nächsten Opfer war.

Unbewusst presste er seine Lippen aufeinander.

Er besaß dünne Lippen, die jedoch sehr leidenschaftlich küssen konnten. Gut schmeckte er, gestand Tala sich ein, er schmeckte nach mehr. Aber er hatte sich die Küsse bisher jedes Mal gestohlen, hatte Tala überrumpelt. Wahrscheinlich fragte das Alphatier niemals und erst recht bat er um nichts, sondern war es gewohnt, dass die Weibchen ihm, dem Leitwolf, zu Füßen lagen.

Eifersucht erwachte in ihr, aber sie rang sie nieder. So anziehend sie ihn auch fand, sie wollte keins seiner Liebchen sein.

«Hör auf damit.»

«Womit?» Irritiert hob sie ihre Augenbrauen.

«Mich auf subtile Weise zu verführen.»

«Ich?» Was bildete sich dieser Kerl ein? Sie verschränkte die Arme vor dem Körper, als müsste sie sich vor ihm schützen. «Bist du verrückt geworden?»

«Du lockst und infizierst mich mit deiner Erregung, aber das kann ich im Moment nicht gebrauchen. Ich muss mich auf die Jagd konzentrieren.» Er fasste das Lenkrad so fest, dass seine Handgelenke weiß hervortraten. «Erst werde ich Dante niederstrecken und dann dich.»

«He, werd nicht unverschämt.» Tala war empört. Sie war doch keine Trophäe!

Lupus schaute aus dem Seitenfenster und lachte in sich hinein.

«Richte deine Gedanken auf etwas anderes, etwas –», seine Mundwinkel zuckten, «Neutrales.»

«Seit wann kannst du Gedanken lesen?» Kaum hatte sie die Frage ausgesprochen, bereute Tala sie auch schon, denn damit hatte sie seine Vermutung bestätigt.

«Kann ich nicht, aber ich kann deine Lust spüren. Deine Körpertemperatur steigt, dein Puls beschleunigt sich und dein köstlicher Duft steigt zu mir –»

«Genug!» Tala wurde puterrot. Wie konnte er so etwas in Lupus' Anwesenheit sagen? Sie legte die Ärmel ihres Parkas über ihren Schoß.

«Als ob das etwas nützt», amüsierte sich Claw und sah kurz zu Lupus. «Ist sie nicht süß?»

Der alte Mann nickte lächelnd.

«Vielleicht behalte ich sie, nachdem die Sache mit Dante bereinigt ist.» LaszIv fügte er hinzu: «Als Spielzeug.»

Halbherzig schlug sie mit der Faust auf seinen Oberarm, weil sie sich nicht traute, ihm eine Ohrfeige zu geben. Sie belog sich selbst, indem sie dachte, eine Backpfeife könnte dazu führen, dass er das Lenkrad verreißen könnte und sie im Graben landeten, doch in Wahrheit hatte sie Angst, dass er sich mit ausgefahrenen Krallen auf sie stürzen würde. Also setzte sie ihre einzige Waffe ein – Trotz – und schoss Giftpfeile ab. «Eher sterbe ich.»

«Sag das lieber nicht», grollte er leise und starrte beleidigt nach vorne.

Tala schmollte. Sie ignorierte Lupus' Hand, die unauffällig ein einziges Mal über die Außenseite ihres Oberschenkels strich, um anzudeuten, dass die Situation nicht so schlimm war, wie Claw es darstellte.

Claw fuhr vom Highway in Richtung Valdez ab.

Sie passierten die ersten Häuser der Kleinstadt. Mittlerweile war es dunkel. In den meisten Gebäuden brannte Licht. Da es nachts empfindlich kalt wurde, verkrochen sich die Einwohner in ihren Häusern, sobald die Sonne unterging. Das gesellschaftliche Leben fand drinnen statt. Nur die Touristen waren so verrückt und zogen leicht bekleidet und zu Fuß durch die Straßen, auf der Suche nach Amüsement.

Sie quälten sich an einem Bus vorbei, um den ein Pulk von Touristen stand. Sie nahmen gerade ihre Koffer vom Busfahrer in Empfang, und das mitten auf der Straße. Der Feierabendverkehr war nicht so schlimm wie in Anchorage, aber die Straßen waren trotzdem bevölkert, weil einige Gäste von ihren Ausflügen wiederkehrten und einige bereits ein Lokal suchten, um zu Abend zu essen.

Talas Magen knurrte. Als sie sich nach einer Möglichkeit umschaute, wo sie einen Snack kaufen konnte, fiel ihr Blick auf das Totem Inn, das in einer Seitenstraße in Ufernähe des Prince William Sound lag. Ein großer, kräftiger Mann, der seine pelzbesetzte Kapuze bis tief ins Gesicht gezogen hatte, lief um das Gebäude zur Rückseite. Konnte es Mantotopah gewesen sein? Die Statur passte und er besaß auch eine kobaltblaue Daunenjacke. Der Mann trat durch den Hintereingang in die Küche. Wer sonst sollte es sein, wenn nicht Toto? Konnte er sie vor den Lykanthropen beschützen, wenn es hart auf hart kam?

Claw brachte den Wagen gerade noch rechtzeitig zum Stillstand, weil vor ihnen eine Gruppe grölender Urlauber über die Straße sprangen und dann in Richtung des Restaurants weiterzogen.

Er legte seinen rechten Arm auf die Rückenlehne und neigte sich zu ihr rüber. «Wir werden das Karibu dem Jäger bringen und nicht Meister Petz», stellte Claw in einem Ton klar, der keinen Widerspruch duldete. Er musste Toto ebenfalls erspäht haben.

Wieso hatte sie das Bedürfnis, sich zu verteidigen? Weil Claws Gesicht nur Zentimeter von ihrem entfernt war? Wegen seiner Zähnen, die sich in ein tödliches Wolfsgebiss verwandeln konnten, oder nicht doch eher wegen seiner verführerischen Lippen? «Er ist nur ein Freund von früher.»

«Und wieso schlägt dein Herz dann schneller?» Er legte seinen Kopf schief, wie eine Krähe, die ihr jeden Moment ein Auge aushacken wollte. «Ich kann es hören. Das enthusiastische Pochen macht mich ungehalten.»

Tala glaubte, ein leises Knurren zu hören, war sich jedoch nicht sicher, weil hinter ihnen jemand hupte. Die Straße war wieder frei.

Claw schnaubte und fuhr weiter.

Tala lotste ihn zur Indianerwerkstatt, weil sie glaubte, dass ihre Granny noch dort war. Doch als sie ankamen, war das Gebäude dunkel. Gemeinsam mit Lupus ging sie zur Eingangstür. Sie klopften, liefen um das Haus herum, um zu sehen, ob hinten noch Licht brannte, aber die Werkstatt war leer.

Talas Nervosität stieg. Sie schaute auf ihre Armbanduhr. «Normalerweise ist Onawa bis spät abends hier. Die Werkstatt ist ihr Lebensmittelpunkt.»

«Kein Grund zur Sorge.» Väterlich legte er ihr seine Hand auf die Schulter. «Sie ist wahrscheinlich zu Hause.»

Doch auch dort war Onawa nicht. Unruhig verlagerte Tala ihr Gewicht von einem Fuß auf den anderen. Sie klingelte noch einmal und klopfte dann auf die Rollläden.

Claw hinderte sie daran, noch fester zu hämmern, bevor sie die Jalousien beschädigte. Sanft packte er ihr Handgelenk. «Genug, bevor die Nachbarn auf uns aufmerksam werden.»

«Sie hört immer schlechter.» Panik schwang in ihrer Stimme mit.

Er schüttelte den Kopf und ließ ihre Hand los. «Sie ist nicht im Haus, sonst würden wir sie hören oder riechen.»

Mit *wir* meinte er Lupus und sich selbst – Werwölfe. «Könnt ihr Dante wahrnehmen? War er hier?»

Kurz schaute Claw zu seinem Gefährten rüber.

«Lüg mich nicht an», zischte Tala. «Das überlegst du doch gerade, oder? Ob du behaupten sollst, Dantes Fährte nicht zu riechen, aber du hast seine Spur gewittert, habe ich Recht? Sag die Wahrheit!» Sie schlug mit den Fäusten gegen seinen Oberkörper.

Blitzschnell fasste er ihre Arme, führte sie hinter ihren Rücken und zog Tala zu sich heran. «Er hat die Indianerwerkstatt aufgesucht.»

«Aber er hat sie nicht zerstört, wie das Labor, die Klinik und das Schulungszentrum.» Ihre Körper berührten sich. Diesmal war es Tala keineswegs unangenehm, sondern sie wollte, dass Claw sie festhielt, weil ihre Beine wie Pudding waren. Sie spürte seine Stärke, sie brauchte ihn in diesem Augenblick. Impulsiv lehnte sie sich gegen seine Schulter.

Als ihr bewusst wurde, was sie tat, richtete sie ihren Oberkörper auf, doch Claw drückte sie wieder an sich.

Tala hatte fest mit einem dummen Spruch von ihm gerechnet, einem Frotzeln, irgendetwas, das seinem Macho-Image entsprach, stattdessen strich er über ihre Haare und sagte: «Dantes Fährte ist überall. Sie zieht sich durch ganz Valdez, als hätte er die Kleinstadt unter die Lupe genommen. Aber er ist nicht mehr hier.»

«Hat er Onawa entführt, wie Rufus?» Sie schluchzte.

Als er einen Kuss auf ihre Haare hauchte, vergaß sie vor Überraschung einige Sekunden lang zu atmen. «Beides wissen wir nicht.»

Tala war verzweifelt.

Kapitel 13

Plötzlich räusperte sich Lupus, um die Aufmerksamkeit auf sich zu lenken. «Ist die Lady, die so verdutzt schaut, vielleicht deine Granny?»

Claw ließ Tala los. Sie schluckte ihre Tränen herunter und folgte Lupus' Blick. Keine fünf Meter entfernt stand Onawa, eingehüllt in ihren traditionellen Parka, mit weit aufgerissenen Augen.

«Was ist denn hier los?», fragte die alte Frau und ging für ihr Alter erstaunlich schnell auf das Trio zu.

Tala lief ihr entgegen und warf sich in ihre Arme.

«Ist etwas passiert?», fragte Onawa in Höhe von Talas Busen, denn sie war einen Kopf kleiner. «Du bist ja ganz aufgelöst?»

Jetzt erkannte Tala, dass sie ein Problem hatte. Was sollte sie ihrer Großmutter sagen? Welcher Grund mochte sie nach Valdez zurückgeführt haben? Ihr die Wahrheit zu erzählen war unmöglich, nicht nur weil sie sich lächerlich gemacht hätte, sondern auch weil Claw sie mit einem Wehe-du-sagst-ein-Sterbenswort-Blick bedachte.

Sie konnte ihn und Lupus nicht einmal ihrer Granny vorstellen, weil sie nur ihre Spitznamen kannte. Bis auf Ash, aber Tala ahnte, es wäre nicht gut für alle Anwesenden, diesen Namen zu erwähnen. Eigentlich fand sie es lächerlich, dass sich die Männer hinter Wolfsnamen versteckten, sah aber ein, dass die Gestaltwandler ihre menschliche Identität schützen mussten.

«Du zitterst ja.» Besorgt schob Onawa sie von sich weg und betrachtete ihre Enkelin von oben bis unten.

Tala lächelte. «Mir ist kalt, das ist alles.»

«Dann kommt doch rein», schlug ihre Granny vor und zog sie mit sich. «Ich lade dich und deine Freunde auf ein Glas Tee ein. Und dann berichtest du mir alles in Ruhe.»

Freunde? Tala sah zuerst Claw und dann Lupus an.

Während es dem Alphawolf deutlich ins Gesicht geschrieben stand, dass er wenig von der Idee hielt, rieb der alte Mann freudig die Handflächen aneinander. «Einen Grog würde ich auch nicht ablehnen. Der wärmt die Glieder bis ins Mark.»

Sie folgten Onawa ins Haus. «Setzt euch ins Wohnzimmer. Ich komme gleich.»

Tala fühlte sich unwohl, als sie die beiden Werwölfe in das einzige Zimmer führte, das ihre Granny permanent heizte. Die anderen Räume waren stets empfindlich kalt, aber Onawa musste sparen, wo sie konnte, da ihre Rente gering war und der Gewinn, den die Werkstatt erwirtschaftete, den Athabascan zugutekam. Aber Onawa war glücklich, das war ihr wichtiger als alles andere.

«Ich werde ihr helfen.»

Bevor Tala das Zimmer verlassen konnte, umfasste Claw ihren Arm und hielt sie zurück. «Mach keine Dummheiten.»

Da war er wieder, der Werwolf, das dominante Alphatier. Schade, seine zärtliche und fürsorgliche Seite hatte ihr gefallen. «Keine Sorge.»

Sie riss sich los und kam in die Küche, als das Wasser im Kocher gerade brodelte. «Wo warst du?»

«Der Stamm hatte eine Versammlung einberufen, weil das Holzhaus der Athabascan im Alaska Native Heritage Center niedergebrannt und das Hauptgebäude verwüstet wurde.»

Tala lehnte sich mit ihrem Hintern gegen die Arbeitsplatte. «Ich habe davon gehört.» Von der Randale im Education Center wusste Onawa offensichtlich noch nichts.

«Wir werden das Haus wieder aufbauen und bei den Aufräumarbeiten helfen.» Auf dem Küchentisch standen vier Becher, die Onawa nun mit Wasser füllte.

«Pass auf dich auf, versprich mir das», bat Tala und hängte die Einmal-Teefilter in die Tassen, die ihre Granny mit im Sommer eigenhändig gesammelten und getrockneten Brennnesselblättern gefüllt hatte. Sie würde niemals Tee kaufen, erst recht nicht importierte Ware, weil es ihrer Meinung nach eine Sünde gegen die Natur wäre, die Kostbarkeiten zu ignorieren, die vor der eigenen Haustür wuchsen.

Onawa stellte den Wasserkocher weg. «Wieso sagst du so etwas?»

«Wer weiß, wer der Brandstifter war.» Über den Mord wollte Tala möglichst kein Wort verlieren. Sie tauchte die Teefilter nacheinander immer wieder ins Wasser, damit der Geschmack sich schneller verteilte.

«Das herauszufinden ist Aufgabe der Polizei. Wir sind für den Wiederaufbau und die Renovierung zuständig.» Onawa nahm auf einem der Küchenstühle Platz. «Mantotopah war auch bei der Versammlung. Er hat nach dir gefragt.»

Das schlechte Gewissen schrillte in Tala auf wie ein nervtötender Alarmwecker am frühen Morgen. Es war dumm, sich nicht bei ihm zu melden. Sie konnte ihn verlieren, bevor sie ihn endlich für sich gewonnen hatte. Aber hatten sie ihre Chance nicht längst gehabt, damals, als sie noch jung und ihre Freundschaft lebendig gewesen war? Was war davon übrig? «Ich werde ihn anrufen.»

«Toto ist ein guter Junge, verlässlich und bodenständig.»

«Ein Mann», korrigierte Tala sie. Und ein Athabascan. Das reichte schon für Onawa, um der perfekte Heiratskandidat zu sein. Talas Blick schweifte zur Wohnzimmertür. Die Tür war angelehnt, aber durch einen Spalt konnte sie Claws Jacke sehen, die auf der Rückenlehne der Couch lag. Sein Gehör war außergewöhnlich gut, und sie wettete, dass seine Ohren gespitzt waren.

«Er gefällt dir.» Es war eine Feststellung, keine Frage.

Verdutzt hob Tala ihre Augenbrauen. Konnte es sein, dass ihre Großmutter plötzlich von Claw sprach?

«Er ist stark, selbstbewusst und er weiß, was er will.» Verklärt lächelnd strich sie eine Ecke des selbst gehäkelten Deckchens glatt, das in der Mitte des Küchentischs lag. «Aber da ist auch eine Wildheit in seinen Augen, die zeigt, dass dieser Mann nicht zu zähmen ist.»

Und das war nicht gut, oder? Tala massierte ihre Schläfen. Wieso verschwendete sie überhaupt einen einzigen Gedanken an Claw?

«Der Tee hat lang genug gezogen. Komm.» Onawa entfernte die Teefilter und warf sie in den Mülleimer. Mit zwei Bechern in der Hand ging sie voraus.

Gedankenversunken folgte Tala ihrer Granny ins Wohnzimmer, reichte Lupus eine Tasse und nippte an ihrem eigenen Brennnesseltee. Sie vermied es, Claw anzusehen, weil sie befürchtete, er könnte ihre Gedanken lesen oder zumindest spüren, dass sie über ihn nachdachte.

Er war so ziemlich das Gegenteil von Mantotopah. Beide waren männlich, aber auf Toto war Verlass, er war ein offenes Buch für sie, Claw jedoch war undurchschaubar und wechselte sein Verhalten wie seine Gestalt. War das ein Wunder? Ihr Verhältnis zueinander war undefiniert. Sie waren weder Feinde noch Freunde. Was waren sie?

Die nächste Stunde war ein Ritt auf dem Pulverfass. Tala war gezwungen, vor jedem Satz abwägen, ob sie nicht versehentlich etwas über ihre zwei Begleiter preisgab. Gleichzeitig musste sie Claw in Schach halten. Er beobachtete schweigend, lauschte – und lauerte – was Tala nervös machte. Lupus dagegen machte es ihr leicht. Er führte eine charmante Unterhaltung und lenkte Onawa davon ab, zu viele Fragen zu stellen.

Da alle Indianer glaubten, Träume hätten eine besondere Bedeutung für das Leben, behauptete Tala, dass sie sich nach dem Besuch in Valdez am Vormittag hingelegt und von Onawa geträumt hatte. Sie gab vor, sich an den Inhalt des Traumes nicht erinnern zu können, aber sie wäre mit einem schlechten Gefühl erwacht, deshalb musste sie unbedingt nachschauen, ob es ihrer Granny gut ging. Ihre Großmutter sah dies als Warnung, und das war Talas Besuch ja auch in gewisser Weise.

Als sie wieder aufbrachen, war Tala froh darüber, Onawa zwischen den Zeilen mitgeteilt zu haben, dass etwas vor sich ging. Onawa würde Augen und Ohren offen halten, mehr konnte Tala im Moment nicht für sie tun. Ihrer Großmutter ging es gut, das beruhigte sie. Hätte Dante ihr etwas antun wollen, wäre dies längst geschehen.

Aber was hatte er dann in Valdez gewollt? Tala wurde das Gefühl nicht los, dass sie etwas übersehen hatten.

Sie verabschiedeten sich und Tala blieb vor der Haustür stehen, bis Onawa diese abgeschlossen hatte. Als ob ein lächerliches Türschloss Dante aufhalten könnte! Sie klappte den Kragen ihres Parkas nach oben und schlenderte zu ihrem Wagen. Lupus saß bereits auf dem Beifahrersitz. Claw hielt die Fahrertür auf und wartet auf Tala.

«Falscher Alarm», murrte er, als sie gerade einsteigen wollte.

Sie baute sich vor ihm auf. «Nicht ganz. Dante war tatsächlich in Valdez, oder?» Tala öffnete ihre Arme und drehte die Handflächen nach oben.

«Und was sagt uns das?» Er stellte einen Fuß auf der Einstieghilfe ab.

«Hier leben sehr viele Indianer, besonders Athabascan. Das muss doch eine Bedeutung haben.» Sie zuckte mit den Achseln. «Immerhin hat er in den letzten Tagen ausschließlich Einrichtungen aufgesucht und verwüstet, die von Indianern geleitet werden und über ihre Kultur und die der Wölfe berichten.»

«Fein, das wussten wir schon vorher.»

Es fiel Tala nicht leicht, ihren aufwallenden Zorn im Zaum zu halten. «Es tut mir leid, dass du die Suche nach Rufus für diesen Trip unterbrochen hast, aber ich finde nicht, dass er umsonst war.»

«Schon okay.»

«Onawa ist dir ... euch egal. Euch verbindet nichts, aber für mich bedeutet sie die Welt.» Sie redete sich in Rage.

«Ich sagte, es ist okay.»

Sie stemmte ihre Hände in die Hüften. Gerade als sie Luft holte, um ihren Standpunkt erneut klarzumachen, packte Claw sie am Kragen, zog sie heran und verschloss ihren Mund mit einem Kuss. Tala war so überrascht, dass sie stillhielt. Sie wehrte sich nicht, sondern ließ den Kuss über sich ergehen. Aber nachdem der erste Moment der Überraschung vorüber war, drang Claws Geschmack zu ihr durch. Er schmeckte köstlich und konnte gut küssen. Sanft schob er seine Zunge in sie hinein. Bereitwillig schnäbelte Tala mit ihm, als hätte sie schon den ganzen Tag über darauf gewartet.

Doch kaum hatte er sich von ihr gelöst, knurrte er laut. Er schaute über sie hinweg auf einen Punkt hinter ihr. Tala drehte sich um und entdeckte Matt Jerkins. Der Reporter duckte sich hinter einem Wagen, der an der Kreuzung am Straßenrand parkte. Er hielt seine Kamera in der Hand. Hatte er Fotos von ihnen gemacht? Tala atmete tief durch. Was würde schon darauf zu sehen sein? Nur ein Liebespaar.

Ein Liebespaar? Hitze schoss in ihre Wangen, aber Claw hatte nur Augen für Jerkins. Er starrte ihn an. Seine Augen waren die eines Wolfes, nur noch Schlitze, durch die er den Reporter fixierte. Die Straßenlaterne warf dunkle Schatten auf sein Gesicht, da das Licht seitlich auf ihn fiel. Seine Zornesfalte trat hervor. Das alles ließ sein Gesicht wie eine Fratze erscheinen.

«Claw, nicht.» Tala legte beide Hände an seinen Brustkorb. Es war nicht mehr als eine Geste, denn sie würde es sowieso nicht schaffen, ihn davon abzuhalten, sich auf Jerkins zu stürzen. «Das ist nicht der richtige Ort. Jemand könnte dich sehen.»

Seine Stimme klang fremd, nicht mehr wie er selbst. «Ich kann ihn auch als Mensch niederstrecken.»

«Er würde dich anzeigen. Das sind die Dinge, die Werwölfe unbedingt vermeiden müssen, damit sie nicht ins Visier der Öffentlichkeit geraten, nicht wahr?» Sie warf Lupus einen hilfesuchenden Blick zu.

Lupus neigte sich über den Fahrersitz zu ihnen. «Er könnte dir die Cops auf den Hals hetzen und einen Artikel über dich bringen. Kerle wie er graben so tief, bis sie die Leiche in deinem Keller gefunden haben, nur um dich ans Kreuz zu nageln.»

«Jerkins ist ein schmieriger Typ, aber ein Fuchs», fügte Tala hinzu.

Ohne ein einziges Mal zu blinzeln, starrte Claw zu dem Auto hinüber, hinter dem der Reporter kauerte. Glücklicherweise war Jerkins zu weit weg, um zu hören, was sie sprachen, und falls er nicht selbst ein Werwolf war, was auszuschließen war, da Claw und Lupus es gewittert hätten, war er auch nicht in der Lage, Claws fratzenhafte Miene zu erkennen.

Claw bleckte seine Lefzen. Zum Vorschein kamen lange, spitze Fang- und Reißzähne, die Tala eine Gänsehaut über den Leib jagten.

«Claw», brachte sie atemlos hervor, weil sie sich vor ihm fürchtete, nein, nicht vor ihm, sondern dem Tier in ihm. «Verlier nicht die Kontrolle.»

Endlich sah er sie an. «Wölfe regeln die Dinge anders als Menschen.»

«Weniger diplomatisch.» Sie konnte sich den Seitenhieb nicht verkneifen, obwohl es klüger gewesen wäre zu schweigen, um ihn nicht zusätzlich zu reizen. Aber das Tier in ihm schien seinen gesunden Menschenverstand zu vernebeln.

«Ehrlicher und direkter.» Langsam verschwand das Wölfische aus seinem Gesicht. Seine Zähne bildeten sich zurück und seine Augen wurden wieder menschlich, aber sein Blick blieb hart. «Lass uns endlich das Karibu bei Zottelbärs Freund abliefern, sonst verspeise ich es noch.»

Tala stieg in den Wagen ein und betete für Jerkins, dass er klug genug war zu verschwinden. War er nicht. Er folgte ihnen weiter und war dabei nicht gerade unauffällig, als wollte er sie nervös machen, damit sie einen Fehler begingen, den er in einem Artikel ausschlachten konnte.

Wider Erwarten blieb Claw ruhig, obwohl er ihren Verfolger ebenfalls bemerkte. Während sie den Tierkadaver an den Jäger übergaben, der ihn Tala geliehen hatte, stellte er sich zwischen sie und den Fremden, wie ein Schutzschild, als müsste er jede noch so winzige Verbindung, selbst wenn sie nur indirekt war, zu Mantotopah unterbinden. Claw schüchterte den Mann durch sein selbstsicheres Auftreten, seine harte Sprache und seine finstere Miene so sehr ein, dass dieser nicht einmal nachfragte, weshalb der Kadaver verunstaltet war.

Als sie wieder zu dritt im Pick-up saßen und aus Valdez herausfuhren, war Tala erleichtert. Ihrer Granny war nichts passiert, auch sonst keinem Athabascan, sie waren Toto nicht über den Weg gelaufen und es hatte keinen Ärger wegen der Tierleiche gegeben. Claw war nicht ausgeflippt. Inzwischen war sein Zorn verflogen. Entspannt saß er auf dem Fahrersitz und konzentrierte sich auf die Fahrbahn. Sie war zwar frei von Schnee, aber spiegelglatt.

Aufatmend schaute Tala über die Schulter zurück, aber sie wurde einfach dieses mulmige Gefühl in der Magengegend nicht los. Die Straßen von Valdez waren weitgehend leer. Die Touristen speisten in den Restaurants oder Pensionen und die Einheimischen machten es sich in ihren Häusern gemütlich. Die Kleinstadt sah idyllisch aus, wie eine dieser Miniaturstädte zu Weihnachten. In allen Häusern brannten Lichter. Das Tal war schneebedeckt. Die Boote im Hafen schaukelten sanft im Kielwasser.

Stille legte sich über Valdez, doch es kam Tala vor wie die Ruhe vor dem Sturm.

Claw klopfte auf die Tankanzeige. «Wir müssen tanken.»

Tala holte ihre Geldbörse aus der Hosentasche, doch er nahm sie ihr aus der Hand und legte sie auf das Armaturenbrett. «Ich zahle.»

«Wieso solltest du das tun? Es ist mein Wagen. Wir sind zu meiner Granny –»

Er unterbrach sie. «Weil es so ist.»

Der Leitwolf hatte gesprochen. Tala sah Lupus an und verdrehte die Augen. Wenn Claw sein Macho-Gehabe bis zur Perfektion treiben wollte, sollte es ihr recht sein, aber nur in diesem Fall. Bei Wild Protection wurde man nicht reich und vielleicht steckte hinter seiner Fassade ja ein wohlhabender Viehzüchter. Verstohlen betrachtete sie ihn von der Seite. Wohl kaum.

Sie stellte sich Claw in verschiedenen Berufen vor, aber nichts davon passte zu ihm. Er war zu freiheitsliebend, um sich in ein Büro einpferchen zu lassen, zu dominant, um sich Vorgesetzten unterzuordnen, und zu stolz, um einen einfachen Beruf auszuüben. Alpha blieb Alpha. Er konnte sein Tier, das stärker war als bei allen anderen Rudelmitgliedern, bestimmt nicht einfach im Alltag abstreifen wie ein Kleidungsstück.

Claw steuerte die Tankstelle an, die vor den Toren Valdez' lag. Die nächste befand sich erst kurz vor Anchorage, bis dahin würden sie es nicht schaffen. Er und Lupus stiegen aus. Tala zog es vor, im warmen Auto zu bleiben.

Im Augenwinkel sah sie, dass Claw in die Gas Station ging, um an der Kasse zu zahlen. Sie waren die einzigen Kunden.

Als Lupus auf den Fahrersitz stieg, lachte Tala. «Fürchtet sich der große böse Alphawolf vor einer vereisten Fahrbahn?»

«Er hat etwas zu erledigen.» Lupus steckte den Schlüssel ins Zündschloss und startete den Wagen.

Ihr Lachen erstarb. Dass er nicht vom Bezahlen der Tankrechnung sprach, war ihr klar. Ihr Kopf flog zur Gas Station herum, doch Claw war verschwunden. «Wo ist er hin? Was hat er vor?»

Lupus fuhr los. Vorsichtig bugsierte er den Pick-up zurück zur Hauptstraße. «Er kommt nach.»

«Was heißt das, er kommt nach?», fragte sie aufgebracht. «Halte sofort an.»

Sie wollte gerade das Lenkrad herumreißen, als ein Grollen aus seiner Kehle stieg, das sie von Claw, aber nicht von Lupus erwartet hätte. «Der Leitwolf bestimmt und du spurst, nicht wahr?»

«Nicht aus blindem Gehorsam, sondern weil er die richtigen Entscheidungen trifft», stellte er klar. «Keine Sorge, er ist nicht zurück zu Onawa. Er mag sie.»

Sie blinzelte ihn an. «Das habe ich bemerkt. Er hat keinen Ton gesagt.»

«Manchmal ist sein Charme ...» Lupus grübelte.

«Wölfisch?»

Er lachte. «Herb, so könnte man ihn beschreiben. Er zeigt seine Gefühle selten, weil sie ihn schwach machen.»

«Wir alle haben Angst, verletzt zu werden.» Angesäuert verschränkte sie ihre Arme vor dem Körper und starrte in die Nacht hinaus. Eine Schnee-Eule flog über sie hinweg. Sie fuhren zwischen den Bergen hindurch auf einer Landstraße, die sie durch Wald führte, der in der Nacht wie eine dunkle Mauer wirkte. Bedrückend und geheimnisvoll.

«Es ist nicht einfach, der Alpha zu sein. Claw würde sich niemals verzeihen, wenn einem Rudelmitglied etwas zustieße.»

«Selbst Rufus?» Den er nicht sonderlich gut leiden konnte.

Lupus nickte und schaltete in einen niedrigen Gang, weil ein Skunk im Kegel des Scheinwerferlichts die Straße überquerte.

«Was ist mit Dante?»

«Alle Werwölfe sind starke Persönlichkeiten. Sie sind freiheitsliebend. Das Rudel geht ihnen über alles, aber engt man sie ein, rebellieren sie. Sie brauchen ab und zu ihre Freiräume. Das klingt wie ein Widerspruch, ist es aber nicht.» Sein Blick streifte sie kurz, dann richtete er ihn wieder auf die Fahrbahn und beschleunigte behutsam.

«Ich verstehe.» Das tat sie wirklich. Tala erkannte sich selbst wieder. Sie war nach Anchorage gezogen, um sich dort ein neues Leben aufzubauen und die Vorzüge der Großstadt und das Alleinsein zu genießen. Doch sie kehrte immer wieder zu den Athabascan zurück. Der Stamm war ihre Heimat. Ihr Zugehörigkeitsgefühl hatte durch ihr modernes Denken an Intensität eingebüßt, aber es war immer noch vorhanden. Durch die Werwölfe hatte sie sich wieder mit ihren Wurzeln beschäftigen müssen, das hatte das Band zwischen ihr und ihrem Stamm gestärkt. Unter anderen Umständen wäre sie den Gestaltwandlern dankbar gewesen.

«Dante hatte sich dazu entschlossen, alle Hebel in Bewegung zu setzen, um das Tier in sich loszuwerden. Ein fataler Fehler. Claw hätte diesen Schritt niemals gutgeheißen, daher hat Dante es heimlich gemacht.»

«Und sich somit gegen das Rudel gewandt.» Ein Auto kam ihnen entgegen. Die Lichter blendeten Tala, sie drehte ihr Gesicht weg und sah gerade noch die Schemen eines massigen Körpers, der sich vage von der Dunkelheit abzeichnete. Ein Elchbulle.

«Trotzdem hätten wir ihm geholfen. Und wir hätten ihn geschützt. Doch er hat uns attackiert. Der Schmerz, eine Bestie geworden zu sein, hat ihn rasend gemacht. Er hat Manou getötet.» Lupus stieß kräftig seinen Atem aus seinen Lungen. «Damit hat er seine Chance verwirkt.»

Der Wagen war an ihnen vorbei und sie guckte Lupus wieder an. «Dann ist Claw also zurück in die Stadt und durchkämmt Valdez nach Dante?»

Er schüttelte den Kopf. «Er wird eine Lösung für unser Problem finden.»

Wovon sprach er? Tala steckte sich eine Haarsträhne hinter das Ohr und schaute zurück, doch Valdez war nicht mehr zu sehen. Nur Wald und Dunkelheit. Plötzlich riss sie die Augen auf. Etwas fehlte. Keine Wagenlichter hinter ihnen, kein Auto weit und breit. Matt Jerkins folgte ihnen nicht mehr. «Sag mir nicht, dass er sich um den Reporter kümmert. Bitte, Lupus.»

«Der Kerl bedeutet Ärger und den können wir nicht gebrauchen, im Moment am allerwenigsten. Er lenkt uns von Dante ab und wir laufen Gefahr, entdeckt zu werden.» Es begann zu schneien. Er stellte den Scheibenwischer an. Zuerst verschmierten die Schneeflocken auf dem Glas, doch dann wurde die Scheibe frei. «Claw wird ihn uns vom Hals schaffen, ein für alle Mal.»

Tala glaubte sich verhört zu haben. Claw hatte Jerkins längst erwischt, sonst wäre der Reporter noch hinter ihnen, und er war nicht der Typ Mann, der lange diskutierte. Was hatte Claw ihm angetan? Daran wollte sie nicht einmal denken! Verschiedene Horrorszenarien wechselten sich vor ihrem geistigen Auge ab, sie konnte es nicht verhindern. Keines endete glimpflich für Jerkins. Sie konnte ihn nicht ausstehen, aber sie wünschte ihm trotzdem, eines natürlichen Todes zu sterben.

Claw hatte nur so entspannt gewirkt, weil er einen Entschluss gefasst hatte. Hatte er die Tankfüllung bezahlt als Wiedergutmachung für das, was er noch tun würde, weil er wusste, dass Tala ausflippen würde? Doch er täuschte sich. Sie rastete nicht aus, sondern rümpfte angewidert ihre Nase und kämpfte gegen ihre Tränen an. Was konnte sie schon tun?

Von einer Sekunde auf die andere verdampfte ihre Zuneigung für Claw und seine Gefährten. So viel zum Thema *Freunde.* Beinahe hätte sie daran geglaubt, dass sich zwischen ihnen tatsächlich so etwas wie Freundschaft hätte entwickeln können. Oder mehr.

Tala saß immer noch in der Mitte der Sitzbank. Völlig schockiert rutschte sie von Lupus weg auf den Beifahrersitz und schnallte sich an. Sie hatte ein kleines, aber wichtiges Detail vergessen, weil die Rudelmitglieder wie Menschen aussahen.

Aber es waren keine Menschen, sondern Werwölfe.

Und Werwölfe waren Killermaschinen. Übernatürlich schnell, extrem stark und absolut tödlich.

Kapitel 14

Claw schloss die Tür ihres Versammlungsortes hinter sich. Hier im Knik River Valley würden sie garantiert niemanden stören, denn in diese Hütte entführte Robert Hanson in den achtziger Jahren mindestens siebzehn Prostituierte und vergewaltigte und tötete sie mit einem Jagdmesser. Alle Wanderer machten noch immer einen großen Bogen um das Haus. Böses Karma. Das nutzte Claw aus, obwohl er sich selbst nicht sonderlich wohlfühlte an diesem Ort.

Er wandte sich an Lupus. «Wer passt auf Tala auf?»

«Nubilus, weil du nicht wolltest, dass ich das übernehme.» Der Vorwurf in seiner Stimme war unüberhörbar.

«Ich brauche dich hier.» Claw schaute auf seine Armbanduhr. «Außerdem bist du schon viel zu lange auf den Beinen. Du musst dich schonen.»

Lupus quälte sich ein Lächeln hervor, aber er sah erschöpft aus. «Ich bin Rentner und kann im Gegensatz zu euch morgen ausschlafen.»

«Heute», korrigierte Claw seinen alten Freund. «Es ist bereits zwei Uhr in der Früh.»

«Alte Menschen brauchen nicht mehr so viel Schlaf wie junges Gemüse.»

Claw ließ seinen Blick durch den Raum schweifen. Das Rudel war bis auf Nubilus vollzählig. Die Männer und Nanouk tauschten sich aufgeregt aus und suchten Sitzplätze. Nanouk war der einzige verbliebene weibliche Werwolf, nachdem Dante Manou im Alaska Native Medical Center so schwer verletzt hatte, dass sie an den Folgen gestorben war.

Er rümpfte die Nase. «Macht Nubilus seinen Job auch gut? Er verhält sich manchmal wie ein Elefant im Porzellanladen und darf unter keinen Umständen in seiner Wolfsgestalt gesehen werden.»

Es war ein kleines Wunder, dass der bullige Frankokanadier ausgerechnet die Gestalt eines Büffelwolfs annehmen konnte, denn die einst schwerste Unterart war seit den 1920er Jahren ausgestorben, weil die Menschen in den Prärien zu viele Büffel gejagt und den Wölfen die Nahrungsgrundlage geraubt hatten. Sollte Nubilus entdeckt werden, würde man alles daran setzen, ihn einzufangen, um herauszufinden, woher er kam, weil es ihn eigentlich gar nicht mehr geben dürfte. Er würde sich eines Tages wieder in einen Menschen verwandeln müssen und damit das Geheimnis der Werwölfe preisgeben. Nubilus war eine Schwachstelle, aber er war der Einzige, auf den Claw während der Versammlung verzichten konnte. Außerdem war er verlässlich. Er würde sich mit seinem massigen Körper wie ein Puffer vor Tala werfen.

«Hör auf, dir Sorgen um Tala zu machen.» Beruhigend klopfte Lupus ihm auf die Schulter.

«Mach ich gar nicht. Ich will nur verhindern, dass sie Dummheiten macht.»

«Wie zum Beispiel sich mit Mantotopah zu treffen?»

Claw funkelte ihn böse an. Innerlich kochte er, doch er wollte es seinem Gegenüber nicht zeigen, denn damit hätte er ihm Recht gegeben. «Ich lasse sie bewachen.»

«Du lässt sie beschützen, das ist ein Unterschied.»

Verdammt, Lupus kannte ihn einfach zu gut. Aber er schlug den alten Haudegen mit seinen eigenen Waffen. «Du warst doch derjenige, der behauptet hat, dass sie womöglich eine Aufgabe im Kampf gegen Dante zu erfüllen hat.»

«Alles zu seiner Zeit. Sie wird friedlich in ihrem Bett liegen und schlafen.»

Er schaute ein Rudelmitglied nach dem anderen an. «Vielleicht hätte ich doch Canis schicken sollen, um ein Auge auf sie zu werfen. Ich traue es Nubilus zu, dass er nur den Vordereingang im Auge behält und nicht merkt, wie Dante Tala durch die Hintertür entführt.»

Lupus schüttelte den Kopf. «Wieso sollte Dante das tun?»

«Weil sie ein süßes Ding ist.» Hatte er das wirklich ausgesprochen? Claw spürte die Hitze in seinen Wangen, etwas, das ihm nicht oft passierte. Rasch schritt er auf die anderen zu und baute sich vor ihnen auf.

Lupus folgte ihm und flüsterte von hinten in sein Ohr. «Hör auf, eifersüchtig zu sein.»

«Eifersucht?» Jedem anderen wäre Claw an die Kehle gegangen, aber bei Lupus grollte er lediglich, um ihm mitzuteilen, er solle vorsichtig sein. Außerdem wollte er unter allen Umständen verhindern, dass die anderen Rudelmitglieder ihre Unterhaltung mitbekamen.

Lupus ging um ihn herum. Er blieb nah vor ihm stehen und sprach leise: «Du machst ihr Angst. Eng sie ein und sie wird um ihre Freiheit kämpfen. Sie ist dir ähnlicher, als du denkst. Du kannst nicht über sie herrschen, wie über dein Rudel. Auf diese Weise wirst du sie nie für dich gewinnen.»

«Ich habe sie bereits besessen.» Claws Stimme war rau, er ballte seine Hände zu Fäusten. Sein Gefährte musste auf der Hut sein, denn er stand kurz davor, zu weit zu gehen.

Kopfschüttelnd boxte Lupus zweimal sanft gegen Claws Brustkorb. «Ich rede von ihrem Herz.»

Überrascht schwieg Claw. Wie konnte Lupus nur daran denken, Tala und er könnten eines Tages ein Paar sein. Sie war ein reiner Mensch, und Menschen hielten Werwölfe für Bestien. Vielleicht waren sie das sogar. Jedenfalls folgten sie anderen Gesetzen.

Er legte seinen Kopf in den Nacken und das Tier in ihm gab ein markerschütterndes Wolfsgeheul von sich, in das das Rudel einstimmte.

«Wir haben in den vergangenen Stunden jeden Stein in Valdez umgedreht, aber Dante ist zurzeit nicht mehr dort», begann er und stellte einen Fuß auf eine Kiste. «Seine Fährten waren jedoch unterschiedlich intensiv.»

«Dann ist er schon einmal dort gewesen?» Nanouk lehnte sich gegen die Wand und verschränkte die Arme vor dem Körper. Ihre langen, braunen Haare hatte sie zu einem Zopf geflochten, der ihr über die Schulter nach vorne hing. Sie war ebenso muskulös wie die männlichen Rudelmitglieder, aber auf eine athletischere Art.

Claw nickte, doch es war Canis, der antwortete: «Ich habe ein Bison entdeckt, zumindest was davon übrig war: Schädel und Brustkorb.»

«Das muss nichts mit Dante zu tun haben», gab Lupus zu bedenken und nahm auf einem Stuhl Platz, den die anderen für ihn frei gelassen hatten. «Ein anderes Tier könnte es angefallen haben und beim Fressen gestört worden sein.»

«Sie decken ihre Beute aber nicht mit Zweigen zu, damit niemand sie findet.» Claw nahm den Fuß von der Kiste und gestikulierte. «Dante hat dort seine Nahrung versteckt, weil er vorhat zurückzukehren.»

«Dann hat er dort sein neues Territorium?» Nanouk klang besorgt.

Claw konnte es ihr nicht verdenken. Dante hätte in den Wäldern untertauchen sollen, um nicht entdeckt zu werden. Stattdessen streifte er nachts durch eine Kleinstadt, wo er über kurz oder lang auffallen würde. «Nein, wir haben keine Markierungen gesehen.»

«Das Seltsame ist, dass seine Fährte sich plötzlich verliert», warf Canis ein. «Sie endet unerwartet.»

«An den Bahngleisen, die durch den Wald führen. Wir vermuten, dass er auf einen Zug springt, der ihn in sein Territorium bringt», klärte Claw seine Gefährten auf.

Canis lief unruhig auf und ab. «Auf diesem Weg kommt er auch wieder zurück, sodass wir nicht feststellen können, wo er sein Lager aufgeschlagen hat. Es würde zu lange dauern, alle Stationen abzuklappern, in der Hoffnung, irgendwo wieder auf seine Spur zu stoßen.»

«Dann bleibt uns nichts anderes übrig, als uns in Valdez auf die Lauer zu legen und zu warten?» Ungehalten sprang Lupus von seinem Stuhl auf.

«Glücklicherweise ist Dantes Hirn schon zerfressen. Er macht Fehler.» Ein Lächeln kräuselte Claws Mundwinkel. «Sein verstecktes Beutetier, von dem er hin und wieder nascht, ist ein Waldbison.»

«Die gibt es in Alaska nicht.» Nanouk stieß sich von der Wand ab. «Ihr Fleisch ist das leckerste und Dante konnte noch nie einer Versuchung widerstehen.»

Lupus Miene erhellte sich. «Waldbisons waren früher im Nordwesten Kanadas weit verbreitet, aber weil ihr Fleisch so schmackhaft war, haben die europäischen Einwanderer die Zahl stark dezimiert. Um die Büffelart vor dem Aussterben zu bewahren, hat man sie in Reservate gesteckt: in den Elk-Island-Nationalpark östlich von Edmonton und den Wood-Buffalo-Nationalpark am Athabasca-See.»

«Dante gehört dem Stamm der Athabascan an.» Abrupt blieb Canis stehen.

Claw lächelte zufrieden. Er zeigte auf den Indianer und Nanouk. «Macht euch bereit für einen Trip über die Grenze.» Sie wussten, was zu tun war, und würden nicht versuchen, Dante alleine zu stellen, sondern ihn lediglich ausfindig machen und zurückkehren, um dem Alphawolf Bericht zu erstatten.

Das Jagdfieber stand den beiden ins Gesicht geschrieben. Es hatte auch Claw erfasst. Sein Blut pulsierte heiß durch seine Adern. Seine Beine kribbelten. Der Wolf in ihm wurde unruhig. Er wollte rennen. Bis in die kanadische Provinz Saskatchewan. Unter anderen Umständen hätte er sich selbst auf den Weg gemacht, aber er wollte in Anchorage bleiben. Bei Tala.

Sein Glied schwoll an. Die anderen würden es auf das Jagdfieber zurückführen, aber Claw wusste es besser.

Kapitel 15

Am nächsten Tag war Tala froh über den Alltag, dem sie sonst eher abgeneigt war. Der Morgen begann wundervoll normal, mit einem starken Kaffee in Hazles Diner, als wäre die Welt in Ordnung.

Vormittags rettete sie mit Walter zusammen einen jungen Elchbullen aus dem Garten einer Familie, die eigentlich vorgehabt hatte, ihre zwei Jagdhunde auf das Tier zu hetzen, um es zu verscheuchen, was entweder für die Hunde oder aber den Elch fatale Folgen gehabt hätte.

Glücklicherweise besaß der fünfzehnjährige Sohn mehr Grips als seine Eltern und rief rechtzeitig Wild Protection, weil er ein paar Wochen vorher im Unterricht von den Helfern gehört hatte.

Tala hatte das Gefühl, etwas Gutes getan zu haben. Sie hatte Claw nicht davon abhalten können, Jerkins zum Schweigen zu bringen, aber wenigstens hatte sie dieses Tier gerettet. Oder die Hunde, wie man es nahm. Auch junge Elchbullen wussten ihr Geweih einzusetzen. Das unterschätzten viele Städter.

Trotzdem hatte Tala den Schrecken immer noch nicht verdaut. Sie wollte in Claw keinen Mörder sehen. Aber Tiere töteten nun mal und Claw war zur Hälfte ein Wolf.

Sie war in sich gekehrt. Walt versuchte sie beim Lunch aufzuheitern, beim Nachmittagsstopp in der Wendys-Filiale, um den täglichen Take-away-Kaffee zu holen, bot er sich unterschwellig als Gesprächspartner an. Aber sie konnte unmöglich mit ihm über die Gestaltwandler reden. Mit niemandem! Gerne hätte sie sich mit Lupus ausgetauscht, aber er war ein Werwolf und auf Claws Seite.

Ihr fiel auf, wie selbstverständlich sie mittlerweile über Lykanthropen nachdachte. Wieso auch nicht? Sie existierten. Es machte keinen Sinn, diese Tatsache zu ignorieren. Man musste sich mit ihr auseinandersetzen. Das machte es für Tala jedoch nicht leichter, die Schattenseiten zu akzeptieren.

«Das ist heute der Tag der Jungtiere», unkte Tala, als sie nachmittags in eine Nachbarschaft gerufen wurden, in der ein junger Braunbär eine Mülltonne nach der anderen umwarf und den Unrat auf Einfahrten und Gehwegen verteilte, weil er im Müll nach Essen suchte.

Während Walter den Bären vertrieb, führte Tala ein intensives Gespräch mit den Bewohnern der Straße und legte ihnen ans Herz, Tonnen zu kaufen, die fest verschließbar sind. Als Walt das Finanzielle mit ihnen regelte, zog Tala sich in das Auto zurück.

In diesem Moment klingelte ihr Handy. Sie holte es aus der Jackentasche und prüfte das Display. Der Anrufer war Mantotopah. Ihr Herz begann zu wummern, doch diesmal nicht aus Freude, sondern aus Schuldbewusstsein.

«So weit ist es also schon gekommen.»

Tala ahnte, was er sagen würde. Nicht nur, dass er bisher vergeblich auf ihren Anruf gewartet hatte, er würde bestimmt auch wissen wollen, weshalb sie nicht bei ihm vorbeigefahren war, als sie das Karibu in Valdez abgeliefert hatte. Er hatte ja keine Ahnung, in welch einer absonderlichen Situation sie sich befand!

Was sollte sie ihm sagen? Dass sie nicht alleine gewesen war? Dass einer der Männer, die sie begleitet hatten, Toto aus Eifersucht in Stücke gerissen hätte, wäre er ihm noch einmal begegnet? Ganz bestimmt nicht!

Dass sie erst vor kurzem mit Claw geschlafen und es mehr genossen hatte, als gut für sie war? Dass Claw so viel Raum einnahm, dass kein Platz für einen anderen Mann war?

«Nein, nein», murmelte Tala und rieb einmal mit der Handfläche über ihr Gesicht, als könnte diese Geste Claw aus ihren Gedanken wegwischen.

Das Klingeln ihres Mobiltelefons machte sie wahnsinnig.

Wäre Toto ihr zu einem früheren Zeitpunkt wiederbegegnet, wäre alles ganz anders gelaufen. Aber nun gab es Claw in ihrem Leben und sie würde den Werwolf so schnell nicht wieder loswerden. Mochte er auch eine sanfte Seite besitzen, er blieb ein gefährliches Wesen, das sie nicht durchschauen und einschätzen konnte. Die Sache mit Dante war noch lange nicht ausgestanden. Und selbst nachdem das Rudel Dante getötet hatte, würde Tala mit ihnen verbunden bleiben, weil sie von der Existenz der Werwölfe wusste.

Wie gefährlich er war, hatte Claw gestern Abend bewiesen. Tala war tief enttäuscht von ihm.

Nervös hatte sie am Morgen alle Tageszeitungen durchgeschaut, aber keinen Artikel über einen Leichenfund in Valdez entdeckt. Vielleicht hatte man Jerkins auch erst in der Früh gefunden und der Bericht würde am nächsten Tag erst in der Zeitung stehen.

Sie suchte nach einem Beweis für den Mord an dem schmierigen Reporter, mit der Hoffnung, keinen zu finden, um Claw von aller Schuld freizusprechen. Doch selbst wenn Jerkins nicht gefunden werden würde, sagte das rein gar nichts über Claws Unschuld aus.

Das Klingeln hörte auf. *Ein Anruf in Abwesenheit* stand auf dem Display. Tala entspannte sich wieder. Aber es nutzte nichts, Mantotopah zu ignorieren. Irgendwann würde sie ihm in Valdez über den Weg laufen, nun da er wieder in seiner Geburtsstadt wohnte. Und es war vor allen Dingen unfair.

Tala spähte zu Walt hinüber, der noch in der Garageneinfahrt stand und mit den Besitzern über Gott und die Welt plauschte.

«Jetzt oder nie», sagte sie sich, atmete tief durch und wählte Totos Nummer. Es war Zeit, sich bei ihm zu entschuldigen und ihm klarzumachen, dass es keinen Sinn machte, das nachzuholen, was sie damals verpasst hatten. Es war zu spät! Sie hatten ihre Chance verspielt. Tala musste Mantotopah vor dem Alphawolf beschützen und das konnte sie nur, wenn sie den Kontakt abbrach.

Wieso nur hatte sie das Gefühl, endlich eine Ausrede gefunden zu haben, um sich für Claw zu entscheiden?

Kapitel 16

Als Walt sie zu Hause absetzte, fühlte sich Tala erschöpft vom vielen Grübeln. Sie sehnte sich nach einer heißen Dusche, einem Glas Rotwein – eine Tasse Tee würde es auch tun – und diesem neuen paranormalen Roman, den sie noch auf ihrem Stapel ungelesener Bücher liegen hatte. Sie wusste nicht, ob sie jemals wieder einen fantastischen Roman genießen konnte, in dem Werwölfe eine Rolle spielten, weil die Realität anders aussah, und sie befürchtete, noch andere Wer-Gestalten, Vampire, Elfen oder Hexen herauszulesen.

Alles, was sie wollte, war einen normalen Abend zu verleben und Ruhe. Dass Letzteres noch etwas warten musste, ahnte sie, als sie Philipp Fairstream vor ihrer Haustür stehen sah.

Er kam ihr aufgeregt entgegen, wobei sein Oberkörper aufgrund eines Hüftleidens auf seinem Rumpf wackelte, als drohe er jeden Moment herunterzufallen. «Da sind Sie ja. Endlich erwische ich Sie mal.»

Tala schluckte die bissige Antwort herunter, dass Walter sie nicht eingestellt hatte, weil ihm langweilig war, sondern weil er sich vor Arbeit nicht retten konnte. Fairstream konnte jederzeit den Vertrag kündigen und sie nach der Kündigungsfrist auf die Straße setzen, weil er einen Käufer für das Haus gefunden hatte, in dem sie wohnte, oder dachte, er würde es niemals loswerden, wenn ein Mieter es blockierte.

Sie blieb stehen, da sie ihn nicht hereinbitten wollte, und kam gleich zur Sache. «Was kann ich für Sie tun?»

«Haben Sie es sich schon überlegt?» Er kniff seine Augen zusammen und legte den Kopf schief. «Sie leben immerhin schon ein halbes Jahr hier.»

«Vier Monate», korrigierte sie ihn einigermaßen höflich. Vor einem halben Jahr hatte sie sich bei Walter beworben. Acht Wochen später hatte sie nicht nur die Zusage in der Tasche, sondern bereits den Umzug nach Anchorage hinter sich.

Er atmete tief durch, als hätte er eine schwere Last zu tragen, und deutete dann auf das Einfamilienhaus hinter ihm, wie jemand der seine Ware feilbot. «Es ist ein gutes Haus, alt, aber in bestem Zustand. Wir haben immer viel Geld reingesteckt, um es in Schuss zu halten. Unser Angebot kennen Sie ja. Für die Summe kriegen Sie in Anchorage kein Dach über dem Kopf, zumindest keins, das annähernd gut erhalten ist. Und denken Sie an die Lage. Das hier ist ein sauberes, ruhiges Viertel.»

Wenn einen nicht gerade der Vermieter vollquatscht, dachte Tala und lächelte milde. «Ich sagte Ihnen doch, dass ich erst schauen muss, was die nahe Zukunft bringt.»

«Sie leben seit zig Monaten in dem Haus und wissen, was Sie für Ihr Geld bekommen würden.» Nun gestikulierte er heftig. «Und mit Walt kommen sie auch gut zurecht. Er hält große Stücke auf Sie. Zeit kostet Geld. Die Preise steigen stetig an.»

Damit konnte er sie nicht ködern. Tala hatte genug, holte ihren Haustürschlüssel aus ihrer Jackentasche und ließ Fairstream einfach stehen.

Doch er kam hinter ihr her und zuckte dabei nach rechts und links wie eine Wackel-Figur auf dem Armaturenbrett. «Anstatt Miete zu zahlen, könnten Sie damit den Bankkredit tilgen, mit dem Sie das Haus kaufen. Sie sind jung. Investieren Sie rechtzeitig in Ihre Zukunft.»

Wie konnte sie das, wo sie doch nicht einmal wusste, was das Schicksal für sie bereithielt? Es konnte gut sein, dass sie von heute auf morgen fliehen musste. Vor Dante. Vielleicht sogar vor Claw. Sie fühlte einen Stich im Herzen und massierte mit der Hand ihren Rippenbogen.

Tala blieb an der Tür stehen, drehte sich zu ihm um und pflückte etwas Schnee von der Fensterbank, mit dem sie ihre Stirn kühlte. «Es tut mir leid, Mr. Fairstream, aber ich hatte einen langen, harten Tag.» Und ihre Nächte waren in letzter Zeit auch nicht sehr erholsam gewesen.

«Hm», machte er sichtlich schlecht gelaunt. «Meine Freundschaft zu Walter Sarks hin oder her, wenn Sie das Haus nicht kaufen wollen, bin ich gezwungen, einen anderen Käufer zu finden, und Sie müssen ausziehen.»

«Werde ich wohl, wenn es so weit ist.» Sie warf den restlichen Schnee weg. «Viel Erfolg bei der Suche.»

Mürrisch stapfte er zu seinem Auto. Doch er war noch nicht fertig mit Tala, denn er rief ihr zu: «Anstatt euch um die paar wilde Tiere zu kümmern, die sich nach Anchorage verirren, solltet ihr lieber die streunenden Köter einfangen. Die werden langsam zur Plage.»

Sie hatte den Schlüssel bereits ins Schloss gesteckt, hielt jedoch inne. Viele Städter verwechselten Wölfe mit Hunden. Konnte er das Rudel erspäht haben? Möglicherweise hielten die Werwölfe sie und das Haus in Wolfsgestalt im Auge.

Rasch wandte sich Tala um, bevor ihr Vermieter ins Auto steigen konnte. «Was meinen Sie?»

Abfällig schnaubte er, als wäre es offensichtlich. «Gestern war ich schon mal hier, aber Sie waren nicht da. Den ganzen Weg bin ich bis an den Stadtrand rausgefahren, um mit Ihnen zu sprechen, und das bei dem Mistwetter. Mir ist schleierhaft, wo Sie sich zu später Stunde herumtreiben.»

Er würde sie sicher für komplett verrückt halten, wenn sie ihm sagen würde, dass sie in Valdez gewesen war, weil sie befürchtete, ein mutierter Werwolf hätte ihre Granny verspeist.

«Die Hunde», erinnerte sie ihn und tat schwer daran, die Beleidigungen zu überhören.

Fairstream öffnete seine Wagentür. «Ich will keine dreckigen Straßenköter auf meinem Grundstück. Es war zwar nur einer, ein mittelgroßer, dünner, aber er hatte Wunden. Ekelig! Wer weiß, was für Krankheiten er hatte.»

Talas Puls schlug schneller. Eine Ahnung ließ ihr Herz rasen. Sie zog den Schlüssel aus dem Türschloss und kam auf Fairstream zu. «Hatte er rotbraunes Fell?»

«Sie haben ihn also auch gesehen?» Wütend schlug er auf sein Autodach und guckte sogleich, ob er Schaden angerichtet hatte. «Und Sie haben ihn nicht ins Crow Animal Shelter gebracht?»

Konnte er Rufus meinen? Der Junge war ungefähr zur selben Zeit verschwunden. Tala öffnete ihren Wagen und sprang hastig hinein. Fairstream keifte eifrig weiter, aber sie beachtete ihn nicht, sondern drückte sofort das Gaspedal durch. Obwohl die Straßenverhältnisse es nicht zuließen, fuhr sie, als wäre der Teufel hinter ihr her.

Sie musste Rufus retten!

Das Crow Animal Shelter war kein normales Tierheim. Genau genommen war es nicht einmal ein Asyl. Es bot den Tieren weder Schutz noch eine dauerhafte Unterkunft. Denn falls sie nach einer Woche nicht von ihren Besitzern abgeholt wurden, tötete man die Fundtiere.

Und Rufus hatte keinen Besitzer.

Wie lange mochte er in seiner Wolfsgestalt bleiben können? Nicht auszudenken, was passieren würde, wenn die Mitarbeiter des Tierheims eines Tages einen Jungen in der Box fanden, in die sie den Rotwolf eingesperrt hatten.

Sie drängelte sich durch den Feierabendverkehr und schreckte auch nicht davor zurück, den einen oder anderen Wagen zu schneiden. Die Frist von einer Woche war zwar noch nicht verstrichen, aber wenn Rufus wirklich das Pech anzog, wie Lupus sagte, mochte es sein, dass ausgerechnet er an einen sparfüchsigen Mitarbeiter geriet, der ihn schon vorher in den vermeintlichen Hundehimmel beförderte, weil die Gelder knapp waren. *Die Töle wird eh nicht abgeholt werden, daher können wir ihr auch sofort die Todesspritze verpassen, anstatt Futter für sieben Tage zu vergeuden.*

Doch diesmal hatte Rufus Glück. Als ein junger Mitarbeiter mit einer festen Zahnklammer Tala im Tierheim zu den Neuzugängen führte, erkannte sie den Werwolf sofort an den Blessuren, die Dante ihm zugefügt hatte. Offensichtlich heilten Wunden bei Werwölfen schneller als bei normalen Wölfen oder Menschen, denn sie waren schon jetzt nur noch blasse Wulste. Fell jedoch war an diesen Stellen nicht nachgewachsen. Sein Fell sah stumpf aus. Er hatte die unglücklichsten Augen, die Tala jemals gesehen hatte.

«Das ist er.» Sie zeigte auf den Rotwolf. Ihr Herz machte vor Freude einen Sprung.

Pete stand auf dem Schild, das der Angestellte auf der Brusttasche seines grünen Jerseyhemdes trug, darunter *Studentische Aushilfskraft*. Er holte eine Leine vom Empfang, öffnete den Käfig und legte Rufus das Halsband an. «Man könnte den Kläffer glatt für einen Wolf halten, wenn er nicht so klein wäre», spaßte er.

«Niemals.» Tala winkte übertrieben ab. Als Pete ihr den Rücken zuwandte, warf sie Rufus einen genervten Blick zu und verdrehte die Augen.

Der Kleine tat ihr leid. Er sah sie mitleiderregend an und winselte, als sie die Leine annahm. Sie hockte sich vor ihn hin und streichelte behutsam über sein Fell, worauf Rufus ihre Hand dankbar ableckte. Träge folgte er ihr zum Empfang, als würde das Laufen ihm Schmerzen bereiten.

Tala konnte zwar keinen Beweis vorlegen, dass sie die Besitzerin des vermeintlichen Hundes war, aber Pete reichten ihre Unterschrift und ihre Adresse aus – und natürlich die Dollarscheine für die Unterbringung und das Futter. Er war froh, ihn loszuwerden, das merkte Tala ihm an. Ein Hund weniger, der das Budget schrumpfen ließ. Und einer weniger, den er töten musste. Tala beneidete ihn nicht um seinen Job.

Sie hatte Rufus kaum in den Pick-up gehoben, als er begann, sich in einen Menschen zu verwandeln. Der Anblick zerriss sie innerlich, denn er quälte sich sichtlich. Weil er zu lange in der Gestalt des Wolfes verbracht hatte, durchlitt er bei der Verwandlung höllische Schmerzen. Seine Knochen knackten so laut, dass Tala befürchtete, sie würden brechen. Doch das taten sie nicht, sie waren nur eingerostet.

Zitternd kauerte Rufus im Fußbereich. Tala half ihm auf den Beifahrersitz und legte ihm eine Decke um. Dann stieg sie ein und startete den Wagen. «Zu mir oder zum Rudel?»

Der Junge schaute müde zu ihr auf. Seine Stimme klang brüchig. «Zu Claw.»

«Nicht lieber zu Lupus?»

Er schüttelte den Kopf, legte diesen dann auf ihren Schoß und schloss seine Augen.

Sie fand es seltsam, dass er ausgerechnet zu Claw wollte, der ihn sowieso nicht sonderlich gut leiden konnte, aber er war nun mal der Alphawolf. Wahrscheinlich wollte Rufus ihm als Erstes berichten, was geschehen war. Claw würde nicht erfreut sein und den Jungen einen Dummkopf schimpfen, der besser auf sich aufpassen sollte, doch Tala würde sich vor Rufus stellen, das nahm sie sich fest vor.

Mütterlich zog sie die Decke über eine seiner Fersen, die herauslugte. Dann fuhr sie zu der Adresse, die Rufus ihr nannte. Noch etwas, über das Claw alles andere als glücklich sein würde. Nun wusste sie, wo er wohnte.

Die Neugier wuchs mit jeder Kreuzung, die sie überquerte. Wohnte er in einem eigenen Häuschen oder einer Wohnung? Wie sah sein Apartement aus? Hatte er Familie? Würde sie gleich seiner Frau und seinem Nachwuchs gegenüberstehen, einem Kind, das er vor dem Biss, der ihn zum Werwolf machte, gezeugt haben musste? Sie war so aufgeregt, dass sie sich kaum auf den Verkehr konzentrieren konnte.

Was interessiert er dich überhaupt noch, fragte sie sich. Er hatte Matt Jerkins auf dem Gewissen. Hatte er das wirklich? Sie konnte immer noch nicht glauben, dass er ein eiskalter Killer war.

«Das darf einfach nicht wahr sein», stieß sie gepresst hervor und würgte das Lenkrad.

Rufus schaute fragend zu ihr hoch.

Sie bemühte sich, die Situation zu überspielen, und lächelte. «Wir sind da.»

Tala parkte, stieg aus und blickte enttäuscht einige Zeit zu dem vierstöckigen Gebäude hoch, dessen schwefelgelbe Fassade nicht sonderlich ansprechend wirkte. «Nicht sehr einladend.»

Hier also lebte Claw, wenn er in die Rolle des gewöhnlichen Mannes – Ash – schlüpfte.

Sie hatte erwartet, dass er in einem Außenbezirk wohnte, um der Natur, die der Wolf in ihm so sehr liebte, so nah wie möglich zu sein, stattdessen hatte er sein Lager in der Nähe der Innenstadt aufgeschlagen. Sein Alpha-Status brachte ihm offensichtlich keine finanziellen Vorteile. Ein Pluspunkt für das Rudel, dennoch musste Tala zugeben, dass sie eine pompösere Unterkunft erwartet hatte. Sein Domizil sah nach Understatement aus. Es passte nicht zu Claw.

Tala half Rufus aus dem Wagen und stützte ihn. Glücklicherweise war der Weg zum Hauseingang freigeräumt, trotzdem musste der Arme stark frieren. Tapfer ließ er sich nichts anmerken, obwohl sich seine Lippen bereits blau färbten. Fünfzehn Mietparteien wohnten in dem Haus, zu viel für jemanden, der seine wahre Natur geheim halten wollte. Sie verstand Claws Wahl nicht.

Zumindest gab es eine Arztpraxis im Erdgeschoss. Dr. Theodore Brass, Allgemeinmediziner. Leider schien er nicht mehr in seiner Praxis zu sein, denn die Jalousien waren heruntergelassen. Sie linste durch die Ritzen, aber die Räume dahinter waren dunkel.

Talas Blick glitt über die Klingelschilder. Bei einem Namen blieb sie hängen. Ashton Tracer. Bevor sie Rufus fragen konnte, ob das Claws Name war, drückte der Junge genau diese Klingel.

«Hallo», knurrte der Mann am anderen Ende der Gegensprechanlage.

Es war eindeutig Claw. Sie schmunzelte. «Charmant wie immer.»

«Tala?»

Die Überraschung war ihr gelungen. «Hast du mich nicht gerochen? Der Wind stand günstig für dich.»

Ein animalisches Grollen war zu hören. «Wie hast du mich gefunden?»

«Ich habe Rufus bei mir. Mach endlich auf, sonst erfriert er noch.»

Kapitel 17

Das Summen des Türöffners war zu hören. Rasch drückte Tala die Haustür auf und trat ein. Sie half Rufus die Treppenstufen hinauf. Erst im obersten Stockwerk blieb er vor einer Wohnungstür stehen. Erschöpft hob er einen Arm und klingelte.

Tala wollte sich wie ein Schutzschild vor ihn stellen, aber der Junge schüttelte stumm den Kopf. Als wäre sie diejenige, der Mut zugesprochen werden musste, drückte er einmal ihre Hand. Er zog die Decke enger um seinen schlotternden Körper.

Claw öffnete. Verblüfft schaute er zuerst auf Rufus herunter, der seinen Kopf zwischen die Schultern zog, auf die Zehen seines rechten Fußes schaute, als wäre ihm ein sechster Zehn gewachsen, und leise winselte. Wäre der Junge in Wolfsgestalt gewesen, hätte er seinen Schwanz eingezogen. Dann wanderte Claws Blick zu Tala, die entschuldigend dreinblickte. Seine finstere Miene schüchterte sie ein, aber sie durfte keine Furcht zeigen, denn sie musste dem Jungen den Rücken stärken.

«Er hätte wohl kaum alleine herlaufen können.» Sie zuckte mit den Achseln.

Es war offensichtlich, dass er nicht erfreut war, Tala zu sehen. Nun kannte sie seine Adresse. Würde er sie fortschicken? Niemals wieder weglassen? Sie machte sich bereit, die Treppe hinunterzustürzen und um Hilfe zu rufen. Doch Claw schnappte nicht nach ihr, er bewegte sich nicht. Wie ein unüberwindbarer Fels stand er in der Tür, ein schlecht gelauntes Kraftpaket, das selbst mit dieser dunklen Aura noch etwas tief in Tala berührte.

«Er hätte mich anrufen können», knurrte Claw. «Ich hätte ihn abgeholt.»

Rufus' Zähne klapperten. Er hatte Mühe zu sprechen. «Es ... tut mir ... leid ... mein Fehler.»

«Das ist es, ein Fehler.» Der Alphawolf rümpfte die Nase.

«Claw», beschwichtigend hob Tala beide Hände und legte sie dann auf Rufus Schultern, «sei nicht so hart zu ihm. Er ist doch noch ein Jun–»

«Halt dich da raus, Tala», fiel er ihr ins Wort. «Das ist Sache des Rudels. Er ist ein vollwertiges Mitglied, also muss er auch für seine Fehler geradestehen. Wenn du für ihn sprichst, verliert er auch noch das letzte bisschen Respekt und Ansehen.»

So hatte sie das noch gar nicht gesehen. Sie dachte, Claw würde Rufus nicht hundertprozentig als Teil des Werwolf-Rudels anerkennen und deshalb bei der nächstmöglichen Gelegenheit zerfleischen, um ihn loszuwerden. Aber so war es nicht. Der Junge stand zwar in der Hierarchie ganz unten, gehörte aber dazu.

Plötzlich wurde eine Wohnungstür eine Etage unter ihnen geöffnet und zwei schnatternde Damen kamen heraus. Lautstark unterhielten sie sich über die violetten Haare der Nachbarin – dass diese sie hören könnte, interessierte sie scheinbar nicht –, eine misslungene Färbung, die das Lästeropfer angeblich jedoch bezaubernd fand, was die zwei Ladies ihr nicht abnahmen.

Die Probleme möchte ich haben, dachte Tala.

Claw trat einen Schritt beiseite und schubste Rufus in seine Wohnung. Als Tala dem Jungen allerdings folgen wollte, stemmte Claw seinen Arm gegen den Türrahmen und versperrte ihr den Eintritt. Sie duckte sich und huschte so schnell sie konnte unter seinem Arm hindurch. Es war eine Entscheidung von Sekunden gewesen. Nun, da sie in der Höhle des Löwen stand, war sie unsicher, ob sie nicht lieber hätte nach Hause fahren sollen.

Hinter ihr schloss Claw murrend die Tür. «Ist es nun Sturheit oder Neugier?»

Beides, gab sie nur sich selbst gegenüber zu. Auf der einen Seite war ihr Beschützerinstinkt immer noch wach, auf der anderen wollte sie ihre Chance, einen Blick in Claws Appartement zu werfen, nicht ungenutzt verstreichen lassen, denn sie würde vermutlich nie wieder die Möglichkeit bekommen. Seine Wohnung war faszinierend, genauso andersartig wie er selbst. Die Hausfassade war abstoßend, aber sein Domizil war einladend, auf eine eigentümliche Weise der Natur nah.

Tala stand im Wohnzimmer. Als sie eingetreten war, hatten die Holzdielen bei jedem Schritt leise geknarrt, wodurch das Apartement lebendig wirkte. Es besaß ungewöhnlich hohe Decken, als wäre der Boden des Speichers herausgebrochen worden, um Platz zu gewinnen. Zwei Schienen liefen an der Wohnzimmerdecke entlang, an denen jeweils drei Seilzüge befestigt waren. An ihnen hatte Claw Säcke und Taschen befestigt, eine kuriose Art, Stauraum zu schaffen.

Zu Talas Rechten hing sein Crown Coat neben seiner Canvasjacke an einer Garderobe, die er scheinbar aus einem verästelten Zweig – er hatte die Rinde abgeschält und den Stamm abgeschmirgelt – selbst gebastelt hatte. Très chic neben casual. Claws zwei Seiten. Ashton Tracer, der Stadtmensch, und der naturverbundene Gestaltwandler.

Obwohl sie sich vor ihm fürchtete, konnte sie ihre Faszination nicht verbergen. Er war ein interessanter Mann – attraktiv, außergewöhnlich und selbstsicher.

Sie erschrak innerlich, als er sich von hinten über ihre Schulter neigte und in ihr Ohr flüsterte: «Weder Sturheit noch Neugier, vielmehr Interesse.»

Tala wusste genau, was er meinte: Interesse an ihm. Verströmte sie bereits wieder ihren Duft? Schlug ihr Herz schneller? Er war durch seine wölfische Seite in der Lage, ihre Erregung früher wahrzunehmen, als Tala sich ihrer bewusst wurde. Sie presste ihre Schenkel zusammen und bemühte sich, ruhig zu atmen.

Während Rufus ihm erzählte, dass er vor Talas Haus von einem Hundefänger überrascht wurde, sah sie sich weiter um. Überall lagen Seile, Haken und Ösen herum. Wozu brauchte er sie? Alle Möbel waren aus hellem Holz, die Wände beige gestrichen, die Farben waren viel freundlicher, als Tala es sich vorgestellt hatte. Vielleicht war Claws Gemüt gar nicht so düster, wie sie vermutete. Zu ihrer Linken standen zwei Türen offen, die eine führte in die Küche, die andere ins Badezimmer. Die Tür zu ihrer Rechten war geschlossen, dahinter verbarg sich bestimmt Claws Schafzimmer. Wie gerne hätte sie einen Blick hineingeworfen.

Es prickelte in ihrem Bauch und zwischen ihren Beinen.

Sie erinnerte sich daran, wie er mit ihr geschlafen hatte. Er hatte ihr erogene Zonen gezeigt, von denen sie nicht gewusst hatte, dass sie an diesen Stellen erregbar war. Und seine Zunge ... Konnte man eine Zunge als akrobatisch bezeichnen? Flink, geschickt und feucht.

Himmel, dachte Tala und öffnete ihren Parka. Um sich von ihren eigenen Gedanken abzulenken, wandte sie sich Rufus zu, der gerade mit zittriger Stimme davon berichtete, wie Tala ihn aus dem Tierheim gerettet hatte. Claw hörte ihm zu, sah jedoch sie an. Seine Miene war ernst, aber seine Augen funkelten lüstern.

In diesem Moment ahnte sie, dass sie nicht hätte herkommen sollen.

Sie versuchte, von sich abzulenken: «Wir sollten ihn zu einem Arzt bringen. Die Verwandlung zurück zum Menschen war schmerzhaft für ihn, weil er zu lange in Wolfsgestalt war. Außerdem könnte er an Unterkühlung leiden.»

«Das wird nicht nötig sein. Er ist zäher, als er aussieht.» Claw schritt zur Wohnungstür und öffnete sie. Mit dem Kopf deutete er auf den Ausgang und sah dann Rufus mit zusammengekniffenen Augen an. «Geh zu Lupus.»

Tala folgte dem Jungen. «Bitte, Claw. Jemand muss nach ihm sehen. Was ist mit diesem Dr. Brass? Seine Praxis befindet sich doch im Erdgeschoss.»

«Sie steht seit langer Zeit leer. Er praktiziert nicht mehr.»

«Mist!», entfloh es ihr. «Wohnt er nicht zufällig hier im Haus?»

Er zögerte. Dann stieß er Rufus an. «Zu Lupus.»

«Wie weit ist es bis dahin? Du kannst ihn doch nicht alleine dorthin laufen lassen.» Vorwurfsvoll hob sie beide Arme und starrte ihn an, doch er schwieg.

Seine Miene war verschlossen und dennoch bemerkte sie ein Flackern in seinem Blick, eine kurze Unsicherheit, von der sie zuerst glaubte, sie sich nur eingebildet zu haben. Dann verstand sie. Lupus wohnte ebenfalls in diesem Haus. Sie erfuhr immer mehr über die Lykanthropen. Das war nicht gut.

Sie musste an Jerkins denken, den Claw ausgeschaltet hatte, nur weil die Möglichkeit bestand, dass der Reporter von der Existenz der

Gestaltwandler erfuhr. Würde der Alphawolf sich an Fairstream vergreifen, um Rache für Rufus' Entführung zu nehmen? Und was war mir ihr?

Ihr Herz setzte einen Schlag aus, als Claw hinter Rufus die Tür schloss. Nun war sie alleine mit dem stärksten und mächtigsten der Werwölfe. Er kam lässig auf sie zu. Als sie zurückwich, blieb er stehen.

«Bin ich jetzt dran ... wie Jerkins ... ein Problem, das beseitigt werden muss?» Sie hasste sich dafür zu stottern.

Er hob eine Augenbraue. «Wovon sprichst du?»

«Du hast dich um ihn gekümmert. Lupus und ich haben Valdez ohne dich verlassen.» Sie sprach immer aufgeregter. «Du hast ihn dir geschnappt.»

Claw atmete tief durch und verschränkte die Arme vor dem Oberkörper. «Das war nötig. Er hatte unsere Witterung aufgenommen, ohne zu wissen, auf was er sich einließ. Als Alphawolf muss man sich die Hände schmutzig machen, um sein Rudel zu beschützen.»

«Was hast du mit ihm gemacht?» Wieso fragte sie das, sie wollte es lieber nicht wissen, aber die Worte sprudelten aus ihr heraus. «Ihm das Genick gebrochen? Die Kehle herausgerissen? Oder ... oder ...»

«Das möchtest du nicht wissen», sagte er völlig ruhig, als hätte er ihre Gedanken erraten. «Es ist besser, wenn du keine Details kennst.»

Sie kreischte beinahe: «Dann gibst du es also zu?»

Er schwieg, starrte sie einfach nur an, was sie noch nervöser machte. Tala lief auf und ab, wie ein Tier in einem Käfig, und schätzte ihre Chance ein, an ihm vorbei zur Tür zu gelangen: Sie war gleich null. Sie saß in der Falle.

Schließlich blieb sie stehen und brachte keuchend hervor: «Du hast Jerkins getötet.»

Claw riss erstaunt seinen Mund auf. Nach einigen Sekunden sagte er: «Wie bitte?»

Ihre Augen waren feucht, nicht vor Angst, sondern vor Enttäuschung.

«Du glaubst, ich habe ihn zerfleischt?» Schnaubend schüttelte er den Kopf. «Ich habe ihm eine Lektion erteilt, ohne dass er mein Gesicht erkennen konnte, denn ich bin pfeilschnell. Er liegt mit ein paar Kratzern und Blessuren im Krankenhaus und hat andere Sorgen, als dich weiterhin zu verfolgen. Das war es, was ich erreichen wollte. Diese Informationen müssen reichen.»

«Aber», sie versuchte sich zu erinnern, «Lupus meinte, du würdest dem Rudel Jerkins vom Hals schaffen, ein für alle Mal. Deshalb bin ich davon ausgegangen ...»

«Du denkst, wir sind Bestien, denen ein Menschenleben nichts bedeutet, Kreaturen, die ein Leben auslöschen, als würden sie eine lästige Mücke totschlagen. Wir sind keine Monster, ich dachte, du hättest das begriffen. Wir wollen niemandem schaden, sondern nur in Frieden gelassen werden. Der Reporter stellte eine Gefahr dar, daher musste ich ihn bremsen. Nicht ausschalten! Ich bin enttäuscht von dir, Tala.» Er trat zur Seite, damit der Weg zur Tür frei war, und ging dann zum Fenster, um hinauszuschauen.

Tala blickte zum Ausgang. Sie konnte unbehelligt gehen, doch sie brachte es nicht übers Herz. «Es tut mir leid.» Erleichterung machte sich in ihr breit. Claw war kein Mörder.

Er sagte nichts. Das versetzte ihr einen Stich. Sie war es gewohnt, von ihm bedroht und verführt zu werden, aber dass er sie nun ignorierte, tat ihr weh. Doch sie konnte ihn verstehen. Sie hatte ihn verletzt. Er und das Rudel waren nicht wie Dante. Der Wolfsmensch war eine Killerbestie, die ohne Reue und Moral über Leichen ging, die Werwölfe jedoch besaßen ein Gewissen.

«Sag etwas, bitte.» Sie zog ihren Parka aus, um ihm zu demonstrieren, dass sie nicht eher gehen würde, bevor er ihre Entschuldigung akzeptiert hatte, und trat in gebührendem Abstand hinter ihn.

Er betrachtete ihr Spiegelbild in der Fensterscheibe. «Wenn wir die Monster wären, für die du uns hältst, hätten wir dich bereits umgebracht, als wir dich das erste Mal zu Hause aufsuchten.»

«Aber Lupus glaubt, ich habe eine Aufgabe im Kampf gegen Dante zu erfüllen.»

«Vielleicht, vielleicht auch nicht. Der alte Knabe ist manchmal etwas zu abergläubisch.»

Und das Schicksal einer Zielperson zu bestimmen lag sowieso nicht in Lupus' Hand, sondern der Leitwolf traf die Entscheidungen. «Was war dein Beweggrund?»

Abrupt wandte er sich um und schaute sie so intensiv an, dass ihr heiß wurde und sie ihren Blick über das Sideboard schweifen ließ. Dort lagen einige Flyer: gelbe Din-A-4-Seiten, die zweimal geknickt worden waren, um das Blatt zu dritteln und umzuschlagen. SURVIVALKURSE – ENTDECKEN SIE DEN ABENTEURER IN SICH, stand auf der Vorderseite. Tala nahm einen der Flyer und las die Kursangebote durch. Auf der hintersten Seite standen die Kursleiter aufgelistet: eine Frau und vier Männer, darunter Ashton Tracer.

«Du gibst Überlebenstrainings in den Wäldern Alaskas?», fragte sie erstaunt. Das war also sein Beruf. Und deshalb die Seile und Haken, die in der Wohnung verteilt lagen und hingen. Der Job passte zu ihm, auch als Mensch gab er seiner naturverbundenen Seite nach. Er war nicht eingesperrt in einem Büro, sondern hielt sich viel in der Natur auf, führte die Kursteilnehmer an und war nicht unmittelbar einem Boss unterstellt. Allerdings wunderte sich Tala, dass er für eine Firma arbeitete, schließlich war er ein Alpha. Sich im Alltag jemanden unterzuordnen musste ihm schwerfallen.

«Ich hätte eher erwartet, nun ja, dass du dein eigenes Ding durchziehst», sie lächelte verlegen, «Selbstständig bist.»

Er kam zu ihr, nahm ihr den Flyer aus der Hand und legte ihn zurück zu den anderen. «Du bist zu neugierig», grollte er. «Werwölfe müssen unauffällig sein. Wäre ich ein Alleinunternehmer, würde mein Name vorne groß auf dem Handzettel draufstehen und sich herumsprechen. Das wäre nicht gut. Ich muss einer unter vielen sein. Darum arbeite ich für jemanden.»

«Ich hätte dich eher in einer Hütte im Wald vermutet.» Es war Zeit für die Wahrheit. Nur wenn sie ehrlich und offen war, würde sie mehr aus ihm herauskitzeln können. «Oder mit dem Rudel in einer abgelegenen WG.»

«Du liest zu viele paranormale Romane, die nichts mit der Realität gemein haben», warf er schmunzelnd ein.

«Dieses Haus mit den vielen Mietparteien passt nicht zu dir.»

Er fuhr sich durch die Haare, sichtlich amüsiert über ihre Vorstellungen. «Wie ich schon sagte: einer unter vielen. Ein Eremit in den Wäldern oder ein Haus abseits von Anchorage, in dem sich eine Gruppe abschottet, fällt früher oder später auf. Doch wenn man sich in der Gemeinde verteilt, in normalen Appartements wohnt, normalen Jobs nachgeht, wird man kaum wahrgenommen. Wir tauchen in der Anonymität der Stadt ab, hüllen uns in den Mantel der Normalität und leben versteckt zwischen den reinen Menschen.»

Das konnte sie nachvollziehen. Es musste ihm schwerfallen, seine Stärke zu verstecken und seinem Chef gegenüber Rechenschaft abzulegen, wo er es doch gewohnt war, dass das Rudel sich ihm unterwarf, und er so viel kräftiger war als alle, die ihn reizten.

Sie sah ihm in die Augen und hoffte, dass er das nicht als Herausforderung auffasste, sondern als eine Geste der Dankbarkeit, weil er Erklärungen abgab, die er eigentlich gar nicht abliefern wollte, und um ihm zu zeigen, dass sie ihre Schutzschilde herabsenkte. Man sagt, die Augen seien die Tore zu den Seelen der Menschen und Tala ließ Claw in sich hineinblicken und ihre Zuneigung erkennen.

«Möchtest du ein Glas Rotwein, bevor wir miteinander schlafen?»

«Wie bitte?» Heißkalte Schauer rieselten über ihren Rücken. Wie konnte er so etwas sagen? So direkt? Sie hatte ein Déjà-vu. Diese Dreistigkeit hatte er schon einmal an den Tag gelegt. «Deswegen bin ich nicht gekommen. Ich wollte nur Rufus zu dir bringen.»

«Der Kleine ist längst gegangen, aber du bist noch hier.» Er musterte sie von oben bis unten und sein Blick war hungrig. «Du willst nicht gehen. Es erregt dich, mit mir alleine zu sein.»

Unverschämter Teufelskerl! Nun gut, er hatte Recht, aber das würde sie niemals zugeben. Sie versteckte sich hinter Brüskheit. «Überschätzt du dich nicht ein wenig?»

«Keineswegs.» Er steckte seine Daumen lässig in die Taschen seiner schwarzen Jeans.

Tala hatte erwartet, dass er sich ihr nähern, sie mit seinem geschmeidig-muskulösen Körper gegen die Wand drücken und ihr einen Kuss rauben würde, doch er tat nichts dergleichen. Was erwartete er? Dass sie den ersten Schritt machen würde? Sie war noch hier, bei ihm, obwohl es klüger war, die Flucht anzutreten. War das nicht genug? «Du hattest mich schon, hast mich genommen, um mich aus dem Kopf zu bekommen. Das Bildnis des Dorian Gray. Erinnerst du dich?»

Er hielt den rechten Arm angewinkelt vor dem Körper und deutete eine Verbeugung an. Dabei lächelte er diabolisch. «Wie könnte ich das vergessen haben? Aber kein Genuss ist vorübergehend, denn der Eindruck, den er hinterlässt, ist bleibend. Ein Zitat von Goethe.»

«Du legst dir auch alles so zurecht, wie du es gerade brauchst», kommentierte sie seine Meinungsänderung.

«Nein, ich lebe mein Leben, so wie ich will.» Er streckte seine Hand nach ihr aus und berührte sanft ihre Wange. «Ich bin das Alphatier. Schon vergessen? Ich beuge mich nur meinen eigenen Regeln.»

«Wie könnte ich?», schnaubte sie. Mit jeder Faser seines Körpers, jeder Silbe, die er aussprach, verkörperte er, was er war.

Unerwartet zog er seine Hand zurück. «Ich werde dich nicht zwingen, Tala. Diesmal möchte ich, dass du dich mir freiwillig hingibst.»

Fassungslos biss sie ihre Zähne aufeinander, bis ihr Kiefer schmerzte.

«Du willst es doch auch, ich spüre es. Wir sollten uns nicht länger etwas vormachen. Wieso gegen etwas ankämpfen, nach dem wir uns beide sehnen?»

Das klang beängstigend logisch. Unruhig verlagerte sie ihr Gewicht von einem Fuß auf den anderen.

Wenn das so einfach wäre. Er war kein gewöhnlicher Mann, sondern er war gewohnt, das zu bekommen, was er begehrte, und er könnte sie innerhalb von Sekunden in Stücke reißen. Zudem gehörte sie nicht zu seinem Rudel, sie war nicht einmal ein Werwolf – und hatte sich noch nie zu jemandem derart stark hingezogen gefühlt wie zu Claw. Sie hatte sogar Mantotopah für ihn aufgegeben. Das machte ihr Angst. Wohin sollte das führen?

Claw neigte sich vor und wisperte sinnlich in ihr Ohr: «Gib deiner Lust nach. Ich will dich, Tala.»

Seine Stimme klang so verheißungsvoll. Sie trug ihre Haare locker zu einem Zopf zusammengebunden. Sein heißer Atem strich über ihren Nacken. Er leckte hauchzart mit der Zungenspitze über ihre Ohrmuschel. Sie wusste, zu was seine Zunge in der Lage war. Und sein Mund, seine Hände.

Und das wäre nur das Vorspiel.

Als er sie wieder anschaute, war sein Gesicht ihrem so nah, dass sich ihre Nasenspitzen beinahe berührten. Noch immer fasste er sie nicht an. Er zog sie nicht an sich, wie sie heimlich hoffte, sondern trieb sie in den Wahnsinn, in dem er darauf wartete, dass sie den ersten Schritt machte. Es trennten sie nur wenige Zentimeter. Sie brauchte nur ihre Lippen zu spitzen, sich ein wenig auf die Zehenspitzen zu stellen, um ihn endlich zu schmecken. Ihr lief das Wasser im Mund zusammen.

Plötzlich war der Kuss nicht mehr nur Fantasie, sondern sie küsste Claw tatsächlich. Sie presste ihren Mund fest auf seinen, als wäre er magnetisch. Und war er das nicht? Es musste so sein, weil sie von ihm stark angezogen wurde.

«Du wirst es nicht bereuen», hauchte Claw verführerisch. Er nahm ihre Jacke und warf sie achtlos auf den Boden. Dann löste er ein Seil von der Wand, band blitzschnell ihre Hände zusammen und zog den Seilzug hoch, bevor Tala wusste, wie ihr geschah.

Nun war sie gefesselt und Claw hilflos ausgeliefert. Aber sie dumme Kuh hatte ihm ja mit ihrem Kuss das Okay dazu gegeben, über sie herzufallen. War es ein Fehler gewesen?

Kapitel 18

Tala zappelte wild mit den Beinen. Das war alles, was sie noch tun konnte.

Er schlang seinen Arm um ihre Hüften, damit sie stillhielt, schmiegte sich an sie und legte seinen Zeigefinger an ihre Lippen. «Scht, vertrau mir.»

«Was hast du vor?»

«Dich schmecken, von dir kosten», seine Stimme vibrierte vor Verlangen, «dir all die köstlichen Laute entlocken, die Musik in meinen Ohren sind.»

«Bind mich los.» Ihre Furcht wurde durch seine Nähe und die Lust, die ihr entgegenblickte, im Keim erstickt. «Du brauchst die Fesselung nicht.»

Er lächelte wissend. «Ich weiß. Sieh sie einfach nur als zusätzlichen Reiz an. Es ist ein Spiel, Tala. Nicht mehr und nicht weniger. Du schenkst mir deinen Körper, ich herrsche über ihn, benutze ihn, mache mit dir, was ich will, und wir werden beide dabei gewinnen.»

«Tu mir nicht weh», brachte sie atemlos hervor.

Er strich mit dem Daumen über ihre Unterlippe. «Das fiele mir im Traum nicht ein.»

Sein Finger glitt zwischen ihren Lippen hindurch in ihren Mund. Tala lutschte an ihm, sie saugte behutsam und neckte ihn mit ihrer Zunge. Claw zog seinen Daumen ein Stück weit heraus und schob ihn tiefer in ihren Mund hinein. Wieder und wieder enterte er ihre Mundhöhle, wobei er ihr tief in die Augen schaute. Er schaffte es, diese harmlose Geste derart obszön wirken zu lassen, dass Talas Puls anstieg und ihr Herz kräftig gegen ihren Brustkorb schlug, als wollte es rufen: zu viel der Leidenschaft.

Sex mit Claw war so anders. Direkter. Tabuloser.

Erst jetzt spürte Tala, wie sehr sie sich seit der ersten Vereinigung nach ihm gesehnt hatte, insgeheim, sich selbst nicht eingestehend.

Doch nun hatte er eine neue Runde eingeläutet. Nein, falsch! Er hatte sie dazu gebracht, ein zweites Spiel zu beginnen, um sich von jeglicher Schuld freizusprechen. Somit konnte sie ihm später nicht vorwerfen, er hätte sie erneut überrumpelt.

Was soll's dachte sie lächelnd, als er den Finger aus ihr herauszog und mit beiden Händen ihren Pullover hochschob. Der Pulli war inzwischen ohnehin zu warm. Ihr war heiß, von innen heraus.

Geschickt öffnete Claw mit einer Hand den Verschluss – oder war es eine Kralle, die sich in die Öse schob und den BH aufhakte? –, während seine zweite sich augenblicklich unter den Stoff schob, kaum dass dieser nachgegeben hatte. Er umfasste ihre Brüste, betrachtete sie mit glänzenden Augen und massierte sie so sanft, dass Tala eine wohlige Gänsehaut bekam. Zärtlich rieb er mit den Fingerkuppen über ihre Brustspitzen, bis sie den Kopf in den Nacken legte, die Augen schloss und seufzte.

Claw besaß magische Hände. Er wusste genau, wie und wo er Tala zu berühren hatte, damit sie wie Wachs in seinen Händen dahinschmolz. Vorsichtig drückte er die Spitzen ihres Busens zusammen. Tala keuchte, worauf er die Brustwarzen sanft massierte, nur um sie im nächsten Moment wieder zusammenzupressen. Er übte jedes Mal genau den richtigen Druck aus, löste den Griff, kurz bevor der Schmerz einsetzte, sodass er nur die Lust entfachte, die reine, pure Lust.

Sanft kitzelte er sie unter den Brüsten, eine Stelle, von der sie nicht geahnt hatte, dass sie ein Prickeln erzeugen konnte. Claw massierte ihren Busen vom Ansatz bis zu den Spitzen und zwackte sie immer wieder äußerst vorsichtig im Tal zwischen ihren Brüsten, was ein ungeahntes Feuer hervorrief.

Ihr Oberkörper stand schon bald in lustvollen Flammen.

Doch noch immer ließ Claw nicht von ihrem Busen ab. Er beugte sich zu ihren Brustspitzen herunter und saugte sie tief in seinen Mund ein. Die Erregung schwoll so rasch an, dass Tala sekundenlang den Atem anhielt. Als sie wieder Luft in ihre Lungen sog, war der Wunsch, von Claw in ihrer pulsierenden Mitte angefasst zu werden, seine Lippen auf ihrer Scham und seinen Schaft in ihrem Inneren zu spüren, so groß, dass sie zu betteln anfing.

«Tiefer, bitte, Claw, geh tiefer», flehte sie leise, wie ein Welpe, der um Aufmerksamkeit winselte.

Er lachte leise und strich mit flinken Zungenschlägen über ihre Brustwarze.

Sie hörte sich selbst säuseln: «Nimm mich», und fragte sich, ob das wirklich sie war. Was machte Claw mit ihr? Was machte er aus ihr? Sie fühlte sich so weiblich wie nie zuvor. Sie spreizte ihre Beine, um ihn mit ihrem Duft anzulocken.

Er öffnete ihre Hose und schob sie samt Slip über ihre Hüften nach unten, wobei er sich kurz vor sie hockte und ihren Intimduft inhalierte. Verheißungsvoll. Doch dann lachte er und erhob sich wieder. «Noch lange nicht.»

Wie ein Raubtier schlich er um sie herum, bis er schließlich hinter ihr stehen blieb. Seine Hände glitten über ihren erhitzten Körper nach vorne und umfassten beide Brüste. Während er sie knetete, zwirbelte er geschickt zugleich die Spitzen und entlockte Tala damit ein Stöhnen. Sie drängte sich an ihn und stellte glücklich fest, dass die Ausbuchtung in seiner Jeans hart war.

«Du willst es doch auch», drängte sie und rieb ihren Hintern an seinem verborgenen Schaft.

«Es heißt nicht umsonst Höhepunkt.» Er knabberte an ihrem Nacken und zog mit seinen Lippen an den kleinen Härchen. «Wir haben das Vorspiel gerade erst begonnen.»

Sie errötete und war froh, dass er hinter ihr stand und es nicht sah. Claw hatte Recht, er hatte gerade mal ihren Busen einige Minuten verwöhnt, aber es war, als hätte etwas in ihr schon zu lange darauf gewartet, ihn zu spüren. Tala kam sich töricht vor, sie wollte nicht, dass Claw wusste, wie sehr sie ihn begehrte, weil sie sich dann vorkam wie ein Kaninchen, das zum Wolf lief, um von ihm freiwillig gefressen zu werden.

Sex war okay, sie wollten es beide, aber diese Leidenschaft, die unerwartet in ihr hochschwappte und sie innerlich zu ertränken schien, war erschreckend.

«Kannst du denn nicht einfach mal nur genießen?» Er saugte ihr Ohrläppchen ein und hielt währenddessen ihre Brustspitzen fest gedrückt. «Du verkrampfst dich. Hör auf, immer alles in Frage zu stellen.»

Sie suchte nach einer Ausrede und dennoch war ein Körnchen Wahrheit darin: «Deine Art zu lieben ist manchmal zu viel für mich.»

«Zu lieben?» Einige Atemzüge lang hielt er inne.

«Bild dir ja nichts –»

«Halt den Mund», sagte er bestimmt, aber liebevoll, ließ sich auf ein Knie nieder und zog ihre Gesäßhälften auseinander. «Ich werde versuchen, mich ein wenig zurückzuhalten, aber es wird mir schwerfallen. Ich garantiere für nichts.»

Er blies seinen heißen Atem gegen ihren Ringmuskel und löste damit ein dezentes Kribbeln aus, das um ihre enge Öffnung zirkulierte.

«Wenn ich mit dir zusammen bin, lauert der Wolf immer direkt unter der Oberfläche.» Aus seiner Kehle drang ein animalisches Grollen. «Ich kann ihn kaum kontrollieren. Er will dich, er ist besitzergreifend und hungrig.»

Dieses Geständnis zauberte ein Lächeln auf Talas Gesicht. Nicht nur sie sehnte sich danach, von ihm ausgefüllt zu werden, sondern er konnte es ebenfalls kaum erwarten, in ihre feuchte Mitte einzudringen. Doch er war stärker als sie, denn er zähmte das Tier in sich, während sie aus den Hosenbeinen stieg, dabei die Schuhe abstreifte, die Schenkel spreizte und ihm ihren Hintern so weit entgegenschob, wie die Fesseln es zuließen, damit er von hinten ihre Spalte leckte.

Aber er tat ihr nicht den Gefallen, sondern küsste ihren Ringmuskel. Kuss neben Kuss, er umkreiste mit den Lippen die enge Öffnung und ging dabei so zärtlich vor, dass die Berührung nicht mehr als ein Hauch war. Zu wenig.

«Mehr», stöhnte sie eher, als dass sie es aussprach.

Tatsächlich tastete er sich vor, ohne den Mund von ihrer Hinterpforte zu lösen. Seine Finger fanden ihre großen Schamlippen und streichelten sie beiläufig.

Sie verlagerte ihr Gewicht von einer Seite auf die andere, bemühte sich, ihren Unterleib in die richtige Position zu bringen, und tatsächlich schaffte sie es, dass eine seiner Fingerspitzen ihre erregbarste Stelle streifte und Tala sich stöhnend in den Fesseln wand.

Er legte seine Hände auf ihre Pobacken und massierte sie kräftig. Mit beiden Daumen glitt er in ihre Spalte, streichelte jedoch nur das obere Ende und drängte sie schließlich in ihre Enge hinein.

Das Gefühl war viel intensiver als durch seine Zunge bei der ersten Vereinigung, die Dehnung größer, und dennoch tat es nicht weh. Es war vielmehr ein erregendes Ziehen, das ihre Sehnsucht nach mehr weckte.

Tala schaukelte ihr Becken vor und zurück und Claw verstand. Seine Finger glitten aus ihr heraus, schoben sich wieder in sie hinein und fielen in einen langsamen Rhythmus.

Als er auf seine Füße sprang, schrak Tala aus ihrer Lusttrance auf. Sie hörte, dass er sich entkleidete, und lächelte glückselig. Dann war er wieder bei ihr, er schmiegte seinen nackten Körper an ihren Rücken und drückte seinen harten Penis längs zwischen ihre Gesäßhälften. Seufzend stieß er einige Male zwischen ihre Pobacken, als wäre es ihre feuchte Mitte. Sein Glied rieb über ihren pochenden Ringmuskel und seine Penisspitze klopfte von hinten an ihre Schamlippen, die heiß und empfindlich waren. Alles an ihr war geschwollen: ihre Spalte, ihre Brüste und ihre Lippen.

Ihr Schoß war voll unerfüllter Sehnsucht.

Claw löste das Band in ihren Haaren und vergrub seine Hand darin. Ohne seinen Rhythmus zu unterbrechen, zog er ihren Kopf nach hinten, fasste mit der anderen Hand ihr Kinn und zwang ihr Gesicht, sich ihm zu zuwenden, um sie zu küssen.

Sein Kuss war hart, als wollte er ihr beweisen, dass sie ihm gehörte. Doch dann küsste er sanfter, zärtlich und liebevoll. Er knabberte an ihrer Oberlippe, strich mit der Zungenspitze über ihren Mundwinkel und saugte an der dünnen Haut an ihrem Hals. Als er sie mit einem altmodischen Knutschfleck zeichnete, begehrte sie kurz auf, aber sie war ohnehin machtlos gegen ihn. Egal, ob mit oder ohne Fesseln.

Im nächsten Moment spürte sie seine Penisspitze an ihrer engen Öffnung. Verunsichert blieb sie stocksteif stehen.

Claw liebkoste ihre Seite und strich mit dem Handrücken von ihrer Achsel hinunter zu ihrer Hüfte. «Entspann dich.»

Seine vor Lust raue Stimme hypnotisierte Tala. Sie ließ lockerer, verkrampfte sich noch einmal kurz, als er mit der Spitze in sie eindrang, doch als er dort verharrte und der erwartete Schmerz ausblieb, fiel die Anspannung von ihr ab.

Als Claw sich tiefer in sie hineinschob, spürte sie, dass er vor Lust leicht zitterte. Oder unterdrückte er seine Lust, damit er nicht auf der Stelle kam? Kämpfte er innerlich mit seinem Wolf, der sofort und rücksichtslos über sie herfallen wollte?

Er hielt sich förmlich an ihr fest. Mit einem Arm hatte er ihre Taille umschlungen, eine Hand umschloss ihren Busen. Dann und wann huschten seine Fingerspitzen über ihre Brustspitze, aber er war zu erregt, um sich auf die Liebkosung ihrer Brüste zu konzentrieren. Kein Wunder, Tala war eng, sie melkte Claws steifes Glied förmlich. Niemals zuvor hatte ein Liebhaber diesen Eingang benutzt.

Sie war sich nicht sicher, weshalb sie mit geschlossenen Augen sagte: «Du bist der Erste.» Ob sie ihn damit zwischen den Zeilen bat, vorsichtig zu sein und langsam zu machen, oder sie ihm mitteilen wollte, dass dies ein besonderer Moment für sie war.

Er küsste ihren Nacken unzählige Male. Ein Zeichen seiner Dankbarkeit? Zu ihrer Beruhigung? «Das Erlebnis wird uns für immer verbinden.»

Ihr Schoß war heiß, aber seine Worte erwärmten ihr Herz.

Noch drei Mal pumpte er in sie hinein, dann zog er seinen Schaft stöhnend heraus. «Ich halte das nicht aus.»

Tala musste ein Kichern unterdrücken. Auch Claws Stärke und Selbstbeherrschung besaßen Grenzen.

Er stellte sich vor sie, ließ sich auf ein Knie nieder und betrachtete verträumt ihren Schoß. Seine Nasenflügel blähten sich auf, dann kam er näher heran und schnupperte ungeniert. Seine Zunge schnellte heraus und leckte ein einziges Mal über ihren Kitzler.

Überrascht schrie Tala auf. Sie verdrehte die Augen und seufzte wohlig. Ausgiebig genoss sie den Anblick seines muskulösen Körpers.

Sein hartes Glied stand steif von seinen Lenden ab und ließ Talas Begierde erneut anschwellen.

Claw hatte jedoch weiterhin vor, sie zappeln zu lassen. Er legte ihr rechtes Bein über seine Schulter, sodass ihre Spalte unmittelbar vor seinem Gesicht aufklappte. Mit seiner Nasenspitze stupste er ihre Klitoris an. Genüsslich glitt er über ihre großen Schamlippen und nahm die kleinen zwischen seine Lippen, um an ihnen zu zupfen.

Schwer atmend schob er seine Zunge in ihre feuchte Öffnung hinein, zog sie jedoch so schnell wieder heraus, dass Tala sie kaum gespürte hatte und aus diesem Grund ihm ihren Schoß entgegenstreckte. Er leckte durch die Täler zwischen ihren Oberschenkeln und ihrer Spalte, erst links, dann rechts, und küsste danach ihre Schenkel.

Nachdem er über ihren Damm gezüngelt hatte, glänzten seine Wangen von ihrer Feuchtigkeit und sein Blick war entrückt, als würde er unter Drogen stehen.

Er legte auch Talas anderes Bein über seine Schulter, packte ihre Hüften fest, damit sie sich ihm nicht entziehen konnte, und presste sein Gesicht auf ihre Scham. Seine Nase und sein Mund tauchten zwischen ihren Falten ab und er küsste und züngelte, als würde die Uhr heruntertícken und seine Zeit ablaufen.

Doch es war nur der Hunger des Wolfes, der die Kontrolle über den Mann übernahm und Tala auf sexuelle Art und Weise verschlang.

Tala hing in den Fesseln, die Beine auf Claws Schultern und ihr Unterleib fest in seinem Griff, und wusste nicht, wie ihr geschah. Claw raubte ihr mit seiner ungestümen Art, sie oral zu verwöhnen, den Verstand.

Sie war nur noch Lust, nur noch Feuchtigkeit und Stöhnen.

Tala nahm erst wahr, dass er schon wieder aufgestanden war, als sie bereits einige Sekunden lang auf ihren eigenen Füßen stand. Vor Berauschtheit fühlte sie sich schwach und war froh, als Claw seine Hände auf ihren Hintern legte und sie hochhob. Instinktiv schlang sie ihre Beine um seine Taille, und sie vereinten sich, als wären sie füreinander geschaffen worden.

Endlich war sein Schaft in ihr!

Mit kräftigen Stößen drang er in sie ein. Tala fühlte sich wie auf einer Liebesschaukel. Der Akt vollzog sich wie von selbst, Ursache und Wirkung – und starke Anziehungskraft. Claw drang schwungvoll in sie ein, Tala wurde angestoßen, und wenn sie zurückschwang, spießte Claw sie automatisch wieder auf.

Sie fanden immer wieder zusammen, auf natürlich Weise, wie von selbst.

Ein schmerzhafter Stich durchzuckte ihren Nacken. «Meine Arme», keuchte Tala. Sie lag eben doch nicht gemütlich in einer Liebesschaukel.

Augenblicklich hörte Claw auf. Er streckte sich zur Wand, um den Seilzug zu lösen, band Talas Hände los und trug sie zur Schlafzimmertür, ohne seinen Phallus aus ihr zu entfernen.

Wie ein Äffchen hing sie in seinen Armen. Er war so kräftig! Sie fühlte sich geborgen. Bei jedem seiner Schritte, spürte sie sein Glied in ihrem Inneren, ein sanftes Kitzeln. Was würde sie in seinem Schlafzimmer vorfinden? Eine Liegewiese mit zahlreichen flauschigen Kissen? Ein spartanisches Bett, um seine Härte zu unterstreichen?

Doch als sie dann im Schlafzimmer war, verlor sie jegliches Interesse an seinem Bett. Es war ohnehin ein normales Kingsize-Bett von schätzungsweise 1,85 oder 1,95 cm. Ein espressofarbenes Laken und ein Bettbezug in Karamell. Männlich, aber nicht herb, sondern erdverbunden.

Was Tala Blick bannte, war der Stuhl, der in der Zimmerecke gegenüber von Bett und Fenster stand. Es war ein gynäkologischer Stuhl, kein moderner, sondern ein altmodisches Exemplar mit braunem Lederüberzug und ohne jegliche Elektronik. Da war noch gute, alte Handarbeit gefragt – beim Verstellen der Rückenlehne.

Tala begann zu schwitzen.

Mit Bestimmtheit konnte sie es nicht sagen, aber sie wettete, dass dieser Frauenarztstuhl nicht erbaut wurde, um in einer Arztpraxis zu stehen und für medizinische Zwecke genutzt zu werden.

Claw setzte sie behutsam auf dem Sitz ab. Während er ihr tief in die Augen schaute, stützte er sich auf den Armlehnen ab.

«Du weißt doch, der Wolf in mir leckt gerne», sagte er schmunzelnd und setzte sich auf das Trittbrett, das normalerweise dazu diente, den Stuhl bequemer besteigen zu können, doch er nutzte ihn als Schemel.

Sie zog rasch ihren Pullover aus und warf ihn einfach hinter Claw. Ihr Herz pochte aufgeregt, als sie ihre Beine auf die Stützen legte und sich an den Armlehnen festhielt, gespannt auf diese neue Erfahrung. Nie wieder würde sie ihren Gynäkologen aufsuchen können, ohne an dieses Erlebnis zurückzudenken.

Claw rutschte näher an ihre Scham heran. Beiläufig schob er die Beinstützen weiter auseinander, sodass Talas Schoß weit vor ihm aufklaffte. Er hielt den Blick auf ihre Mitte gerichtet, während er die Stützen festschraubte, als hätte er dies schon tausendmal gemacht. Aber das glaubte sie nicht. Er war selbst viel zu erregt. Es war keine Routine für ihn und Claw war auch kein Typ, der sich jedem öffnete. Gewiss hatten bisher sehr wenige Frauen überhaupt sein Appartement betreten. Er ließ niemanden so schnell in sein Leben, denn Offenheit bedeutete Risiko, und das konnte sich das Tier in ihm nicht leisten.

Sie lehnte sich zurück und betrachtete Claw, wie er da zwischen ihren gespreizten Schenkeln saß und gierig ihre feuchte Spalte anstarrte. Sein muskulöser Brustkorb hob und senkte sich, Schweiß glänzte auf seiner Stirn und sein Phallus zuckte. Es war ein Wunder, dass er nicht sabberte.

Tala hatte sich noch nie zuvor so begehrt gefühlt.

Als er seinen Mund auf sie herabsenkte, stöhnte sie laut auf. Sinnlich strichen seine Lippen über ihre Falten. Er schlürfte ihre Feuchtigkeit wie Honig aus ihrem Topf und seufzte dabei, als würde ihm gerade eine Köstlichkeit kredenzt.

Anfänglich fragte sich Tala, weshalb er immer noch nicht genug von ihrem Schoß hatte, da er sich ihm doch schon im Wohnzimmer eingehend gewidmet hatte. Bald dachte sie gar nicht mehr, weil Claw sie so geschickt verwöhnte, dass sich ihre Gedanken ausschalteten und sie nur noch fühlte. Alles in ihr konzentrierte sich auf das, was Claw mit ihr tat.

Er küsste sie so sanft, so liebevoll und begehrlich, wurde ungestümer, je erregter er wurde, und massierte ihre Oberschenkel, während sein Mund auf ihr verharrte. Behutsam saugte er sich an ihrem Eingang fest, er knabberte an ihren kleinen Schamlippen und stieß mit der Zunge tief in ihre feuchte Öffnung hinein.

Seine Finger suchten ihre Hinterpforte. Zärtlich rieben sie die Feuchtigkeit, die zwischen den Gesäßhälften träge hinabrann, in den Ringmuskel ein, und drangen just in dem Moment ein, in dem Claw seinen Mund weit öffnete und so viel von Talas Mitte darin versenkte, wie ihm möglich war.

Es war, als wollte er sie auffressen.

Seltsamerweise sehnte sich Tala genau danach. Sie wollte in ihm sein, wünschte sich, ihn in sich zu spüren, sodass sie nicht mehr wusste, wo sie aufhörte und er begann.

Er schaute zu ihr auf, seine Augen funkelten lüstern. Seine beiden Zeigefinger steckten in ihrem Hintertürchen. «Halte deine Schamlippen für mich auseinander. Wie du siehst, habe ich gerade keine Hand frei.»

«Dann musst du dich eben durch meine Falten wühlen.» Sie zwinkerte.

«Es ist Zeit, den Gipfel zu erstürmen.»

Tala verstand und zögerte nicht weiter. Sie fasste ihre Schamlippen und zog sie auseinander, worauf Claw sich sofort auf ihren Kitzler herabsenkte. Er umschloss ihn mit seinem Mund und ließ seine Zungenspitze über den empfindsamen Knopf tanzen.

Talas Körper krampfte sich vor Lust zusammen. Ihr Becken zuckte. Berauscht entglitten ihr ihre feuchten Schamlippen. Aus weiter Ferne hörte sie Claws Grollen. Schmunzelnd packte sie ihre Lippen erneut und öffnete sich für seine flinken Zungenschläge. Sie stöhnte und seufzte, wand sich auf dem gynäkologischen Stuhl und spannte ihre Zehen an, doch bevor sie Krämpfe in den Füßen bekam, ließ sie jedes Mal rechtzeitig wieder locker.

Claw saugte nun, zuerst vorsichtig, dann immer stärker.

Ihre Erregung schoss in die Höhe. Sie war kaum fähig, ihre Schamlippen festzuhalten, befürchtete jedoch, dass er mit seinen Liebkosungen aufhören würde, sollte sie ihren Schoß nicht frei zugänglich für ihn halten.

Als er dann auch noch mit seinen Fingern ihre enge Öffnung penetrierte, war es um sie geschehen. Tala kam. Ekstatische Wellen schwappten durch sie hindurch, spülten sie hinweg aus dem Hier und Jetzt und entlockten ihr einen Aufschrei, der selbst im Erdgeschoss zu hören gewesen sein musste. Aber sie konnte sich nicht gegen ihre Lust wehren. Stöhnend zuckte sie auf dem Stuhl. Sie klammerte sich an ihren Schamlippen fest, doch Claw ließ nicht von ihr ab und saugte und saugte und saugte, dass ihr Hören und Sehen verging, dabei war sie längst gekommen.

Endlich ließ sie ihre Scham los. Sie krallte ihre Finger in seine Schultern, stieß ihn jedoch nicht von sich fort, dazu war sie viel zu kraftlos. Er raubte ihr die Kraft mit seinem Mund, seiner Zunge und seinen Fingern.

Tala begann leise zu jammern, weil der Höhepunkt andauerte und das Nachglühen sich nicht einstellen konnte, da Claw unnachgiebig ihr empfindsames Knötchen mit seinen Lippen massierte.

Sie weinte. Es waren Tränen der Ekstase.

Besorgt hört er auf.

«Ich bin okay», sagte sie vorsorglich. Ihre Stimme klang heiser.

Claw stand auf, lehnte sich vor und stützte sich an der Rückenlehne ab. Gefühlvoll leckte er ihre Tränen auf und beruhigte Tala mit zärtlichen Küssen, die sie nicht von einem Werwolf erwartet hätte. Sein Mund suchte den ihren. Er küsste sie sanft, gleichzeitig lag so viel Leidenschaft in diesem Kuss, dass sie ihre Arme um seinen Hals schlang, um ihn festzuhalten, damit er sich ja nicht zu früh von ihr löste.

Sie schmeckte sich selbst, als seine Zunge zwischen ihren Lippen in sie hineinglitt und ihre Mundhöhle liebkoste. Berauscht züngelte sie mit ihm. Sie kraulte seinen Nacken, strich durch seine Haare und schmiegte sich an ihn.

Er entschlüpfte ihr, als sie nach Atem rang. Verklärt lächelnd kurbelte er die Rückenlehne herunter und stieg über Tala, sodass sie flach lag und sein aufrecht stehender Phallus direkt vor ihrem Gesicht war.

«Spiel mit mir, Tala», wisperte er. «Treib mich an den Rand des Wahnsinns.»

Speichel sammelte sich in ihren Wangen. Sie wollte nichts lieber, als ihn zu verwöhnen. Vorerst jedoch streckte sie lediglich ihre Zunge heraus und stieß die Penisspitze an. Der Schaft wippte daraufhin auf und ab. Tala schnappte nach ihm. Auch sie konnte wölfisch sein. Mit den Lippen umfasste sie die Eichel und nuckelte daran, wie ein Baby an seinem Schnuller.

Claw schmeckte so gut!

Während sie sein Glied tiefer in ihren Mund aufnahm, schob sie gleichzeitig mit ihren Lippen seine Vorhaut zurück. Doch sie zog sich auf halbem Weg wieder zurück, wodurch sie Claw einen enttäuschten Seufzer entlockte, und hob ihren Kopf wieder an, damit sein Schaft wieder in sie eindrang.

Er war steinhart. Es musste ihn Kraft kosten, nicht augenblicklich in ihrem Mund zu kommen, denn er hatte die Hände zu Fäusten geballt, den Kopf in den Nacken gelegt und die Augen geschlossen. Seine Muskeln waren angespannt, die Sehnen hervorgetreten. Er war so attraktiv, dass Tala sich fragte, was er an ihr fand.

Sie versuchte, die Hände hinzuzunehmen, konnte sie aber nicht unter Claw herausziehen, denn ihre Arme wurden von seinen Schenkeln auf die Lehnen gedrückt. Ihr blieb nichts anderes übrig, als von dem Phallus abzulassen, um die Hoden zu verwöhnen.

Mit dem Kopf hob sie den Schaft an, sodass er auf ihrem Scheitel lag, und begann, die prallen Säckchen mit ihren Lippen zu massieren. Sie saugte die dünne Haut hie und da vorsichtig ein, stupste mit der Nase und streichelte mit ihren Wangen.

Mit zahlreichen Küssen pflasterte sie die Hoden, lauschte Claws leisem Stöhnen und stellte sich immer wieder vor, wie bizarr das alles für einen Außenstehenden aussehen musste. Aber sie waren alleine und sie und Claw waren zu gefangen in ihrem Liebesspiel, als dass mehr als ein flüchtiger Gedanken aufkommen konnte: Claw sollte Spiegel an den Wänden und der Zimmerdecke anbringen.

Tala leckte mit der ganzen Länge ihrer Zunge über den steifen Penis.

Sie glitt an ihm auf und ab, seifte alle Seiten mit ihrem Speichel ein und hob ihren Kopf, damit er so tief in ihren Mund hineinstoßen konnte, wie es für sie möglich war.

«Moment, ich mache es dir bequemer.» Claw schraubte das Kopfteil hoch, sodass Tala zwar weiterhin lag, jedoch ihr Kopf angehoben war. Nun übernahm er wieder die Führung.

«Pressen», wies er sie an und meinte ihre Lippen, die sie fest auf seinen Schaft drückte.

Behutsam stieß er in ihren Mund hinein. Er stemmte sich an der Wand hinter dem Stuhl ab und ließ seine Lenden vor und zurück schaukeln. Claw benutzte Tala auf eine für sie ebenso erregende Weise wie für ihn. Er glitt in ihren Mund hinein wie zuvor im Wohnzimmer in ihre Mitte. Sie konnte sich weder wehren, da ihre Arme immer noch eingeklemmt waren, noch wollte sie das.

Ihre Blicke trafen sich. Er schaute prüfend, ob es in Ordnung war, dass er ihren Mund auf eine Art missbrauchte, für die er nicht gedacht war. Zwar wagte sie es nicht zu lächeln, um ihre Lippen nicht von seinem harten Stamm zu nehmen, doch er sah ihr ihre erneut erwachende Lust an und stieß schneller, wenn auch nicht weniger vorsichtig, in sie hinein.

Während sein Unterleib vor und zurück pendelte, rieb Claws Unterleib über ihre Brustspitzen. Tala verdreht unbewusst ihre Augen. Dieser Mann war zu viel für sie! Und doch konnte sie nicht genug von ihm bekommen. Was hatte er in ihrer ersten Liebesnacht gesagt? Werwölfe lieben anders. Nein, Claw liebte anders. Körperlicher. Animalischer.

Er zog sich aus ihrem Mund zurück. Eilig stellte er sich wieder zwischen Talas Beine und stieß kraftvoll tief in ihre Mitte hinein. Schmatzend und bereitwillig nahm ihre feuchte Öffnung ihn auf. Sofort begann er, sie zu reiten. Er war von null auf hundert, machte aus dem Stand heraus einen Satz in den Galopp, hechelnd wie ein Wolf, der durch die Wälder lief und lief, um seine Freiheit zu genießen.

Verwundert stellte Tala fest, dass auch in ihr die Erregung schon wieder anwuchs, dabei hatte sie bereits einen Orgasmus gehabt. Und was für einen! Doch Claws Fantasie und Experimentierfreudigkeit hatten sie erneut gereizt. Sie war noch nicht vollkommen satt oder schon wieder hungrig. Würde er ihren Hunger jemals stillen können? Es dürstete sie immer nach mehr.

Bevor sie sich vor ihrer eigenen Gier fürchten konnte, wurde sie von einem zweiten Höhepunkt erschüttert. Er fegte durch sie hindurch wie eine Dampfwalze, eine gigantische Welle, die sie mit sich riss, ihr Inneres durcheinanderwirbelte und sie hin und her warf, bis sie erschöpft auf dem erotischen Stuhl lag und Claw aufjaulen hörte, was wie das Heulen eines liebeskranken Wolfs klang, der seiner Geliebten hinterherhetzte.

Er erholte sich schneller als Tala, hob sie hoch und trug sie zu seinem Bett. Ein glückliches Lächeln umspielte ihre Lippen.

Eng schmiegte sich Claw an ihren Rücken, den Arm um ihre Hüften geschlungen.

Tala gähnte. Eine wundervolle Mattheit legte sich über ihren Körper. «Wie bist du zum Werwolf geworden?» Hatte sie diese Frage tatsächlich ausgesprochen?

Zuerst war sie sich nicht sicher, da Claw schwieg. Er antwortete erst nach einigen Minuten, als sie schon glaubte, er wäre längst eingeschlafen. «Ich wurde angefallen. Im Wald.»

Es war also nicht freiwillig gewesen. Sie hatte dies vermutet, weil er Werwölfe als eine kostbare Seltenheit bezeichnet hatte, aber nun vermutete sie, dass er sich mit seinem Schicksal einfach nur arrangiert hatte. «Wie hast du überlebt?»

«Ich habe mich aus Leibeskräften gewehrt. Und jemand kam mir zur Hilfe.»

«Hast du den Werwolf je wieder getroffen?»

«Und ihn herausgefordert, wie ich alle Werwölfe herausgefordert habe. Ich wollte sie töten. Alle!»

So war er also zum Alphawolf geworden. Aber er hatte sich geändert, hatte gelernt, den Wolf in seinem Inneren zu zähmen, und war ein guter Anführer geworden. Ein Grenzgänger zwischen der Welt der Menschen und der der Wölfe. Jemand, der die Vorzüge des Gestaltwandler-Daseins zu schätzen gelernt hatte, dem jedoch immer noch eine gewisse Melancholie anhaftete. «Aber du hast sie nicht umgebracht.»

«Ich habe sie unterworfen.»

Dabei mussten die Rudelmitglieder von seinen Feinden zu seinen Freunden geworden sein, da er gemerkt hatte, dass nicht alle böse waren. Bis auf einen, vermutete sie. Hatte der Alphawolf ihn verstoßen? Gehörte er noch zum Rudel? War es jemand, den Tala kannte? «Wer hat dich zum Werwolf gemacht?»

Claw zögerte. Er atmete schwer. «Dante. Schon damals hatte er sich nicht unter Kontrolle.»

Kapitel 19

Als Tala erwachte, war sie zuerst desorientiert. Es war schon lange her, dass sie nicht zu Hause übernachtet hatte. Sie schaute sich um. Das Schlafzimmer wurde nur von den Lichtern der Stadt erleuchtet, die durch das Fenster fielen, denn die Jalousien waren nicht heruntergelassen.

Ihr Blick fiel auf den altmodischen gynäkologischen Stuhl und die Erinnerung kehrte mit einer Brachialgewalt zurück, die sie auffahren ließ. Sie saß im Bett und zog sich die Decke bis unters Kinn.

Sex. Hemmungslos. Mit einem Werwolf. Und nicht nur irgendeinem, obwohl das schon problematisch genug wäre. Nein, sie hatte sich mit dem Alphawolf auf eine Art und Weise vergnügt, an die sie zuvor nicht einmal im Traum gedacht hatte.

Hatte jemand sie durch das Fenster beobachtet, wie sie an dem Seil hing und von Claw genommen wurde oder sie auf dem erotischen Stuhl von ihm geleckt worden war?

Claw lag neben ihr. Er schlief auf dem Bauch, das Gesicht abgewandt, und schnarchte leise. In der Dunkelheit klang es für Tala wie bedrohliches Knurren. Sie wusste, dass ihre Fantasie ihr einen Streich spielte, konnte sich aber nicht gegen das Unwohlsein, dieses nervöse Rumoren in ihren Eingeweiden wehren.

Ängstlich kroch sie vorsichtig aus dem Bett, um Claw ja nicht aufzuwecken.

Wieso sollte sie sich vor ihm fürchten? Er hatte sie vor einigen Stunden mit Haut und Haaren geliebt. War es nicht vielmehr die Angst vor dem, was passieren würde, wenn der Tag anbrach? Sie konnte sich nicht vorstellen, dass er sie küsste und sagte: «Liebling, geh schon mal ins Bad. Ich mache uns Frühstück.» Er war kein häuslicher Typ, kein Mann, mit dem man alltägliche Dinge teilte.

Hilfe, er ist nicht einmal wirklich ein Mensch, dachte sie. Während sie aus dem Schlafzimmer schlich, sammelte sie ihren Pullover auf.

Im Wohnzimmer zog sie sich so schnell an, dass ihr Fuß sich in der Hose verfing und sie beinahe hingefallen wäre. Doch sie fing sich rechtzeitig.

Tala roch nach Sex. Ihr Körper duftete nach Claws und ihren eigenen Körperflüssigkeiten. Sehnsucht begehrte auf, doch sie würgte sie herunter. Sie konnte unmöglich zurück ins Bett gehen und sich an den Alpha kuscheln.

Was würde er zu ihr sagen, wenn er erwachte? «Wie, du bist noch hier?» Würde er sie wegschicken, weil er von ihr bekommen hatte, was er wollte? Würde er ihr klarmachen, dass Sex alles war, was sie von ihm bekommen konnte? Sie führten keine Beziehung, waren niemals zusammen ein Bier trinken oder ins Kino gegangen. Claw war kein gewöhnlicher Mann, mit dem man gewöhnliche Dinge tat. Was konnte man von einem Werwolf erwarten? Nichts, wenn man keine Gestaltwandlerin war.

Was lief da zwischen ihnen? War da überhaupt etwas?

Sie hatte gerade ihre Hand ausgestreckt, um die Wohnungstür zu öffnen, als ihr Handy klingelte. Zuerst erschrak Tala. Einige Sekunden lang verharrte sie in ihrer Bewegung. Dann riss sie ihr Mobiltelefon aus der Innentasche ihres Parkas und flüsterte: «Hallo?»

Tala blickte zum Schlafzimmer. Claw war nicht aus dem Bett gesprungen, aber sein Schnarchen war verstummt.

«Habe ich dich geweckt?» Es war Onawa.

So leise wie möglich öffnete Tala die Wohnungstür, huschte in den Flur hinaus und schloss sie wieder hinter sich. «Nein, ich bin schon wach.»

«Aber nicht alleine.»

Ihre Granny war nicht dumm. Wieso sollte Tala flüstern, wenn sie allein daheim gewesen wäre. «Jetzt schon.» Sie rannte die Treppenstufen hinab.

Onawa trank einen Schluck, vermutlich Tee, sie trank nur Wasser und Tee. «Du warst bei diesem Mann, nicht wahr, bei dem mit der Wildheit in den Augen?»

Der nicht zu zähmen war. Grannys Mahnung brannte auf Talas Seele. Sie schlüpfte aus der Haustür und zog den Parka enger um ihren

Körper, denn die Morgenluft war empfindlich kalt. «Du willst mich vor ihm warnen. Er könnte mir gefährlich werden.»

«Erwarte nur nicht zu viel. Männer wie er brauchen viel Freiheit, wie ein Wolf, der rennen muss, um glücklich zu sein.»

«Wie kommst du jetzt auf Wölfe?» Zitternd vor Kälte schaute Tala auf ihr Handydisplay. Es war kurz vor sechs. Eine dünne Schicht Neuschnee bedeckte ihren Wagen. Sie musste heimfahren und duschen. Um neun Uhr wollte sie sich mit Walter im Diner treffen, um bei Hazels berühmten Haselnuss-Kaffee die Planung für den Tag zu besprechen.

Sie hörte, wie Onawa in ihre Tasse blies. «Weil unser Familientotem der Wolf ist. Du brauchst auch deine Freiheiten, sonst wärst du nicht nach Anchorage gezogen, weg von deiner Familie und deinem Stamm.»

Wenn sie ebenso freiheitsliebend war wie Claw, bedeutete das nicht, dass sie eigentlich ganz gut zusammenpassten, weil sie dieselben Bedürfnisse hatten und daher Rücksicht nehmen würden? Tala stieg in ihr Auto ein, schaltete die Heizung an und betätigte die Scheibenwischanlage. Glücklicherweise waren die Scheiben nicht vereist.

Mit einer unerschütterlichen Gewissheit in der Stimme fügte Onawa hinzu: «Aber eines Tages wirst du zurückkehren. Deshalb rufe ich allerdings nicht an.»

«Ist etwas passiert?» Tala rieb ihre Handflächen aneinander und hielt sie an das Gebläse der Heizung. Erst als ihre Hände warm waren, zog sie ihre Handschuhe an. Sie steckte den Schlüssel ins Zündschloss und startete.

«Unser Schamane ist verschwunden.»

Vor Schreck würgte Tala ihren Wagen ab.

Ihre Granny stellte ihre Tasse so geräuschvoll ab, dass Tala es durch die Leitung hören konnte. Dann sprudelten Onawas Ängste und Entsetzen aus ihr heraus: «Chankoowashtay ist das Herz unseres Stammes und ein guter Mann. Niemals würde er einfach so verschwinden, ohne irgendjemandem Bescheid zu geben. Das sieht ihm nicht ähnlich, das verbieten ihm seine gute Erziehung und sein besonderer

Stand innerhalb des Stammes. Aber er ist wie vom Erdboden verschluckt. Als deine Tante Adsila ihn wegen eines Problems aufsuchen wollte, bemerkt sie, dass er fort ist. Seine Tür stand offen und sein Haus war leer. Es ist, als wäre er einfach aus seinem Dasein herausgepflückt worden, wie eine reife Beere, die süßeste von allen.»

In Talas Eingeweiden regte sich etwas. Sie konnte es noch nicht deuten, aber ihr Magen war mit einem Mal so nervös, dass ihr leicht übel war. Erfolglos versuchte sie das Gefühl in ihr zu deuten, aber sie bekam es nicht vollkommen zu greifen, sondern nur einen Zipfel davon. Wieso fiel ihr ausgerechnet jetzt der Handwerker ein, der in jedem zweiten Satz geflucht hatte? Was hatte er gesagt?

Ihre Granny wirkte ungeduldig, weil Tala schwieg. «Ich möchte dich einfach bitten, Augen und Ohren offen zu halten. Vielleicht weiß man in Anchorage etwas. Du kommst doch viel rum.»

Erinnere dich, sprach Tala zu sich selbst. Er hatte das Education Center der Tierschutzorganisation *Wolf Song of Alaska* verbarrikadiert, weil jemand – oder etwas – dort gewütet hatte, sich über seinen krank gewordenen Kollegen beschwert und seine Vorurteile gegenüber Indianern kundgetan.

Plötzlich wusste Tala es wieder. «Ich habe gehört, dass Mitglieder der Yup'ik und Cup'ik verschwunden sind.»

«Wann?»

«Ich weiß es nicht. Vielleicht stimmt es auch gar nicht.» Tala umfasste das Lenkrad mit ihrer Linken fest. «Aber du könntest dich mal bei den Stämmen erkundigen.»

«Das mache ich. Hauptsache, ich habe etwas zu tun und sitze nicht nur tatenlos herum.»

«Ich rufe dich heute Abend an», sagte Tala, verabschiedete sich und legte auf. Was war nur im Moment los? Es erschien ihr, als wären die Details Anzeichen für eine Katastrophe, die bald auf die Indianer zukam. Sie waren die Zielscheibe für jemanden geworden, vermutlich für etwas Übernatürliches, das niemand von ihnen einschätzen konnte. Da Dante bereits Chaos im American Native Medical Center, im Alaska Native Heritage Center und im Education Center angerichtet und sogar einen Mord begangen hatte, war es da nicht möglich, dass er Indianer entführte? Aber wozu?

Tala überlegte, ob sie zurück zu Claw gehen und mit ihm reden sollte, doch sie entschied sich dagegen. Was wusste sie denn schon? Nichts. Es waren nur Mutmaßungen. Sie musste erst sicher wissen, dass auch die Yup'ik und Cup'ik ein Stammesmitglied vermissten.

«Feigling», schimpfte sie mit sich selbst, als sie den Wagen erneut startete und losfuhr. In Wahrheit wollte sie nur einer Konfrontation mit dem Alpha aus dem Weg gehen, einem klärenden Gespräch, was denn da nun zwischen ihnen lief. Eigentlich wollte sie nicht einmal das wissen, denn Werwölfe schieden prinzipiell als Heiratskandidaten aus.

Zu Hause sprang sie erst unter die Dusche. Sie wunderte sich über die Wehmut, die in ihr aufstieg, als sie Claws Duft von ihrem Körper abwusch. Sie überprüfte ihren Anrufbeantworter. Claw hatte nicht angerufen. Bestimmt hatte er ihre Abwesenheit längst bemerkt. Seine Sinne waren schärfer als die eines Menschen. Sie vermutete sogar, dass er bemerkt hatte, wie sie sich aus seiner Wohnung gestohlen hatte, aber zu stolz gewesen war, um ihr nachzulaufen.

Während sie frühstückte, lag ihr Mobiltelefon vor ihr auf dem Küchentisch. Es blieb stumm. Kein Anruf, keine SMS. Fühlte Claw sich verletzt? War er froh, dass sie das einzig Richtige getan hatte und gegangen war?

Die Ungewissheit nagte den ganzen Tag an ihr. Weder der Alpha noch Onawa meldeten sich. Walt meinte, sie wäre geistig abwesend, und das war sie auch. Mechanisch brachte sie die Arbeit hinter sich, gedanklich war sie weit weg. Bei den Athabascan, Werwölfen, einer tödlichen Kreatur, die weder Mensch noch Wolf war – und dem Leitwolf. Noch immer fühlte sie seine Hände auf ihren Brüsten, glaubte ihn zu schmecken und in sich zu spüren. Sie wollte die letzte Nacht mit ihm vergessen, wollte einen Schlussstrich ziehen.

Es war nur sexuelle Anziehungskraft, oder? Es ging schließlich nicht um eine Herzensangelegenheit.

Abends brummte ihr der Schädel. Sie parkte vor ihrem Haus, stieg aus und schaltete die Zentralverriegelung ein. Mit gesenktem Kopf schlenderte sie den Weg, der zum Eingang führte, entlang und beobachtete dabei den Schnee, den sie mit ihren Boots wegkickte.

Überrascht blickte sie auf, als plötzlich Schuhe in ihrem Sichtfeld auftauchten. «Rufus.» Er sah besser aus. Sein Gesicht hatte wieder einen rosigen Teint und er lächelte breit.

«Ich wollte mich bei dir bedanken, dass du mich gerettet hast.» Verlegen scharrte er mit dem Fuß im Schnee.

Sie wollte keinen Ärger riskieren, weder was den Jungen betraf noch sich selbst. «Weiß Claw, dass du hier bist?»

Mit einem Nicken deutete er auf einen Wagen, der in einiger Entfernung mit laufendem Motor am Straßenrand parkte. «Lupus hat mich gefahren.»

Das beantwortete zwar nicht ihre Frage, aber sie ließ das Thema auf sich beruhen. Lupus wusste schon, was er tat. Freudestrahlend winkte er Tala zu und fuhr weg.

«Werde ich denn nicht mehr überwacht?», fragte sie erstaunt.

Rufus richtete sich kerzengerade auf und bemühte sich, größer zu wirken, als er war. «Ich bin doch da.»

«Natürlich», murmelte Tala. Weil sie spürte, wie ein Grinsen langsam ihre Mundwinkel hochzog, eilte sie an dem Jungen vorbei und schloss die Tür auf, damit er es nicht bemerkte. Er stand zwar in der Hierarchie des Rudels ganz unten, war aber trotzdem ein vollwertiges Mitglied, das Aufgaben zu erfüllen hatte. Dennoch konnte es Claw mit ihrer Bewachung nicht mehr sehr ernst meinen, wenn er den Kleinen schickte, um ein Auge auf sie zu werfen.

Sie stieß die Tür auf. «Komm rein. Wenn die Nacht hereinbricht, wird es eiskalt draußen.»

Rufus errötete doch tatsächlich, als er an ihr vorbei ins Haus trat. War er wirklich ein wenig verliebt in sie, wie Claw angedeutet hatte?

Tala brühte eine Kanne schwarzen Tee auf. Als sie mit einem Tablett, auf dem die Teekanne, Gläser und Kandiszucker standen, ins Wohnzimmer kam, hatte Rufus seine Jacke ausgezogen und saß mit angewinkelten Beinen auf der Couch. Sie nahm neben ihm Platz und stellte das Tablett ab. «Wieso ist Lupus nicht mit reingekommen?»

«Er fühlt sich ... ihm geht es nicht gut», druckste der Junge herum und lehnte sich an sie, als suchte er ihren Trost.

Tala streichelte ihn beruhigend, da sie sah, wie mitgenommen er war. Sie glaubte immer weniger, dass Lupus an einer Erkältung litt, wie er behauptet hatte. Ihr fiel auf, dass sie bei Rufus durch die Kleidung nicht einmal mehr die Wundränder von Dantes Angriff spüren konnte. Wenn seine Blessuren so schnell heilten, wie konnte es dann sein, dass der alte Mann an einer Krankheit litt, die ihn einschränkte?

Das schlechte Gewissen plagte Tala, weil sie soeben die Entscheidung getroffen hatte, auszunutzen, dass Rufus das schwächste Glied des Rudels war.

«Wie kann Lupus krank sein?», fragte sie scheinheilig, goss dem Jungen eine Tasse Tee ein und reichte sie ihm. «Der Wolf in ihm müsste ihn doch stärken und die Heilung schnell vorantreiben?»

Er nahm den Tee, setzte zu einer Antwort an: «Pankre–», und verstummt erschrocken.

«Pankreas?», half sie ihm auf die Sprünge.

Offensichtlich fühlte er sich ertappt, denn er wich ihrem Blick aus und schaufelte so viel Zucker in seine Tasse, dass Tala sicher war, dass der Tee ungenießbar dadurch geworden war.

Sie lehnte sich zurück, zog ihn in ihre Arme und strich ihm einige Haare aus der Stirn. «Was ist mit seiner Bauchspeicheldrüse?»

Rufus nippte an seinem Tee, verbrannte sich die Zunge und verzog das Gesicht. Während er die Tasse wegstellte, leckte er immer wieder über seine Lippen, als würde sein Speichel den Schmerz lindern. «Pankreaskarzinom, so heißt das richtig, was er hat. Ich habe lange geübt, bis ich das Wort aussprechen konnte.»

«Bauchspeicheldrüsenkrebs? Oh, mein Gott!» Sie wünschte sich in dieser Sekunde, nicht nachgebohrt zu haben. Sie konnte Lupus gut leiden.

Er sah zu ihr auf und legte die Handflächen aneinander. «Bitte, erzähl niemandem, dass du es weißt. Wenn Claw erfahren würde, dass ich geplappert habe ...» Er sprach den Satz nicht zu Ende. «Lupus wäre sehr enttäuscht, dass ich sein Geheimnis verraten habe.»

«Ganz bestimmt nicht. Ich schweige wie ein Grab.» Sie legte ihren Zeigefinger an ihre Lippen und strich ihm übers Haar.

Seine Augen wurden feucht. «Für eine Operation ist es zu spät.»

«Weil er ein Werwolf ist und die Ärzte das merken würden», mutmaßte sie.

Doch er schüttelte den Kopf. «Er war schon krank, bevor er gebissen und infiziert wurde. Die Chemotherapie sprang nicht bei ihm an. Das ist oft so bei diesen blöden Pankreastumoren, hat er mir gesagt.»

«Weshalb ist die Krankheit noch da?» Gedankenversunken schlürfte sie an ihrem Tee und stellte ihn wieder ab, da sie aufgrund der schockierenden Neuigkeiten vergessen hatte, Zucker hineinzugeben. «Deine Wunden sind schnell verheilt. Müsste der Krebs nicht zum Stillstand kommen oder sogar ganz verschwinden?»

Rufus zog die Nase hoch. Er war sichtlich bemüht, nicht zu weinen. «Wenn der Tumor erst einmal da ist, bleibt er da. Wir sind nicht unsterblich, weißt du? All dieses Zeug, was man in den Filmen sieht, ist Unsinn. Alles kann uns töten, nicht nur Silber. Wir können eines natürlichen Todes sterben, aber wir sind zäher, kräftiger, deshalb leben wir einige Jahrzehnte länger. Der Wolf in uns ist stark, aber auch er kommt nicht gegen den Tod an. Wenn man eine schlimme Krankheit hat, hat man sie. Sie geht nicht weg, sondern schreitet nur langsamer voran. »

Wie in Slowmotion, dachte Tala. Ihr Mund war trocken. Sie gab Kandiszucker in ihren Tee, rührte mehrmals kräftig um und trank einen großen Schluck. Das hatte der alte Mann nicht verdient. Das hatte niemand verdient. Ein Tod auf Raten, doch das Unvermeidbare würde eintreten, lediglich später als früher. «Wusste Lupus das, bevor er zum Werwolf wurde?»

Rufus seufzte und wischte sich über die Augen, bevor sich eine Träne lösen konnte. «Er hatte gehofft, dass mit dem Biss alles Leid vorbei wäre und er wieder ein normales Leben mit Elise führen könnte.»

«Elise?» Ihr war kalt, obwohl sie als Erstes die Heizung aufgedreht hatte, als sie nach Hause gekommen war. Sie hielt die Tasse in beiden Händen, um sich daran zu wärmen.

Der Junge rutschte tiefer und legte den Kopf auf ihren Schoß. «Seine Frau. Wegen ihr hat er sich doch beißen lassen. Aus Liebe. Ist das nicht romantisch?»

«Ist sie auch ein ...?»

«Nein, aber er hätte alles getan, um wieder gesund zu werden, um bis zu ihrem Ende bei ihr zu sein.»

Erst jetzt wurde Tala bewusst, was er gesagt hatte. «Er hat sich absichtlich infizieren lassen?» Sie hatte dies so laut gesagt, dass Rufus zusammengezuckt war. Entschuldigend rieb sie über seinen Arm.

Rufus nickte kaum merklich.

«Von wem?» Als er nicht antwortete, schüttelte sie ihn sanft. «Wer hat es gemacht?»

«Nanouk», stieß er hervor, damit sie aufhörte. «Sie war damals unsere einzige Werwölfin. Und ist es jetzt wieder. Manou war nur kurz beim Rudel, sogar kürzer als ich.»

«Hat Claw sein Okay dazu geben?» Das konnte sie sich nicht vorstellen. Wenn sie Lupus Glauben schenkte, war der Alpha strikt dagegen, kranke oder verletzte Menschen zu Gestaltwandlern zu machen, nur damit sie überlebten. Er wollte keinesfalls eine Armee der lebenden Toten haben. Sie hielt die Luft an.

«Nein, aber er hat auch nicht versucht, es zu verhindern.»

Geräuschvoll atmete sie aus. «Lupus sollte seinen Zustand trotzdem regelmäßig überprüfen lassen. Wann war er das letzte Mal bei einem Arzt?»

«Er ist doch selbst Arzt.»

«Ach ja?» Das wurde ja immer interessanter.

Er lächelte sie triumphierend an, weil er all diese Dinge wusste, von denen sie keinen blassen Schimmer hatte. «Dr. Brass, in seiner Praxis hat er sich schon um Werwölfe gekümmert, als er noch ein Mensch war. Das macht er auch heute noch, deshalb verkauft er sie nicht.»

Dr. Theodore Brass, seine Arztpraxis befand sich im selben Haus, in dem Claw wohnte. Jetzt war sich Tala sicher, dass auch Lupus dort eine Wohnung besaß. Nun kannte sie auch den Grund, weshalb Claw nichts gegen Nanouks Alleingang unternommen hatte: Lupus war ein langjähriger Freund des Rudels. Wahrscheinlich hatte er gedacht, dass er dem Arzt etwas schuldig war.

Blieb noch eine Frage: «Wofür brauchen Werwölfe einen Arzt? Ihre Wunden heilen doch von selbst.»

«Canis wurde einmal bei einem Kampf fast ein Arm abgerissen. Er hätte ihn verloren, hätte Lupus ihn nicht rechtzeitig angenäht. Gliedmaßen wachsen nicht nach. Weg ist weg.» Rufus legte sich auf den Rücken und schaute zerknirscht zu ihr hoch. «Und Zahnschmerzen bekommen wir auch. Das finde ich besonders fies. Aber da kann Lupus nicht helfen.»

Tala lachte. «Dann solltest du bei der nächsten Tasse nicht so viel Zucker in deinen Tee schaufeln.»

Plötzlich zerbarst die Terrassentür. Der massige Körper, der ins Wohnzimmer stürmte, lief durch sie hindurch, als wäre sie eine japanische Papierwand. Er verteilte die Splitter im Raum. Binnen weniger Sekunden waren Boden und Sessel übersäht mit Glas und Schnee, der von draußen hereinwehte.

Eine Eiseskälte breitete sich aus, die Tala bis ins Mark kroch.

Der Schreck fuhr ihr in die Glieder. Sie glaubte, ihr Herz würde stehen bleiben, als sie das Monster sah, das sich nur wenige Schritte von ihr entfernt aufbaute. Claw hatte ihn den Wolfsmann genannt, ein Wesen, das halb Wolf und halb Mensch war, doch dieser Begriff war maßlos untertrieben und drückte nicht im Entferntesten aus, was diese Kreatur ausmachte.

Die Zunge dieses widernatürlichen Geschöpfes hing zwischen seinen großen Reiß- und Fangzähnen aus der grässlichen Wolfsschnauze und zuckte. Sabber tropfte aus den Mundwinkeln. Das Gesicht war kahl, doch auf dem Kopf stand mit Schmutz verkrustetes Fell ab. Den fürchterlichsten Anblick jedoch boten seine Augen – denn sie waren menschlich.

Dante.

Er ging aufrecht. Fell bedeckte seine Schultern, an seinen Armen schimmerte jedoch Haut durch. Er hob seine Pranken, überdimensionale Pfoten, mit längeren Zehen, als es bei Wölfen üblich war, Fingern ähnlich, mit denen er problemlos Türgriffe benutzen und sogar eine Tasse würde halten können, allerdings waren die Krallen, die aus dem Ende herauswuchsen, monströs.

Dante war eine intelligente Kampfmaschine, das war überdeutlich zu erkennen. Er vereinte menschliche und tierische Stärke, nur sein gesunder Menschenverstand hatte darunter gelitten. Moral spielte keine Rolle mehr für ihn, Tabus existierten nicht. Er tat, was er wollte, und nahm sich, was er begehrte.

War er gekommen, um Tala zu töten? Sie hatte ihn vor dem American Native Medical Center gesehen. Und sie war eine Athabascan.

«Mit dir über alles zu reden hat wohl keinen Sinn, oder?» Was faselte sie da für einen Unsinn?

Unter ihren Händen spürte sie eine Bewegung. Als sie auf Rufus heruntersah, bemerkte sie, dass er sich vor Angst in einen Rotwolf verwandelte. Die Wandlung so nah zu sehen und sogar zu spüren, war schockierend. Panik stieg in ihr auf.

Sie sprang auf ihre Füße, ließ den Jungen auf der Couch liegen und stellte sich vor ihn. Hektisch sah sie sich im Zimmer um. Sie brauchte eine Waffe! Wahrscheinlich würde sie ohnehin keine Chance gegen Dante haben, aber sie würde nicht kampflos aufgeben. Leider verwahrte Walter ihre Dienstwaffen. Er schloss sie abends in einen Waffenschrank, damit nichts passieren konnte. Schöne Scheiße!

Hinter ihr winselte Rufus.

Würde sie das Telefon erreichen können? Vielleicht. Aber sie würde keine Zeit mehr haben, eine Nummer zu wählen.

Fieberhaft überlegte Tala. Sie zitterte vor Furcht und Kälte. Die Bestie ergötzte sich an ihrer Angst und stieß ein markerschütterndes Wolfsgeheul aus. Unerwartet schnell stürzte er sich auf seine Opfer. Reflexartig griff Tala die Teekanne und goss Dante die heiße Flüssigkeit ins Gesicht. Er jaulte auf, schüttelte sich.

Neben ihr glitt Rufus vom Sofa. Bestimmt hatte er in seinem Dasein als Werwolf noch nie so schnell die Gestalt des Rotwolfes eingenommen. Seine Pfoten klackten auf dem Holzfußboden, als er um die Couch herum lief, um sich dahinter zu verstecken.

Dantes Arm schoss vor. In letzter Sekunde konnte Tala seiner Pranke ausweichen. Sie kletterte über das Sofa und rannte in Richtung Küche, um sich mit Messern zu bewaffnen, aber die schaurige Kreatur versperrte ihr den Weg, sodass Tala in die Diele ausweichen musste.

Rufus rannte mit eingezogenem Schwanz hinter ihr her. Seine Pfoten rutschten auf dem Boden aus und er glitt ein Stück weit auf Dante zu. Die Bestie packte seinen Schwanz.

«Nein», schrie Tala verzweifelt. Sie nahm allen Mut zusammen, packte, was immer sie in die Hände bekam, und bewarf Dante damit.

Das machte ihn nur wütend. Er hob Rufus hoch und warf ihn in die Küche. Der kleine Wolf knallte gegen einen Küchenschrank, fiel jaulend zu Boden und blieb dort liegen.

Tala eilte von der Diele in die Küche, aber Dante kam durch den zweiten Eingang vom Wohnzimmer aus auf sie zu. Blitzschnell öffnete sie den Unterschrank der Spüle und entnahm den Essigreiniger. Schweiß perlte trotz der Kälte, die durch die zerstörte Terrassentür eindrang und das Haus Raum für Raum eroberte, ihre Stirn herab.

Dantes Lachen klang menschlich. Er schlenderte auf sie zu, während sie panisch versuchte, den Verschluss der Flasche abzudrehen, doch er war verklebt. Als er sich endlich löste, war es bereits zu spät. Die widernatürliche Bestie stand unmittelbar vor ihr.

Tala war verloren.

Er würde sie packen und ihr das Genick brechen, als wäre sie ein Streichholz. Oder ihr die Kehle herausreißen. Seine Muskeln waren gigantisch, sein Kiefer groß. Ein normaler Wolf kann einen Druck von bis zu 15 kg pro Quadratzentimeter ausüben und sogar Knochen brechen. Sie wollte sich gar nicht erst vorstellen, zu was Dantes Gebiss fähig war.

Auf einmal schrie er auf. Rufus hatte sich in seiner Wade verbissen. Wütend schleuderte Dante ihn von sich weg. Der Rotwolf flog in die Diele.

Endlich löste sich der Verschluss, in Windeseile schraubte Tala die Flasche auf und goss Dante den Essigreiniger in die Augen. Er schrie auf, blinzelte und bleckte seine Zähne. Aufgebracht schlug er um sich.

Seine Pfote erwischte Tala an der Schulter. Sie wurde zu Boden geworfen. Ein stechender Schmerz durchzuckte ihre Seite. Warmes Blut sickerte aus den Kratzern.

Doch Dante fing sich schnell. Rufus bemerkte das und rannte winselnd die Treppe hinauf, weil er in Wolfsgestalt die Haustür nicht öffnen konnte. Tala sprang auf und lief in die Diele. Einige Sekunden zögerte sie. Sollte sie nach draußen laufen und Hilfe holen? Würde ihr Dante folgen und in der ganzen Nachbarschaft wüten? Oder würde sie mit einer feigen Flucht Rufus dem Tode weihen?

Sie beschlich das quälende Gefühl, dass, welche Entscheidung auch immer sie treffen würde, sie falsch sein würde, und folgte Rufus ins Obergeschoss. Die Tür zum Schlafzimmer war die einzige, die offen stand. Rufus konnte nur dort sein. Der Wolf tänzelte aufgeregt auf dem Bett und kratzte mit den Pfoten an der Fensterscheibe.

«Die Regenrinne», rief sie ihm zu. «Zum Badezimmer.»

Tala hatte keine Ahnung, ob er verstand, was sie meinte, daher eilte sie zu ihm, packte ihn und rannte mit ihm aus dem Zimmer.

Von links näherte sich Dante. Seine Augen waren durch die Schmerzen, die die Verätzung mit sich führte, halb zugeschwollen und gerötet und ließen ihn noch böser aussehen. Er streckte die Arme aus, um sie mit seinen Klauen zu fassen, doch sie wich nach rechts aus und stürmte ins Badezimmer.

Sie ließ Rufus los, wandte sich um und verriegelte die Tür, mit der Hoffnung, dass eine abgeschlossene Tür Dante einige wertvolle Sekunden aufhalten würde. Im Nachhinein bereute sie das.

Dante stieß mit seinem Körper dagegen. Die Tür wurde aufgedrückt, als wäre ein Zug dagegen gefahren. Der Druck schleuderte Tala in den Raum. Sie stieß schmerzhaft mit dem Rücken gegen das Waschbecken und rutschte zwischen Becken und Badewanne. Benommen kauerte sie dort. Ihr ganzer Körper tat weh. Ihr Blut klebte an der weißen Wanne. Rufus kam zu ihr und schmiegte sich eng an sie. Unter seinem Fell konnte sie einen seiner Oberschenkelknochen spüren, der unnatürlich abstand, der Knochen musste gebrochen sein.

Sie saßen in der Falle.

«Komm zu mir, Rufus.» Dantes Stimme war so rau, als würde er sich von Schmirgelpapier ernähren.

«Nein», entgegnete Tala atemlos und schlang beschützend die Arme um den Rotwolf. Sie war erschrocken, weil sie nicht damit gerechnet hatte, dass Dante sprechen konnte.

Er beugte sich vor. Sein Grinsen wirkte verzerrt und abstoßend. «Freiwillig. Es ist besser für deine kleine Freundin.»

Rufus regte sich.

«Nicht», flüsterte Tala ihm zu. «Das ist ein Trick. Er wird mich eh ...» Sie brachte das Wort *töten* nicht über die Lippen.

Dante ignorierte sie. Sein Atem roch, als hätte er ein Tier frisch erlegt und verschlungen. «Ich brauche dich für mein Experiment, Rufus, denn junges Fleisch lässt sich leichter biegen, und auf die eine oder andere Art werde ich dich kriegen. Du bist doch gar nicht mutig, Rufus, du bist der Omegawolf, kriechst lieber, anstatt zu kämpfen. Das ist deine Rolle. Fordere mich nicht heraus, denn *sie* wird darunter leiden.»

Als Dante Talas Fußgelenk mit seiner Pranke umschloss, um sie zu sich zu ziehen, schrie sie auf. In diesem Moment riss sich Rufus aus ihrer Umarmung los und lief zu Dante. Der Rotwolf zog den Schwanz ein, senkte den Kopf und winselte erbärmlich. Er bettelte die Kreatur auf wölfische Weise an, Tala nichts zu tun. Winselnd warf er sich Dante zu Füßen.

Wider Erwarten ließ die Bestie von Tala ab. Er hieb seine Klauen in Rufus' Nacken. Der Rotwolf jaulte auf, wehrte sich jedoch nicht. Triumphierend gab Dante einen Laut von sich, der ein bizarres Gemisch aus Wolfsgeheul und Lachen war. Er riss Rufus hoch und rannte aus dem Badezimmer.

Als sich Tala am Waschbecken hochzog, keuchte sie vor Schmerz. Ihre Schulter pochte und ihr Rücken tat derart weh, dass sie kaum gerade stehen konnte. Sie betrachtete ihr Spiegelbild. Dicke Tränen rannen ihre kreidebleichen Wangen hinab. Sie machte sich nicht die Mühe, sie wegzuwischen. Ihr Haargummi war nach unten gerutscht, zahlreiche Strähnen klebten an ihrem feuchten Gesicht. Ihr Pullover war zerrissen, dort wo Dante ihre Schulter zerkratzt hatte.

Aber das war nicht wichtig, das alles war völlig unwichtig. Das Monster hatte Rufus! Den süßen kleinen Rufus, der schon so viel im Leben ertragen musste. Lupus hatte Recht gehabt: Der Junge zog Pech an, wie Scheiße Fliegen.

Sie unterdrückte den Drang, sich auf den Boden zu kauern und ihrem Kummer nachzugeben, und lief die Treppe hinunter ins Erdgeschoss. Ihre Füße trugen sie wie von selbst zur zerstörten Terrassentür. Im Rahmen blieb sie stehen und starrte in die Dunkelheit. Fußspuren – riesige Pfotenabdrücke, wie Tala sie am Native American Medical Center gesehen hatte – führten zum gegenüberliegenden Bretterzaun. Dante musste darüber gesprungen sein, als wäre der Zaun einen halben und nicht zwei Meter hoch. Er war längst fort.

Es machte keinen Sinn, ihm zu folgen. Er war viel zu schnell und sie würde seine Fährte verlieren, da er Hindernisse überwinden konnte, die für sie Blockaden darstellten. Das war Aufgabe der Werwölfe. Sie musste Claw anrufen. Seine Telefonnummer kannte sie nicht, dafür aber seine Adresse. Jetzt wusste sie, wozu es gut gewesen war, dass Rufus sie zu Ashton Tracer geführt und damit ein Geheimnis des Alphawolfs verraten hatte. In Claws Augen war das ein großer Fehler gewesen, doch nun zahlte sich dieser sogar aus. Alles hatte einen Sinn im Leben.

Sie sprintete zu ihrem Telefon und streckte ihre Hand aus, um den Hörer abzunehmen und die Auskunft anzurufen, als es klingelte.

Mitten in der Bewegung erstarrte Tala.

Sie fröstelte. Zitternd nahm sie ab. «Hallo?»

«Tala?»

«Hallo, Granny.» Rasch zog sie den Pulloverärmel über ihren Handballen und trocknete damit ihre Wangen, als könnte Onawa sie durch Telefon sehen.

«Geht es dir gut? Du klingst komisch.»

Ihre Nase war vom Weinen verstopft. «Nur verschnupft.»

«Nimm ein heißes Bad und pack dich warm ins Bett.»

Wenn das alles wäre, was es brauchen würde, um meinen Kummer zu vertreiben, dachte Tala bekümmert. «Tut mir leid, dass ich dich noch nicht angerufen habe, aber ich habe nichts von Chankoowashtay gehört. Bis Anchorage hat es sich offensichtlich noch nicht herumgesprochen, dass der Schamane verschwunden ist.»

«Aber ich habe Neuigkeiten.» Onawa atmete schwer, als würde eine Last auf ihren Brustkorb drücken. «Du hattest mich nach den Yup'ik und Cup'ik gefragt.»

«Ja?» Tala setzte sich auf die Armlehne des Sofas, weil eine böse Vorahnung ihre Knie weich machten.

«Das Gerücht, das du gehört hattest, ist wahr. Es werden wirklich Mitglieder der beiden Stämme vermisst. Wie Chankoowashtay sind sie von heute auf morgen spurlos verschwunden, ohne ihren Ausweis, Geld oder Kleidung mitzunehmen.»

«Bitte, sag mir nicht, dass es auch ...»

«Schamanen», Onawa seufzte, «es sind auch die Schamanen, die unauffindbar sind.»

Ein weiteres Puzzleteil. Oh, mein Gott, dachte Tala, schloss ihre Augen und stützte ihren Kopf mit der Hand. Das konnte kein Zufall sein!

Dante plante ein Experiment, um dem, was ihm widerfahren war, auf den Grund zu gehen, und er hatte alle Zutaten zusammen: spirituelle Unterstützung und ein Versuchsobjekt.

Kapitel 20

Claw und Lupus waren nach Talas Anruf zu ihr geeilt. Während der alte Mann sich am Lattenzaun hochzog, um darüberzuschauen, als könnte er Dante noch erspähen, hatte der Alphawolf sich auf der Terrasse hingehockt und betrachtete die riesigen Pfotenabdrücke.

Er schnüffelte. «Rufus hat gepinkelt, als Dante ihn weggetragen hat.»

Tala schwankte. Ihre Tränen waren getrocknet, ihr Zopf neu gebunden und sie hatte sich einen frischen Pullover angezogen. Äußerlich wirkte sie aufgeräumt, doch in ihrem Inneren tobte ein Chaos.

Mit einem Satz war Claw bei ihr und hielt sie an den Schultern fest. Sie schrie vor Schmerz auf und wollte sich losreißen, aber er umschlang mit seinem Arm ihre Hüften und weitete mit der anderen Hand den Kragen ihres Pullis, um darunterzuschauen. Er bemerkte die Kratzer, die Dantes Pranke hinterlassen hatte.

«Verdammt», fluchte Claw. «Das wird er büßen.»

Tala quälte sich ein Lächeln hervor. «Nicht so schlimm.»

Er schnaubte und drückte sie auf den Sessel nieder, dann ging er vor ihr in die Hocke und legte die Hände auf ihre Knie. «Lupus wird sich das gleich ansehen und verbinden. Du hast doch alle notwendigen Impfungen, oder?»

«Selbstverständlich, Walter legt großen Wert darauf.» Sie zögerte. «Kann er mich ... kann Dante ...»

Claw schüttelte den Kopf. «Nur ein Biss kann dich infizieren. Lupus hat herausgefunden, dass ein Sekret in den Fangzähnen den – wir nennen ihn – Virus überträgt. Es wird abgesondert, wenn die Zähne tief ins Fleisch des Opfers gestoßen werden, ähnlich wie bei Schlangen und ihrem Gift. Speichel alleine und Verletzungen durch Krallen sind ungefährlich.»

«Ich forsche schon sehr lange, aber ich bin nur ein einfacher Arzt und kein Wissenschaftler. Was ich entdeckt habe, sieht aus wie ein mutierter Tollwuterreger, allerdings –» Lupus, der auf der Terrasse stand und begann, die zerstörte Tür notdürftig mit Bretten zu verschließen, verstummte, da der Alpha ihm einen finsteren Blick zuwarf.

Tollwut greift das Gehirn und das Rückenmark an, dachte Tala, das könnte das Gestaltwandeln ansatzweise erklären, ebenso die Kraft, die Werwölfe besitzen, denn Tollwut setzt ein gesteigertes Aggressionspotenzial frei. Möglicherweise entstanden diese übernatürlichen Geschöpfe, indem ein Mensch von einem tollwütigen Wolf gebissen wurde. Behandelt man Tollwut nicht sofort, ist man dem Tod geweiht. Konnte es sein, dass jemand die Krankheit dennoch überwunden hatte, jedoch von da an sich regelmäßig in ein Tier verwandeln musste, weil das Tollwutvirus seinen Körper verändert hatte?

Es würde sicherlich noch lange dauern, bis das Phänomen des Gestaltwandels erklärbar sein würde.

Claw setzte sich neben sie. «Du hast am Telefon etwas von Onawa gefaselt.»

«Gefaselt?», echote sie mürrisch.

Entschuldigend und gleichsam abwehrend hob er beide Hände. «Es klang ziemlich wirr, aber das ist aufgrund der Umstände verständlich.»

«Chankoowashtay –»

«Sprich englisch mit mir», fiel Claw ihr ins Wort.

Sie verdrehte die Augen. «Das ist der Name des Schamanen unseres Stammes und bedeutet *guter Weg*. Er ist verschwunden, genauso wie die Schamanen zweier anderer Stämme. Ich wette, Dante steckt dahinter. Er muss sie entführt haben.»

«Weshalb sollte er das tun?», fragte Claw nachdenklich.

Lupus bemühte sich, die Nägel leise in die Bretter zu schlagen, aber das war unmöglich.

«Er will den Ritus wiederholen.» Tala schlang ihre Arme um ihren Oberkörper. Es waren nur Mutmaßungen, aber etwas in ihr sagte, dass sie richtig lag. «Er wird ihn ein zweites Mal durchführen, um ihn zu verstehen und umkehren zu können. Dabei sollen die Schamanen ihm helfen. Sie sind Experten, er ist nur ein Laie. Außerdem variieren die Zeremonien von Stamm zu Stamm. Er hat gleich mehrere Schamanen entführt, um sicherzugehen, dass sie ihm durch ihr gemeinsames Wissen helfen können.»

«Da ist was dran», murmelte Claw.

«Egal, wie das Experiment für ihn ausgeht, danach wird er seine Mitwisser umbringen, weil sie sein Geheimnis kennen.» Lupus nagelte von außen das letzte Brett an und kam dann durch den Vordereingang ins Haus.

«Und Rufus ist seine Laborratte», fügte sie hinzu und betrachtete den schneenassen und mit Glasscherben übersäten Boden. Wie sollte sie dieses Chaos nur Fairstream erklären? «Er ist noch nicht lange ein Werwolf und zudem noch im Wachstum. Dante vermutet wahrscheinlich, dass der Körper des Jungen leichter zu formen ist als der eines Erwachsenen.»

«Außerdem kann er bei dem Jungen mit wenig Gegenwehr rechnen.» Gereizt fuhr Lupus sich mehrmals durch die grauen Haare. Er war blass um die Nase.

Tala sprang ungeduldig auf und fuchtelte mit den Armen herum. «Warum verfolgt ihr ihn nicht? Auf was wartet ihr? Lauft ihm hinterher. Ihr könnt doch seiner Spur folgen, sie ist noch frisch.»

«Das brauchen wir nicht.» Claw erhob sich.

«Wie bitte?» Sie traute ihren Ohren kaum. Ihr Blick schweifte von einem zum anderen Mann. «Rufus steht unter eurem Schutz. Du, Lupus, hast ihn zum Werwolf gemacht, und du, Claw, bist sein Leitwolf. Es ist eure verdammte Pflicht, euch um den Jungen zu kümmern. Wie könnt ihr –»

Als Claw sagte: «Wir wissen, wohin Dante ihn bringt», verstummte sie abrupt.

«Zumindest wissen wir, wo Dante sein Revier hat. Nanouk und Canis sind dort, um ihn in dem großen Gebiet aufzuspüren.»

Lupus zückte sein Mobiltelefon. «Ich werde ihnen Bescheid geben, damit sie ihn in Empfang nehmen.»

«Er ist gefährlich», warnte der Alpha ihn. «Kein Alleingang! Sie sollen nur herausfinden, wohin er Rufus bringt, denn dort finden wir mit Sicherheit auch die Schamanen.»

«Ich komme mit euch.» Tala machte einen Schritt in Richtung Diele, um ihren Parka zu holen, doch Claw hielt sie am Arm zurück.

«Keinesfalls.» Er war in diesem Moment ganz der strenge Leitwolf – finster, furchteinflößend und gebieterisch.

Doch Tala gehörte nicht zum Rudel, sie ließ sich nichts befehlen, denn sie fühlte sich schuldig. Sie hätte Rufus beschützen müssen. «Du kannst nichts dagegen machen! Ich fahre euch einfach hinterher.»

Tiefe Furchen zeigten sich auf seinem Gesicht, seine Zornesfalte trat hervor. «Ich werde dich einsperren.» Er trat näher an sie heran.

Tala wich nicht zurück. «Und ich werde Jerkins anrufen, um ihm Futter für einen Artikel zu geben, der hundertprozentig auf der Titelseite landen wird.»

Mit einem kräftigen Ruck zog Claw sie an seinen Körper heran. Ein bedrohliches Knurren stieg aus der Tiefe seiner Kehle. Nur mühsam unterdrückte er seinen Zorn. «Dantes Territorium liegt nicht um die Ecke, sondern in der kanadischen Provinz Saskatchewan.»

Abwehrend legte sie die Hände auf seine Oberarme. «Selbst wenn es in Russland läge, würde ich mitkommen.»

«Du bist stur.» Seine Reißzähne wurden länger. «Ich will doch nur verhindern, dass du in Gefahr gerätst. Wir treffen uns nicht mit Dante in einem Debattierclub. Es wird zu einem blutigen Kampf kommen.»

«Das weiß ich.» Sie atmete tief durch und bemühte sich, ihre Stimme weich klingen zu lassen. Beiläufig drückte sie gefühlvoll seine Arme. «Lupus glaubt, Zeichen dafür zu erkennen, dass ich eine Aufgabe in dem Kampf gegen Dante zu erfüllen habe, und ich spüre, dass die Zeit gekommen ist. Mir ist noch nicht klar, wie ich euch helfen kann, aber ich muss dort sein: bei Rufus, bei Dante – und bei dir.»

Claw schwieg eine Weile. Seine Zähne bildeten sich zurück. Er schaute ihr in die Augen und musste dort wohl ihre Entschlossenheit erkennen, denn er ließ sie los und trat zurück. «Lupus wird auf der Fahrt deine Wunden versorgen. Er hat seinen Arztkoffer immer dabei.»

Keine Minute später fuhr Claw über die mit frischem Schnee bedeckten Straßen, immer am Rand des Limits und kurz davor, von der Fahrbahn zu rutschen, als wäre der Teufel hinter ihnen her. Irgendwie schaffte er es, das Auto nicht in den Graben zu setzen und sie heil in den Wood-Buffalo-Nationalpark zu bringen.

Sie trafen an einer vereinbarten Kreuzung auf Canis, der sie zu Nanouk brachte. Die Werwölfin stand auf einer kleinen Anhöhe und hielt ein Gebäude im Auge, das am Ufer des Athabasca-Sees lag.

Canis deutete auf das einstöckige Holzhaus. «Dante hat den gesamten Park markiert. Wir hatten erwartet, dass er sich in einer Höhle verkrochen hat, doch er hat das leer stehende Restaurant dort unten besetzt. Es wird nur im Sommer betrieben, wenn sich viele Touristen im Nationalpark aufhalten. Im Winter verirrt sich kaum jemand hierhin.»

«Er weiß, dass wir hier sind», sagte Nanouk und rümpfte die Nase. «Er muss uns gewittert haben, denn er zeigt sich immer mal wieder mit einem Schamanen am Fenster, dem er drohend seine Klaue auf den Schädel gelegt hat, um uns zu zeigen, dass er ihm jeden Augenblick das Genick brechen könnte.»

Tala zog hörbar ihren Atem ein und alle sahen sie an. Am liebsten wäre sie im Erdboden versunken. Ihr war unwohl, weil sie keine von ihnen war. Sie war ein Mensch, kein Werwolf, und gehörte nicht zum Rudel. Sie besaß weder die Kraft noch die Wendigkeit der Lykanthropen und war jedem Einzelnen unterlegen, selbst wenn sie eine Waffe gehabt hätte. Vielmehr war sie ein Störfaktor, genau jene Person, der die Gestaltwandler normalerweise eine Lektion erteilten, weil sie von ihrem Geheimnis wusste.

Ihr Blick glitt zu Claw. Er würde sie vor den anderen beschützen, oder?

«Wir müssen etwas unternehmen», sagte Lupus. «Bald! Bevor Dante die Zeremonie mit Rufus durchführen kann.»

Nanouk ballte ihre Fäuste. «Wir sollten ihn umzingeln und zuschlagen, von allen Seiten gleichzeitig.»

«Das haben wir schon öfters probiert und er war uns immer überlegen», wehrte Claw ihren Vorschlag ab und stellte einen Fuß auf einen umgestürzten Baum, dessen Rinde daumenbreit mit Schnee bedeckt war. Er stützte sich mit der Hand auf seinem Knie ab.

«Außerdem würde er seine Gefangenen töten, bevor ihr das Restaurant überhaupt erreicht hättet», warf Tala besorgt ein. Da niemand antwortete, befürchtete sie, dass das Rudel die vier Todesopfer als Kollateralschaden in Kauf nehmen würde. «Das kann ich nicht glauben. Ihr würdet Rufus opfern? Er steht ganz unten in eurer Hierarchie, aber er ist immer noch einer von euch. Und die Schamanen? Drei unschuldige Männer ...»

Claw knurrte. «Niemand wird sterben. Wenn das Überraschungsmoment auf unserer Seite gewesen wäre, hätte ein Angriff aus dem Hinterhalt funktionieren können, aber nun ist es zu spät. Dante ist vorbereitet.»

Immer mehr Werwölfe trudelten ein. Sie stellten ihre Wagen in einiger Entfernung ab und rannten entweder in Menschen- oder bereits in Wolfsgestalt durch den Wald zu ihrem Anführer.

Große Schneeflocken schwebten sanft zur Erde. Eine trügerische Stille umgab die Gruppe. Zu dieser Jahreszeit hielten ohnehin viele Tiere ihren Winterschlaf, aber Tala fand, dass es ungewöhnlich ruhig im Nationalpark war, als hätten sich alle Tiere verkrochen, weil sie sich vor dem Werwolf-Rudel fürchteten. Nicht einmal die Bisonherden, für die der Park, der 1983 von der UNESCO zum Weltnaturerbe erklärt worden war, zeigten sich. Im Sommer tummelten sich hier 300 Tierarten: davon 250 Vogelarten, Füchse, Wölfe, Bieber, Bisons, Schwarzbären, Grizzlys, Elche, Murmeltiere – doch im Moment war nicht einmal ein einziges Tier zu sehen oder zu hören.

Gespenstisch! Der Park wirkte wie ausgestorben.

Plötzlich sagte Claw: «Ich werde Dante alleine gegenübertreten, das ist unsere einzige Möglichkeit.»

Alle Werwölfe schnellten zu ihm herum. Diejenigen, die noch in Menschengestalt waren, rissen ungläubig ihre Augen auf und starrten ihn mit offenem Mund an, und die, die bereits Wölfe waren, winselten leise. Sie konnten nicht glauben, dass er das gesagt hatte.

Lupus fand seine Stimme als Erster wieder. «Du hast keine Chance gegen ihn.»

«Das ist ein Todeskommando», warf Tala ein, aber niemand beachtete sie. Das war eine Angelegenheit des Rudels und sie gehörte nicht dazu.

Gedankenversunken spähte Claw zu dem Gebäude herüber. «Doch, wenn ich so werde wie er.»

«Wie bitte?» Niemand wagte etwas gegen Claw zu sagen, außer Lupus.

«Eine Bestie kann nur von einer Bestie erlegt werden.» Claw nahm den Fuß vom Baumstamm und baute sich vor den anderen auf. «Ich muss den Wolf aus mir herauskitzeln, aber nur so weit, dass er auf halbem Weg stecken bleibt.»

Der alte Mann gestikulierte heftig. «Herrgott, Claw, das wird nicht funktionieren.» Dann lüftete er seine petroleumblaue Mütze und raufte sich die grauen Haare.

In diesem Moment sah er krank aus, sterbenskrank. Bis auf die dunklen Augenringe war sein Gesicht so kreidebleich, dass seine Altersflecken wie erste Anzeichen von Lepra wirkten. Tala stand kurz davor, zu ihm zu gehen und ihn zu stützen, aber sie blieb, wo sie war, um ihn nicht vor den anderen schwach aussehen zu lassen.

«Es hat bei Dante funktioniert, es wird bei mir funktionieren.» Claw blieb unnachgiebig. Er hatte sich entscheiden.

Mehrmals klopfte sich Lupus mit der Faust gegen die Brust. «Will der Wolf erst einmal nach draußen, lässt er sich kaum zähmen.»

«Es wird schmerzhaft werden, aber ich kann es schaffen.» Der Alphawolf wandte sich an Canis. «Welche Zeremonie könnte mich dabei unterstützen?»

«Das kann nicht dein Ernst sein», wagte der Indianer zaghaft zu protestieren.

«Welche?», blaffte Claw ihn an.

Canis schüttelte den Kopf. Er starrte seinen Leitwolf an, als würde er ihn für verrückt halten und darüber nachdenken, ihn zu stürzen, nicht um seinen Rang zu übernehmen, sondern um ihn zu schützen. Dann überlegte er.

Claw knurrte bedrohlich.

«Die Schwitzhütte. In den vier Runden, die man durchläuft, könntest du versuchen, deinen Timberwolf Stück für Stück herauszulocken», begann Canis zögerlich. «Die Indianer glauben, dass die Wirklichkeit nur eine Begleiterscheinung des Traums ist. Wenn sie etwas Wichtiges vorhaben und sich vollkommen auf ihre Aufgabe konzentrieren, träumen sie davon. Durch die Hitze in den Schwitzhütten wirst du Visionen haben, sie sind einem Traum ähnlich. Dadurch könntest du Dantes Zustand bewusst hervorrufen.»

«Du wirst nicht mehr zurückkönnen und den Verstand verlieren.» Nanouks Miene war finster, aber ihre Augen waren feucht.

Lupus deutete mit einem Nicken auf Tala. «Nicht, wenn sie mit ihm geht.»

Alle schauten sie an. Skeptisch. Zweifelnd. Tala spürte, dass die Werwölfe nicht einmal wollten, dass sie anwesend war. Wie sollte sie helfen können? Sie war nur ein Mensch, nichts weiter.

«Niemals», protestierte Claw und winkte ab.

Beinahe flehentlich legte der alte Mann seine Handflächen aneinander. «Du brauchst eine Art Anker, etwas, dass dich daran erinnert, ein Mensch mit gesundem Verstand und Moral zu sein. Aber dieser Anker kann nicht jeder sein.»

«Wieso sie?» Nanouk betrachtete Tala von oben bis unten.

Claw zischte: «Kommt nicht in Frage.»

Unbeirrt fuhr Lupus fort: «Weil es starke Gefühle benötigt. Tala ist deine einzige Hoffnung. Du bedeutest ihr viel und bist deinerseits ebenfalls ver–»

«Sag nichts, was du bereuen würdest», fiel der Alpha ihm ins Wort und schaute ihn mit zusammengekniffenen Augen an. Er war auf dem Sprung. Noch ein falsches Wort und er würde Lupus angreifen.

Die Gefühle des Leittiers diskutierte man nicht mit dem Rudel, egal, wie prekär die Situation war, das war auch Tala klar. Sie wurde von einer großen Nervosität erfasst, aber ihr Herz freute sich über die Röte, die Claws Wangen überzog.

Lupus wich zurück. «Für sie wirst du stark sein und deinem Timberwolf nicht nachgeben, und sie wird dir immer wieder ins Gedächtnis rufen, wer du bist.»

«Das ist völliger Unsinn», wetterte Claw wenig überzeugend. Er wusste, dass Lupus' Erklärung logisch klang. Doch er wollte es nicht wahrhaben. «Das ist mein Kampf. Sie ist weder ein Rudelmitglied noch trägt sie irgendeine Verantwortung. Ich werde Dante gegenübertreten. Niemand von euch wird etwas geschehen. Und Tala erst recht nicht! Canis, besorg alles, was ich für die Zeremonie brauche, und bau die Schwitzhütte auf. In wenigen Stunden gehört Dante mir!»

Daraufhin stampfte er durch den hohen Schnee davon.

Tala fühlte sich überrollt. Sie stand einfach nur da, zitternd und mit herunterhängenden Armen.

Seufzend kam Lupus zu ihr. Er zog väterlich ihren Schal enger und stellte den Kragen ihres Parkas auf, damit ihr Hals vor der Kälte geschützt war. «Du weißt, dass ich Recht habe, oder?»

Nein, schrie es in ihr. Vielleicht. Ja. «Ich habe Angst.»

«Es wird nicht einfach werden. Du musst ihn bremsen und ein Alphawolf lässt das normalerweise nicht zu. Aber wenn es einer schafft, dann du.»

«Wird er über mich herfallen?», fragte sie so leise, dass nur er ihre Frage hören konnte.

Die anderen Rudelmitglieder verwandelten sich einer nach dem anderen und strömten aus, um das Restaurant weitläufig zu umstellen.

«Auf die ein oder andere Weise.»

Verunsichert runzelte sie die Stirn. «Er wird mich angreifen.»

«Und deinen Körper in Besitz nehmen, um dich zu unterwerfen.»

Hitze schoss in ihre Wangen.

«Wenn du seinem sexuellen Drängen nachgibst, wird er dir kein Haar krümmen. Ein Wolf beißt nicht zu, wenn der andere sich unterwirft, in dem er sich auf den Rücken dreht und ihm seine Kehle hinhält.»

«Aber trotzdem muss ich ihn immer wieder daran erinnern, dass er Ashton Tracer ist, richtig?» Damit würde sie ihn jedes Mal aufs

Neue reizen und sich großer Gefahr aussetzen. Wie sollte sie das überleben?

Zuerst war Lupus erstaunt, dass sie Claws vollen Namen kannte, dann lächelte er und streichelte über ihr Haar. «Es ist so, als würde der Feind in seinem eigenen Körper sitzen.»

«Das scheint mir alles unmöglich.»

Lupus antwortete nicht, das war kein gutes Zeichen. Während er mit Canis und Nanouk losfuhr, um alles für die Schwitzhütte zu besorgen, suchte Tala Claw auf, der abseits des Rudels seinen Gedanken nachhing.

Er lehnte gegen einen Nadelbaum, von dem die aufkommende Brise Schnee herunterrieseln ließ, doch er schien das nicht zu bemerken. Es sah so aus, als würde er zum Restaurant hinüberschauen, doch sein Blick war nach innen gekehrt. «Du hättest nicht einfach verschwinden müssen.»

Tala wusste, dass er von ihrer letzten Liebesnacht sprach. «Ich hatte Angst.»

Erstaunt schnellte sein Kopf zu ihr herum, weil er dachte, sie würde sich immer noch vor ihm fürchten.

Die Enttäuschung, die sich auf seinem Gesicht widerspiegelte, erschütterte sie. Ihr Magen krampfte sich zusammen und sie beeilte sich zu erklären: «Vor mir selbst.»

Sie sah ihm an, dass er das für eine Ausrede hielt, deshalb sprang sie über ihren eigenen Schatten und sagte: «Vor meinen Gefühlen. Und davor zurückgewiesen zu werden.»

«Ich hätte dich nicht weggeschickt», stellte er klar, ohne sich von der Stelle zu rühren. «Ich schlafe nicht mit jeder Frau. Im Gegenteil.»

Alphas waren wählerisch. Sie vereinten sich nur mit einer Frau, die ihnen etwas bedeutete, nun verstand Tala. Wärme durchflutete sie. Sie zog ihre Handschuhe aus und steckte sie in die Jackentasche.

Die Sehnsucht trieb sie zu ihm. Hatte Lupus sagen wollen, dass Claw verliebt in sie war?

Sie legte Claw ihre Hände auf die Schultern und stellte sich auf die Zehenspitzen, um ihn zu küssen. Sofort zog er sie in seine Arme. Der

Kuss war voller Leidenschaft und Verzweiflung, da sie nicht einschätzen konnten, was das Schicksal für sie bereithielt. Aber er war auch ein stummes Abkommen zwischen ihnen.

Claw würde Tala erlauben, mit ihm in die Schwitzhütte zu gehen. Sie setzten beide ihr Leben aufs Spiel, um Dante ein für alle Mal zur Strecke zu bringen.

Claw musste sich Dante stellen – und Tala Claw. Der Mann, den sie liebte, stellte während der Zeremonie die größte Gefahr für sie dar.

Kapitel 21

Die Nacht war rabenschwarz.

Sterne und Mond, die sich bei Anbruch der Abenddämmerung kurz am Firmament gezeigt hatten, waren längst von Wolken verdeckt. Dann und wann fielen ein paar Schneeflocken zur Erde, aber mehr schneite es nicht, als hätte selbst der Himmel Angst, zu viel Aufmerksamkeit auf sich zu ziehen und in den Fokus der beiden Männer zu geraten, die sich in einiger Entfernung gegenüberstanden.

«Ein Kampf auf Leben und Tod», schrie Claw zu seinem Widersacher herüber. «Nur du und ich.»

«Wie richtige Männer, was?» Dante stand auf der Veranda des Restaurants und lachte abfällig. «Nur dass ich kein Mann mehr bin. Du hast keine Chance gegen mich.»

Er drückte seinen Arm fester auf Rufus' Kehle. Der Junge stand in Menschengestalt nackt vor dem monströsen Koloss und hielt beide Hände vor sein Geschlecht. Seine Wangen waren gerötet und feucht.

«Das lass meine Sorge sein. Wir klären das jetzt und hier für immer.»

«Das wird ein Spaß», sagte Dante mit seiner Reibeisenstimme. «Wenn du unbedingt sterben willst. Erst werde ich dich töten und dann deine Gefährten, denn ein Rudel ohne Leitwolf ist verwundbar.»

Als Claw zu den anderen Werwölfen zurückkehrte, war seine Miene so hart und finster, wie Tala sie noch nie gesehen hatte, und sie wurde sich bewusst, dass es das gesamte Rudel gefährlich schwächen würde, sollte ihr Leitwolf den Kampf verlieren.

Tala schaute über ihre Schulter zurück zur Schwitzhütte und war unsicher, ob die Zeremonie überhaupt den gewünschten Effekt haben würde. Und selbst wenn, besaß Dante zwei Vorteile. Er kannte sich bereits mit seinen neuen Kräften aus und würde seine Gefangenen gewissenlos als Schutzschilde einsetzen.

«Die Steine sind heiß.» Canis stocherte in der Glut. Er hatte unweit der Schwitzhütte eine Feuerstelle errichtet und in einer zeremoniellen

Art Steine hineingelegt. Diese glühten mittlerweile. «Kommt her, ich möchte euch vorher noch einiges erzählen.»

Während Tala und Claw sich ans Feuer stellten, hielten die anderen Werwölfe das Restaurant im Auge.

Canis hatte sich dazu bereit erklärt, als Leiter der Schwitzhüttenzeremonie zu fungieren. Im Moment hockte er vor dem Feuer. «Üblicherweise gibt es einen Feuerhüter und einen Wassergießer. Da ich aber der Einzige im Rudel bin, der sich mit der Zeremonie auskennt, übernehme ich beide Aufgaben.»

«Du wirst mit in die Hütte gehen, um die Steine immer wieder mit Wasser zu übergießen?», fragte Tala erstaunt.

Claw hob beide Hände. «Auf keinen Fall!»

Canis nickte dem Alphawolf ergeben zu. «Ich wäre nur eine Ablenkung, das könnte die Zeremonie stören.»

«Und ein weiteres Opfer, sollte etwas schiefgehen.» Unauffällig umschloss Claw Talas Hand und drückte sie aufmunternd.

Der Indianer erhob sich. «Ich werde die Steine jetzt in die Schwitzhütte legen und nach jeder Runde mit Wasser übergießen. Die Zeremonie besteht aus vier Runden. Nach dreißig Minuten werde ich die Tür der Hütte für fünf Minuten öffnen, frische Luft hineinlassen und Steine nachlegen.»

«Soweit das möglich ist», wandte der Alpha ein.

«Falls du mich lässt, ja.»

«Oder das, was von mir übrig sein wird.» Claw murrte.

«Ich werde euch Wasser reichen, wie es üblich ist, aber euch nicht erlauben, aus der Hütte zu treten, bevor nicht die vierte Runde beendet ist, denn das wäre zu riskant.» Canis nahm einen Stein mit zwei Ästen auf und brachte ihn zu der Schwitzhütte. Andächtig kehrte er zurück und füllte die Mulde in der Mitte der Hütte nach und nach mit glühenden Steinen.

Nervös verlagerte Tala ihr Gewicht von einem Fuß auf den anderen. Die Stunde der Wahrheit war nah. Bald würde sich zeigen, ob sie den Mut haben würde, Claws Anker zu sein.

Ihm gegenüber tat sie zuversichtlich, aber er spürte ihre Unruhe.

Sie beide wussten, dass das Risiko sehr hoch war. War ihre junge Liebe stark genug?

Emsig hatten die Werwölfe tagsüber die Baumaterialien beschafft und die Hütte erbaut. Sie hatten auf einer Lichtung den Schnee entfernt, Felle ausgelegt – Canis hatte seine Verbindungen zu den Inupiaq in der Nähe genutzt – und eine Vertiefung in der Mitte gegraben, was nicht leicht gewesen war, da der Boden gefroren war. Aber ihre Kräfte gingen weit über die der Menschen hinaus und ihr Ziel hatte zusätzlich Potential freigesetzt. Aus Holz hatten sie mühsam ein Gerüst gebaut und es mit Decken und Häuten bedeckt. Die Schwitzhütte war klein und niedrig, es mussten ja auch nur zwei Personen darin sitzen.

Nachdem Canis die Mulde mit heißen Steinen gefüllt hatte, schloss er die Hütte und kehrte zu Tala und Claw zurück. Er hockte sich erneut verschwörerisch hin und sie taten es ihm gleich. Mit gesenkter Stimme fuhr er mit seinen Erklärungen fort: «Diese Zeremonie nimmt Einfluss auf Körper und Seele. Sie hat einen reinigenden Effekt, härtet ab und steigert die Widerstandskraft.»

«Das kann ich gut gebrauchen.» Claw wirkte beinhart, ganz der Krieger, der keine Schwäche zeigte, um sich und anderen weiszumachen, dass er furchtlos war.

Doch Tala bemerkte einige schweißnasse Haarsträhnen in seinem Nacken. «Normalerweise werden Riten während des Schwitzbades durchgeführt, aber mit ihnen bin ich nicht vertraut.»

«Das sehe ich nicht als Problem», beruhigte Canis sie und schenkt ihr ein zartes aufmunterndes Lächeln. «Es muss reichen, dass du Claw die einzelnen Runden erklärst, damit er weiß, auf was er sich zu konzentrieren hat.» Er sah den Alpha unmittelbar an. «Wenn du Schritt für Schritt vorgehst, wird das Tier in dir langsam an die Oberfläche steigen, und durch das hohe Maß an Konzentration kannst du es kontrollieren.»

«Es wird schwierig, es dort zu halten», gab Claw zu. «Ich muss es zur Hälfte herauslassen und dort an die Leine legen. Es darf weder ganz herauskommen noch sich wieder in mich zurückziehen.»

«Lass dich auf die einzelnen Schritte, die Tala dir erklärt, ein», riet Canis ihm. «Dein Körper wird verdammt schmerzen und du wirst glauben, dein Kopf explodiert, aber –»

Schwungvoll stand Claw auf. «Genug! Was nutzt es, darüber zu reden!»

Auch Tala und Canis erhoben sich.

«Die Dunkelheit ist euer Schutz», sagte er Inupiaq-Indianer.

Tala wusste, was er damit meinte. Während Claw durch die Finsternis besser in sich hineinhorchen und sich konzentrieren konnte, würde sie seine Wandlung nicht mit ansehen müssen. Der Anblick musste grausam sein, weil Claw mit dem Wolf ringen würde. Hoffentlich würde er die Oberhand gewinnen.

«Raum und Zeit werden unwichtig, die innere Stimme wird lauter, man befreit sich von allen Zwängen und Einschränkungen und kann sich seinen Problemen und Ängsten stellen.» Canis führte die beiden zum Eingang der Hütte. «Impulse kommen aus dem eigenen Inneren und man kann ehrlich und wertfrei seinen persönlichen Pfad erkennen.»

Tala legte die Hände auf Claws Brustkorb. «Man findet zu seinen inneren Schätzen und Stärken, aber das führt unweigerlich dazu, sich auch mit den eigenen Schattenseiten auseinandersetzen zu müssen.»

Der Alpha nahm ihre Hände und küsste ihre Handflächen. «Ich muss meine dunkle Seite nach außen wenden und trotzdem nicht den Verstand verlieren.»

«Dafür bin ich da», flüsterte sie.

«Die Zeremonie öffnet das Herz und die Tür in unser Inneres.» Canis schaute in die Richtung, in der das Restaurant lag, doch die schneebedeckten Bäume verdeckten die Sicht. «Selbsterkenntnis und Veränderung kann man durch sie bewirken. Was man gewinnt, ist Kraft und Klarheit.»

«Bestenfalls.» Ein Knurren stieg aus Claws Kehle hervor. «Lasst uns endlich beginnen.»

«Zieht euch aus.» Canis drehte ihnen den Rücken zu.

Am ganzen Körper zitternd, entkleidete sich Tala. Es lag nicht an der Eiseskälte, das versuchte sie sich erst gar nicht einzureden, sondern sie hatte schlichtweg Angst. Würde sie Claw helfen können, dem Monster, das er werden würde, Einhalt zu gebieten? Sie war schwach, nur eine Menschenfrau, die keine Kräfte oder Waffen besaß, sondern nur ihre Liebe für den Alphawolf. Aber diese Liebe war gerade erst erblüht, ein kleines Pflänzchen, das schnell sterben konnte, wenn man unsanft damit umging.

Und *unsanft* war eine milde Umschreibung für das, was Tala in Kürze erleben würde.

Sie schlang die Arme um ihren Oberkörper. Claw öffnete die Schwitzhütte und sie trat vor ihm ein. Er setzte sich neben sie, umarmte sie fest und gab ihr den gefühlvollsten Kuss, den sie jemals bekommen hatte.

«Küss mich nicht, als wäre dies ein Abschied», wisperte sie den Tränen nah.

«Ein Abschied von dem Mann, den du mal gekannt hast.»

«Du wirst zurückkehren. Du bleibst kein Monster.» Sie legte die Hand an seine Wange und strich mit dem Daumen über die Konturen seiner Oberlippe. «Ich glaub an dich.»

Zärtlich knabberte er an ihrer Daumenspitze. «Das ist das Schönste, was du hast sagen können.»

Canis riss sie aus ihrer Zweisamkeit, als er eintrat. Er goss Wasser auf die Steine, Dampf stieg von ihnen auf und füllte die Hütte. «Viel Glück», sagte er ernst und schloss die Schwitzhütte.

Nun waren Tala und Claw alleine.

Es gab nur sie und ihn – und den Timberwolf in seinem Inneren.

Kapitel 22

Es war stockdunkel. Und heiß.

Tala hatte schon zweimal eine Schwitzhüttenzeremonie miterlebt, sie war erfrischend gewesen, auflockernd und befreiend. Nach Beendigung hatte sie sich so zufrieden gefühlt wie nach einem Orgasmus.

Diesmal war es anders. Ihre Schultermuskulatur war so verkrampft, dass sich Kopfschmerzen ankündigten. Trotz der Hitze, die die Steine ausströmten, zitterte sie immer noch. In einem Moment war sie versucht, von Claw wegzurücken, gar aus der Hütte zu fliehen. Im nächsten wollte sie sich in seine Arme schmiegen.

Er hatte sie losgelassen, sobald Canis die Tierhaut, die als Tür diente, geschlossen hatte, als spürte auch er, dass er sich besser von Tala fernhalten sollte.

Tala lauschte seinem Atem. Sie konnte seine Nervosität und Anspannung spüren. Ihre Handfläche glitt über das Fell, auf dem sie hockte. Normalerweise beruhigte es sie, ein Tier zu streicheln, doch das unter ihr war tot. Es erinnerte sie lediglich an das Fell, das Claw bald wachsen würde, an die riesigen Tatzen, die Krallen und großen, messerscharfen Zähne.

Nein, nein, denk an etwas anderes, etwas Schönes, ermahnte sie sich.

Dass auch Claw düstere Gedanken quälten, ahnte sie, als er sie aufforderte: «Erzähl mir etwas über die erste Runde des Schwitzbades. Ich möchte deine Stimme hören.»

Tala räusperte sich, denn sie spürte ein Kratzen im Hals. «Wabun, die Adlerrunde, steht für den Morgen oder auch den Frühling. Ein frischer Start. Man weiß noch nicht, was der Tag bringen wird.»

«Der Beginn zu etwas Neuem, aber neu ist nicht immer gut.»

Sie streckte den Arm nach ihm aus und zog ihn in letzter Sekunde zurück, weil ihre Angst zu groß war, zu fühlen, dass seine Wandlung schon angefangen haben könnte. «In dieser Runde schauen wir tief in unser Inneres, wir sehen nach, wo in unserem Leben Neues entstehen möchte.»

«Der Wolfsmann», brachte Claw atemlos hervor. «Ich.»

Tala erschrak, als er die Arme um sie schlang und sie mit einem Ruck zu sich zog, als gehöre sie ihm, als hätte er ein Recht auf sie. Oder hatte er nur vor, sich an ihr festzuhalten, um nicht abzustürzen? Sie genoss seine Nähe und gleichzeitig fürchtete sie sich. Aber Furcht brachte sie in dieser Situation nicht weiter. Es war ihre Aufgabe, Claw zu helfen. Sie wollte für ihn da sein.

Um ihm das zu zeigen, legte sie ihren Kopf in seine Halsbeuge. «Der Wasserhüter würde jetzt sagen, man muss vom Himmel unseres eigenen Lebens herabschauen, um den Überblick zu bewahren.»

«Mit anderen Worten.»

«Man muss zwar in sich hineingucken, aber zur selben Zeit einen klaren Blick bewahren.»

«Nicht so einfach», seine Hand glitt zu ihrem Busen, den er umschloss und sanft knetete, «sich selbst neutral und ehrlich zu analysieren.»

Tala seufzte. Seine Berührung tat gut, sie war sinnlich, und Tala spürte, dass seine Hand die eines Mannes war. «Nur so kann man verhindern, dass man einen Hügel für einen Berg hält, ein unüberwindbares Hindernis.»

«Wenn ich das denken würde, wäre ich nicht hier.»

«Aber du zweifelst und hast Angst. Hör auf, den starken Mann zu spielen.» Die Worte waren schneller aus ihrem Mund gekommen, als sie darüber hatte nachdenken können.

Claw riss sie auf den Rücken und legte sich auf sie. Vorsichtig begrub er sie unter seinem Körper. Er rieb seinen Oberkörper an ihrem Busen und stieß ein Knie zwischen ihre Beine. Leise knurrend rieb er sein erwachendes Geschlecht an ihrem Oberschenkel.

«Ich wollte dir doch nur Mut zusprechen», fuhr sie unsicher fort, weil sich Furcht mit Lust vermischte. Sie begehrte ihn, war jedoch gewarnt. «Durch Wabun können wir sehen, wo unser Weg entlangführt, was uns Kraft und Selbstvertrauen schenkt.»

Er senkte seinen Kopf und knabberte an ihrem Ohr. «Denk nicht, dass du mir überlegen bist, weil du so viel über die Zeremonie weißt.»

Etwas hatte sich geändert. Tala spürte es. Seine Stimme war tiefer und klang rauer. Eine subtile Herausforderung und auch ein Hauch von Drohung lagen darin. Der Wolf in ihm machte sich bemerkbar.

Claw hinterließ mit seiner Zungenspitze eine feuchte Spur auf ihrer Ohrmuschel. «Verführe mich, Tala. Besänftige das Tier in mir, indem du mit ihm spielst.»

Noch war der Timberwolf zahm, aber er lauerte und wartete nur auf den Moment, wo er herausspringen und die Führung übernehmen konnte. Das würde der Augenblick sein, in dem Claw ihn packte und festhielt, direkt unter der Oberfläche, sodass er weder vollkommen Wolf noch ganz Mann war, sondern eine widernatürliche Bestie, wie Dante. Je weniger aggressiv der Wolf war, desto leichter würde es Claw fallen, ihn an die Leine zu legen.

Deshalb umschmeichelte Tala ihn. Sie streichelte in der Dunkelheit über seinen Brustkorb, zwirbelte seine Brustwarzen und kroch unter Claw, sodass sie den Mund auf die Warzen stülpen konnte. Zärtlich saugte Tala sie ein, sie leckte darüber und neckte sie mit ihren Zähnen, bis Claw aufheulte wie ein Wolf. Doch noch besaß er die Gestalt eines Mannes.

Er hob seinen Körper an, damit Tala mehr Spielraum hatte. Nun kniete er auf allen vieren und sie lag unter ihm. Sein Phallus stand von seinen Lenden ab, Tala stieß dagegen, wenn sie sich bewegte. In ihrem Schoß erwachte die Lust. Vorfreudig prickelte es zwischen ihren Schenkeln. Sie spreizte ihre Beine leicht und hob ihr Becken an, damit Claws Penisspitze gegen das warme Fleisch ihrer Spalte rieb.

Dann glitt sie tiefer unter ihn. Sein Phallus schwebte genau über ihrem Gesicht. Tala konnte ihn nicht sehen, aber der männliche Duft seines Geschlechts ließ ihr das Wasser im Mund zusammenlaufen.

Sie stemmte sich mit ihren Ellbogen ab und hob ihren Oberkörper an. Claws Schaft stieß gegen ihren Kopf. Einige Male rieb sie ihre Wange an der samtweichen Haut, aber da sie merkte, wie er unruhig wurde, weil die Berührung ihm nicht reichte, stülpte sie ihre Lippen um die Eichel. Gefühlvoll saugte sie daran. Ihre Zungenspitze drang in die kleine Öffnung und entlockte Claw nicht nur ein Stöhnen, sondern auch einen salzigen Tropfen.

Gierig senkte er seine Lenden herab. Sein hartes Glied schob sich Stück für Stück in ihre Mundhöhle, bis sie abwehrend die Hände an seine Hüften legte.

Er zog sich wieder zurück, glitt wieder hinein und nahm ihren Mund, als wäre es ihre feuchte Öffnung. Mit jedem Stoß stöhnte er lauter.

Tala musste an Canis denken, der vor der Schwitzhütte Wache hielt, das Feuer schürte – und die Laute, die aus dem Zelt drangen, unmissverständlich deuten würde. Sie schämte sich. Doch was nutzte das? Es war ihre Pflicht, Claw dabei zu unterstützen, den Wolf in sich genau dorthin zu locken, wo er ihn haben wollte.

So übel ist diese Aufgabe nun wirklich nicht, dachte sie, grinste und vergaß, die Lippen auf Claws Schaft zu pressen.

Unzufrieden schnaubte er. Doch er wies sie nicht zurecht, wie sie erwartet hatte, sondern sagte wollüstig mit einer tiefen, beinahe fremden Stimme: «Ich muss dich schmecken, ich will von dir kosten. Dein Körper unter mir riecht so verdammt gut. Halt still!»

Claw wich zurück, sein Glied streifte ihre Stirn. Als sein Mund problemlos ihre Brustspitze fand, fragte sie sich, ob er in der absoluten Finsternis sehen konnte. Werwölfe besaßen außergewöhnliche Fähigkeiten. Zu was musste ein Wolfsmann dann erst imstande sein?

Kräftig saugte er ihre Brustwarze ein. Er lutschte an ihr, bis sein Speichel über den Hügel herunterlief. Dann presste er behutsam den anderen Busen zusammen, sodass die Spitze wie ein Gipfelkreuz empor wuchs. Als er darüberleckte, seufzte Tala und drückte ihren Rücken durch. Seine Zungenspitze tanzte über ihren Hügel und stieß immer wieder gegen ihre Brustwarze. Bald war sie hart und empfindlich. Claw zupfte mit den Lippen an der Knospe, die ihm beinahe in den Mund zu wachsen schien.

Mittlerweile wand sich Tala unter ihm. Seine Zunge war so geschickt, so flink und feucht – und rau. Rauer als sonst.

Claw verwandelte sich sehr, sehr langsam. Die Veränderungen waren noch gering, aber Tala bemerkte sie dennoch.

Er begann ihren Oberkörper abzulecken. Seine Zunge glitt durch das Tal zwischen ihren Brüsten und tauchte in ihren Bauchnabel ein. Nicht einmal vor ihren Achseln scheute er zurück. Tala wehrte sich dagegen, weil sie das nicht sonderlich erotisch fand und es kitzelte. Aber er packte ihre Handgelenke, spreizte ihre Arme vom Körper ab und drückte ihre Hände in die Felle, um seinen Kopf in ihren Achselhöhlen zu versenken. Tala schrie auf, dann gackerte sie und kämpfte lachend verzweifelt gegen ihn an, war jedoch chancenlos.

«Das ist Kitzelfolter», brachte sie mühsam hervor und kicherte.

Claw antwortete nicht. Er schien sich in Ekstase geleckt zu haben, ließ ihre Handgelenke endlich los und küsste seitlich an ihrem Körper herab.

Seine gespitzten Lippen strichen über ihre großen Schamlippen. Er tauchte mit der Zunge in das Tal zwischen Scham und Oberschenkel ein und hinterließ eine feuchte Spur auf ihrem Bein.

Bevor sie sich versah, ergriff er ihren Fuß, nuckelte genüsslich am kleinen Zeh und leckte dann durch die Zwischenräume, bis sich Tala vor Lachen den Bauch hielt, weil sie auch an den Füßen schrecklich kitzelig war.

«Ich will dich mit Haut und Haaren», grollte er. Blitzschnell dreht er sich auf ihr herum, sodass ihre Köpfe nah am Geschlecht des anderen waren.

Er spreizte ihre Beine auseinander. Sie spürte seinen Atem an ihren feuchten Schamlippen.

Plötzlich saugte er sie tief in ihren Mund ein. Tala hielt die Luft an, nicht weil sie befürchtete, er könnte sie beißen, sondern weil ihre Erregung emporschoss. Hemmungslos lutschte er ihre Feuchtigkeit von ihren Falten. Er züngelte über den Eingang ihrer Pforte und stieß dann seine Zunge immer wieder in ihre feuchte Öffnung hinein.

Berauscht vor Lust, war Tala unsicher, ob seine Zunge inzwischen tatsächlich länger als normal oder das nur ein Trugschluss war, hervorgerufen durch Hitze und Dunkelheit. Ja, er hatte sich sogar so sehr an ihrem Schoß festgesaugt, dass sie nicht einmal sagen konnte, wo er aufhörte und sie begann.

Das Gefühl, dass sie eine Einheit bildeten, wurde noch intensiver, als sie seinen Phallus in ihren Mund aufnahm. Sie schob mit ihren Lippen seine Vorhaut zurück und saugte zärtlich an dem harten Schaft, während ihre Zungenspitze ab und an über seine Eichel zuckte.

Für den Moment waren sie eins. Sie hatten sich ineinander verkeilt und verwöhnten sich gegenseitig oral, als wäre es das Natürlichste der Welt, sein Gesicht in das Geschlecht eines anderen zu vergraben. Und das war es auch, wenn man sich liebte.

Auf einmal wurde die Tür der Schwitzhütte aufgerissen.

Claw sprang in eine Ecke und drehte Tala den Rücken zu, während Tala selbst sich von der Tür wegrollte und ein Fell über ihr Gesäß zog. Aus dem Augenwinkel heraus beobachtete sie atemlos, wie Canis mit einer Tierhaut kühle Luft ins Innere fächerte und glühende Steine nachlegte. Er goss Wasser aus einem Holzkübel darüber, es zischte und Dampf stieg auf.

Als er Claw etwas zu trinken anbot, hob dieser abwehrend die Hand, ohne Canis anzusehen. Tala dagegen trank aus der Holzkelle, wobei sie unauffällig einen Blick zu Claw hinüberwarf. Erleichtert stellte sie fest, dass er sich noch nicht viel verändert hatte. Sein Rücken war etwas breiter geworden und sein Haar auf dem Kopf und zwischen den Beinen war länger geworden. Das alles ließ ihn nur maskuliner wirken.

Canis sah sie intensiv an und hob seine Augenbrauen, um stumm zu fragen, ob alles in Ordnung war. Ebenso wortlos nickte sie und reichte ihm die Kelle zurück.

«Shawnodese», murmelte er, ging hinaus und schloss die Öffnung wieder.

Ungehalten, als wäre dies ein indianisches Codewort, über das sich Tala und Canis verständigten, wollte Claw wissen: «Was bedeutet das?»

«Kojotenrunde», beeilte sich Tala zu sagen. Noch immer lag sie auf der Seite, ihre Beine drückten die geschwollenen Schamlippen aufeinander, was das lustvolle Pochen verstärkte. Ihr Körper pulsierte innerlich, da Claw sie von oben bis unten stimuliert hatte. Jede einzelne Pore schien erregt zu sein. Sie glaubte, innerlich zu verbrennen, und nur Claw konnte das Feuer löschen.

Er kroch zu ihr herüber. Seine Hände fanden ihre Schultern und drückten sie mit dem Rücken auf die Felle. Seine Wange strich über ihren Bauch. Dann glitt sein Kopf höher, bis er zwischen ihren Brüsten lag. «Erzähl mir mehr.»

«Shawnodese steht für den Mittag und den Sommer», begann sie leise und kraulte seinen Kopf. Es fühlte sich so gut an, Claw zu spüren, aber die Angst, ihn zu verlieren, wuchs mit jeder Runde. «Er stellt uns Fallen, versucht uns auszutricksen, aber nicht weil er uns Böses will, sondern er möchte erreichen, dass wir uns weiterentwickeln.»

Claw legte eine Hand an ihren Busen, drückte ihn hoch und küsste die zarte Haut darunter. «Ich muss den Wolf auf die nächsthöhere Ebene locken. Er wird unruhig. Es fühlte sich an, als würde er in meinem Brustkorb hin und her laufen, um jeden Moment zum Sprung anzusetzen und rauszuschießen.»

«Aber das darf er nicht.»

«Zumindest nicht vollkommen.»

Tala stieß beim Kraulen an sein Ohr und bemühte sich, den Schreck, der sie durchfuhr, nicht zu zeigen, obwohl Claw ihre Reaktion ohnehin wahrnahm. Sein Ohr war groß und spitz, ein Haarbüschel spross auf der Ohrmuschel.

«Weiter», forderte er sie auf. «Uns läuft die Zeit davon.»

Sie konnte sich nicht länger gegen den Drang wehren, die Hand von seinem Kopf zu nehmen, um nicht noch einmal an das Ohr zu stoßen, doch sie wollte Claw weiterhin berühren. Als sie allerdings mit der flachen Hand über seinen Rücken strich, bemerkte sie, dass seine Schulterblätter herausstachen. Unnatürlich hoben sie die Haut an, als würden sie sich langsam innerhalb seines Körpers verschieben.

Tala schärfte sich ein, dass es noch immer der Alphawolf war, der sich an sie schmiegte. Die Gewissheit, dass er ihre Nähe suchte, gab ihr die Kraft, ihre Hand auf seinem Rücken liegen zu lassen, damit auch ihn die Berührung stärkte. «Er spielt uns Streiche, damit wir hinfallen, aufwachen und davon lernen.»

«Ein ganz übler Bursche, was?», warf Claw spöttisch ein, weil auch er zu dieser Sorte gehören würde.

«Nein, er verletzt uns nicht, sondern kratzt nur an unserer Eitelkeit.» Sie gab ihm einen Kuss auf sein Haar, das noch dichter und länger geworden war und sich wundervoll weich anfühlte, ähnlich wie Fell, aber eben nur ähnlich. «Er drängt uns, voranzuschreiten und weiser zu werden. Immer wieder prüft er uns. Sollten wir nicht die Lehren ziehen, die ihn zufriedenstellen, wird er uns stärker ärgern, so lange, bis wir verstehen.»

«Willst du damit sagen, er spielt uns übel mit, ist aber in Wahrheit unser Freund?»

«Er will nur das Beste für uns, auch wenn das auf den ersten Blick nicht ersichtlich ist», erläuterte sie und fügte zaghaft hinzu: «Wie das Wesen, das du werden wirst. Du wirst wie eine Bestie aussehen und unsere Loyalität auf die Prüfung stellen, aber du stehst auf unserer Seite und kämpfst für das Gute.»

«Ich hasse es, so zu werden wie Dante.» Ein Ruck ging durch seinen Körper, als hätte sich etwas in ihm verschoben. Er verkrampfte sich, gab jedoch keinen Laut von sich, eventuell um Tala keine Angst einzujagen, und entspannte sich wieder.

«Versuch, das Wesen, in das du dich verwandeln wirst, als Freund zu sehen, nicht als Feind, denn nur so wirst du es kontrollieren können. Verbünde dich mit ihm.» Sie hatte gut reden. Das alles war grotesk, schwer zu begreifen und riskant. Tala war sich nicht einmal sicher, ob sie den richtigen Pfad eingeschlagen hatten, ob sie selbst überleben würde und ob Claw von ihr zurückgeholt werden konnte. Zu viele Wenn und Aber. Doch Claw hatte diesen Weg gewählt und sie würde ihm beistehen.

Er schnaubte. «Das hier ist nur eine Prüfung in meiner Entwicklung? Ein Stolperstein? Am Ende wird alles besser sein?»

«Shawnodese hat es auf unsere Gefühle abgesehen, denn sie sind es, die uns zu Höherem motivieren.» Tala ermahnte sich, auf ihre eigenen

Worte zu hören, denn auch sie wurde durch diese Aufgabe getestet. «Sie bringen unser Blut in Wallung, lösen die Erstarrung und veranlassen uns zu wachsen.»

«Wortwörtlich. Es kommt mir vor, als wäre ich zehn Zentimeter größer als vor Beginn der Zeremonie.»

«Vielleicht addiert sich die Masse des Wolfes in dir zu deinem Gewicht dazu, dadurch dass du ihn zwar herauslockst, dich jedoch nicht zurückziehst, wie es normalerweise der Fall ist. Wie zwei Kontinentalplatten, die sich nach oben schieben, wenn sie aufeinandertreffen, weil für sie beide kein Platz vorhanden ist, sie aber gleich stark sind», mutmaßte Tala und erinnerte sich an Dante, der ein wahrer Koloss war.

Seine Stimme klang rau und lasziv. «Noch etwas anderes ist gewachsen, und das wird dir gefallen.»

Claw hob seine Lenden über ihr Becken und ließ sein hartes Glied zwischen ihre Beine gleiten. Der Schaft versank der Länge nach zwischen ihren feuchten Falten und rieb über ihre empfindlichste Stelle.

Tala tastete neugierig danach. Als sie ihre Hände um den steifen Penis legte, sog sie hörbar Luft ein. Damit hatte sie nicht gerechnet. «Er wird nicht mehr in mich hineinpassen.»

«Doch, ich muss dich nur genug auf die Dehnung vorbereiten», antwortete er und eine diabolische Laszivität schwang in seiner Stimme mit.

Auf einmal packte er ihre Handgelenke und drückte sie über ihrem Kopf in die Felle. Er rieb sich hart an ihrer Spalte, als wollte er sie und sich selbst zum Höhepunkt bringen, ohne in sie einzudringen – nur als kleines Vorspiel, um irgendwann in sie hineinzustoßen mit seiner neu gewonnenen Größe. Immer stürmischer bewegte er sich, hob seine Lenden und senkte sie wieder und drückte Talas Schenkel mit seinen Beinen auseinander, damit sie sich ihm nicht entziehen konnte.

Talas Mund stand offen. Sie rang nach Atem, wand sich unter Claw und kämpfte spielerisch gegen ihn an, denn im Grunde wollte sie wild und tabulos von ihm geliebt werden.

Einzig die Laute, die er von sich gab, machten ihr Sorgen. Er klang wie ein Tier, das das Weibchen seiner Wahl unterwarf.

Auf einmal ließ Claw ihre Handgelenke los und rutschte höher. Er legte sein Glied in das Tal zwischen ihren Brüsten, führte ihre Hände an ihre Seite und deutete ihr an, sie solle ihren Busen auf seinen Penis pressen. Dann knurrte er. «Du stellst mich besser zufrieden. Nur ein guter Orgasmus kann mich lammfromm machen.»

«Ich will es doch auch, dir Lust bereiten», sagte sie schweren Herzens, obwohl die kalte Bestimmtheit, mit der er ihren körperlichen Einsatz einforderte, sie schmerzte. Aber sie wusste, dass sie nicht jedes Wort, das er während der Schwitzhüttenzeremonie sagte, auf die Goldwaage legen durfte, und alles, was er ihr eventuell antun würde, ihn mehr schmerzen würde als sie.

Offensichtlich war er erstaunt über ihre Reaktion, denn einige Atemzüge lang bewegte er sich nicht. Als er seinen Phallus zwischen ihre Brüste stieß, ging er wieder behutsamer vor. Er zog sich zurück, schob sein Glied wieder zwischen die fleischigen Hügel und brummte wohlig. Seine Muskeln spannten sich an, und obwohl seine Stöße immer kraftvoller wurden, waren sie nicht so ungestüm wie zuvor.

Dass es ihn eine unglaubliche Kraft kostete, sich zurückzuhalten, erkannte Tala an den Geräuschen, die er machte. Einmal winselte er sogar, kaum hörbar, und es folgte sogleich ein lautes Wolfsgeheul, das sie erschaudern ließ.

Schritte, die im Schnee knirschten, waren zu hören. Canis musste unmittelbar vor der Tierhaut, die als Tür diente, stehen – in Alarmbereitschaft. Doch er stürzte nicht herein, sondern wartete und lauschte.

Dass Claw den inneren Kampf mit seinem Tier verlor, spürte sie am eigenen Leib, denn er riss sie plötzlich grob herum und knurrte. Etwas kratzte sie an der Schulter. Waren es Krallen?

Auf einmal würgte er. Von starken Krämpfen geschüttelt, stieß er Schmerzenslaute aus und jaulte kläglich. Zwischendurch stöhnte er immer wieder menschlich. Konvulsionen wogten durch ihn hindurch, erschütterten und quälten ihn. Knochen knackten. Es hörte sich an, als würden seine Sehnen bis zum Zerreißen gespannt. Es klang grauenvoll!

Flüssigkeit tropfte auf Talas Rücken. Waren es Tränen?

Panisch kroch Tala von ihm fort, obwohl er ihr unsagbar leidtat. Ihr Puls raste. Schweiß rann ihr von der Stirn. Die Furcht war in diesem Augenblick zu stark, um sie ignorieren zu können. Das Licht des flackernden Feuers drang durch einen winzigen Spalt zwischen zwei Häuten hindurch in die Hütte. Tala starrte darauf, es bedeutete Freiheit und Erlösung für sie. Dort draußen warteten die Werwölfe, sie würden ihr helfen. Und enttäuscht von ihr sein. Möglicherweise würden sie sich auf Claw stürzen und ihn töten.

Gerade als sie sich wie eine Verräterin vorkam, packte Claw ihren Fuß und zerrte sie wie ein Höhlenmensch zurück. Er legte sich mit seinem ganzen Gewicht auf sie. Sekundenlang hörte sie nur seinen Atem an ihrem Ohr.

Dann biss er behutsam in ihren Nacken, wie ein Jäger, der sein Beutetier festhielt, um es im nächsten Moment zu zerreißen und zu fressen. Spitze Fangzähne bohrten sich in Talas Haut, doch sie durchstießen sie nicht.

«Nicht.» Verzweifelt hielt sie still, weil sie befürchtete, dass er sie beißen würde, wenn sie eine unbedachte Bewegung machte. Sie hielt die Luft an, bis ihr Brustkorb schmerzte. Langsam ließ sie den Atem aus ihren Lungen entweichen. «Steck mich nicht an.»

Claw ließ sie los. Er hatte wohl doch noch nicht seinen Verstand verloren. Ohne zu zögern, glitt er tiefer und leckte sie von hinten zwischen den Schenkeln.

Tala wollte daran glauben, dass er sie mit dieser Geste zu beruhigen versuchte. Vielleicht war es sogar eine Entschuldigung. Seine geschickten Zungenschläge besänftigten sie. Ihre Erregung kehrte zurück und spülte ihre Furcht hinweg. Seine Zunge fühlte sich so gut an, wie sie so flink zwischen ihre Schamlippen drang und ihre Feuchtigkeit abschleckte.

Es dauerte nicht lange und Claw schmiegte sein steifes Glied zwischen ihre Gesäßhälften. Er rieb sich an ihrer Spalte, wollüstig stöhnend und sich ganz der Lust hingebend.

Auch Tala war erstaunt, wie leicht es ihr fiel, sich seinen Liebkosungen zu ergeben. Die letzte Stunde war wie eine Achterbahnfahrt gewesen. Eben noch war sie vor ihm geflohen, aber jetzt hatte sie sich wieder gefangen. Er hatte sie nicht verletzt, hatte sie nicht brutal unterworfen. Ein Pluspunkt für ihn.

Ihre Vernunft riet ihr, alles daran zu setzen, von Claw wegzukommen. Doch sie liebte ihn. Ihre Liebe gab ihr die Kraft, die zwiespältigen Gefühle zu ertragen.

Er hob ihren Oberkörper an, sodass sie nah vor ihm kniete und sein Phallus sich stärker auf ihre Scham drückte. Während er sich an ihren Rücken schmiegte, legte er ihr seinen Arm um den Hals, was Tala irritierte, da sie nicht wusste, ob dies eine Geste der Zuneigung oder eine Drohung war.

Selbst als er sich vor Koliken krümmte, ließ er sie nicht los. Er kniete hinter ihr und legte die Stirn auf ihrer Schulter ab. Sein Gesicht musste schmerzverzerrt sein. Seine Muskeln spannten sich immer wieder an. Sein Körper wurde von Kontraktionen durchgeschüttelt und er hielt Tala fest – oder er hielt sich an ihr fest, sie war sich nicht sicher.

Als der Anfall vorüber war, richtete er sich keuchend auf. Er schlang seinen freien Arm um ihre Taille und streichelte mit den Fingerknöcheln ihren Bauch. Seine Hand glitt tiefer. Ein Fingerknochen umkreiste ihre empfindlichste Stelle. Claw ließ sich Zeit, schnupperte an ihrer Halsbeuge und zupfte mit seinen Lippen an den feinen Härchen in ihrem Nacken.

Sie erschraken beide, als Canis die Tür der Schwitzhütte öffnete.

Er kam geduckt herein, mit dem Holzkübel Wasser in einer Hand und der Schöpfkelle in der anderen. Sein Blick fiel auf Claw. Er riss seine Augen auf. Entsetzen spiegelte sich auf seinem Gesicht.

«Heilige Scheiße», rief er, ließ Kübel und Kelle einfach fallen und floh aus der Hütte.

Bevor er die Tür wieder verschloss, konnte Tala gerade noch Claws Arm sehen, der nicht länger um ihren Hals lag. Claw hatte ihn gelockert und presste ihn auf ihren Busen, er ähnelte dem eines Bodybuilders, der kurz vor einem Wettkampf stand und seinen Körper definiert hatte: unnatürlich aufgepumpt, die Muskeln und Sehnen waren hervorgetreten. Am furchteinflößendsten jedoch waren die Krallen, die aus seinen menschlichen Händen wuchsen: lang, spitz und tödlich. Nun war er tatsächlich zu Wolverine geworden.

Claw war schon immer kräftig gewesen, aber jetzt war er ein gefährliches Muskelpaket, das nur er selbst unter Kontrolle halten konnte. Doch er war gleichzeitig auch seine eigene Schwachstelle.

Um ihre Furcht zu überspielen, plapperte sie aufgeregt drauf los: «Mudjekewis, die Bärenrunde, lehrt uns, dass mit Bärenstärke nicht nur körperliche Kraft gemeint ist, sondern auch die Stärke zur Sanftmut und Gelassenheit.»

«Sanft und gelassen ist so ungefähr das Letzte, was ich bin.»

«Dann haben wir ein Problem», stellte sie nüchtern fest.

Kapitel 23

Claw gab sie frei und kroch zu dem Kübel mit Wasser. Am lauten Schlecken erkannte Tala, dass er trank wie ein Wolf und nicht wie ein Mensch. Wie viel von ihm mochte noch menschlich sein?

Sie selbst kauerte sich in eine Ecke.

Er kam zu ihr. Als sie die Holzkelle an ihren Lippen spürte, öffnete sie ihren Mund und schluckte das Wasser gierig herunter, glücklich, dass Claw noch die Oberhand hatte. Denn der Wolf in ihm hätte sich nicht um sie gekümmert, weil er nur noch seine Freiheit im Sinn hatte und sie Claw half, ihn gefangen zu halten. Er war in Claws Körper eingesperrt wie in einem Käfig und rebellierte dagegen.

«Lass mich raten. Die dritte Runde steht für den Herbst und den Abend.» Sein Lachen klang heiser und verbittert.

«Es geht um Verantwortung.» Tala schaufelte sich etwas Wasser ins Gesicht. Es war erfrischend und ließ ihren Kopf wieder etwas klarer werden. Zudem hatte Canis keine heißen Steine nachgelegt. Die Hitze in der Hütte sankt langsam auf eine angenehm Temperatur. «Im Herbst zieht der Bär sich in seine Höhle zurück und wendet in aller Stille den Blick nach Innen, auch seinen dunklen Seiten zu. Die dritte Runde der Zeremonie soll uns daran erinnern, regelmäßig in uns hineinzusehen und unser Verhalten zu reflektieren.»

«Aber ich bin völlig durcheinander», gab Claw zu. «Was bin ich, Tala, Wolf oder Mensch? Nichts von beidem und doch beides gleichzeitig. Ein Wesen wie ich dürfte nicht existieren.»

Ihr wurde schwer ums Herz, aber sie traute sich nicht, seine Hand zu nehmen, weil sie befürchtete, sich an den Krallen zu verletzten. «Schau in dich hinein und es wird Licht ins Dunkel und Ordnung ins Chaos kommen. Im Herzen bist du Claw, der Alphawolf. Das ist die Wahrheit. Sieh genau hin. Deine Hülle mag sich verändert haben, aber der Kern ist immer noch derselbe.»

«Indianische Philosophie.»

Tala schüttelte den Kopf, obwohl die Dunkelheit die Bewegung verbarg. «Gesunder Menschenverstand.»

Er schnaubte.

«Wenn der Bär erwacht, sobald es im Frühjahr warm wird, frisst er erst einmal Kräuter, die seinen Stoffwechsel anregen, und schlägt sich nicht gleich den Bauch voll», fuhr sie fort und dachte daran, dass die Wandlung nur der erste Teil des Kampfes war, der eigentliche stand Claw noch bevor und dafür brauchte er Durchhaltevermögen. «Mudjekewis lehrt uns, auf sanfte kontinuierliche Kraft zu setzen, damit sie uns erhalten bleibt.»

«In mir ist so viel aufgestaute Energie, dass ich befürchte, innerlich zu verbrennen. Mein Brustkorb schmerzt, als würde ein Feuer darin brennen. Es macht mich wahnsinnig!» Und gereizt.

«Trink noch mehr Wasser.» Ein lächerlicher Vorschlag, aber Tala fiel nichts Besseres ein.

«Ich könnte den kompletten Athabasca-See leer trinken und es würde nicht helfen.» Er schwieg, als würde er über etwas nachdenken. «Manche behaupten, dass Sex eine Form der Aggression sei.»

«Was willst du damit sagen?»

«Ich werde die aufgestaute Energie abbauen, in dem ich dich hart nehme. Es wird ruppig werden. Verzeih! Aber ich werde dir keinesfalls wehtun. Vertrau mir.»

Das war in dieser Lage gar nicht so einfach. Eine unbedachte Berührung und seine Krallen würden ihre Haut aufreißen, ein cholerischer Moment und er könnte die Kontrolle über sich verlieren und zubeißen.

Claw tauchte die Holzkelle in den Kübel und übergoss Talas Gesicht mit Wasser. Sofort begann er, das kühle Nasse von ihren Lippen zu lecken. Er fing es mit der Zunge auf, bevor es von ihrem Kinn tropfte, und kippte dann Wasser über ihr Dekolleté. Mit der ganzen Länge seiner Zunge schleckte er es von ihrem Busen und saugte die Tropfen von ihren Brustspitzen.

Tala legte genießerisch ihren Kopf in den Nacken. Aber sie wusste, er tat dies nicht, um sie zu verwöhnen. Momentan ging es nicht um sie. Seinen Timberwolf zu bezwingen stand im Mittelpunkt seiner

Konzentration und dafür gestand er seinem Tier zu, sich mit Tala zu paaren.

Sie beruhigte sich mit dem Gedanken, dass der Wolf ein Teil von ihm war. Es war immer noch Claw, mit dem sie schlief. Und sie begehrte ihn ebenfalls.

Ihre Schenkel öffneten sich für ihn, als er Wasser aus ihrem Bauchnabel schlürfte. Claw ließ eine Kelle Nass über ihren Venushügel hinunterrinnen und züngelte forsch mit seiner langen, rauen Zunge über ihren Schoß. Ihre Schamlippen schwollen weiter an, ihre eigene Flüssigkeit lief zwischen ihren Gesäßhälften hindurch. Stöhnend reckte sie ihm ihr Becken entgegen.

Doch Claw drehte sie energisch auf den Bauch und kippte Wasser über ihren Rücken, um es mit seiner Wolfsschnauze aufzufangen. Dabei leckte er auch über die Kratzer, die Dante Tala zugefügt hatte. Aufgeregt schnüffelte er an den kaum verheilten Wunden. Er hechelte, fuhr erneut mit der Zungenspitze darüber.

Talas Alarmglocken schrillten. Roch er ihr Blut? Die Verletzung tat auf einmal wieder weh. «Unterdrücke deinen Jagdinstinkt, bitte.»

Aber das war es nicht, was in ihm vorging, denn er antwortete: «Ich werde Dante leiden lassen, dafür dass er dein Blut vergossen hat!»

Plötzlich hatte er es eilig. «Genug des Vorspiels.»

Er warf die Kelle weg, hob Talas Unterleib so leicht hoch, als wäre sie ein Blatt, und knäuelte die Felle unter ihr zusammen. Dann ließ er sie herunter. Bevor sie wusste, wie ihr geschah, drückte er sie im Nacken nach vorne, bis sie mit der Stirn das Fell berührte und ihr Hintern der höchste Punkt war.

Als Claw von hinten in sie eindrang, bäumte sie sich auf, doch er drückte sie wieder herunter. Stück für Stück schob er sich tiefer in sie hinein, behutsam und dennoch besitzergreifend. Sein großer Phallus spreizte ihre Schamlippen, er dehnte sie und füllte sie aus. Als er so weit wie möglich in ihr steckte, zog er sich wieder zurück und drang erneut in sie ein.

Tala stöhnte und schloss ihre Augen. Er war so gewaltig, so erregend. Es war, als wären sie füreinander gemacht worden, als sollte er auf diese Größe anwachsen, damit er sich nie wieder aus ihr entfernen konnte.

Wieder und wieder schob er sich in sie hinein. Ihre Muskulatur entspannte sich immer mehr. Sie nahm ihn mit jedem Stoß leichter auf, hieß ihn willkommen, in dem sie während einiger Stöße ihre Gesäßhälften für ihn auseinanderzog, und krallte schließlich ihre Finger in die Felle, auf denen sie sich liebten.

Sein Drängen wurde stürmischer. Sein Stöhnen klang wie Knurren. Claw ließ ihren Nacken los und hielt sich an ihren Hüften fest, um härter in sie hineinstoßen zu können, denn durch seine kraftvollen Stöße wurde sie nach vorne gedrückt. Er half ihr dagegenzuhalten. Seine prallen Hodensäcke schaukelten gegen ihren Schoß, der wie elektrisiert kribbelte.

Das Fell kitzelte Talas empfindsamste Stelle, während Claws Schaft sie auf eine erregende Weise dehnte – eine bittersüße Kombination.

Laute der Leidenschaft füllten die Schwitzhütte. Claws Griff wurde immer fester, Tala fühlte sich wie in einem Schraubstock. Sie konnte seinen hitzigen Stößen nicht entkommen und wollte das auch gar nicht, denn sie schürten das Feuer in ihrer Spalte und trieben sie mit gewaltigen Schüben auf einen Orgasmus zu.

Grollen stieg aus seiner Kehle auf. Es hätte ihr Angst gemacht, wäre sie nicht so berauscht von der Intensität gewesen, mit der Claw sie ritt. Hart und zielstrebig stieß er in sie hinein. Tala spürte die extreme Hitze, die seine Lenden ausstrahlten. Die aufgestaute Energie musste ihn wortwörtlich innerlich verbrennen.

Er rammte sie, er stieß immer wilder in sie hinein und hieb ein paar Mal laut seine Kiefer aufeinander, die inzwischen aus Reiß- und Fangzähnen bestehen mussten. Sein Rhythmus wurde immer schneller.

Gierig, fast schon unbeherrscht ritt er Tala, die von seiner Erregung mitgerissen wurde. Ihre Lust schnellte in die Höhe.

Sie hielt die Luft an, ihr Körper verkrampfte sich, und dann kam sie.

Einige Sekunden schwebte sie in höheren Sphären. Sie nahm nichts mehr wahr, nur diese Glückseeligkeit in ihrem Inneren. Sie fühlte sich losgelöst. Es gab keine Werwölfe, keinen Dante und keinen bevorstehenden tödlichen Kampf. Nur dieses unglaubliche Gefühl der Lust, das ihr Geliebter ihr schenkte.

Schließlich überschritt sie den Zenit und sog hektisch Luft in ihre Lungen ein. Sie zuckte ekstatisch. Lustkrämpfe erschütterten ihren Körper vom Kopf bis zu den Füßen, doch Claw hielt sie fest. Seine Hände lagen immer noch auf ihrer Taille, als wollte er verhindern, dass sie sich in dem Strudel der Leidenschaft verlor.

Sein markerschütterndes Gebrüll kündigte seinen Höhepunkt an. Er stieß noch ganze drei Mal in sie hinein. Dann ergoss er sich mit gewaltigen Schüben in Tala, um alsbald grollend auf ihr liegen zu bleiben. Sein heißer Atem streichelte ihre Wange. Noch immer stöhnte er leise.

Tala hatte sogar die Konvulsionen seines Gliedes in ihrem Inneren gespürt und sein Sperma, wie es kraftvoll aus ihm herausgespritzt war. Es war unglaublich gewesen!

Claw zog das Fellknäuel unter ihr weg und legte sich halb neben, halb auf sie. Er hatte sie fest umschlungen. Sein Herz pochte so heftig in seinem Brustkorb, dass Tala das Pochen an ihrem Rücken spürte. Sie selbst beruhigte sich langsam. Auch Claws Atem normalisierte sich. Er lag ruhig hinter ihr, in sich selbst versunken.

Sein Penis war noch in ihr. Er pulsierte noch eine Weile, dann erschlaffte er.

Tala und Claw wären eingenickt, hätte Canis nicht das Ende der dritten Runde eingeläutet, indem er kalte Nachtluft in die Schwitzhütte fächelte.

Hatten sie das Schlimmste überstanden? Oder stand es ihnen in der letzten Runde erst noch bevor?

Kapitel 24

Wie lange sie aneinandergekuschelt lagen und dösten, konnte Tala nicht sagen. Sie wusste nur eins: Es wurde Zeit, die Zeremonie zu Ende zu bringen, bevor Dante ungeduldig wurde und seine Opfer dafür büßen ließ, weil Claw ihn versetzte.

«Waboose, die Büffelrunde», begann sie leise, um Claw sachte mit ihrer Stimme aus dem Dämmerschlaf zu wecken, «steht für die Nacht und den Winter, aber im positiven Sinne, denn es sind Phasen, in denen Ruhe einkehrt, man reflektiert und neue Kraft sammelt.»

Er regte sich hinter ihr, zog sich bedächtig aus ihr zurück, blieb jedoch liegen.

Als sie sich zu ihm umdrehte, erstarrte Claw. Er hatte nicht damit gerechnet, dass sie sich ihm zuwandte, hatte sie ihm doch während der Runden zuvor meist ängstlich den Rücken zugekehrt. Tala schmiegte sich in seine Arme, sie legte ihre Handflächen an seinen muskulösen Brustkorb und zog sie auch nicht weg, als sie Fell spürte. Es war nicht dicht und wuchs nur auf seiner Brust. An seinem Bauch dagegen fühlte sie schon wieder warme menschliche Haut.

«Er ist die Erde, die uns trägt und nährt, unsere Lebensgrundlage», fuhr sie fort. «Ohne die Erde können wir nicht überleben, wir müssen uns in dieser Runde unserer Verbundenheit zu ihr bewusst werden. Und erden.»

Claw streichelte ihren Hintern.

«Waboose lehrt uns ebenfalls, bedingungslos zu lieben, ohne daran zu denken, ob wir auch genauso viel zurückbekommen, wie wir investieren, ob sich die Gefühle lohnen und was wir davon haben.» Tala wartete auf eine Reaktion, doch sie blieb aus. Konnte er überhaupt noch nachvollziehen, was sie sagte, oder war er kurz davor, dem Wahnsinn zu erliegen, wie Dante? «Ich weiß auch nicht, was das mit dir zu tun hat.» Vielleicht dass Claw sich opfern musste, um das Rudel zu schützen, aber das wagte sie nicht auszusprechen.

«Gar nichts.»

Sie sah zu ihm auf und war das erste Mal nicht froh über die Dunkelheit in der Schwitzhütte. Mochte sein äußeres Erscheinungsbild auch noch so furchterregend sein, so wollte sie ihm dennoch in die Augen schauen, um dort nach seinen Gefühlen und seiner Menschlichkeit zu suchen.

«Waboose muss eine Bedeutung für dich haben.» Sanft pochte sie mit ihrer Faust gegen seinen Brustkorb. Sie wickelte eine Fellsträhne um ihren Finger und zog sachte daran. So schlecht fühlte er sich gar nicht an: muskulös, männlich, bärenstark und sein Fell samtweich. «Horche in dich hinein.»

Er grollte. «Diese Runde hat nichts mit mir zu tun ...»

«Doch, doch.» Hörte sie sich verzweifelt an? Oh ja!

«... sondern mit dir», beendete er seinen Satz und drückte ihre Kehrseite gefühlvoll. «Du bist der Anker, der mich am Boden hält, weil du mich liebst, selbst jetzt noch, wo ich abscheulich geworden bin. Du bist freiwillig das Risiko eingegangen, die Zeremonie mit mir durchzustehen, hast mir deinen Höhepunkt als Beweis geschenkt, dass dich meine neue Hülle nicht abschreckt, und bist in meine Arme gekrochen, obwohl ich nicht mehr der bin, der ich war.»

«Jetzt irrst du dich. Ich kann in dich hineingucken und dort sehe ich immer noch Claw.» Er hatte Recht. Das war es, was Dante gefehlt hatte.

Er musste sich auch für die Schwitzzeremonie entschieden haben, um das Tier in ihm für immer loszuwerden, doch er hatte sie nicht zu Ende führen können und nach der dritten Runde abbrechen müssen. Weil er sich nicht wieder hatte erden können, hatte ihn die Erkenntnis, zu etwas viel Schlimmerem als einem Werwolf – einer Bestie – geworden zu sein, ihn verrückt gemacht und ihn durchdrehen lassen.

Claw hielt sie eine Weile ganz fest. Dann löste er sich von ihr. «Wenn das hier vorbei ist, wirst du mich zurückholen: den Claw, den du in mir siehst. Okay?»

«Ja.» Sie klang unsicher, denn eigentlich hätte das Erden sofort, noch in der Schwitzhütte, erfolgen müssen. Doch das ging nicht. Claw musste Dante erst zur Strecke bringen. Würde es später noch funktionieren oder waren sie gerade dabei, einen großen Fehler zu begehen?

Claw sprang auf seine Füße, riss die Tierhaut vom Eingang und rannte ins Freie. Dort stieß er ein markerschütterndes Gebrüll aus, es folgte Wolfsgeheul, auf das ihm das Rudel antwortete.

In diesen Sekunden, die er auf der Lichtung nur wenige Schritte von der Feuerstelle entfernt stand, hatte Tala Zeit, ihn aus der Dunkelheit der Schwitzhütte heraus genauer zu betrachten.

Seine Beine waren länger und kräftiger, vermutlich konnten sie ihn bis zurück nach Anchorage tragen, ohne ein einziges Mal anhalten zu müssen. Sein Brustkorb war gewaltig, als würden zwei Herzen darin schlagen, und vermutlich war das sogar der Fall. Er war schon immer eine Art Hybrid gewesen, hatte jedoch immer nur ein Gesicht gezeigt, nun präsentierte er beide auf einmal, wie ein Zwitter.

Claws Umfang hatte insgesamt stark zugenommen, das Haar auf seinem Kopf war länger, wilder, und hie und da wuchsen Büschel schwarzen Fells, aber das meiste seines Körpers war von menschlicher Haut bedeckt. Er war ein Berserker, ein Monstrum, das erweckt worden war, um sein Opfer zu schlachten, ausgestattet mit scharfen Krallen und einem Gebiss, das ebenso tödlich war.

Claw war eine widernatürliche Kampfmaschine, ein Koloss, mit Muskelsträngen so dick wie Drahtseile und vom Körperbau durchaus nicht unattraktiv, wäre da nicht die Wolfsschnauze gewesen.

Bedrohlich knurrte er. Er fuhr seine Krallen weiter aus und rannte noch immer wölfisch heulend in Richtung Restaurant.

Die Zeit war gekommen. Der Kampf um Leben und Tod stand unmittelbar bevor.

Kapitel 25

Claw spürte die bärenstarke Kraft in sich pulsieren. Er fühlte sich wie ein Krieger, der weder Tod noch Teufel fürchtete, ermahnte sich jedoch, sich nicht selbst zu überschätzen, denn sein eigener Körper schien ihm seltsam fremd. Der Timberwolf in ihm hatte ihn schon immer stark gemacht, aber nun, da sowohl die Kraft des Menschen als auch des Tiers gleichzeitig wirkten, kam er sich wie ein abgehärteter Soldat vor, der leichtfüßig durch den hohen Schnee stapfte, als wäre dieser Luft. Aber er konnte seine Kraft noch nicht dosieren, war übermütig hochgesprungen, um einen Zweig zu berühren, als wäre es die Hand eines Rudelgefährten, die er abklatschen wollte, und hatte stattdessen den gesamten Ast abgeschlagen.

Er vermied es, sich zu Tala umzudrehen, obwohl er gerne ihrem Blick begegnet wäre, doch es hätte ihm das Herz gebrochen, den Abscheu auf ihrem Gesicht zu lesen, der sicherlich nun doch in ihr aufkeimte. In der Schwitzhütte war es stockfinster gewesen und sie hatte vor ihrem geistigen Auge noch immer Claw gesehen. Aber nun konnte sie das ganze Ausmaß seiner Verwandlung erkennen. Zweifelsohne würde sie ihn nie wieder anfassen, ihn nie wieder küssen wollen, und bei aller Zuversicht, die er ihr vorgegaukelt hatte, war er unsicher, ob sein Körper jemals wieder vollkommen menschlich sein würde.

Wut wallte in ihm auf und ließ ihn schneller auf das Restaurant zulaufen, in dem Dante auf ihn wartete. Der Schnee, dessen Oberfläche gefroren war und von einer dünnen Schicht Neuschnee bedeckt wurde, knirschte unter seinen pfotenartigen Füßen. Er sprintete den Abhang hinunter, rannte am Ufer des Athabasca-Sees entlang und war nicht einmal außer Atem, als er vor der Sonnenterrasse, die auf das Ufer gebaut worden war und halb über das Wasser ragte, stehen blieb.

Es fing an zu schneien, dicke Schneeflocken fielen zur Erde und waren wie ein löchriger weißer Vorhang zwischen ihm und dem großen Holzhaus. Im Inneren war es dunkel, aber Claws Augen hatten das

Sehvermögen eines Adlers und konnten einen Schatten neben dem Fenster ausmachen. Er war jedoch zu klein, um von Dante zu stammen und zu groß, um zu Rufus zu gehören. Claw vermutete einen der drei Schamanen. Das bedeutete, Dante war nicht weit, denn er hätte den Mann niemals unbeaufsichtigt gelassen.

Claw schnupperte. Sein ohnehin guter Geruchssinn war durch die Zeremonie noch besser geworden. Er konnte ihn riechen, den Indianer und Dante, allerdings war der Geruch seines Widersachers überall, sodass Claw nicht ausmachen konnte, wo er sich aufhielt. Das Problem war, dass Dante das gesamte Haus frisch mit seinem Urin markiert hatte.

Es war das Herz seines Territoriums. Claw musste in Dantes Heiligtum eindringen, um ihn zu erledigen, doch sein Feind kannte das Gebäude in- und auswendig, für Claw dagegen war es wie ein schwarzes Loch. Er war Dante unterlegen.

«Nur theoretisch», murmelte er. Er würde diese Schwäche mit seinem Willen wettmachen.

Jemand öffnete den Haupteingang des Restaurants. Zögerlich trat der Schamane hervor. «Wir haben Sie erwartet.»

Seine Miene war wie in Stein gemeißelt und seine Stimme klang fest, aber Claw vernahm das hektische Pochen seines Herzens, als wären es Trommelschläge. Seine Haut glühte vor Aufregung oder zumindest hatte es für Claw den Anschein, und er konnte selbst in der Dunkelheit verfolgen, wie eine Schweißperle seine Stirn hinunterrann. All diese Wahrnehmungen lagen für ihn wie auf einem Tablett, sie waren beinahe aufdringlich offensichtlich.

Seine Sinne waren so geschärft, wie sie nicht einmal als ‹normaler› Werwolf gewesen waren. Wenn man von normal sprechen konnte.

Warum nahm er dann nichts von Dante wahr? Er musste doch zumindest die Hitze seines Körpers spüren oder das Knarren der Holzbretter, wenn er auftrat, wenn schon nicht seine Ausdünstungen riechen, da der beißende Uringestank alles überlagerte. Aber da war nichts.

Claw wusste, dass sein Gegner in der Nähe war, und machte nicht den Fehler, sich nur auf das Restaurant zu konzentrieren. Dante konnte genauso gut in einem Baumwipfel darauf warten, auf ihn herunterzuspringen. Doch dadurch, dass Claw auch die Umgebung im Blick behielt, musste er seine Konzentration aufteilen.

Die bevorstehende Konfrontation war überfällig. Alter Zorn stieg in ihm hoch.

In seiner Erinnerung sah er, wie er den schmalen Pfad, der vom Garten seines Cousins Chad in den Wald führte, entlangging. Er hatte zur Feier des Tages ein paar Bier mehr als üblich getrunken, seine Blase drückte schmerzhaft, aber die anderen Gäste des Barbecues, das Chad gab, weil seine Frau Lizzie und seine neu geborene Tochter Jennifer aus dem Krankenhaus nach Hause gekommen waren, blockierten permanent die Toiletten in der Parterre und sogar im Obergeschoss des Hauses.

Also sah Ashton sich gezwungen, im Freien zu pinkeln, und hatte sich von der Party abgesetzt. Doch kaum war seine Blase leer, hörte er ein Knurren rechts von ihm. Er hatte weder gesehen, wie sich der Grauwolf herangepirscht hatte, noch Laub rascheln oder Zweige brechen hören. Plötzlich war er da und griff im nächsten Moment auch schon an.

Als er Ash ansprang, sah dieser die gebleckten riesigen Zähne und den Sabber, der an den Lefzen heruntertropfte. Dann brachte das Monster ihn auch schon zu Fall und schnappte nach seiner Kehle. Ash riss seinen Arm gerade noch rechtzeitig hoch. Er wehrte den Angriff ab, aber der Wolf verbiss sich in seinem Unterarm.

Eine Weile kämpfte er gegen ihn an, aber das Tier war stark. Ashs Kraft schwand, zumal er Alkohol getrunken hatte, wovon er seit jenem Tag strikt die Finger gelassen hatte. Irgendwann stand Chad über ihnen. Er schwang einen Baseballschläger und schlug damit auf den Wolf ein, bis dieser Ashtons Arm losließ und in den Wald floh.

Die Zeit danach war für Ash die Hölle gewesen. Er sperrte sich in seiner Wohnung ein, ging nicht arbeiten und war weder für Freunde noch für seine Familie zu sprechen. Als er sich verwandelte – in einen Wolf und wieder zurück in einen Menschen, die Gestalten kamen und gingen, ohne dass er es kontrollieren konnte – und begriff, was geschehen war, nahm er sich vor, den Werwolf zu suchen. Aber das brauchte er nicht, denn eines Tages stand das Rudel vor seiner Tür.

Die Werwölfe hatten *ihn* gefunden.

Ashs Hass auf sie war groß. Am liebsten hätte er sie auf der Stelle getötet, aber er sah die Notwendigkeit, von ihnen zu lernen, also unterdrückte er seinen Zorn, vergaß ihn jedoch nicht. Er lernte das Tier in sich zu kontrollieren und im Alltag zu verstecken, dass er ein Lykanthrop war. Das Rudel verlieh ihm den Namen Claw.

Als Dank forderte er einen nach dem anderen heraus, um in der Hierarchie aufzusteigen und sich an ihrer Spezies zu rächen. So wurde er zum Alphawolf, ohne dass es sein Ziel gewesen war.

Erst als er längst an der Spitze stand, begegnete er dem Wolf, der ihn zu dem gemacht hatte, was er nun war: ein Außenseiter der Menschengesellschaft, in die er hineingeboren worden war. Dante hatte sich eine Zeitlang vom Rudel entfernt, wie er es öfters machte, um einen klaren Kopf zu bekommen, wie er behauptete. Die anderen sahen das nicht gern, aber sie gestanden ihm diese Freiheit zu.

Claw nahm sich fest vor, ihn zu töten. Seine Wut machte ihn zu einem Killer, der nicht zu stoppen war. Außerdem war er der Alpha. Er konnte tun und lassen, was er wollte, oder nicht?

Nein, konnte er nicht, wie sich herausstellte.

Claw forderte ihn heraus, es war ein blutiger Kampf, in dem Dante am Ende unterlag. Als Dante allerdings auf dem Rücken lag und ihm seine Kehle frei zugänglich hinhielt, konnte Claw ihn wider Erwarten nicht töten, denn das wäre gegen die Regeln des Rudels gewesen. Wenn ein Wolf sich unterwarf, musste man das akzeptieren und ihn gehen lassen. Und Claw war mittlerweile schon zu sehr ein Teil des Rudels, zu sehr Werwolf, als dass er sich über die Gesetze hätte hinwegsetzen können oder wollen. Außerdem hatte er als Alpha eine Vorbildfunktion und Verantwortung.

Schon damals hätte er wissen müssen, dass die Fehde zwischen ihnen noch nicht vorüber war. Dante war damals ein Risiko für das Rudel gewesen und er war es jetzt umso mehr.

Während Claw den Wolf in seiner Brust immer mehr zu seinem Freund machte und seine Fähigkeit, seine Gestalt zu wandeln, mit der Zeit als Gabe ansah, verabscheute Dante das Tier in sich von Jahr zu Jahr mehr.

Der Schamane winkte ihn heran. «Kommen Sie. Lassen Sie uns das Spiel beginnen.»

Eindeutig Dantes Worte, dachte Claw und bleckte die Zähne. Der Indianer war nur eine Spielfigur, die er aus dem Verborgenen lenkte. Aber der Alpha würde ihm eine Figur nach dem anderen wegnehmen und ihn dann zerstören.

«Noch vor Beginn der Dämmerung wird Blut fließen», sagte der Schamane und machte einen Schritt zurück ins dunkle Haus.

Claw rollte mit den Augen. Wie theatralisch! Dante musste das alles einen Heidenspaß machen.

Er pirschte sich heran, seine Sinne vollkommen auf die Witterung seines Feindes konzentriert. Schritt für Schritt kam er dem Eingang näher. Sein Puls beschleunigte sich, als er auf die Stufen der kleinen Treppe hochstieg und auf die Veranda trat. Seine Ohren waren gespitzt, er schnüffelte unentwegt, doch er konnte Dante nicht ausmachen.

Claw wusste nur, er war da. Ganz sicher. Und dass eine böse Überraschung auf ihn wartete, sobald er das Haus betrat. Denn jeder Wolf wusste, dass das Überraschungsmoment die eigene Kraft verdoppelte.

Es blieb ihm nichts anderes übrig, als wachsam zu sein. Bevor Claw eintrat, sammelte er sich und versuchte, seine Sinne zu bündeln. Der Wolf sagte ihm, dass er ruhig bleiben musste, bis der Kampf begann. Durch Nervosität verlor man seine Kraft und Konzentration. Er musste lauern und die Aggressivität des Tieres im richtigen Moment herauslassen.

Aber das alles wusste Dante auch.

Es ging nicht darum, wer stärker war, sondern wer den Tod des anderen mehr wollte. Claw brauchte sich nur die Kratzer an Talas Schulter in Erinnerung zu rufen, die Dante ihr zugefügt hatte, und der Hass in ihm wollte augenblicklich explodieren.

Claw atmete tief ein, dann trat er über die Schwelle ins dunkle Gebäude. Rasch sah er sich um. Links konnte er das Restaurant sehen, die Stühle standen umgedreht auf den Tischen. Die Jalousien der Fensterfront waren nach oben gekurbelt worden und Claw konnte bis auf den Athabasca-See gucken.

Geradeaus, etwas nach hinten versetzt, führte eine Treppe ins Obergeschoss. Eine Kette versperrte den Weg, an ihr hing ein Schild mit der Aufschrift «Zutritt nur für Personal».

Neben der Treppe bemerkte Claw eine verschlossene Tür, die möglicherweise in die Lagerräume im Keller führte.

Rechts stand der Schamane vor dem Eingang zur Küche. Claw sah die Abzugshauben aus Edelstahl durch die gläsernen Bullaugen der beiden Schwingtüren.

Der Uringestank war fürchterlich. Dante war allgegenwärtig und dennoch nicht zu sehen. Sein Blick glitt über die diversen Türen und er fragte sich, hinter welcher Dante lauerte. Vielleicht hockte er auch am Treppenabsatz im ersten Stock und beobachtete, was Claw vorhatte.

Der Alpha war ratlos, hatte er doch mit einem sofortigen Angriff gerechnet. Dadurch, dass er ausblieb, zwang Dante ihn zu handeln.

Was Claw irritierte, war der Indianer. Er zitterte, das nahm der Leitwolf deutlich wahr, und er starrte ihn an. Sein Blick hielt den Alpha fixiert, aber Claw hatte nicht das Gefühl, dass er es war, der ihn erschreckte, sondern vielmehr, dass er sich fürchtete, in die Richtung zu schauen, wo Dante sich versteckte und ihn dadurch verriet – und seinen Zorn auf sich zog.

«Laufen Sie!» Claw drückte die Eingangstür weiter auf, auch um zu prüfen, ob sein Widersacher nicht dahinter stand. Eigentlich wäre dieses Versteck zu banal gewesen und genau deshalb schon wieder interessant. Aber da war niemand.

Der Schamane bewegte sich nicht. Er riss lediglich seine Augen auf, als stände er kurz davor, ihm ein Zeichen zu geben, wo Dante kauerte.

Claw wollte ihn außer Gefahr bringen, seinen Gegner würde er auch ohne einen Hinweis finden. «Bringen Sie sich in Sicherheit. Oben auf dem Hügel warten zwei meiner Männer auf Sie.»

Gerade als er den Indianer aus der Tür drängen wollte, hörte er ein Knurren. Es kam – von oben. Nicht aus dem Obergeschoss, sondern von direkt über ihm. Alarmiert schaute Claw zur Decke.

Dante hatte sich mit seinen Krallen an den Querbalken festgekrallt, die die Holzdecke stützen. Sein Gesicht – halb Mensch und halb Wolf – verzog sich zu einem grotesken Lächeln. Dann ließ er sich fallen.

Claw schaffte es gerade noch, den Schamanen wegzustoßen. Im nächsten Moment landete Dante mit seinem gesamten Gewicht auf ihm. Er ging zu Boden, keuchte. Dante war ein Koloss, der ihm die Luft aus den Lungen presste. Er ging alle Extremitäten durch, glücklicherweise schien nichts gebrochen zu sein. Sein Fuß war unnatürlich verdreht, doch als er ihn vorsichtig bewegte, merkte er, dass er nur verstaucht war.

Trotz seiner Masse war Dante geschmeidig wie ein Wolf. Er sprang pfeilschnell auf seine Füße und rammte seine Krallen in Claws Schultern.

Claw jaulte vor Schmerz auf. Die Krallen waren wie Widerhaken, die ihn auf die Füße holten, als Dante an ihm riss. Mit aller Willensstärke ignorierte er den Schmerz – er war noch da, doch in seinem Bewusstsein versenkt – ballte seine Hand zur Faust und hieb sie auf Dantes Schnauze. Sein Widersacher brüllte und ließ von ihm ab, doch seine Krallen hinterließen tiefe Kratzer.

Blut lief warm über Claws Rücken. Er packte Dante und da fiel ihm auf, wie eiskalt der Wolfsmann war. Durch irgendeinen Trick hatte er seine Körpertemperatur gesenkt und dadurch seinen Herzschlag verlangsamt, sodass Claw beides nicht hatte wahrnehmen können. Aber das Rudel hatte das Restaurant bewacht, Dante hatte es nicht verlassen.

Er musste den Strom, der über die Wintermonate, in denen der Betrieb geschlossen war, abgeschaltet war, aktiviert und das Tiefkühllager zur eigenen Manipulation genutzt haben. Wölfe kühlten schnell aus. Das war gefährlich für sie. Doch Dante machte seine niedrige Körpertemperatur offensichtlich nichts aus, denn er nutzte den Moment, in dem Claw eins und eins zusammenzählte, und schleuderte ihn ins Restaurant.

Claw fiel auf einen Tisch, rutschte auf seine Knie und riss die Stühle mit zu Boden. Bevor er aufstehen konnte, schlug Dante ihm einen Holzstuhl auf den Rücken, aber auch seine Kraft war durch die Wandlung gewachsen, und so ging der Stuhl lediglich zu Bruch, Claw selbst spürte es kaum.

Das schenkte ihm Hoffnung, aber es machte ihm auch bewusst, dass er den neuen Zustand seines Körpers nicht kannte. Er hatte keine Ahnung, wie belastbar er war und wie viel Kraft er aufbringen konnte. Dante dagegen sehr wohl! Er war schon länger ein Zwitter und hatte seine Fähigkeiten bei Verwüstungen und sogar einem Mord erprobt, als er auf der Suche nach einem Heilmittel gewesen war.

Claw machte den Fehler, an den Schamanen zu denken, der erstarrt neben der Tür stand und kaum zu atmen wagte, anstatt an sich. Das rächte sich, denn Dante faltete seine monströsen Hände, hob sie über seinen Kopf und ließ sie kraftvoll auf Claw hinuntersausen.

Der Alphawolf glaubte, seinen Nacken brechen zu spüren. Der Schmerz war für einen Augenblick überwältigend, er lähmte seine Gedanken und seine Gegenwehr. Wieder und wieder krachte Dantes Faust auf seinen Rücken, als wollte er seine Wirbelsäule in kleine Stücke brechen, und Claw glaubte fest, dass er es auch schaffen würde, doch plötzlich ließ er von ihm ab.

Hätte er nicht die Statur eines Berserkers gehabt, hätte Dante ihn zerschmettert, aber erstaunt stellte Claw fest, dass nichts gebrochen war. Sein Rücken tat trotzdem höllisch weh.

Durch halb geöffnete Lider sah er, wie der Schamane mit einer gusseisernen Pfanne, die neben dem Eingang als Dekoration an der Wand gehangen hatte, auf den Wolfsmann einschlug. Grollend entriss Dante ihm die Pfanne, lachte abfällig auf und holte aus, um den Indianer seine eigene Medizin kosten zu lassen.

Das konnte Claw nicht zulassen. Ächzend rappelte er sich hoch. Weil er sich beeilen musste, kümmerte er sich nicht um den Schmerz. Er verzog sein Gesicht, der Schmerz in seinem Rücken fühlte sich wie Millionen von heißen Nadelstichen an. Da er es nicht rechtzeitig schaffen würde, sich hochzurappeln, kroch er auf Dantes Bein zu. Er klappte seinen massigen Wolfskiefer auf und biss in Dantes Ferse, mit der Absicht, seine Achillessehne zu durchtrennen. Bei einem Wolf hätte er genau gewusst, wo sie sich befand, sogar bei einem Menschen, doch in ihren Körpern war alles verschoben, deshalb verfehlte er die Sehne.

Sein Gegner schrie lediglich wütend auf. Er versuchte, Claw abzuschütteln, aber die leicht nach hinten gebogenen Fangzähne des Alphas hielten das Fleisch fest. Claw ließ erst los, als Dante mit der Pfanne nach ihm schlug. Gerade noch rechtzeitig duckte er sich. Er rollte sich weg auf den Kamin zu und erhob sich mühsam.

«Du verhältst dich wie ein alter Mann.» Dante lachte ihn aus. Er warf die Pfanne nach ihm, doch Claw wich ihr aus. «Ich kann deine Knochen knacken hören.»

Angewidert spuckte Claw das Blut seines Feindes aus. Aber es weckte auch seinen Hunger und seinen Jagdinstinkt. Er wollte rennen, jagen, töten. «Alte Männer sind weise.»

«Aber gebrechlich.» Sein Blick bekam etwas Diabolisches. «Du möchtest den Schamanen beschützen? Hier hast du ihn.»

Wendig flog Dante zu dem Indianer herum. Er packte ihn unter der Achsel und an der Hüfte und hob ihn hoch, als wäre er ein Kind. Ohne zu zögern, warf er den schreienden Mann auf Claw.

Der Alpha reagierte instinktiv. Er hob seine Arme, um den Schamanen aufzufangen, was er auch tat, jedoch verlor er durch den Aufprall das Gleichgewicht. Er ging zu Boden und der Indianer fiel auf ihn. Im Augenwinkel, noch unter dem Körper des Mannes liegend, sah er Dante kommen.

Mit aller Kraft stieß Claw den Mann von sich. Er sah sich rasch um, aber es gab nichts, was in seiner Reichweite war und was er als Waffe benutzen konnte. Sein Blick streifte den Kamin. Er konnte Dante nicht stoppen, aber zumindest seinen Angriff verzögern.

Sein Arm schnellte vor, er langte in den Schacht. Dann sprang er auf die Füße. Knurrend, weil der Schmerz wie ein elektrischer Blitz durch seine Wirbelsäule zuckte, machte er einen Ausfallschritt. Bevor Dante ihn mit seinen ausgestreckten Armen und ausgefahrenen Krallen greifen konnte, warf Claw ihm die Asche in die Augen.

Dante gab einen übel gelaunten Laut von sich. Er wischte sich den Staub vom Gesicht, hielt jedoch nicht an, obwohl seine Augen brannten und Tränenflüssigkeit ihm die Sicht nahm. «So eine Kleinigkeit kann mich nicht aufhalten. Du unterschätzt mich.»

«Und du mich», spie ihm Claw entgegen, trat einen Schritt zur Seite und griff in das Fell, das in seinem Nacken wuchs. Es war ein Fehler von Dante gewesen, weiter auf ihn zu zustürmen, obwohl seine Sicht eingeschränkt war. Nun nutzte Claw den Schwung aus, den Dante mitbrachte, und stieß ihn mit dem Kopf voran in den Kamin.

Ein dumpfer Aufprall war zu hören, Asche wirbelte auf. Benommen blieb Dante liegen. Dann hustete er. Er rieb sich den Kopf und winselte.

Claw durfte keine Zeit verlieren. Er nahm den Schamanen hoch, wie zuvor Dante, und rannte mit ihm zum Fenster. Zweifel stoppten ihn. Das Blut pulsierte heiß durch seine Adern. Seine animalischen Instinkte jaulten alarmiert auf.

Wenn er den Mann rettete, konnte er seinem Stamm von den Wolfsmännern erzählen. Allem Dank zum Trotz könnte er eine Hetzjagd anzetteln und die Existenz der Werwölfe in Gefahr bringen. War es das Risiko wert? Wäre es nicht besser, wenn er sterben und somit für immer schweigen würde?

Hinter ihm rappelte sich Dante auf. «Spürst du das Böse in dir? Die Macht? Du bist jetzt wie ich, Claw.»

«Niemals!» Claw schüttelte sich, um das Tier in ihm zurück in sein Inneres zu drängen. Es war nicht böse, sondern dachte anders als ein Mensch. Es nahm ein Opfer in Kauf, um sein Rudel in Sicherheit zu wiegen. Am Ende siegte jedoch das Mitgefühl.

Ängstlich schrie der Indianer auf, aber Claw warf ihn nicht durch die Glasscheibe, sondern zertrümmerte sie erst mit seinem Fuß und schleuderte ihn dann aus dem Gebäude. Der Schnee dämpfte seinen Aufprall.

«Zum Hügel», rief der Alpha ihm hinterher. Dort würden zwei Rudelgefährten ihn in Menschengestalt in Empfang nehmen. Ein Schamane war in Sicherheit, blieben noch zwei übrig – und Rufus.

«Du Narr!», brüllte Dante.

Im nächsten Moment krachte eine Tischplatte auf Claws Rücken. Sie brachte ihn zu Fall, begrub ihn unter sich und ließ den Schmerz in seiner Wirbelsäule neu aufflammen. Ihm blieb die Luft weg. Er krümmte sich mit geschlossenen Augen.

Sein Widersacher riss ihn an den Haaren hoch. Er rammte ihn gegen die Wand, schlug mit der Faust auf Claws Nacken, doch anstatt zu Boden zu gehen, taumelte der Alpha vorwärts. Sein Fluchttrieb wurde kurzfristig übermächtig und er schämte sich dafür, weil ein Leitwolf keine Schwäche zeigen durfte. Aber das Tier in ihm gab der Vernunft nach. Es wollte wegrennen, sich verstecken und regenerieren, um dann mit neuer Kraft zurückzuschlagen.

Allerdings spielte Dante da nicht mit. Er nutzte Claws Schwäche und stieß ihn in eine Vitrine, die gegenüber der Eingangstür stand und mit Souvenirs gefüllt war. Krachend barsten die Holzwände, das Glas zersprang in tausend Stücke und schnitt in Claws Haut, aber er spürte es kaum, weil der Schmerz lächerlich gegenüber dem teuflischen Brennen in seiner Wirbelsäule war.

Er rutschte zur Seite, stolperte über einen Schirmständer und bekam einen der Schirme zu greifen, bevor der gesamte Ständer umfiel. Mit einem lauten Grollen flog er herum und schlug den Regenschirm von unten zwischen Dantes Beine.

Sein Gegner jaulte auf. Er umklammerte schützend seine Weichteile. Seine Augen funkelten vor Zorn. Doch plötzlich grinste er. Er legte seinen Kopf in den Nacken und lachte Claw aus. Erst als er seine Hände wegnahm, sah der Alpha, dass Dante rechtzeitig seine Oberschenkel geschlossen hatte. Der Schirm steckte zwischen ihnen fest. Er hatte ihn nicht an seiner empfindlichsten Stelle getroffen.

Wütend zog Claw seine Krallen über Dantes Oberkörper. Sein Feind brüllte. Blut quoll aus seinem Fell heraus. Der Schirm fiel auf den Holzboden. Im nächsten Moment stürzte sich Dante auf Claw. Doch diesmal reagierte der Alpha schneller. Er wirbelte Dante herum, sodass dieser gegen die Schwingtüren der Restaurantküche knallte. Die Türen flogen auf und er stolperte in die Küche.

Claw setzte nach. Er sprang auf Dante und krallte sich an ihm fest, indem er seine Krallen in Dantes Fleisch stieß. Der Koloss ging rückwärts und schlug ihn gegen einen Schrank, doch Claw ließ sich nicht abschütteln, obwohl sein Rücken schmerzhaft rebellierte. Erst als sich Dante über einen der beiden Tische aus Edelstahl rollte, musste der Leitwolf loslassen und fiel genau zwischen die Tische.

Sofort war Dante über ihm. Er legte seinen muskulösen Arm um Claws Hals und drückte zu.

Mit seinen Krallen zerfetzte Claw Dantes Unterarm, doch dieser lockerte seinen Griff nicht einmal ein bisschen. Er spielte auf Zeit, das wusste der Alpha. Er brauchte nur durchzuhalten, bis Claw ohnmächtig wurde, dann konnte Dante mit seinem ehemaligen Rudelführer und Gefährten machen, was er wollte. Das Tier in ihm lief panisch auf und ab. Es winselte und jaulte jämmerlich. Seine Nackenhaare stellten sich auf.

Unbarmherzig würgte Dante ihn.

Das Blut rauschte durch Claws Ohren. Er glaubte, Schreie zu hören, aber kam zu dem Schluss, dass sie aus seinem Inneren kommen mussten oder seine Wahrnehmung ihm einen Streich spielte. Er roch Dantes Blut. Es stärkte seinen Timberwolf, weckte seinen Jagdtrieb und seinen Überlebenswillen. Dann tauchte Tala vor seinem geistigen Auge auf. Sie streckte ihm ihre Hände entgegen, als wollte sie ihn aus einem Loch ziehen. Ihr Blick war verzweifelt, aber das tat ihrer Schönheit keinen Abbruch. Sie war so hübsch, so kämpferisch und gleichzeitig weiblich und sinnlich.

Widerstand regte sich in Claw und er wurde sich bewusst, dass er dabei war, sich mit seinem Schicksal abzufinden. Aber er war der Alphawolf! Er mobilisierte seine Kräfte, riss die Augen auf und zerkratzte Dantes Gesicht. Endlich ließ sein Gegner ihn los.

Grollend wischte sich Dante das Blut aus den Augen.

Claw sog tief Luft in seine Lungen. Dann rammte er seinem Feind den Ellbogen auf die Nase, dass ein Knacken zu hören war, und sprang auf seine Füße. In diesem Moment hörte er es wieder. Es waren eindeutig Schreie. Jemand befand sich in den Räumen über der Küche.

Claw konnte nur das Wort «Hilfe» heraushören, mehr verstand er nicht, aber in der flehentlichen Stimme des Rufers lag eine große Portion Verzweiflung.

Bevor sich Dante fangen konnte, trat Claw ihm ins Gesicht. Er sprang über den Tisch und rannte aus der Küche, denn jemand musste sich unmittelbar in großer Gefahr befinden. Im Laufen riss er eine Metallstange von der Wand, an der Schöpflöffel und -kellen in allen möglichen Größen hingen. Die Löffel und Kellen fielen scheppernd zu Boden, ebenfalls einige Wandkacheln. Mit der Stange verschloss Claw den Eingang, indem er sie durch die Griffe an den beiden Schwingtüren schob. Er war sich bewusst, dass dieses Hindernis Dante nicht lange aufhalten wurde, aber es ermöglichte Claw wenigstens einen kleinen Vorsprung.

Als er die Treppe hinaufsprintete, nahm er fünf Stufen auf einmal und merkte überhaupt nicht, dass er die Kette, an dem das «Zutritt nur für Personal»-Schild hing, abriss. Ohne langsamer zu werden, bog er nach rechts ab und öffnete eine Zimmertür nach der anderen. Im Obergeschoss befanden sich die privaten Wohnräume des Pächters und des Saisonpersonals.

Erst im hintersten Eckzimmer, einem kleinen Schlafraum mit einem Doppelbett, fand er den Mann, von dem die Schreie stammen mussten. Verdutzt blieb Claw stehen.

Der Indianer war bis auf seine Unterhose nackt und sein Körper von Narben übersäht. Sie waren schon lange verheilt, entstellten ihn aber bis heute. Er balancierte mit den Füßen auf dem Gitter am unteren Ende des Bettes. Seine Hände waren auf dem Rücken gefesselt und um seinen Hals lag ein Seil, das straff an der Deckenlampe befestigt war.

Claw begriff. Das sah ganz nach einer kleinen Grausamkeit von Dante aus. Sobald der Indianer das Gleichgewicht verlor, würde er sich selbst strangulieren.

Angst spiegelte sich auf dem schweißnassen Gesicht des Mannes, daher beeilte sich Claw zu sagen: «Fürchten Sie sich nicht. Ich werde Sie herunterholen.»

Claw hörte, wie Dante ein Stockwerk unter ihnen randalierte und lärmte, stieg rasch auf das Bett und durchschnitt das Seil mit seinen messerscharfen Krallen. Er fing den Mann auf, setzte ihn aufs Bett und band seine Arme los.

«Sie sind wie er», krächzte der Indianer heiser.

Obwohl es einige Tage her sein musste, dass er Alkohol getrunken hatte, konnte Claw den Fusel noch riechen. Jede seiner Poren verströmte den beißenden Gestank, er musste regelmäßig trinken.

«Nein, bin ich ganz und gar nicht. Im Gegensatz zu ihm bin ich noch bei Sinnen.» Claw sprach die Worte so entschlossen aus, dass der Mann zusammenzuckte. Der Werwolf ging zum Fenster und schaute hinaus, um zu prüfen, ob der Schnee um das Gebäude herum so hoch war, dass er im Notfall den Fremden aus dem Fenster werfen konnte wie den ersten Schamanen, aber das Risiko war aufgrund der Höhe zu groß. «Von welchem Stamm sind Sie?»

Der Mann rieb seine Handgelenke. «Athabascan. Ich war früher mal ihr Schamane.»

Kapitel 26

«Mein Name ist Papewas.» Stolz und Traurigkeit schwangen gleichzeitig in seiner Stimme mit. Spöttisch fügte er hinzu: «Das bedeutet glücklicher Mann.»

«Früher?» Claw entdeckte außen am Haus eine Regenrinne, aber sie war vereist.

Unter ihnen brach das Rohr, das die Schwingtüren verschloss. Dante gab ein kriegerisches Wolfsgeheul von sich.

«Ich bin an allem schuld.» Der Indianer schluchzte. Dicke Tränen liefen über die Narbenwülste auf seinen Wangen. «Ich habe dieses Monster erschaffen –» Er brach ab, weil er sich bewusst wurde, dass sein Retter ebenfalls eine Bestie war.

Dante stapfte die Treppe herauf. Dann war es auf einmal still. Was hatte er vor?

Claw öffnete das Fenster und rüttelte an dem Rohr. Nicht sehr vertrauenswürdig. «Ich habe mich selbst erschaffen, um Dante zu töten, und ich besitze einen menschlichen Anker. Eine Frau, die ich liebe und die mich liebt. Sie wird mir helfen, wieder ein …», beinahe hätte er Werwolf gesagt, «Mensch zu werden.»

«Ich weiß, was ihr seid. Werwölfe.»

Mit zusammengekniffenen Augen sah Claw ihn an. Dieser Mann wusste eindeutig zu viel. Aber er hatte all die Jahre geschwiegen, daher ging der Alpha davon aus, dass er es auch weiterhin tat.

Papewas fuhr fort: «Dante hatte mich gezwungen, die Schwitzhüttenzeremonie mit ihm durchzuführen, um den Wolf in ihm loszuwerden. Doch das Experiment ging schief. Vielleicht weil er keinen Anker hatte wie Sie, ja, das könnte sein.»

Es muss so sein, dachte Claw, denn sonst würde er sich selbst umbringen, bevor er den Verstand verlor wie Dante.

«Aus Rache zerfetzte er jeden Zentimeter meines Körpers mit seinen Klauen, bis ich blutüberströmt dalag und er davon ausging, ich sei tot.» Der Indianer hörte auf zu weinen, sein Blick war leer. «Meine Stammesbrüder fanden mich. Sie retteten meinen Körper, aber meine Seele war zerstört. Ich verließ meinen Stamm. Nun hat das Monster mich zurückgeholt, weil es erfuhr, dass ich noch lebe. Er meint, ich wäre so etwas wie sein Talisman. Ich wäre beim ersten Mal dabei gewesen, also muss ich jetzt auch anwesend sein. Vorher wollte er mich noch ein wenig leiden lassen für das, was ich ihm angeblich angetan habe.»

Claw zog seine Krallen ein und legte seine Hand auf Papewas Schulter. «Der Albtraum ist vorbei. Ich werde Sie retten.»

«Ich muss dafür büßen, dass ich dabei geholfen habe, etwas Grausames zu erschaffen. Kümmern Sie sich lieber um die anderen.»

«Ich habe bereits einem Schamanen bei der Flucht geholfen», sagte Claw und nahm seine Hand weg. Hatte er soeben ein Geräusch gehört? Er spitzte seine Ohren. Ja, Dante pirschte sich heran. «Es dürfte daher nur noch einer übrig sein, und ein Rotwolf.»

«Nein, nein, es sind noch drei weitere Schamanen im Kellerlager eingesperrt: einer vom Stamm der Aleuten, mein Nachfolger bei den Athabascan und einer von den Yup'ik. Sie bereiten die Zeremonie vor. Einen Wolf habe ich nicht gesehen.»

Verdammt, was hatte Dante mit Rufus angestellt? Claw machte sich große Sorgen.

Er zog Papewas auf die Füße, griff den Quilt, der als Tagesdecke auf dem Bett lag, und zerrte den Mann zum Fenster. Prüfend warf er einen Blick über die Schulter.

Dante tauchte im Türrahmen auf. Wieso grinste er? Es ging ihm nicht um den Indianer, sondern er schaute Claw an, als hätte er etwas ausgeheckt.

Hastig öffnete Claw das Fenster, hob Papewas auf das Sims und drückte ihm die Steppdecke in die Hand. «Halten Sie sich an der Regenrinne fest und klettern Sie runter. Sofort!»

Die Hoffnungslosigkeit wich aus den Augen des Mannes, nun da er das Tor in die Freiheit vor der Nase hatte. Eben noch hatte er sich in sein Schicksal ergeben, weil er keinen Ausweg sah. Doch jetzt umschlag er die vereiste Rinne mit der Decke, soweit das möglich war, um seine Hände zu schonen, und schwang sich rüber.

Sofort ging es für ihn abwärts. Er versuchte, sich mit den Füßen abzustützen, rutschte aber immer wieder ab. Er fiel mehr, als dass er hinabglitt. Dennoch kam er wohlbehalten unten an. Papewas schlang den Quilt um seinen zitternden Körper und rannte um sein Leben.

Dann tat Claw etwas, mit dem Dante nicht gerechnet hatte, denn er schaute ihm völlig konsterniert hinterher, als der Alpha durch das Fenster hinaussprang. Er landete auf seinen Füßen, die sich tief in den Schnee gruben. Seine Wirbelsäule wurde zusammengestaucht. Schmerzgebeutelt verzog er sein Gesicht.

«Jämmerlicher Feigling!», rief Dante. «Und so was nennt sich Leitwolf.»

Mit zu Fäusten geballten Händen lief Claw los. Er warf keinen einzigen Blick zurück auf den tobenden Dante, sondern jagte hinter Papewas her. Zielstrebig folgte Claw seiner Spur, die um das Restaurant herum in Richtung Hügel führte, auf dem zwei seiner Gefährten warteten.

Für seinen Gegner machte es den Anschein, als würde er flüchten, und das lag in Claws Absicht. Der Alpha ging einem Kampf nicht aus dem Weg. Er verschaffte sich lediglich einen Freiraum, um die unschuldigen Opfer zu retten, die von Dante gefangen gehalten wurden. Für den Abtrünnigen bestand Krieg ausschließlich aus blutigen Gefechten Mann gegen Mann.

Doch Claw war schlauer, er wusste durch geschickte Manöver den Feind auszutricksen. Erst die Opfer retten, dann die direkte Konfrontation suchen. Und Dante war in diesem Moment so verwirrt, dass er am Fenster stehen blieb und hinausstarrte, als glaubte er, Claw würde zurückkehren und wieder zu ihm in das Schlafzimmer springen.

Stattdessen huschte Claw auf leisen Sohlen durch den Vordereingang wieder in das Gebäude. Er öffnete vorsichtig die Tür gegenüber dem Eingang und stand am Absatz einer Treppe, die in die Finsternis hinabführte. Männerstimmen waren zu hören und das Knistern von Flammen.

Claw war in zwei Sätzen im Keller. Hier unten gab es drei Türen, dahinter befanden sich vermutlich Lagerräume, einer davon war ein

Kühlraum, was er anhand der isolierten Tür ableiten konnte. Durch einen Türspalt sah er Licht, das so warm leuchtete, dass es von einem Feuer und nicht von einer künstlichen Deckenbeleuchtung stammen musste.

Er drückte die Klinke. Der Eingang war abgeschlossen. Mit sanfter Gewalt versuchte er sie zu öffnen, doch die Verriegelung gab nicht nach. Er wusste, dass er Dante anlocken würde, sollte er die Tür aus den Angeln reißen, und das wollte er eigentlich vermeiden. Ihm blieb jedoch nichts anderes übrig.

Claw öffnete die Tür gewaltsam. Als er in den Lagerraum eintrat, erwartete ihn ein bizarres Bild.

Drei Indianer wichen erschreckt in den hinteren Teil aus. Sie drückten ihre Rücken gegen die Wand und hielten ihre Arme abwehrend hoch. Jemand hatte den Holzboden des Lagers herausgerissen, sodass nun der blanke Boden zu sehen war. Claw vermutete, es war Dante selbst gewesen, der seine übernatürlichen Kräfte nur dazu einsetzte, zu zerstören und zu töten.

In der Mitte des Raums hatten die Männer ein Feuer gemacht, in dessen Glut einige Steine lagen. Rechts stand eine kleine Schwitzhütte. Alles war für die Zeremonie vorbereitet, für das Experiment – nur Rufus, die Laborratte, war nirgends zu sehen. Hatte sich Dante nicht beherrschen können und ihm die Kehle durchgebissen, weil er alle Werwölfe hasste? Vielleicht hatte er sich auch dazu entschieden, die Zeremonie noch einmal an sich selbst auszuprobieren, da nun eine ganze Riege von Schamanen anwesend war, mit der Hoffnung, die geballte Heilkraft der verschiedenen Stämme könnte ihn erlösen. Somit wäre Rufus überflüssig.

Claw machte eine beschwichtigende Geste. Als er jedoch sah, wie die Indianer seine furchterregenden Klauen anstarrten, senkte er seine tatzenartigen Hände wieder. Er war ein Monster, entstellt, weder Mensch noch Wolf. Tala stahl sich in seine Gedanken und er verspürte einen Stich im Herzen.

«Haben Sie keine Angst. Ich hole Sie hier heraus.» Er winkte sie heran, doch sie trauten sich nicht an ihm vorbei. «Bitte. Ich will Ihnen helfen. Ehrlich.»

Die Indianer bewegten sich nicht.

Von oben hörte Claw das Knarren von Treppenstufen. Dante kam ins Erdgeschoss, er würde sie wittern oder zumindest den Fluchtweg versperren, indem er sich im Parterre aufhielt. Claw fasste den Entschluss, ihn abzulenken. Es war die einzige Möglichkeit, die Männer aus dem Gebäude zu bekommen.

«Er kommt. Wir dürfen keine Zeit verlieren», sagte er trocken, griff einen der Schamanen und stellte ihn an die Wand links neben der Tür.

Der Indianer wagte nicht einmal, sich zu wehren. Was hatte Dante ihnen nur angetan, um sie derart einzuschüchtern? Sie bedroht? Ihnen Papewas vorgestellt und ihnen den entstellten Körper des ehemaligen Heilers gezeigt?

Claw ließ den Mann los, drehte sich um und legte die Handflächen aneinander. «Bitte. Sie müssen sich in der Ecke verstecken. Ich werde den Wolfsmann in den Raum locken und ihn ablenken, damit sie fliehen können.»

«Sie wollen uns wirklich helfen.» Es war eine Feststellung, keine Frage. Der Indianer, den er bereits positioniert hatte, gab den anderen beiden ein Zeichen. «Wenn er uns hätte töten wollen, wären wir längst tot.»

Claw nickte dankbar für seine Unterstützung. «Laufen Sie den Hügel hoch. Dort warten zwei meiner Freunde, der Schamane der Cup'ik und Papewas auf Sie. Bei Ihnen sind Sie in Sicherheit.» Das Rudel erwähnte er nicht.

Der Schamane nahm ein Stück Holz von den anderen beiden entgegen, das am oberen Ende brannte – als Licht und als Waffe. «Ich bin Chankoowashtay vom Stamme der Athabascan und möchte Ihnen danken.»

«Haben Sie einen Rotwolf gesehen?» Claw hörte Dantes Tatzen auf dem Holzboden. Sein Widersacher verließ das Restaurant durch die Vordertür und kam wieder ins Haus, vermutlich weil er Claws Fährte roch. Doch sein eigener Uringestank, mit dem er das gesamte Gebäude markiert hatte, schien ihn selbst zu irritieren, denn er kam nicht in den Keller gestürzt. Wahrscheinlich schnupperte er den Boden ab, um herauszufinden, wohin Claw gegangen war.

Gedankenversunken schaute der Indianer in die Flammen seiner Fackel. «Einen Wolf? Nein.»

«Aber er muss hier irgendwo sein.»

«Nur einen Jungen.» Chankoowashtays Miene erhellte sich.

«Einen ...?» Claw horchte auf. «Wo ist er?»

«Die Bestie hat ihn ins Kühlhaus gesperrt.»

«Wartet hier. Lauft nicht ins Erdgeschoss. Der Wolfsmann steht am Hauseingang.» Der Alpha rannte aus dem Lager, lief durch den Gang und riss die isolierte Tür aus. Dort hing er, Rufus, direkt vor ihm, und bot ein jämmerliches Bild. Dante hatte ihn an Händen und Füßen gefesselt und an die Deckenhaken gehängt, an denen in der Sommersaison das Fleisch baumelte. Wahrscheinlich wollte er Rufus' Gegenwehr ausschalten, damit er sich nicht gegen die Zeremonie sträubte, denn die eisige Kälte lähmte Geist und Körper.

Oder er wollte ihn einfach leiden lassen, dachte Claw zornig, riss mit seinen scharfen Krallen die Stricke durch. Auf seinem Arm trug er ihn in das Trockenlager und legte ihn neben der Feuerstelle ab. Während er über seine Gliedmaßen rieb, um die Blutzirkulation anzuregen, betrachtete er den Jungen.

Rufus trug ein braunes Holzfällerhemd und Jeans, die von einem Gürtel an seinen dünnen Hüften gehalten wurde. Beides war ihm viel zu groß, Ärmel und Hosenbeine zigmal umgekrempelt. Claw bezweifelte, dass Dante ihm die Kleidung besorgt hatte. Vielmehr glaubte er an die Fürsorge einer der Indianer, der sich in den Kleiderschränken der Restaurantpächter bedient hatte.

Der Junge war aschfahl. Speichel tropfte aus seinem Mundwinkel. Seine Lippen waren frostblau.

Äußerlich sah er tot aus, aber Claw spürte, wie Rufus' Herz schneller schlug und das Blut verstärkt durch seine Adern strömte. Sein Körperduft wurde intensiver – lebendiger.

Der Kleine öffnete träge seine Augen. Es dauerte, bis er seinen Leitwolf erkannte, nicht nur wegen seiner Orientierungslosigkeit, sondern auch weil Claw sich auf erschreckende Weise verändert hatte. Doch Rufus zeigte keine Furcht, sondern er lächelte. Dankbar. Ergeben.

Die Zuneigung, die ihm entgegenschlug, überwältigte Claw. Er legte seine warmen Hände an die Wangen des Jungen. «Ich hätte besser auf dich aufpassen müssen. Es tut mir leid.»

Rufus öffnete den Mund, um zu widersprechen, aber der Alpha verschloss seine Lippen mit der Hand. «Doch, doch.»

Er sah über die Schulter hinweg zu den Indianern. Dann hob er Rufus hoch, trug ihn in die Schwitzhütte und flüsterte: «Verwandle dich. Du brauchst die Kraft des Wolfes, die reiner ist, wenn du seine Gestalt annimmst.»

Stumm nickte Rufus zustimmend. Noch während er sich entkleidete, begann die Wandlung. Seine Knochen verschoben sich und es hörte sich an, als würden sie brechen, weil sie vereist waren. Er krümmte sich unter Schmerzen, die ihn krampfartig erfassten. Seine eben noch bleiche Haut färbte sich krebsrot.

Just in dem Moment, in dem er seine Qual herausschrie, zerschmetterte Dante brüllend die Tür, die in den Keller führte, und übertönte somit Rufus.

Claw eilte aus der Schwitzhütte und stellte sich breitbeinig hinter die Feuerstelle. «Komm nur. Ich warte auf dich.»

Auf allen vieren jagte Dante die Treppe herunter. Er nutzte den Schwung und sprang über das Feuer hinweg. Claw hob seine Arme hoch und wollte ihn abwehren, in dem er ihn zur Seite stieß, aber Dante erwischte ihn an der Schulter, er krallte sich in Claws Fleisch und riss ihn mit zu Boden.

Schmerzerfüllt jaulte Claw auf.

Im nächsten Moment rollten sie auch schon über den kalten Lehmboden. Abwechselnd gewannen sie die Oberhand, aber Claw gab sich damit vorerst zufrieden, denn er bemerkte, wie die Indianer den Raum einer nach dem anderen verließen.

Erst nachdem sie fort waren, befreite er sich von Dante, indem er sich von ihm losriss, wohl wissend, dass dessen Krallen eine tiefe Fleischwunde hinterlassen würden. Blut floss seinen Arm hinab und verfing sich in seinem Fell.

Er ließ sich auf ein Knie herunter, um sich zu sammeln und zu

Atem zu kommen, und schaute seinen Gegner von unten herauf finster an.

«Herrje, bist du aber empfindlich.» Lächelnd musterte Dante die Wunde. Es lag ein grausamer Hunger in seinem Blick, der keinen Zweifel daran ließ, dass er Claw bei der nächstbesten Möglichkeit zerfleischen würde.

Claw knurrte drohend. Er ließ seine Muskeln spielen, drückte dabei das Blut aus der Wunde und zeigte seinem Feind, dass diese lächerlichen Kratzer ihn nicht beeinträchtigten.

Plötzlich rannte Rufus in Gestalt des Rotwolfs aus der Schwitzhütte in Richtung Ausgang.

Dante sah ihn – und stürzte sich auf ihn. Zumindest versuchte er es, denn Claw war schneller. Da er Dante nicht rechtzeitig erreichen konnte, um ihn beiseitezustoßen, warf er sich auf Rufus und vergrub ihn unter sich. Claw schützte ihn mit seinem Körper. Dante prallte ungebremst auf ihn, doch er hielt dem Koloss stand, schirmte Rufus mit aller Kraft ab, damit sein Gewicht und das von Dante ihn nicht erdrückten.

Einen Atemzug später schnappte Dantes gigantischer Kiefer zu. Er biss in Claws Nacken, hielt ihn zuerst einige Sekunden fest und schleuderte ihn dann von einer Seite zur anderen, um sein Genick zu brechen. Mit den Pranken wehrte er Claws Widerstand ab.

Claw sah seine Felle wegschwimmen. In dieser Position konnte er mit seinen Krallen nicht die Körperstellen an Dante erreichen, die er verletzen musste, um ihn zu schwächen. Wenn er gleichzeitig kämpfen und Rufus beschützen musste, würde er untergehen. Er musste den Jungen aufgeben, nur dann konnte er zurückschlagen. Aber das wollte er unter keinen Umständen. Rufus stand unter seinem Schutz. Er war der Alphawolf, es war seine Aufgabe, ihn heil aus dem Gebäude herauszubringen.

Seine Kräfte schwanden, seine Gegenwehr wurde schwächer. Dantes Fangzähne bohrten sich immer tiefer in seinen Nacken. Der Schmerz war stark, aber er ließ sich nicht von der Qual überwältigen, sondern würde bis zur letzten Minute kämpfen.

Unter ihm winselte der Rotwolf. Er war noch zu schwach, um ihm zu helfen, und Claw hätte das auch nicht gewollt.

Unerwartet löste Dante den Biss. Er brüllte, als wäre er von Sinnen. Er ließ sich zu Boden fallen und wälzte sich auf dem Lehmboden. Das Fell auf seinem Rücken stand in Flammen. Jaulend und wimmernd versuchte er es zu löschen, indem er hin und her rollte.

Im Türrahmen stand Chankoowashtay mit seiner Fackel. Er begegnete Claws Blick, nickte ihm zu und lief die Treppe hoch ins Obergeschoss. Der Schamane der Athabascan war in die Höhle des Löwen zurückgekehrt und hatte Dantes Fell angezündet, um Claw zu helfen, wie der Alpha ihm geholfen hatte.

Claw stand auf. Unter ihm schoss Rufus hervor und rannte aus dem Keller, so schnell ihn seine vier Pfoten tragen konnten.

Kaum war er verschwunden, hatte Dante sich auch schon wieder gefangen. Das Feuer in seinem Fell war gelöscht, seine Haut stank verbrannt. Claw rümpfte seine Nase.

«Du bist wirklich empfindlich. Aber ich kenne deine empfindlichste Stelle.» Dante spreizte seine Arme vom Körper ab, eine machohafte Geste der Überheblichkeit. «Sie befindet sich in deinem Herzen und ist trotzdem nicht Teil deines Körpers.» Verschwörerisch senkte er seine Stimme: «Dein spiritueller Anker.»

Tala! Dante musste das Gespräch zwischen ihm und Papewas belauscht haben. Deshalb hatte er so selbstzufrieden das Schlafzimmer im Obergeschoss betreten. Aggressiv grollte Claw. «Rühr sie an und ich werde dich leiden lassen, bevor du stirbst.»

«Hindere mich daran.» Mit einem Satz war Dante aus dem Lagerraum, mit dem nächsten die Treppe hoch und knallte die Kellertür zu. Ein Kratzen war zu hören.

Als Claw hinter ihm herlief und die Tür nicht aufging, selbst als er sich dagegenstemmte, ahnte er, dass Dante den Garderobenschrank, der auf dem Korridor stand, davorgeschoben hatte. Aber davon ließ er sich nicht aufhalten.

Tala! Tala, wiederholte er innerlich wie ein Mantra und rammte seine Schulter gegen die Tür. Gepeinigt schrie er auf, doch sie öffnete sich einen Spaltbreit. Er linste hindurch, konnte aber nichts erkennen.

Ein zweites und drittes Mal setzte er seinen geschundenen Körper als Rammbock ein. Der Schmerz war ihm vollkommen egal. Wenn Dante Tala tötete, wäre alles verloren. Dann spielte es keine Rolle mehr, ob er jemals wieder in seine menschliche Ursprungsgestalt zurückfand, denn ohne Tala wollte er nicht mehr leben.

Die Tür gab immer mehr nach. Die Innenseite war bereits mit seinem Blut besprenkelt. Stück für Stück schob er den Schrank weg, bis der Spalt groß genug war und er hindurchschlüpfen konnte. Wie ein Besessener jagte er aus dem Restaurant. Er stapfte durch den Schnee, als wäre dieser nur knöchelhoch, dabei ging er ihm bis zu den Oberschenkeln, manchmal sogar bis zur Hüfte.

Schon aus der Ferne erspähte er Dante. Das Rudel umzingelte ihn. Doch die Werwölfe griffen nicht an. Denn der Wolfsmann hatte Tala in seiner Gewalt. Mit seiner Klaue hielt er sie am Hals fest. Er brauchte nur ein wenig Druck auf ihre Kehle auszuüben oder mit seiner Kralle ihre Halsschlagader aufzuritzen – es war ein Leichtes für Dante, seine Beute zu töten. Mühelos konnte er Claw das Herz herausreißen, ohne ihn selbst zu berühren.

Claw zitterte am ganzen Körper vor überschäumendem Zorn.

Es fiel ihm unglaublich schwer, sich nicht augenblicklich auf ihn zu stürzen, aber das wäre Talas Todesurteil gewesen. Er erblickte Rufus unter den Werwölfen. Der Rotwolf stand Seite an Seite mit seinen Gefährten, trotz allem, was er durchgemacht hatte. Claw war stolz auf ihn. Rufus war ein zäher kleiner Bursche, er würde es in der Hierarchie weiter nach oben schaffen, denn er erkannte langsam die Stärke, die ihn ihm steckte.

«Willst du nicht näher kommen?» Dante grinste Claw hinterhältig an. «Vielleicht möchtest du ihre Hand halten, während sie stirbt.»

Es schmerzte Claw mehr, Talas panischem Blick zu begegnen, als die Wunden, die Dante ihm zugeführt hatte. «Wage es ja nicht, ihr auch nur ein Haar zu krümmen!»

«Was willst du dagegen tun? Du kannst mich nicht aufhalten.»

Ich vielleicht nicht, aber möglicherweise Rufus, dachte Claw und bemühte sich, nicht in die Richtung des Rotwolfs zu schauen, der sich aus den Reihen der Werwölfe löste und an den entstellten Koloss heranpirschte.

Er musste Dante ablenken. «Bitte, ich liebe sie.»

«Das weiß ich, und sie liebt dich. Ist das nicht tragisch?» Er schnupperte an Tala und verzog angewidert sein Gesicht. «Ich kann eure Vereinigung noch an ihr riechen.»

«Sie ist meine einzige Hoffnung.» So weinerlich hatte Claw in seinem ganzen Leben noch nicht geklungen und es gefiel ihm absolut nicht. Immerhin kam Rufus immer näher an Dante heran.

Dieser schnaubte verächtlich. «Wir zwei sind die einzigen Wolfsmenschen auf der Welt. Stark und unbesiegbar! Schließe dich mit mir zusammen. Ich weiß doch, wie sehr du deine Macht als Alphawolf liebst. Du könntest noch mächtiger sein, noch mehr erreichen. Wir sind einzigartig, etwas Besonderes und zu Höherem geboren. Wir beide zusammen. Unser Schicksal war von Anfang an miteinander verbunden.»

Plötzlich öffnete er sein Maul weit und neigte sich nach vorne, um Tala die Kehle herauszureißen.

In diesem Augenblick sprintete Rufus aus dem Stand so schnell los, wie Claw es noch nie bei ihm gesehen hatte. Er bleckte seine Lefzen, reckte stolz seinen Schwanz nach oben und sprang, ohne einen einzigen Laut von sich zu geben, hoch – und verbiss sich in Dantes Kehle.

Dante jaulte auf. Instinktiv ließ er Tala los, doch seine langen Fangzähne rissen ihre Haut am Hals auf. Er versuchte, den Rotwolf abzuschütteln, aber Rufus hatte fest zugepackt. Nach Luft japsend, nahm Dante seine Hände zu Hilfe und würgte den Kleinen und nicht einmal dadurch wurde er den Kleinen los. Er hing wie eine Klette an ihm, zwar zu schwach, um ihm die Kehle herauszureißen, aber er schwächte Dante.

Claw fackelte nicht lange und sprang auf Dantes verbrannten Rücken. Brüllend brachte er ihn zu Fall. Rufus löste den Biss und blieb regungslos im Schnee liegen. Ohne zu zögern, legte der Alphawolf eine Hand an Dantes Kinn, die andere an seinen Hinterkopf – und brach ihm das Genick. Tot brach das Monster, das einmal ein Rudelmitglied gewesen war, neben ihnen zusammen. Sein Blut färbte den Schnee rot.

Es war vorbei.

Für Tala jedoch fing alles erst an.

Sie saß im Schnee an einen Baum gelehnt, starrte fassungslos ins Leere und betastete ihren blutenden Hals. Rufus war als Erster bei ihr. Er leckte leise winselnd ihr Kinn. Ohne ihn anzusehen, streichelte Tala über sein Fell. Wollte sie ihn beruhigen oder vielmehr sich selbst?

Erst als Claw sie in den Arm nahm, sah sie auf. Ihr Blick war entrückt.

Der Alpha konnte es kaum glauben. Er hatte sich so sehr bemüht, sie nicht während der Schwitzhüttenzeremonie zu beißen, um sie versehentlich zu infizieren, denn es sollte ihre Entscheidung bleiben, ob sie eine Werwölfin werden wollte oder nicht.

Nun hatte Dante ihr die Entscheidung abgenommen. Tala würde sich in einen Wolf verwandeln, ihre erste Gestaltwandlung stand kurz bevor.

Liebevoll wärmte Claw sie mit seinem Körper. «Ich werde bei dir sein.»

Er hob sie hoch und trug sie zu der Lichtung, auf der noch immer die Schwitzhütte stand. Eine dünne Schneeschicht bedeckte die Tierhäute. Der Eingang stand offen, es war wie die Einladung eines alten Freundes. Sie würden sich in die dunkle, warme Hütte zurückziehen, Intimität und Zweisamkeit genießen und gemeinsam die nächsten Stunden überstehen.

Die Zeit für Waboose, die vierte und letzte Runde der Zeremonie, war gekommen.

Während Claw sich in einen Menschen zurückverwandeln würde, würde Tala das erste Mal den Wolf in sich freilassen. Er nahm sich fest vor, es ihr so leicht wie möglich zu machen, indem er seine zärtlichen Hände, seine flinke Zunge und seine harte Männlichkeit einsetzte, um sie von der Angst und den Schmerzen abzulenken, die bei der ersten Wandlung grauenhaft waren, aber mit jedem Mal weniger wurden.

Canis heizte das Feuer neu an und Lupus holte die Steine aus der Hütte, um sie erneut in der Glut zu erhitzen. Die anderen Werwölfe kümmerten sich um die Schamanen und Dantes Leichnam. Nur Rufus lag vor dem Eingang und hielt Wache.

Tala hielt sich an Claw fest, wie eine Ertrinkende, als die Dunkelheit sie umgab und die Hütte sich mit Hitze füllte, die die Steine ausströmten.

«Alles wird gut», wisperte er. Zärtlich strich er mit seinen Fingerknöcheln über ihre nackten Rundungen. Dass sie sich so eng an ihn schmiegte, obwohl er noch wie ein Monster aussah, bedeutete ihm viel. «Du gehörst jetzt vollkommen zu mir – zu meiner Spezies, meinem Rudel und an meine Seite.»

«Hoffentlich werde ich flauschig.» Sarkasmus lag in ihrer Stimme, aber er spürte, dass sie lächelte.

«Ich verspreche auch, dein Fell regelmäßig mit einer Hundebürste zu kämmen, damit es weich und glänzend bleibt.»

Sanft schlug sie mit der Faust gegen seinen Brustkorb. «Wehe!»

«Was hältst du von einem roten Hundehalsband?»

«Ich werde dir die Augen auskratzen.»

«Du wirst dich in einen Wolf und nicht in eine Raubkatze verwandeln, Liebes.»

«Das kriege ich trotzdem hin.» Plötzlich ging ein Ruck durch sie hindurch. Ihr Körper verkrampfte sich. Sie rang nach Atem und hechelte schließlich.

Talas Wölfin war erwacht.

Epilog

Obwohl Claw, der nun, da alle Last von ihm abfiel, geschmeidig in seine Gestalt zurückfand, alles tat, um ihr die erste Verwandlung so leicht wie möglich zu machen, ging Tala durch die Hölle.

«Bisher warst du mein Anker.» Er saß hinter ihr, hielt sie fest in seinem Arm, streichelte ihren Busen und küsste ihren Nacken. «Jetzt lass mich dein Netz sein. Ich werde dich auffangen und sicher auf den Boden zurückbringen.»

Der Wolf, der in Tala heranwuchs, wollte in die Freiheit entlassen werden, und es fühlte sich an, als würde ihr Körper gleichzeitig explodierten, verbrennen und auseinandergerissen werden. Ihre Knochen verschoben sich, ihr Körper wurde von Krämpfen erschüttert und sie bekam einen zarten Flaum, der langsam zu Fell wurde. Die Haare, die durch ihre Haut stießen, schmerzten wie Nadelstiche.

Es knackte und ächzte, aber ihre Knochen brachen nicht und ihre Haut blieb unversehrt. Sie veränderte sich lediglich, weil sie eine Art Wirt in sich trug, der sich bemerkbar machte. Ihr Stöhnen wurde zu Winseln, ihre Aufschreie zu Wolfsgeheul.

«Die Wölfin will dir nicht wehtun, sie möchte nur raus», erklärte Claw und massierte ihre empfindlichste Stelle, um sie zu entspannen. «Wehr dich nicht gegen sie. Sieh sie als Verbündete, als Freundin.»

Obwohl Tala kaum klar denken konnte, wurde ihr bewusst, dass die Veränderung, die in ihr vorging, auch einen Vorteil hatte: Sie konnte mit Claw zusammen sein. Seine Andersartigkeit hielt sie nicht mehr davon ab, ein Paar zu werden.

Ein Knoten löste sich in ihrer Brust und die Wandlung schritt schneller und schmerzfreier voran. Sie bemühte sich, das Tier in sich zu akzeptieren. Es war nun ein Teil von ihr, das würde sie durch nichts ändern können. Sie musste es nur für eine kurze Zeit herauslassen, mit ihm Gassi gehen.

Hysterisch kicherte sie.

Als dann alles vorbei war, klebte ihr Fell an ihrem schweißgebadeten Körper. Sie schüttelte sich, als wäre sie schon immer ein Wolf gewesen. Als eine Wolfsschnauze sie anstieß, bemerkte sie erst, dass sie nicht das einzige Tier in der Schwitzhütte war. Anstatt sich zurück in seine menschliche Gestalt zu verwandeln, hatte Claw seinem Timberwolf nachgegeben, weil er ihn lange genug gequält hatte – und um mit Tala zu rennen.

Gemeinsam liefen sie aus der Hütte. Sie überquerten die Lichtung und sprinteten um die Wette durch den Wald. Das Rudel gesellte sich zu ihnen. Sie begrüßten Tala und zeigten ihr, wie wunderschön es war, ein Wolf zu sein. Die Werwölfe neckten sie, sie stupsten sie sanft an und leckten immer wieder ihre Schnauze.

Pures Adrenalin rauschte durch Talas Adern. Sie spürte weder die Kälte des Schnees noch den eisigen Wind, der durch den Wood-Buffalo-Park wehte. Sogar drei Otter, die über den zugefrorenen Peace River liefen, um eine offene Stelle zu finden und dort zu fischen, konnte sie sehen, obwohl sie weit entfernt auf einem Plateau stand. Sie roch die Bisonherde, die hinter dem Wald auf einer Lichtung mit ihren massigen Köpfen den Schnee beiseiteschob, um das mickrige Gras darunter zu fressen, ohne die gewaltigen Tiere sehen zu können.

Die Ernüchterung folgte in Anchorage. Sie war gezwungen, ihre Stelle bei Wild Protection zu kündigen. Mit schlechtem Gewissen log sie Walter an, aber es ging nicht anders, denn die Tiere, die Tala eigentlich retten wollte, witterten ihren Wolf und scheuten entweder zurück oder griffen sie an.

Sie zog bei Claw ein. Ein bedrohliches Knurren kribbelte in ihrer Kehle, als sie Fairstream den Haustürschlüssel auf den Tisch knallte, aber sie konnte es gerade noch zurückhalten.

Claw lehrte sie alles, was ein Werwolf wissen musste – er wurde ihr Lehrer und ihr Gefährte – auch wie man das Geheimnis der Gestaltwandler wahrte. Einzig Onawa vertraute sie sich an, weil es ihr eine Herzensangelegenheit war. Schon immer war ihre Granny ihr Anker zu ihren indianischen Wurzeln gewesen, nun war sie noch mehr: der Anker zu Talas menschlicher Seite. Gemeinsam mit Chankoowashtay – und Papewas, den die Athabascan wieder in ihren Stamm aufgenommen hatten – führte sie das Gespräch mit ihrer Granny. Er sowie die Schamanen der anderen Indianerstämme hatten dem Rudel ihr Wort gegeben, dass sie über alles, was sie gesehen und gehört hatten, absolutes Stillschweigen bewahren würden.

Die Indianer wurden nicht nur zu Mitwissern, sondern sogar zu Verbündeten der Lykanthropen.

Heimlich betrachtete sich Tala in den ersten Wochen im Spiegel. Ihr Fell war leuchtend weiß, besonders dicht und langhaarig. Sie war ein Polarwolf, wie er in der kanadischen Arktis vorkam, ein wunderschönes Exemplar, wie sie fand, doch das behielt sie selbstverständlich für sich.

Da Tala die Neue im Rudel war, betrachteten ihre Gefährten sie eigentlich als das schwächste Mitglied, als Omega-Wölfin, da sie erst noch darum kämpfen musste, in der Hierarchie aufzusteigen. Doch einen Wolf hatte sie bereits besiegt, ohne gegen ihn antreten zu müssen: Claw, der Alphawolf, lag ihr ohnehin zu Füßen.

VAMPIRE | ROMANCE

RICHELLE MEAD

SUCCUBUS BLUES – BAND 1

Richelle Mead
Succubus Blues
BAND 1
Komm ihr nicht zu nah

Taschenbuch
13,5x21 cm, 368 Seiten
erschienen Mrz. 2009

ISBN:
978-3-86608-095-9

VK: 12,95 Euro

Sukkubus (N.): Weibliche, lüsterne, attraktive, nachtaktive Dämonin, die sterbliche Männer verlockt und ihnen zu Gefallen ist.
Erbärmlich (Adj.): Ein Sukkubus mit todschicken Schuhen und null gesellschaftlichem Leben. Siehe auch: **Georgina Kincaid.**

Wenn man für die Hölle arbeiten muss, erscheint der Job als Sukkubus ziemlich cool. Eine Frau kann alles sein, was sie möchte, die Klamotten sind einfach umwerfend und die Männer liegen ihr zu Füßen. Zugegeben, sie bezahlen oft mit ihrer Seele dafür – aber warum sich mit dem Kleingedruckten aufhalten?

Allerdings ist das Leben der Georgina Kincaid, Sukkubus in Seattle, weitaus weniger exotisch. Ihr Boss ist ein Dämon aus dem mittleren Management mit einer Schwäche für John-Cusack-Filme. Bleibt wenigstens noch ihr Alltagsjob in der örtlichen Buchhandlung – also leichter Zugang zum Bestsellerautor Seth Mortensen alias ‹Er-Den-Sie-Um-Jeden-Preis-Haben-Möchte› – was nur leider nicht geht, wegen der Lebensenergie ...
Doch der Traummann muss warten. Etwas Böses ist im dämonischen Untergrund von Seattle am Werk. Und da sind ihr Charme und ihre große Klappe keine Hilfe, denn da draußen gibt es Wesen, deren Existenz sowohl Himmel als auch Hölle liebend gern totschweigen würden ...

«Hervorragend!» **Love Letter Magazine**

«Flott & unterhaltsam!» **Ruhr Nachrichten**

«Spritzig!» **legimus.de**

RICHELLE MEAD

SUCCUBUS ON TOP – BAND 2

Richelle Mead
Succubus On Top
BAND 2
Ihr Kuss ist tödlich

Taschenbuch
13,5x21 cm, 352 Seiten
erschienen Okt. 2009

ISBN:
978-3-86608-114-7

VK: 12,95 Euro

Liebe tut weh, und das weiß niemand besser als Georgina Kincaid. Wenn sie ihren sexy Geliebten Seth Mortensen, den schüchternen, unglaublich begabten Schriftsteller aus Seattle, auch nur küsst, raubt sie ihm die Lebensenergie, denn Georgina ist ein Sukkubus – eine Dämonin, die ihre Energie aus der Lust der Männer zieht.

Aber nicht nur ihr Privatleben ist ein einziges Chaos. Doug, Georginas Kollege in einer örtlichen Buchhandlung, legt ein bizarres Verhalten an den Tag, und Georgina hat den Verdacht, dass etwas weitaus Dämonischeres als doppelte Espressos am Werk sind. Bei der Suche nach den Ursachen muss Georgina allein vorgehen – und das schnell, denn Dougs Leben ist nicht das Einzige, das auf dem Spiel steht ....

«Der nächste große Coup!» **LoveLetter Magazin**

«Mit viel Wortwitz und selbstbewusster Situationskomik macht Richelle Mead erneut einen unterhaltsamen und kurzweiligen Spaziergang durch die unsterbliche Welt der Georgina Kincaid.» **suite101.de**

«Sex, Drugs and Rock'n'Roll – und eine gehörige Portion Humor. Eine heiße Beziehungskiste mit finsteren Kreaturen.» **literatopia.de**

VAMPIRE | ROMANCE

SUCCUBUS DREAMS – BAND 3

RICHELLE MEAD

An manchen Tagen kommt sie einfach nicht zur Ruhe ...
Georgina erhält ihre Lebensenergie dadurch, dass sie Männer verführt. Die Beziehung zu dem großartigen Bestseller-Autor Seth Mortensen ist nicht nur in einer Hinsicht unbefriedigend. Sie können keinen Sex miteinander haben, weil Georgina ihn sonst unweigerlich umbringen würde (eine Sache, bei der den meisten Typen im Allgemeinen die Lust vergeht). Seit Kurzem ist sogar die gemeinsam verbrachte Zeit eine Herausforderung. Seth ist davon besessen, seinen neuesten Roman zum Abschluss zu bringen. Währenddessen soll Georgina den neuen (und überraschend unfähigen) Sukkubus vor Ort unter ihre Fittiche nehmen.

Hinzu kommen die Träume. Jemand, oder etwas, beraubt Georgina des Nachts ihrer Lebensenergie, saugt sie aus und schenkt ihr unheimliche Visionen ihrer Zukunft. Georgina sucht Antworten bei Dante, einem Traumdeuter mit Verbindungen zur Unterwelt, der sie mit seinen charmanten Flirtversuchen jedoch noch tiefer in die Verwirrung stürzt – insbesondere, da die Situation mit Seth einen kritischen Punkt erreicht. Georgina sieht sich jetzt einer doppelten Bedrohung gegenüber – bei ihrem außer Kontrolle geratenen Liebesleben wieder die Zügel in die Hand zu bekommen und sich einem Feind entgegen zu stellen, der der Menschheit ernsthaft Schaden zufügen könnte. Andernfalls könnten Georgina und die Welt der Sterblichen vielleicht nie mehr ruhig schlafen ...

«Achtung, die Lektüre der Succubus-Reihe macht süchtig!» **therapie-online.de**

Richelle Mead
Succubus Dreams
BAND 3
Verlangen ist ihre stärkste Waffe

Taschenbuch
13,5 x 21 cm, 304 Seiten
1. Auflage ab März 2010

ISBN: 978-3-86608-123-9

VK: 12,95 Euro

Der vierte Teil erscheint im Oktober 2010:
ISBN 978-3-86608-136-9

«Sexy Action und ein höllischer Humor – wenn die Verdammnis so unterhaltsam ist, bin ich dabei!» *Lilith Saintcrow, Autorin der Dante Valentine-Serie*

9 783866 081239

Wahre Märchen
Annie Bertram

DER BLUTKRISTALL

JEANINE KROCK

Die Vampirin Vivianne Causantín lebt unerkannt unter den Menschen. Da sie nicht altert, muss sie bald wieder ihr bisheriges Leben hinter sich lassen und eine neue Identität annehmen.
Auch vor ihrer eigenen Rasse hat sie ein großes Geheimnis, das es zu bewahren gilt. Sie ist die Schwester der mächtigen Vampire Asher und Kieran und im Besitz des legendären Blutkristall-Rubins. Doch das Familienerbstück, um das sich viele Legenden ranken, wird ihr plötzlich gestohlen.
Ihr bleibt nichts anderes übrig, als sich schnellstens auf die Suche nach dem Juwel zu machen und dabei so unauffällig wie möglich zu agieren. Dabei erhält sie Hilfe von unerwarteter Seite und schon bald steht ihr Herz in Flammen ...

«Voll rasanter Action, Humor und magischer Erlebnisse, wobei auch die Erotik und vor allem die Romantik nicht zu kurz kommen!» **Love Letter**

Jeanine Krock
Der Blutkristall
Nicht nur die Herzen stehen in Flammen

Taschenbuch
13,5x21 cm, 272 Seiten
erschienen Okt. 2009

ISBN:
978-3-86608-115-4

VK: 12,95 Euro

DIE STERNSEHERIN

JEANINE KROCK

Nachdem die Feentochter Estelle Paris Hals über Kopf verlassen muss, wird sie von Freunden im rauen Schottland versteckt. Aber auch dort treiben Vampire und Elfen ihr Unwesen, und bald erkennt sie: Alle suchen fieberhaft nach einem alten Buch, dem Grimoire, das unglaubliche Kräfte verleihen kann.
Während sie sich an der Suche beteiligt, gerät sie in den Strudel der Leidenschaft und muss sich schließlich entscheiden: Elf oder Vampir? Aber vielleicht haben die Göttinnen des Schicksals auch etwas ganz anderes im Sinn ...
Jeanine Krock versteht es auch in ihrem dritten Roman meisterlich die Welt des Übersinnlichen mit dem Diesseits zu verknüpfen. Aus dem Blutdurst der Vampire und dem Hunger nach Liebe webt sie einen dichten Teppich, spannend, fesselnd und verträumt schön.

«Fantastisch!» **Braunschweiger Zeitung**

«Ein spannender und geheimnisvoller Leckerbissen!» **Orkus**

Jeanine Krock
Die Sternseherin
Vampire & Elfen verliebt

Taschenbuch
13,5x21 cm, 368 Seiten
erschienen Sep. 2008

ISBN:
978-3-86608-102-4

VK: 12,95 Euro

WEGE IN DIE DUNKELHEIT

JEANINE KROCK

Shamina ist attraktiv und bissig. Seit gut 200 Jahren vagabundiert sie, ihren Durst nach Blut stillend, durch die Metropolen dieser Welt. Die Wunden ihrer unerfüllten Jugendliebe sind noch nicht verheilt, da verlangt ihr vampirischer Schöpfer nach ihr.
1982. Shamina erliegt schon bei ihren ersten Gehversuchen in der neuen Zeit dem Charme ihres Opfers. Verwirrt verschont sie den attraktiven Sterblichen und taucht an seiner Seite ein in die energiegeladene, faszinierende junge Gothic-Szene. Doch im Hintergrund lauert der Feind. Sterbliche und Vampire, verunsichert durch die beängstigende Bedrohung, schließen einen Pakt, um das Unheil abzuwenden. Doch keiner hat mit den Opfern gerechnet, die das Aufbegehren gegen die alten Mächte fordert ...

«Eine Liebeserklärung an die unsterbliche Leichtigkeit des sinnlich-süßen Vampirismus!» **sanktuarium.de**

«Packend!» **M&E**

Jeanine Krock
Wege in die Dunkelheit
Vampire & Gothics

Taschenbuch
13,5x21 cm, 184 Seiten
5. Auflage erhältlich

ISBN:
978-3-935798-07-5

VK: 12,95 Euro

CELEBRITIES

BRIAN J. ROBB

HEATH LEDGER – DIE BIOGRAFIE

Brian J. Robb
Heath Ledger
Die ultimative Biografie

Taschenbuch
15x21 cm, 248 Seiten
2. überarbeitete Auflage

ISBN:
978-3-86608-103-1

VK: 14,95 Euro

Heath Ledger war ein begnadeter Schauspieler, dessen plötzlicher Tod mit gerade einmal 28 Jahren die Medienwelt schockierte und in Aufregung versetzte. Über das Privatleben des Stars aus Filmen wie *Ritter aus Leidenschaft*, *Brokeback Mountain* oder *The Dark Knight* war bis dato nur sehr wenig bekannt.
Diese Biografie nähert sich behutsam dem scheuen Menschen hinter der Maske.

«Dem Leser werden sehr intime Einblicke in das Leben des Stars gewährt, welche einen nachhaltigen Eindruck hinterlassen.» **Elster ´Xtra**

«Idealer Lesestoff!» **Deadline**

BRIAN J. ROBB

JOHNNY DEPP – BIOGRAFIE

Brian J. Robb
Johnny Depp
mit mehr als 100 Fotos

Taschenbuch
15x21 cm, 296 Seiten
2. Auflage erhältlich

ISBN:
978-3-86608-087-4

VK: 14,95 Euro

Die umfassende Biografie über den Schauspieler, der zum ‹Sexiest Man Alive› gekürt wurde, illustriert mit mehr als hundert großartigen Fotografien des Superstars! Dieses Buch gewährt Einblick in das Leben eines komplizierten jungen Mannes, dessen schwierige Kindheit und rebellische, drogenüberschattete Jugend alles andere als gute Voraussetzungen für ein Leben als berühmter Herzensbrecher darstellten.

«Flott! Eine wahre Bereicherung!» **MDR Radio JUMP**

«Diese Biografie macht Spaß!» **Cuxhavener Nachrichten**

BRIAN J. ROBB

BRAD PITT – DER HERZENSBRECHER

Brian J. Robb
Brad Pitt
Der Herzensbrecher

Taschenbuch
15x21 cm, 336 Seiten
erschienen Sep. 2008

ISBN:
978-3-86608-098-0

VK: 14,95 Euro

Von *Thelma and Louise* über *Legends of the Fall*, *Seven* und *Fight Club* bis hin zu *Mr. & Mrs. Smith* und nicht zu vergessen die Gaunerkomödien *Ocean's 11*, *12* und *13*, Brad Pitt glänzte immer mit außergewöhnlicher schauspielerischer Qualität. Brian J. Robb beleuchtet aber auch die private Seite Pitts, seine Beziehungen mit Juliette Lewis und Gwyneth Paltrow, seine Ehe mit Jennifer Aniston und natürlich das Leben an der Seite Angelina Jolies.

«Die bislang ausführlichste Pitt-Biografie.» **Adam**

«Eine umfassende, aktuelle Biografie, mit mehr als 100 Bildern.» **FRIZZ**

MARILYN MANSON – SEZIERT

GAVIN BADDELEY

Marilyn Manson ist mehr als ein gewöhnlicher Rockstar, er ist ein kulturelles Phänomen. Er erschuf alptraumartige Welten voller Freaks, die auf die heutige Jugend eine unwiderstehliche Anziehungskraft auszuüben scheinen, während er zur gleichen Zeit Proteststürme konservativer und christlicher Gruppen provoziert.
Autor Gavin Baddeley unterzieht Marilyn Manson einer gründlichen Autopsie, er untersucht die wegweisenden Einflüsse, die Ursprünge der Denkweise und Philosophie Brian Warners, die schließlich die Kunstfigur Marilyn Manson entstehen ließen. Mit seinem visuellen Ansatz liefert der Autor Texte, Skizzen und Bilder, die helfen, die Kunstfigur Manson besser zu verstehen.

«Diese Biografie kann gut und gerne der neue Standard in Sachen Musikerbiografie werden!» **Orkus**

«Diese Autopsie schockiert! Zu empfehlen!» **Frizz Heidelberg**

«Eine umfangreiche Enzyklopädie, bei der nicht nur Manson-Fans etwas lernen können!» **Wildwechsel**

Gavin Baddeley
Marilyn Manson – Seziert

Taschenbuch
15 x 21 cm, 280 Seiten
erschienen Jul. 2009

ISBN:
978-3-86608-121-5

VK: 14,95 Euro

CHRISTOPHER WALKEN VON A BIS Z

R. SCHNAKENBERG

Er war bereits Tänzer, Bäcker und Löwenbändiger – heute ist er ein preisgekrönter Schauspieler und eine Hollywood-Legende. Dennoch wurde über Christopher Walken bisher noch kein biografisches Werk geschrieben.
Jetzt endlich liegt ein kompletter Leitfaden von A bis Z über diesen einzigartigen Darsteller vor, von A wie Actors Studio (die legendäre Theaterwerkstatt, in der Walken elf Jahre lang als Hausmeister arbeitete) bis Z wie Zombiefilme (eins von Walkens Lieblings-Filmgenres).
Anekdoten vom Set, Rezepte und Kochtipps von ‹Küchenchef Walken›, Informationen zu Walkens Auftritten in Musikvideos für Madonna, Duran Duran und Fatboy Slim, und natürlich auch zum Geheimnis seiner außergewöhnlichen Haarpracht.

«Ein Buch, das seinem Titel gerecht wird!» **Widescreen Vision**

Robert Schnakenberg
Christopher Walken A-Z
Der Mann, die Filme

Taschenbuch
15 x 21 cm, 232 Seiten
erschienen Aug. 2009

ISBN:
978-3-86608-116-1

VK: 14,95 Euro

COSETTE

Cosette
Gift für die Sklavin
Spannender SM-Krimi

Taschenbuch
13,5x21 cm, 224 Seiten
erschienen Sep. 2008

ISBN:
978-3-86608-093-5

VK: 13,90 Euro

9 783866 080935

GIFT FÜR DIE SKLAVIN

Candice Timberville arbeitet als Phantomzeichnerin beim örtlichen Police Department. Als sie eines Tages in einem Phantombild glaubt, ihren Lebenspartner und Gebieter Jason Singer wiederzuerkennen, wird ihre Liebe und ihre Hingabe als Sklavin auf eine harte Probe gestellt.
Ist Jay tatsächlich ein Verbrecher? Ist Candy in Gefahr, wenn sie sich ihm ausliefert und von ihm züchtigen lässt? Oder hat sich Candy nur getäuscht?
Heimlich beginnt sie mit ihren ganz persönlichen Ermittlungen ...

Erneut vereint Cosette eine spannende Kriminalgeschichte mit einer fulminanten Erzählung um Hingabe, Unterwerfung und Demütigung.

«Anregend und realistisch [...] Empfehlenswertes Buch, gelungene Mischung aus Krimi und SM-Roman, nachvollziehbar und anregend geschrieben!» **Schlagzeilen**

COSETTE

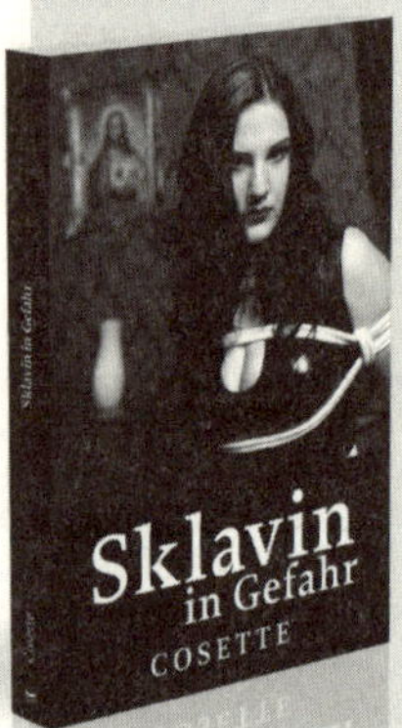

Cosette
Sklavin in Gefahr
Fesselnder SM-Roman

Taschenbuch
13,5x21 cm, 152 Seiten
2. Auflage erhältlich

ISBN:
978-3-86608-048-5

VK: 13,90 Euro

9 783866 080485

SKLAVIN IN GEFAHR

Die devote und stark masochistische Vicky fährt mit ihrem Herrn in die verschneiten Rocky Mountains, um ihre Erziehung fortzuführen und Grenzen auszuloten.
SM ist noch recht neu für die junge Frau, aber sie spürt schon früh, dass Demütigung und Schmerz sie erregen wie nichts zuvor.
Doch immer mehr Hinweise tauchen auf, dass ihr Herr den Trip in die Berge nicht nur Vickys Erziehung wegen geplant hat ...

«Cosette hat [...] mit *Sklavin in Gefahr* einen SM-Roman hingelegt, der innerhalb der SM-Szene Klassiker-Potential haben dürfte.» **mon-boudoir.de**

COSETTE

Cosette
Lust
2 erotische Kurzromane

Taschenbuch
13,5x21 cm, 128 Seiten
erschienen Okt. 2007

ISBN:
978-3-86608-063-8

VK: 13,90 Euro

9 783866 080638

LUST

Mayra wird zur Teilnahme an einer Studie zur *Erforschung der Lust* überredet. Schon am nächsten Morgen erwacht sie in einem Institut und kann sich nicht einmal daran erinnern, wie sie an diesen Ort gekommen ist. Die Mitarbeit an dem Projekt hatte sich die Probandin anders vorgestellt ...
Leah steht auf der Straße. Ohne Job, dafür sexsüchtig geht sie zu einem Treffen der Anonymen Nymphomanen. Doch Leahs Sucht wird durch die Therapiestunden vergrößert. Ihr kommen Zweifel an der Institution und sie versucht, mehr darüber herauszufinden. Doch *die Sekte der Lust* hat ihre Augen überall.

«Cosette gelingt es, mit leichter Hand zu fesseln. Und was der Titel ihres Buches verspricht, das hält er auch!» **Schlagzeilen**

«Die Novellen triefen vor Erotik. Hier kommt der Leser voll auf seine Kosten.» **Amazon**

UNARTIG

COSETTE

«BDSM around the world» lautet das Motto des dritten Sammelbandes von Cosette. Da wird in Frankreich lustvoll Rache geübt, auf Sardinien eigenwillige Therapiemethoden angewandt und in Russland elitäre SM-Partys gefeiert. Cosettes mittlerweile sechstes Buch beweist aufs Neue: Sie ist die unumstrittene Herrin über die moderne SM-Literatur.

«Ein Vergnügen!» **Schlagzeilen**

«Unterhaltsam und phantasievoll!» **Marquis**

Cosette
Unartig
BDSM around the world

Taschenbuch
13,5x21 cm, 160 Seiten
erschienen Mrz. 2009

ISBN:
978-3-86608-109-3

VK: 13,90 Euro

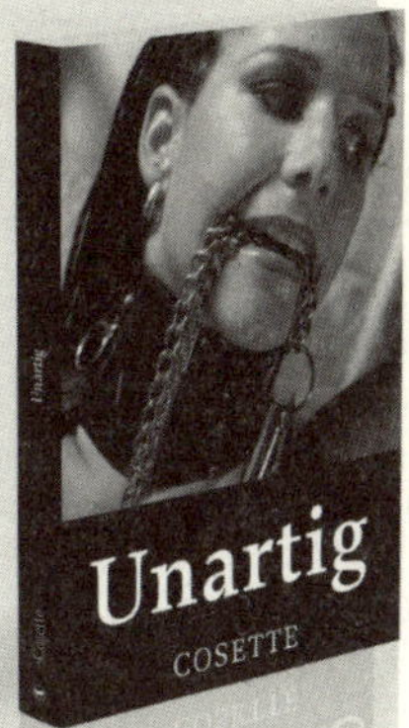

DEMÜTIG

COSETTE

Cosette erfreut die Leser wieder mit Kurzgeschichten rund um das Thema Erniedrigung, Demütigung und Züchtigung. Ihre SM-Geschichten klingen reifer, die Szenarien sind heißer und der Genuss ist für die Autorin und Leser gleichermaßen Maxime.
Insgesamt sieben Geschichten beweisen eindrücklich, dass Cosette zu den besten zeitgenössischen SM-Autorinnen gehört. Kaum eine versteht es so geschickt wie sie, einen spannenden Plot und abgründige Fantasien zu einer in höchstem Maße erregenden Geschichte zu verquicken.

«Uneingeschränkt empfehlenswert, ein wirkliches Lesevergnügen, eine große Autorin mit Phantasie und Können.» **Schlagzeilen**

«Gänsehaut!» **KinKats**

Cosette
Demütig
Verboten gut!

Taschenbuch
13,5x21 cm, 144 Seiten
erschienen Feb. 2008

ISBN:
978-3-86608-064-5

VK: 13,90 Euro

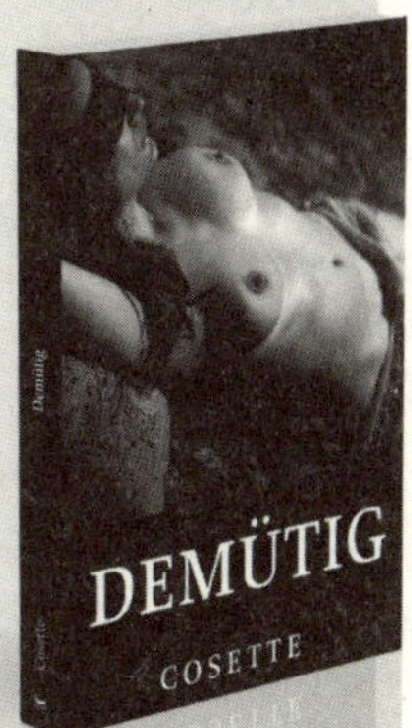

DEVOT

COSETTE

Cosette nimmt in ihrem ersten Buch – längst ein Genreklassiker – kein Blatt vor den Mund, egal ob sie ihre devot-masochistische Leidenschaft in lustvolle Geschichten oder tiefgründige Gedichte verpackt.
Erbarmungslos treibt Cosette ihre Heldinnen durch die Hölle, um sie dann durch einen Höhenflug in den Himmel zu heben.

«Phantasievoll und ordentlich devot.» **lustwandel.de**

«Die Kurzgeschichten sind ein Genuss für Geist und Lenden – einfühlsam und authentisch.» **Schlagzeilen**

«Der Titel ist Programm!» **Dark Spy**

Cosette
Devot
Klassiker in SM-Kreisen

Taschenbuch
13,5x21 cm, 128 Seiten
4. Auflage erhältlich

ISBN:
978-3-86608-022-5

VK: 13,90 Euro

VIOLA – DAS TAGEBUCH DER SKLAVIN

SIRA RABE

Daphne und Jesper sind seit mehreren Jahren verheiratet. Beide glauben, sie würden den anderen genau kennen, auch in sexueller Hinsicht.
Da ändert sich auf einmal Daphnes Verhalten. Jesper vermutet dahinter einen Liebhaber, und er sucht heimlich in Daphnes Tagebuch nach einem Hinweis darauf. Doch es ist alles anders.
Sie verzehrt sich vor Liebe und Lust nach ihm und wünscht sich nichts sehnlicher, als von ihm unterworfen zu werden.
Jesper beschließt, Daphne in ein raffiniertes Spiel aus Zärtlichkeit und erotischen Strafen zu verwickeln. Doch dieses Spiel ist nicht ungefährlich und droht seiner Kontrolle zu entgleiten ...

«Nach *Gefangen* jetzt endlich Nachschub von Sira Rabe, und wieder ist es ein erotischer Volltreffer!»

«Prickelnde Szenarien und eine packende Story, Sira Rabe kann es einfach.»

Sira Rabe
Viola – Das Tagebuch der Sklavin

Taschenbuch
13,5x21 cm, 160 Seiten
erschienen Sep. 2009

ISBN:
978-3-86608-111-6

VK: 13,90 Euro

GEFANGEN

SIRA RABE

Delia ist jung, attraktiv und ungebunden. Weil das Geld knapp und die Neugier groß ist, übernimmt sie einen Job in einem Edelbordell.
Sie begibt sich in die Obhut ihres neuen Herrn und genießt das Leben in dieser neuen Welt der Lust. Ihre naive, unschuldige Art und ihre Unerfahrenheit als Liebessklavin tragen ihr Übriges dazu bei, eine intensive Beziehung zwischen Herr und Sklavin entstehen zu lassen.
Nach und nach verfällt sie ihm, ohne seine wahren Absichten zu durchschauen. Als er sie verschwinden lässt, ist er sich sicher: Niemand wird nach ihr suchen, denn er hat an alles gedacht ...

«Ein echter Leckerbissen!» **Schlagzeilen**

«Obwohl ich es nur anlesen wollte, konnte ich es nicht mehr weglegen, bis die letzten Worte gelesen waren.» **ladys-lit.de**

Sira Rabe
Gefangen
Neugierde auf SM

Taschenbuch
13,5x21 cm, 144 Seiten
2. Auflage erhältlich

ISBN:
978-3-86608-097-3

VK: 13,90 Euro